ステファヌ・マラルメの〈世紀〉

原大地

ステファヌ・マラルメの〈世紀〉

水声社

目次

はじめに

ステファヌ・マラルメとは誰だったのか——本書が問うところはここに尽きる。ただし本書は、この問いに対して、たとえば「マラルメ詩学の本質」のようなものを提示することを目指さない。マラルメという詩人の実相は、何であれ簡明な理念に要約されるようなものではなく、彼の変容の過程そのものにある——ここに本書の前提がある。一足飛びにマラルメの達成した極点を描きだすのではなく、彼が時代の条件と生の変動にさらされながら、いかにして詩人たろうとしたのかを探ること、換言すれば、彼が自らの〈世紀〉のうちに切り開いた道のりを、ある厚みをもった叙述のうちに明らかにすることが本書の目的である。

たしかに、ある種の理想化を人の生涯にも行おうというのは、マラルメ自身がときおり示す態度である。しかしながら、その彼が息子の死に際したとき、対象を理想化し、同時に無化するという詩的言語の働きを、ついに完遂することができなかったという事実は重い。あえて言うならば、本書が冒頭で呼びかけ、無事に目的を達するよう祈願を寄せたいと考えるのは、「エドガー・ポーの墓」のマラルメ——「彼自身としての詩人」の復活劇を幻視してみせるマラルメ——ではなく、亡き子を思って逡巡を重ねつつ、小さな紙片に鉛筆を走らせるマラルメである。

この目的に従って、本書はゆるやかな年代順でマラルメの作品を扱う。主にマラルメの初期作品を扱う第Ⅰ部、中期の散文作品と現代性の問題を中心に論じる第Ⅱ部、同じく中期ではあるが、韻文作品に対象を絞った第Ⅲ部、マラルメの文学の特性が存分に発揮される後期散文を分析した第Ⅳ部――こうして順を逐うことで描かれるのは、詩人マラルメの生成の歴史である。

ただし、言うまでもないことだが、初期・中期・後期と分けるにしても、あるいはもっと細かく年を追ってゆくにしても、そこにおけるマラルメの詩想は孤立して存在するものではない。重要なのは、ある年代の詩想が前の年代からどのような規定を受け、後の年代にどのような影響を与えるのかを見極め、マラルメの詩業に伏流する一貫性を明らかにすることである。そのために本書の叙述は、ときに時代を跳躍し、異なる時代の作品を喚起し比較することも躊躇しなかった。

さらに言えば、右の腑分けの第Ⅱ部と第Ⅲ部、つまり中期のマラルメの動向に本書の多くの紙面が割かれることになったのも、同じ理由による。すなわち、この時期にもたらされた彼の詩観の転回をきちんと整理することによって、その前後を含めた生涯の全体を見晴らす眺望を得られるということが、本書のささやかな発見の第一のものである。

しかし、そもそもこの試みは、詩人の生涯の伝記的解明を目的とするものではない。あくまでも作品を対象とする文学研究として、それぞれの章の主題を限定し、実証的議論を重んじた。正直に言ってしまえば、本書は初めから全体的な構想に従って、つまり、マラルメの作品年代を追うようにして書かれたものではない。まずは第Ⅰ部と第Ⅳ部の元になった論文が、ついで中期マラルメに関する中間部が書かれた。従って、各章はある程度独立したものとして読むことができるはずである。

以上のような基本的構成に加えて、マラルメ詩の文学的射程に関する、私の基本的な関心をここに要約しておくことは、以下のページの若干離散的な展開を追う手がかりともなるだろう。それは次の三点に整理される。

第一に、狭義の文学史におけるマラルメの位置である。――ロマン主義の模倣から出発したマラルメは、いかにしてそこから離脱するのか。ロマン主義の末裔たるマラルメというのは、フランス・ロマン主義研究の泰斗ポール・ベニシューが著書『マラルメによって（*Selon Mallarmé*）』とともに提出した極めて重要な命題である。しかし、マラルメ詩は決して十九世紀前半の文学の残滓には還元し得ない。たとえば、世紀末に象徴主義という旗印を掲げて集まった若者たちを魅了したマラルメの「新しさ」とはなんであったのか。人類を導く預言者というロマン主義的詩人像が決定的に古びてゆく時代に、マラルメはいかにして次世紀の文学的前衛を胚胎したのか――これを探ることが、本書の中心課題であった。ユゴーあるいはボードレールという先人からの継承と断絶、あるいは散文詩というジャンルの問題はこの領域に属する。

第二に、本書の広い文化史的興味は、現代社会と文学の関係にある。マラルメは決して、文学によって別天地を打ちたてようとした詩人ではない。つねに理念を想い、幻想との道行きを楽しみながらも、彼の〈世紀〉を生きることをやめなかった詩人――よき生活人たりえた芸術家――としてのマラルメの特性は、とくにボードレールとの対比においてはっきりする。さらに、「自然」「都市」「身装」「書物」「新聞」「公衆」など、本書の議論に繰り返し現れるテーマ群は、現代性（modernité）を巡るマラルメの思考の持続性を明らかにするだろう。現代文明の形成期である十九世紀後半に、時代を代表する文学者となったマラルメの歩みは、文化史のさまざまな問題に接続されるはずである。

第三には、より潜性的な問題設定がある。マラルメと虚無との関わりである。マラルメは当時のフランスに類例を見ないほど徹底した無神論を貫いた。しかし、ジャン＝ピエール・リシャールをはじめ、フランスの多くの論者はマラルメのニヒリズムを一種の媒介として、すなわち、存在へと至るために通るべき経路としてしか見てこなかった。その点においては、一時代を築いたベルトラン・マルシャルの論も同断である。アカデミックなマラルメ研究がこのように過小評価してきたそのニヒリズムを、我々はモーリス・ブランショの理解に立ち戻って、真剣にそして慎重に取り扱うべきであろう。ただし本書は、存在の一元論に理論的反駁を試みるものではない。むしろ、マラルメの抱える虚無のあり方を説得的に示すことこそ、存在と非‐存在の弁証法を信奉する態度への静かな反証となるだろう。

以上のような文化史的分析を骨格としつつ、私の最大の希望は、マラルメが生み出した詩的愉悦を読者に伝えることに他ならない。作品の難解さは否定するべくもない。しかし本書が、テクストの織りなす錯綜をゆっくりと解きほぐし、そこに現れる生と文学の道筋を辿ることで、日本の幅広い読者にその清新な魅力を伝える一助となるように――マラルメほど名の知られた詩人に関してであっても、これは決して誇張された願いではないはずである。

I

第一章　詩と不毛性――マラルメとユゴー、ボードレール

不毛ということ

人の営為はいずれ死にたどり着く。思考や日常の断片、完成しなかった作品や子孫を産まない情愛は、流れ去る時とともに消えるだろう。残すものの乏しい生は、避けがたく不毛・不産の汚名におびやかされる。

マラルメの生涯は、この不毛の危険と隣り合わせで進行した。死が詩業の完成よりも早く現れ、白紙を前にしての逡巡を中絶するのではないか。彼がそのような恐れから解放されて純粋な創造の歓びに充たされたことはほとんどなかっただろう。マラルメの残したものは、実際、多くはない。散発的に発表された詩作品は、死後の一八九九年になってようやく書物の形をとるのだが、そのとき、小品中心の余白の多い一巻に韻文はほぼ収まってしまう。

もちろん、重要なのは量ではなく、質である。一生のうちに何枚の紙を文字で埋めたか、あるいはどれだけの書物を売ったかを数えても仕方がない。問題は、そこに何が書かれているのか、それがどういう意味を持つのか、ではないか――しかし、そう言ってみても、心のどこかで、マラルメが残したもの

の少なさに戸惑いを感じることはないか。一生かけてこれだけしか詩を書かないで詩人を名乗るというのは、一体どういうことなのか。詩を書いていない時間、彼が己の使命と見極めたこと以外に膨大なエネルギーが費やされたのではないか。そのような疑いのもとでもなお我々は、マラルメを称揚する際にしばしば言及されるかの「誠実さ」を信じることができるだろうか。マラルメの生とはむしろ、怠惰・懈慢と呼ぶべきものだったのではないか――そう問い詰められたなら、どう答えられるだろう。

こう言ってみよう――いや、そもそも詩人の営みとは、それほど多くの証拠を必要としない。詩人の業とは、己の職分を信じ、理想を作品に実らせようとして費やされた労苦そのものであり、作品とはその労苦の結晶なのだ、と。たしかに、マラルメの死後、研究者たちは、彼が残した数々の草稿を精査することによって、作品にたどり着くまでの長い試行錯誤の過程を明らかにしてきた。しかしそれによって一層明白になったのは、マラルメが行ったさまざまな試みは、おそらくほとんどの場合、発表される作品には結びつかなかった、という冷厳な事実である。出版された作品のみを成果と考えるならば、まさに彼の人生は、中絶された胎児の死屍累々が眠る墓場のように見えてくるだろう。

いやむしろ、こう言うことができないか――マラルメにおいてもっとも価値を持つものは、むしろ作品の書かれなかった白紙である、と。すなわち、作品が記されたわずかな領野の外側に無辺に広がる余白こそが、マラルメという詩人の命運の偉大を示すものである。この場合、残されたものが少ないということは、中絶との和解の証明として見られるだろう。マラルメの不毛とは、死を――つまり虚無そのものを――詩のなかに迎え入れたことの帰結なのではないか――もちろん、このような主張を空疎な逆説としてではなく、事実によって裏付けることは簡単ではない。

青年マラルメの不毛

本書の議論を開く端緒として、「不毛」という言葉を取り上げるのは、ここまで素描したような、マラルメが一生と引き換えに得た成果を前にしての、ある種のためらいを背景としている。しかしここでは、この漠然とした懐疑に早急な答えを出すのではなく、議論の射程をごく小さく限り、「不毛」の問題を文学史の文脈に限定することから始めたい。すなわち、本章の課題は、ユゴーに代表されるロマン主義の流れにマラルメの「不毛性」を置き直して検討することである。

それに加えて、分析の対象も、とりあえずは初期の詩篇、つまり、マラルメが『第一次現代高踏派』に掲載した韻文詩に限りたい。その理由は次の通りである。

まず、事実に鑑みて、「不毛」という用語は、一八七〇年代以降のマラルメの文学活動には当てはまらない。本書の中盤でくわしく検討するところだが、一八七一年、パリに出てきたマラルメは、多弁な散文家として振る舞うようになる。その傾向は一八七九年、息子アナトールの死に至るまで続くだろう。この間のマラルメの営為はたしかに、いわゆる「詩」以外のものと言わざるを得ない。しかしそれを本質から外れたものとして、不毛の語によって総括し、閑却してしまっては、マラルメという詩人の特性を大きく見誤ることになるだろう。

そしてその先、マラルメの一八八〇年代以降の詩業を、ただ「不毛」という用語によって捉えることも難しい。アナトールの死に続く沈黙期間を経たマラルメが、再び世に出るきっかけは、周知のごとく、一八八三年、ヴェルレーヌが『リュテース』誌に掲載した「呪われた詩人」と、一八八四年のユイスマンス『さかしま』であった。その後マラルメは、いわゆる象徴派詩人の頭領に担ぎ上げられる。もっとも、だからと言って作品の発表が盛んになったわけではない。マラルメは有名になった後も、短い散文・韻文を発表する機会が与えられたときに、その制約の中で書くことでほとんど満足してしまうだろう。しかしこのとき、彼の作品の少なさは、「不毛」という否定性においてではなく、「希少さ」としてむしろ崇拝されるようになる。

たとえば、『さかしま』の第十四章を開こう。そこで主人公デゼッサントは、再読に価する蔵書がほとんどない、と大げさに嘆いている。このとき彼がその例外とする書物、文学の精髄として手元に置く本が二冊ある。そのいずれにもマラルメの作品が収められている。一方は、マラルメの韻文詩を含む『現代高踏派』であるが、これは羊皮紙に印刷され、革表紙に綴じ装飾を施した豪華本である。もう一冊は散文詩を集めたアンソロジーで、さまざまな作家が収められている——ここにマラルメの散文詩も、入手困難な古雑誌から拾われている、という趣向である。デゼッサントによって、マラルメの作品は、希少な工芸品のように扱われる(1)。

(とは言え、書物の物質的な珍しさとマラルメの寡作ぶりを重ね合わせるユイスマンスに追随することは、さまざまな問題を含んでいる。ユイスマンス＝デゼッサントの文学的フェティシズムがとりわけ見失っているのは、文学は複製され流布されるべき芸術である、という事実である。この前提において、文学における希少価値とは、畢竟、比喩でしかないはずだ。本書第十章で見るように、一八七〇年代以降、ジャーナリズムに強い関心を寄せてゆくマラルメにとって、複製芸術であるということは文学の根本条件であった。)

少し議論が先走った。後年のマラルメが達成した境地を正確に見極めるためにも、まずは、彼が詩人として歩き始める地点を確認しておこう。マラルメの誠実さが、なによりも同じ一つの問題をひたむきに追い続けたことに存するならば、その出発点には到達点を知るための手がかりが必ずや記されているだろうから。時の経過は若き詩人の苦悩を和らげこそすれ、解消することはない。危機は、彼の壮年期、遠く去ったように思われる時にさえ、穏やかにしかし解かれることなく胚胎されていたのである。であればこそ、不毛の語によって代表される初期マラルメの否定性を回避するわけにはいかない。

幻滅の流派

マラルメの初期の文学経験を辿ることで見えてくるのは、ロマン主義の陰画として否定的に規定されるしかなかった青年詩人の肖像である。

ポール・ベニシューが壮大な見取り図をもって示したとおり、フランスでロマン主義が幸福に生きられた時期は短い。己の営為が不毛なのではないか――そのような懐疑に、詩人たちは、彼らの使命を高く掲げたその始めから捉えられていた。[2] マラルメの「不毛」を言うならばまず、彼がこの「幻滅の流派」の後裔でありつつ、先人たちと異なっている点を見定める必要があるだろう。

マラルメの「不毛」を特徴づけるものは何か。『現代高踏派』に発表された初期韻文詩十一篇をざっと読んだとき、そこに表される「不毛」の特徴とはすなわち、それが極端なほどに個人的な問題として捉えられ、滑稽なほどに誇張されているということである。「不毛」は、言ってみれば、あたかも動かしがたい事実であるかのように提出され、詩作という営みが抱える宿命的なジレンマというよりは、詩人個人の才能の端的な欠如として現れるのである。

永遠の〈碧空〉の澄んだ皮肉《アイロニー》は
花々のようにけだるく美しく
己の天才を呪う不能の詩人を苦しめる
――〈苦しみ〉の不毛の荒野を行くあいだにも

詩篇「碧空」のよく知られた第一連である。ここに現れる詩人は、一方では類型としての「詩人」として現れる。彼は天才の刻印を宿命として受け、それを呪っている。しかしながら、奇妙なことに、彼の天才は詩作には助けとならない。絶対の美と詩人の対決において、不毛とは、単に「書けない」という事実となって現れる。このような「書けない」詩人の姿は、ロマン主義的な類型と似てはいてもかなり異なった展開を見せることになるだろう。

代表例として、マラルメの「鐘撞き男」をボードレールの「アホウドリ」と比較しつつ読んでみよう。

鐘撞き男

朝、澄み透ったふかい空気に
大鐘がその明るい声を目覚めさせ
香草のかけらにとり混ぜて朝の祈りを
お気に召さんと投げかける子供の上を通りゆく。

鐘撞き男はそんなとき——照らした鳥は体を掠《かす》め飛びさる——
もの寂しげなラテン語をぶつぶつぶつと唸りながら
幾百歳にもなる引き綱に、吊るした石に跨って
上にはるかな鐘の音が降りてくるのを聞くばかり。

俺はこの男だ。ああ、欲望深き闇夜から
理想を鳴らさんと引く索《つな》の空しく
冷たき罪業の羽根ばかり律儀にばたばた翻り、

俺の口に出る声はいつも虚ろに途切れている。
けれどいつの日か、俺もついには引き疲れ
おおサタンよ、石を外して首を吊ろう。(3)

(I, 104)

初めに天空と地上の対比に拠りつつ「鐘撞き男」の姿を提示する部分が前半部である。ついで「俺はこの男だ」と言って、このイメージに地上に流謫された詩人の姿を重ねる後半部が続く。アレゴリーの構造を明示するこの古典的手法をマラルメは詩篇「窓」においても用いている——施療院に収容された瀕死の病人を描写したのち、その病人とは世人に飽き飽きした自分の姿だ、といって、窓から飛び降りて自殺したいという衝動を語る詩である。マラルメは、いわゆる象徴主義が主要な文学運動とみなされるようになる一八八〇年代には、このような初歩的な象徴の用法をもはや脱しているだろうが、このころの作品ではたしかにまだ、象徴の意味をあからさまに謎解きするような手つきを見せている。

マラルメは、この象徴の手法をおそらくボードレールから得たものだろう。有名な『悪の花』第二詩篇を参照しよう。

アホウドリ

しばしば、船乗りたちは面白がって、
アホウドリを捕まえる。この巨大な海鳥は
航海のけだるい道連れで、
苦い深淵の上を滑りゆく船についてくる。

甲板の上に置かれてしまえばもう、
碧空の王者たるこの鳥は、不器用で不格好な姿をさらす。
哀れに引きずる大きな白い翼は
櫂《オール》のようにその身の横に垂れている。

この翼持つ旅人の、なんと無様でだらしないことか！
かつて美しかった彼が、なんと可笑しく醜いことか！
ある者はパイプでくちばしを小突いてちょっかいを出す。
かつては飛翔していたこの不具者の真似をして、跛行をひく奴もいる！

〈詩人〉はこの、雲居の王者に似ている
――雷雲に住まい、弓矢をあざ笑うこの王者に。

罵声のただ中、地上に追い落とされれば、
巨大な翼は歩く邪魔にしかならないのだ。(4)

ボードレールの詩篇も、はじめ三連にわたってアホウドリの様態を描写し、ついで最終連の冒頭で、このアホウドリこそ〈詩人〉なのだと述べている。

もちろん、この象徴の手法を用いたのはボードレールが最初ではない。クロード・ピショワが指摘する通り、一八四五年のテオフィル・ゴーチエの詩集『スペイン』に「荒野《ランド》の松」という詩があり、そこでゴーチエはすでに、四行詩節四連を用いて〈詩人〉をめぐる象徴を展開している。ボードレールの「アホウドリ」は若いときにただ一回行った海旅の記憶に基づく詩で、最初の三連ができていたところに、友人アスリノーの提案で最終連を付け足したものだが、そのときに参考になったのがこのゴーチエの詩だと言われている。ランド地方の野に孤立する一本の松を描写し、その樹液を集めるために人間が幹に傷をつけた、と説明した上で、ゴーチエは四連目でこの象徴——「立ったまま絶命しようとする兵士のように街道沿いに屹立し続ける松」——の意味を明かす。

つまり詩人とは、この世の荒野にいる者だ。
傷を負っていなければ彼は己の宝を守るだろう。
けれど彼の心は深々と切りつけられる必要があるのだ、
神々しい黄金の涙であるその詩行を流すために。

と、これは確かにボードレールの詩に似ている。マラルメの「鐘撞き男」も、後半において謎解きが行

われるところは、この、ゴーチエからボードレールへとつながる手法を引き継いだものと言えるだろう。(5)

悲歌と不能

しかしここで、ゴーチエやボードレールの詩篇にあってマラルメの詩篇には欠けている重要なものがある。それが、〈詩人〉(Poète) である(ゴーチエの詩では大文字にはされていないが実質上の差異はない)。〈詩人〉にとって、詩は現実の不毛を別の次元で補うものとして現れるはずである。ゴーチエは、内面の宝を黄金の涙として人間に与えるのが詩だと言っている。このとき、涙を流す詩人はたしかに、人類に傷つけられつつも孤高の存在としての尊厳を付与されているのだ。人類を導き、その命運を体現するロマン主義的詩人像は、ボードレールのペシミスムの中にも命脈を保っている。詩人の悲惨は人間の悲惨の反映として提示され、読者はエレジーのうちに自分の苦しみの表現を聞く。こうして読者と詩人の交流が実現すると同時に、ポエジーは凄惨な美をまとうだろう。

しかし、マラルメにとって、詩作はこのような補償的機能を持ち得ない。詩作の不毛は自らの無能力として、個人的に引き受けられてしまうのだ。この詩が発表された当時マラルメは二十四歳、その若さを考えれば、ここに一種の謙虚さの表明を聞くこともできるだろう。しかし、自殺願望に帰結するしかないような虚弱さを、あらゆる詩人の宿命とするのはあまりに奇妙である。すべては己の非力のゆえ、と言うマラルメは、自己へのこだわりに凝り固まって、詩人が負うべき使命などもはや視界に入っていないようだ。

もちろん、ロマン主義からボードレールに至る詩人たちも、己の才能の不足を嘆かなかったわけではない。たとえば、『悪の花』第七十四篇「破《わ》れ鐘」を読もう。このソネも、前半で冬の夜に力強い音を響かせる鐘を描き、後半では翻って己を鐘に例えるという、象徴の手法を用いた詩である。

私はと言えば、私の破《わ》れた魂は、憂鬱のときに
歌を歌って夜の冷たい大気を賑わせようとしても
しばしば、その弱り切った声は

忘れられた傷病兵のにぶい喘鳴のようになってしまう
——血の池のほとり、死人の山に押しつぶされて
全力を尽くしても動けずに死んでゆく男の声。[6]

ここで敗残者として歌う詩人の声は頼りなく、それを彼はもちろん遺憾とするものだろう。ただしここで苦しい声を振り絞って歌う歌は、人間の苦しみの表現であるという点によって一種の達成を得ている。悲歌は抒情の代表的ジャンルである。しかし、「歌えば苦しげな声が出る」ことと、「歌えない」ために自殺を図るということには根本的な違いがある。沈黙を選ぶのであれば、それはもはや悲歌でさえない。

マラルメの「不能」とは、まず何よりも詩人としての能力の欠如であり、そこにはいかなる浄化《カタルシス》も期待できない。ポエジーを読者に伝達することまでをも拒否し、自ら落ち込んでゆく絶対的孤独を見越してふざけてみせる——このグロテスクともいうべき明晰さこそが、マラルメの初期詩篇を貫くひとつの幹であった。ゴーチエがマラルメを評して「少々わざとらしい奇矯さ (extravagance un peu voulue)」と評したのはこの点であろう。[7]

言い添えるならば、たしかに、マラルメの「不毛」はより清廉な表現をとることもあった。詩「海の微風」に歌われた「白さが守る空疎な紙」は、この時期のマラルメが「不毛さ」に与えることのできた

なかで最も簡潔な、美しい表現だろう。しかし、一八六六年当時の読者——つまり、のちにマラルメが辿る道のりと、彼の詩業の達成点を知らない読者——はここに、「書けない」ことこそが詩人の条件である、というパラドックスを読み込むことができただろうか。そもそも、「書けない」ということに深く苦しみ傷ついていたマラルメ自身も、いつかは「書ける」ようになり、本当の詩人になることを夢見ていたはずである。たしかに、今、我々の視点から見るならば、純白のページの厳格さには後のマラルメの孤高を透かし見ることができるだろう。しかしながら、「海の微風」はその基調において、無名詩人の独りよがりな嘆き調を脱していない。

マラルメとロマン主義

もちろん、マラルメにしても、初めから書けなかったわけではない。後年の彼は次のように自らの文学への目覚めを振り返っている。

> ラマルチーヌの魂を抱き、寄宿舎やリセを転々としながら、私はいつの日かベランジェの座を奪おうという野心を秘めていた。というのも、ある知人宅で彼に会ったことがあったから。実行に移すには厄介だ、と言われたが、それでも長い間、私は百冊ほどのノートに詩作を試した。たしか、それはいつでも没収されてしまったはずだけれど。（I, 787）

ここでまず注目するべきことは、ラマルチーヌやベランジェという名に象徴されるロマン派的風土に少年マラルメがすっかり浸っていたことである。ノート百冊という数字は誇張かもしれないが、いずれにしろ、マラルメはロマン主義の雄弁に憧れ、たくさんの詩を書いていた。もちろんそれらは、少年期の習作にすぎなかっただろう。しかしそれでもともかく、一八六〇年、十八歳のマラルメは、『四方を壁に囲まれ（*Entre quatre murs*）』という詩集を構想し、それを一冊のノートにまとめるところまで達していたのである。[8]

少年マラルメのロマン主義への傾倒に関しては、この『四方を壁に囲まれ』という詩集のテクストを刊行したアンリ・モンドールがその注解でつぶさに検討している。突出しているのは、当然のことながら、ヴィクトル・ユゴーの影響である。ここでそのすべてを検討することはできないが、一八四〇年の詩集『光と影』（マラルメがまだ生まれる前、七月王政下でロマン主義文学が活動の頂点にあった時期の傑作である）に始まり、最新作『諸世紀の伝説』に至るまで、マラルメはさまざまなユゴーの作品を参照している。反抗心を秘めて学校でひそかに詩行を連ねる少年が、第二帝政下で追放されていた詩人に自己を重ねるという、当時の典型的な文学かぶれの青春と言っていい。成人前の若さでともかく詩集を一編世に出そうなどと考えるのも、早熟な天才ユゴーの伝説をなぞらんという野心のゆえだろう。構想された詩集は、現在欠落している詩行も補えば二千行を超えると予測される規模である。[9] のちにマラルメが書いた詩句はすべて合わせても千四百一行と言われるから、[10] この時期のマラルメの多産ぶりは印象的である。

マラルメはその後いったん詩作を停止したと考えられている。この『四方を壁に囲まれ』の構想に一定の形を与えた後、彼は別の作業にとりかかる。フランスのさまざまな詩人の作品を書写し、またエドガー・ポーの詩を翻訳して『落穂』と題したアンソロジーを組むのである。

もちろん、この詩句収集の期間にあって、マラルメが完全に自作を放棄してしまったという確証はない。しかし、モンドールは、この『落穂』を記した四冊のノートの入念さ、またそこに収められた詩句の量からして、一八五八年から六〇年にかけてのマラルメの文学的営為はおおよそそこに収められている、と考えている。[11]

巨人ユゴー

マラルメがボードレールやバンヴィルを知ることでユゴーら大ロマン派の圏域を脱していったことは、のちに『現代高踏派』に収録されることになる初期詩篇をざっと読んでみれば明らかである。すでに見たように、マラルメの「不毛」が個人的絶望に引きこもる点で先人たちと区別されるべきであるとしても、「不毛」というテーマ自体は、ボードレールの影響下で発想されていることは間違いないだろう。しかしながら、たとえばベルトラン・マルシャルのように、この時点でマラルメが排他的な選択をした——つまり、ボードレールに入門するためにユゴーを捨て去った——と考える必要はないだろう。[12]たとえば、火曜会に出入りしていたアンドレ・フォンテナスは、「人生の始まりから終わりまで、マラルメはユゴーに揺らぎない、誠実な崇敬の念を捧げていた」と証言している。[13]ロイド・オースティンはこのフォンテナスの証言のほかにいくつかの根拠を示して、マラルメがユゴーに向けた驚嘆の念は、その詩風の違いにもかかわらず、誠実なものであり続けたと結論づけている。[14]なによりも、「詩の危機」の以下の叙述は、マラルメが畏怖とも呼ぶべき強い感情をユゴーに抱き続けていたことを証するものである。

ヴィクトル・ユゴーの死によって習慣を中絶させられ、あるフランスの読書人は戸惑うばかりである。ユゴーは、自らの神秘的義務を遂行するなかで、哲学、雄弁、歴史といった散文をことごとく詩句へと叩き込み、その人格は詩句そのものであったのだが、ゆえに、思考し演説しあるいは叙述しようとする者たちから、言葉を発する権利までも収奪するかのごとくであった。〔……〕この巨人の強固な鍛冶うつ手、頑強の度を常に増しゆくその手に、詩句は同化されていったが、詩句の方ではこの巨人が亡き者となるのを、思うに敬意を持ちつつ待っていたのだ。自らが折れる、そのために。(II, 205)

もちろん、この文章を書いた一八九二年になれば、マラルメにも幾分のアイロニーを弄する余裕がある。作品が実際に読まれているかどうかはともかく、このときマラルメはフランスの新しい文学運動を代表する詩人となっている。そしてまさに、その資格において英国の『ナショナル・オブザーバー』誌に掲載した時評こそが、この文章の初出バージョン(「フランスにおける詩と音楽」)であった。もはやマラルメは、ロマン主義の雄弁に圧倒されていた少年ではない。ユゴーとは、言葉を発する権利を不当に独占した詩人であり、フランスの詩も、彼の手を逃れ出ることを夢見ていたのだ、とマラルメは言う。しかし、このアイロニーは敬意を排除する性格のものではないだろう。ユゴーとは詩を書く者にとっての根本的な条件であった、という確固たる認識がここにはある。

不毛の花

青年期のマラルメに戻ろう。ユゴーに体現されるロマン主義的詩人像は、初期詩篇においては明確に、ただしその陰画として刻まれている。この、ロマン派的「豊穣」に対するマラルメの「不毛」を、ここで『現代高踏派』に収録された中から一篇を選んで検証したい。以下に引用するのは詩篇「花」の同誌掲載のヴァージョンである。

花

老いたる碧空の金の雪崩から、始まりの
日に、また星星の永遠の雪から、
神よ、あなたは大いなる萼《うてな》の杯を、いまだ
若く汚れなき大地のためにとりだした。

鹿毛色のグラジオラスを、細き首の白鳥とともに、
そして流浪の魂を飾る神々しき月桂樹、
踏みしだかれた曙の恥じらいが染め上げる
熾天使の清らかな足指のように紅の夾竹桃を。

ヒヤシンスを、雷光も麗しき銀梅花を、
そして、女の肉にも等しき、冷酷なる
薔薇、光の庭に花開くエロディアード
輝ける粗暴の血に潤う薔薇を。

さらにあなたは成した、嗚咽する百合の白さを、
――歎息の海の上をかすめて転がり、

ほの明るい水平線の青い香煙を横切って
泣く月のもとへと夢みて昇るあの白さを。

ホザンナ、琴《シストル》と香炉に賛歌よ響け、
我らが父よ、この冥府の庭に歌う賛歌、
そして神秘の夕べにその谺よ絶えよ
そは眼差しの法悦か、背光の煌めきか。

おお父よ、義しく強きその胸に
未来の小瓶を揺らす杯、
生に萎れ疲れた詩人のために、
大いなる花々と馥郁たる死を創りたる者よ!

(I, 107)

百合、薔薇、等々と花の名を次々に呼ぶ手法に、すでにユゴー調が感じられる。マラルメの天分はこのような列挙の手法とは相容れず、それがこの詩の弱さとなっている、とはアルベール・チボーデの指摘である。[15]

ユゴーとの関連で言うならば、もっと具体的な相似がある。詩の出発点としておかれた第一行

Des avalanches d'or du vieil azur

はあるユゴーの詩行に酷似する。

Des avalanches d'or s'écroulaient dans l'azur

と、これは他でもない、若きマラルメが熱中した『諸世紀の伝説』第一詩篇にある詩句である。ユゴーの詩の冒頭部を問題の箇所まで引用しておこう。

女の祝祭

I

曙光が現れる。いかなる曙光か。それは深淵、
巨きな、測りがたき、崇高なる、眩さの落つ淵。
それは平穏と善良の熱き煌めき。
地上の始原のときであった。そして光は
——神の御許にひとの見うるはこの光のみ——
はるか天の頂に朗々と輝く。
すべてが照らされる。闇も、くらき霧も。
黄金の雪崩が碧空にくずれ落ちていた。(16)

ユゴーとマラルメの問題の詩句は、第六音節までの半句《Des avalenches d'or》が完全に一致している。

後半の半句に関しても「碧空（azur）」の一語が共通しており、この類似を完全な偶然とするのは無理だろう。このことは既にチボーデ、ヌーレ、モンドール、サルトル、それから先ほども名前を挙げたフォンテナスなどによって指摘されてきた。もっとも、マラルメを崇敬するフォンテナスは「マラルメがユゴーのこの詩句を思い出さなかったことに疑いは容れない[17]」などと言っている。そこまでマラルメの独創性を擁護するのも奇妙だろうが、マラルメが意図的にユゴーの詩句をなぞろうとした、あるいは、ユゴーの詩を傍らに置いて、それをコピーすることから詩を始めた、とまで考える必要はないかもしれない。オースティンはこれを、「レミニッサンス」、つまり、意図的ではなく、記憶していた詩句をなぞってしまったものとして、好意的に解釈している[18]。

もちろん、ここで重要なのは盗作かどうか裁くことではない。そもそも、マラルメも当時の読者も、「花」がユゴーの詩想を下敷きにしていることはすっかり承知していたのではないか。二十世紀に入って多くの注釈者がそれぞれ別個に気づいているのであり、ましてや十九世紀後半の読者にこの類似は隠しようもなかっただろう。ユゴーの厖大な詩作のうち、どの詩句とすぐには言えなかったかもしれない。しかし、壮大な宇宙開闢の幻像はただちに、幻視者《ヴィジョネール》ユゴーの詩想を喚起したはずである。マラルメが「花」の起句としたものは、「老いたる碧空」つまり、年を重ねてなお滅びようとしないロマン主義的理想へと捧げられた、幾分アイロニカルなオマージュではなかろうか。

壮麗な画面に微妙な陰影を兆させる弱冠詩人の手腕は、むしろ注目に値するものである。マラルメはここでわずか六年前、熱烈で無邪気な賞賛をガンジー島の流刑者に捧げていたころとは、まったく別の境地に達している。ユゴーの詩句 « Des avalanches d'or s'écoulaient » においては、不定冠詞 *des* **avalanches** および半過去形 *s'écoulaient* によって、光が己のうちに崩落しつづける原初の景観が現れる。同時に、それをまざまざと見つめる詩人の視線が浮かび上がるだろう。きわめて直截かつ大胆な惹句である。他方、マラルメの詩句においては、Des avalenches d'or の冒頭 des は前置詞（de）と定冠詞（les）の縮約形であり、「……から取り出した」という補語を頭に置くという文法的複雑さは、ユゴーのアレクサンドランの簡明さと並べられると際立つ。その一方で、「黄金の雪崩」が定冠詞とともに現れることにも、ユゴーの詩句との落差を見ておくべきだろう。マラルメにとってもはや「黄金の雪崩」の壮麗も既知のものである。目を瞠って凝視するべき驚異ではないのだ。それは「世界の起源」というような観念に凝固し、紋切り型に近づく。こうして、avalenche と azur の二項を結んでいた動詞 s'écroulaient は消える。マラルメの詩法はダイナミズムを犠牲にして簡潔さを指向するものである。

この第一句から始められたマラルメの「花」は、最終連に至って死を暗示する。ただし、ここでも詩人の命運はごく限定的、個人的に現れるのであって、冒頭から続けられてきた創造の賛歌は、なかば強引に「大いなる花々と馥郁たる死」の哀願へと帰結させられてしまう。詩人の苦しみがエレジーに昇華しないうちに、自殺の願望に衰微してしまうのは、先程の「鐘撞き男」と同様の展開である。

近代の叙事詩

ただし「花」におけるマラルメが、詩人の使命を世界の生成へと結びつけていることは、『諸世紀の伝説』でユゴーが目指したところと大いに関係があるだろう。『諸世紀の伝説』は、フランス語による叙事詩というフランス文芸多年の難題にユゴーが取り組んだ作品である。ロマン主義はシャトーブリアンを嚆矢としてこの課題に取り組みつづけたが、世紀前半に繰り返された試みはことごとく失敗に終わったと言っていい。『諸世紀の伝説』においてユゴーが示す解決法は、アクロバティックで逆説的である。近代の叙事詩は、いくつものエピソードに分断されつつ、その総体において進歩を顕揚すると言うのである。

ある種の循環的営為のうちに人類を表現すること。継時的に、そして同時的に、歴史、寓話、哲学、宗教、学問といったすべての相のもとに人類を描き出し、それら諸相が光へとむかう巨大な上昇運動ただひとつに要約されることをしめすこと。光と影が交錯する鏡の中に浮かび上がる像のように――地上の営みが自然に中絶してしまう以上、この鏡は作者が夢見た規模を得る前に壊れてしまうだろうが――この一《いつ》にして多、陰鬱にして光輝に満ち、非運にして神聖なるこの偉大な肖像、すなわち人類の姿を映し出させること。以上が、『諸世紀の伝説』が生まれ出たところの思想――あるいは野心とひとは言おうか――である。(19)

たんなる歴史絵巻にとどまらぬ宗教性を叙事詩に与えるには、十九世紀という分断の世紀が適していないことを、ユゴーの直観はとらえている。それゆえに彼は、表題で複数形に置いた「諸世紀(siècles)」の時間的地理的多様性をただちに統合しようとはしない。そのうえで、二元論的世界を原型としながらも、撞着語法に代表されるような詩的言語によって背反する原理を結びつける。――すべてが混沌とする中で、しかしそれらすべてを導いている摂理が善であることを信じ、人類という全体が進歩しているのだと言いきってしまうこと――それこそ、作品を貫く思念である。しかも、『諸世紀の伝説』はそれだけでは完結しない。このあと、さらに『サタンの最期』『神』という二作品によって引き継がれたところに、ユゴーは自らの叙事詩の完成を予見しているわけだが、この途方もない構想は、はじめから未完成を運命付けられていると言うべきか――否、ユゴーは恐るべき書き手である。「地上の営みの中絶」がやがて訪れることを知りつつ、ひたすらに筆を進めてゆくだろう。

彼は言う。「歴史、寓話、哲学、宗教、学問といったすべての相のもとに人類を描き出す」と。これに見事に対応する描写が、先ほど引いた「詩句の危機」にあった。ユゴーは「自らの神秘的義務を遂行するなかで、哲学、雄弁、歴史といった散文をことごとく詩句へと叩き込」んだのだ、とマラルメは説く。『諸世紀の伝説』序文を直接参照したかはともかく、マラルメはユゴーを叙事詩的使命に殉じた詩人、いや、死に至るまでその使命にポエジーを束縛した強力無双の巨人として記念するのである。若き日のマラルメはその力の前に圧倒されただろう。一篇の詩に出発点を与えようとして、恐らく無意識のうちにユゴーの詩句をなぞって原初の混沌を描写してしまう——この事実にはマラルメがユゴーのエピックな力量に受けた強い印象が反映しているはずだ。

しかし、目もくらむような光が自身の影へとおちこんでゆくという同じ景観から出発しながら、二人の詩人はまったく逆の方向へと進む。ユゴーは、それぞれの章において、あるいは善の、あるいは悪の勝利を歌いながら、それでも大局における人類の進歩を描き出す。問題となるのは、短い個人の生ではなく、ひとが生まれ、死ぬという循環によって生み出される世代、それによって紡ぎ出される総体の歴史である。ユゴーの文学は、生成すること générer を原理とする世代＝生成 génération の文学である。

もっとも、集団のために個を捨象するのかと問うならば、ユゴーはきっぱりと反駁するところだろう。「多と一」という二相さえも、最終的には一相に収束する。その「一」とは畢竟善にほかならない。そして、この善に向かうダイナミズムこそが進歩なのだ——これがユゴーの信念である。詩人はこの歴史に伴走し、未来を信じてその使命に殉ずるべきである。

一方マラルメは、世界の誕生を歌うという叙事詩的主題を選んでも、その詩に充分な展開を与えられない。チボーデはこの詩に関して「生まれるや否や宿命的に音楽の通路を介して沈黙へと流れ込んでいく」と述べ、次のように分析する。

この詩は音楽的進行によって形作られ、その進行を可視的なままに保存しているのだが、弁論術的構成あるいは造形的ヴィジョンが定めようとする通常の限界点において停止することなく、次第に緩々となり、自らの内的呼吸の途絶えるままに死に至るのである[20]。

確かに、この音楽的衰弱にはどこか未来のマラルメ詩学を予期させる種類の幽かな美が備わる。しかし死を早めてくれという哀願は、いまだユゴー的あるいはロマン主義的な力強さの陰画に留まって懦弱である。「生に萎れ疲れた詩人」の生涯に打たれるべき終止符は「未来の小瓶」と名指されるが、未来とは名ばかりで、この毒薬は進歩の展開とそれを歌うべき詩人の使命を早々に断つものでしかない。

　マラルメはたしかに冒頭で時間の誕生を歌っている。しかし、詩人の視界は急速に狭まってしまうだろう。第二連では曙を、第三連では光の庭そして血の赤さを喚起して昼から夕日まで、第四連では夜の月を、というように、世界は一日の光の推移に要約される。つまり「始まりの日」は終わりの日でもあり、マラルメは人間の各世代が織りなす「歴史」を展開させない。叙事詩的な宇宙発生観《コスゴモニー》を抒情的倦怠にすりかえる、とも言えるだろう。第三連で要求された血の犠牲が、第四連、夜の法悦に昇華するように、抒情は時間を超越した境地、永遠への回帰を約束しているようでもあり、これを「抒情的持続」と呼びたくもなる――しかし、詩の終盤で突如抒情的持続はその意味を裏返し、発展のない時間の倦怠感となって詩人にとりついている。弁証法的律動を欠き、進行を欠いた時間、ユゴーが言うところの「循環」を失った時間に不毛なる詩人は囚われている。

不毛と女性

ユゴーとマラルメ、二人の詩人の差異は、それぞれが女性に与える地位に如実に表れることになる。

自身の叙事詩の第一詩篇を「女の祝祭」と題することで、ユゴーが創世記の書き直しを図ったことは明白である。ユダヤ・キリスト教的伝統においては、男の脇腹から取り出された女は従属的存在とされ、堕落の契機として描かれる。ユゴーはこの伝統に決然と対抗する。「女の祝祭」第三節は男と女を同時に提示するのである。

光に燃え立つこの大きな空を崇め、
存在する幸福に満ち、愛することを喜び、見ることに酔いしれて
目もくらむ鏡となった湖のほとりの物陰、
寄せる波に足を浸して座る者たちがいる——
最初の男、そのそばに、最初の女。

夫は祈り、妻は傍らに侍す。[21]

そしてこの後、原罪も失楽園もなく、ユゴーによる創世記は生殖を祝福する。「祝祭」と訳した « sacre » は、狭義で王や司祭の聖別式を意味する。そのクライマックスは「女の祝祭」の最終行（「そして青ざめ、エヴァは胎が動くのを感じた」[22]）、女性が母性として聖別される瞬間である。こうして、新たなる生命の誕生が語られ、世代の循環が暗示される。また、それと同時にエピソードを累々と重ねるという『諸世紀の伝説』の構成が正当化されるのである。

一方、マラルメにとっては、女性が肥沃の象徴として現れることはない。詩篇「花」において、「女の肉にも等しき薔薇」は血を求めるエロディアードにたとえられる。この肉は決して生産・生殖へとは

向かわない。それに対して、ユゴーは生命創造の材料として女を賛美していた。

女の肉！　理想の粘土！　おお、驚異よ！(23)

このユゴーの詩行と比べれば、マラルメの立場は一層明らかになるだろう。犠牲を要求するエロディアードこそは、マラルメの想像力に棲みつき、むなしき不妊の美を象徴する女となるのであるから。

女性を巡るマラルメの態度は、詩篇「花」を一八八七年の版と比較するときに一段と鮮明になる。この版で、父なる神への呼びかけは、「母」への呼びかけにとってかわられる。この書き換えの要因は、言うまでもなく宗教上の転換であろう。とうの昔に神を否認した一八八七年のマラルメが父という言葉を削ったのは当然の成り行きである。しかしまた、そもそも一八六六年当時のマラルメの詩には肯定的な母性のイメージは現れようもなく、そのことによって父性への呼びかけが置かれていた、と考えることもできる。不毛の詩学は、その性的表れにおいて、女性・母性と生殖への嫌悪に結び付けられるからである。

かくして、私は冷酷な魂をもつ人間への嫌悪にとらわれる――
幸福にまみれた彼らは、ただ食欲のためだけに
食い、必死になってさがすものといえば、
子供に乳やる妻に与えるための汚物ばかり　(I, 9)

詩篇「窓」の第六連である。ただ家族を養い、特に子供を養うそのためだけに生きている男とは、詩人

が自分自身を通して人類全体を見た図式であり、そのヴィジョンをマラルメは初期詩篇において強迫的に展開することになる。「窓」のような強烈なシニスムに貫かれた詩以外にも、その影響は強い。

何ものも、目に映る古い庭さえも
この海に浸るこの心を引き留めはしない
ああ、あの夜々に！　私のランプの孤独な光が
白さによって守られた空虚なページを照らしても、
若妻が子供に乳をやろうとも、留まらぬ。

(I, 15)

詩篇「海の微風」の一節である。一読した限りでは、ただ漠然と漂泊の思いを歌っているようなこの詩にも、ユゴーが「世代（génération）」と呼んで賛美するものへのあからさまな嫌悪が表明されていることを聞き逃してはならないだろう。詩人は子に授乳する妻に背を向けて逃亡を夢見る。引用の最終行 « ni la jeune femme allaitant son enfant » ——彼は詩篇中に自らの子を描きつつも、その子を「わが子」ではなく「若き妻の子」としか呼び得ない。

ここにまた、マラルメの不毛がボードレール的不毛と相違する点がある。すなわち、マラルメ的詩人は性的に不毛ではない。そしてそのことをわざわざ証だてるように娘ジュヌヴィエーヴを思わせる子供の姿を自作中に配するのだ。ここに詩人の絶望はきわまる。肉体の可産は詩作における多産を保障しない。それどころか、ボードレールのような凄まじい不毛の歌を歌うチャンスを詩人から奪い、地上の小ブルジョワ的現実に置き去りにして、ポエジーによる補償を妨げる、つまり、肉体の多産は精神の不産と一体だと言うわけである。わが子わが妻に対して文学的虚構のうちに冷淡さを示すことは、実人生に

においてマラルメが彼女らに非情であったと証明するわけではない――もちろん、自分が実生活の愚痴を書き連ねている文学は、妻の理解の外である、という、根本的な蔑視がここにあることはたしかであるが。ただ、それはそれとして、生活と詩業が並び立たぬことに苛立つのはむしろ、後年知られることになる家庭人マラルメの情愛がこの時期すでに芽生えているからだと見ることもできるはずだ。またそれゆえにこそ、不毛は重くのしかかる。若くして子をなした彼は子をなさずに死んだ者とは異なる位置で、そしてより長期的な課題として人間の不毛を引き受けざるを得なかった。

文学の不毛性と危機

ここまで、ロマン主義を背景にして浮かび上がるマラルメ的「不毛」の概形を示してきた。詩が書けないという個人的な事情を「不毛」という言葉で表現するとき、マラルメは、性的不能性、そして、種としての人間の凋落、というところまで類推を進めるだろう。こうして、当然のように現れるのがデカダンスのイメージである。その代表例が「未来の現象」という散文詩である。そこでマラルメは、世代を重ねるごと脆怯になってゆく人類が、原始の女性の美に驚き群がるさまを、世界の黄昏を背景にして描き出すだろう。

この散文詩の分析は次章に譲るとして、最後に強調したいのはむしろ、マラルメがここまで描いてきたような頽廃への傾きを、早々に脱するということである。マラルメは一八七〇年代以降、進歩の鏡像としてのデカダンスとその虚弱なリリスムをすっぱりと捨ててしまう。これもまた次章で詳しく検討するところであるが、「未来の現象」で扱ったのとまったく同じモチーフは、後年の散文詩「縁日の宣言」において再び扱われる。ところがそのとき、夕暮れの光に照らされる理想の女性を群集の視線に曝すという場面は、衆人と詩人との困難な、しかし期待されるべき交流の比喩として再生する。そしてそのとき、問題は「進歩－頽廃」という軸からずれてゆくだろう。個人的な苦悩として感得されていた「不毛」――書けないということ――が時代の条件なのだと認識するそのとき、マラルメは、ロマン主義が前提していた文学と人類の共時的進歩への期待に終点を画し、生殖をモデルとしない文学創造の可能性を見極めはじめる。

先ほども引いた一八九二年の「詩句の危機」を再び読んでおこう。ユゴーの死をきっかけとして、ロマン主義の総決算を図るこの散文は、その冒頭で、マラルメ的不毛の特徴的情景を素描するのだった。

たった今、仕草をうち遣り、どうしようもなく天気の悪い午後が重なるのにぐったりとなって、興味を失い、そもそも二十年の昔からすべて読んでしまったように思われるのだけれど、書棚の仮綴本のきらめきにさらなる雨を落とす色とりどりのガラスの玉の緒を私は取り落とした。これからも数多の書物が、ガラス造りのカーテンの裡にそれぞれの光輝を並べることだろう。私は窓ガラスにはりついて嵐を孕む空を見つめるように、雷光の閃きを追いたいと思う。　(II, 204)

デゼッサントのデカダンスは、装飾された革表紙によって空虚を秘匿していた。その豪華な蔵書が蔽い隠そうとする貧しさとはまったく異なる不毛の光景が、仮綴本がならぶマラルメの書棚に現れる。二十年前から新しいものを読んでいない、いやそれどころか、「すべての本を読み終えた」という「海風」の悲嘆、一八六五年の悲嘆と変わらぬ地点にマラルメはいる。世代の循環を信じたユゴーの楽観に反し、文学の不毛は蔽いようもない。ただ、もの憂いなかにも詩人の精神は働き、その露わな不毛を輝きに灯してゆく。外に吹く嵐、雷光の明滅、窓にかかる雨滴を通して室内に降る光、書架にかかるガラスのすだれ、その奥に並ぶ書物は質素な仮綴本であっても brochure あるいは ouvrage と呼ばれることで、フィクションの次元に錦織や刺繍細工の如ききらめきを放ち、こうして室内の諸相にアナロジーの淡い糸が通ってゆくと、そこに文学の危機がうっすらと像をむすぶ。このあと、「ある一つの局面がとまり、意識を持つ」とマラルメは言う——危機とは、世代の連鎖と進歩を信じるロマン主義的運動を停止しようとする、明晰な意識の働きに他ならない。そして詩人は連続する時を断ち切る。すなわち中断《エポケー》によって立ち現れる星辰の相貌に、時代《エポック》を読み取るだろう。次々に現れる書物は進歩の足取りを刻むのではなく、並置されてゆくにすぎない。ただ、その光の連なり、布置はすでに何物かを暗示している。その解読をマラルメは詩人の唯一の義務とするのだが、こうしてマラルメはロマン主義的詩人像を継承しつつ、ひたすらに進歩を歩むのとも、デカダンスに沈み込むのとも異なる可能性をフランス詩に開いてゆく。

しかしその一方で、「世代」への関心は不毛の観念をマラルメが脱する時に尽きるものではない。マルシャルが認めるように、創造 création と生殖 procréation の等価性はむしろ「アナトールの死以降、より悲劇的な様相を帯びて顕著になる」[24]。後継者を切望しながらそれを得ずに死ぬことを悲劇というなら、たしかにここには悲劇がある。しかしマラルメの、少なくとも出版された作品は、『賽子《サイコロ》一振り』をはじめとして、その悲劇的局面を嘆くのでもそこから目を逸らすのでもなく、それに対峙しつつ生きよと命じていることを忘れてはならない。人類の命運を自らのそれに重ねようという叙事詩的使命は自分ひとりの背に負い得ない、ならば詩業の意義を「未完」という地点において失敗から救おう、というのは、マラルメとユゴーに共通の態度である。しかし、ユゴーが、自らの溢々たる叙述が続く、その線形的延長において、来るべき世代による完成があるのだと予見し、その予見を以って完成に代えようとしたのに対し、マラルメは、個人の死に絶対的中絶を見、世代の連鎖を切断する危機と、そこにおける潜在性の発露こそを文学的創造の条件とするだろう。もっともそのような明晰さは初期のマラルメがいまだ持ち得ぬところである。彼は巨匠たちの偉業の傍ら、白紙を前に苦吟するところから出発せざるを得なかった。この不毛は豊穣に反転されることはない。しかしマラルメの詩業の中核は、負から正へのアクロバティックな転換も言葉のインフレーションも排しつつ、のっぴきならない現在、この時代に身を置いて筆を執ることに存する。後年の意識の透明は、若きマラルメが幾千の詩句で埋めたくても埋められなかった「空疎な紙」の上に、見えずとも兆していたのである。

第二章　女を暴《さら》す――ボードレール散文詩の継承と展開

一、マラルメ散文詩の問題

散文詩と「逸話あるいは詩」

マラルメの散文のうち、一定のものを選んで「散文詩（poème en prose）」という枠組みをはめることは、今日、定説と言っていいかもしれない。ことはテクスト校訂――つまりはマラルメの作品をどのような形で刊行するか、という問題――に関わるもので、専門家以外の興味を惹かないような、煩瑣な議論に陥る恐れがある。しかし、マラルメ作品のジャンルについては少なからぬ誤解が流通しているので、ここではその「散文詩」という呼称に関する事情をまとめておきたいと思う。

「散文詩」をマラルメの散文の下位区分として設けることは、プレイヤード叢書に収められた二つの全集が権威となって定着したと言っていいだろう。一九四五年発行のプレイヤード旧版において、アンリ・モンドールは『譫言集《ディヴァガシオン》』冒頭第一節の「逸話あるいは詩」から、その最後に位置する「衝突（« Conflit »）」一篇を除いて残る十二篇を「散文詩」に分類した。(1)おそらくこれが、マラルメの散文作品の一部を「散文詩」というジャンルに切り分けた最初の例だろう。そして、そのおよそ半世紀後、プレイヤード叢書はマラルメ全集の新版を出版する。ベルトラン・マルシャルが編纂したこの新版は、一九九八年には第一巻「詩」が、二〇〇三年に第二巻「散文」が発行されることになるのだが、ここでの「散文詩」の扱い方は、旧版を基本的には踏襲しつつ、少し複雑な認識を示すものとなっている。『譫言集《ディヴァガシオン》』はマラルメの散文作品を集めた書物であるから、第二巻「散文」に収められる――これはまったく異論を挟む余地のない選択と言えるだろう。ただしマルシャルは、『譫言集』の冒頭すなわち「逸話あるいは詩」については、あえて重複を厭わず、そこに含まれる十三篇を第一巻に入れ、「散文詩」という区分を立てるのである。[2] すなわちマルシャルは、旧版では「散文詩」から除外された「衝突」を散文詩とみなすという調整をしつつ、基本的には「散文詩」というジャンルを立てるモンドールの方針に従っている。

このように、マラルメの作品について「散文詩」という区分を立てる場合、『譫言集《ディヴァガシオン》』の冒頭に置かれた十二ないしは十三篇を数えるのが普通である。しかし、まずは単純な事実を確認しておこう。マラルメ自身はこの節に直接「散文詩」というタイトルをつけてはいない。マラルメの散文詩を十三篇とするのは、あくまでも一解釈にすぎないのである。少なくとも、彼が「散文詩」に該当するものと該当しないものを分けて創作を進めたと考えるのは間違いである。

まず、マラルメの言葉遣いを追ってみると、「散文詩」という用語は長い間大まかに使われていることがわかる。「逸話あるいは詩」所収の文章以外にも、「散文詩」と呼ばれたものはたくさんあるのだ。たとえば、若書きの「文学的交響曲」の掲載をアルベール・コリニョンに働きかけた手紙において、マラルメはこの作品を「散文詩」と呼んでいる。[3] また、ずっと時代を下って一八八五年、デュジャルダンに宛てた手紙においては「リヒャルト・ヴァグナー――あるフランス詩人の夢想」について、「半ば記事、半ば散文詩」(I, 784) と形容している。

もう少し時代を下ってもマラルメの認識は大きく変わらない。一八八八年、マラルメは「過去を清算する」ために「二百頁の散文詩集」を出版する計画を立てる。[4] この企画は紆余曲折を経て、一八九一年に『ページ (*Pages*)』という題の冊子として発行されることになるのだが、この冊子に収められたのは、後の「逸話あるいは詩」すなわち一般に「散文詩」と認定されている十三作品に限られない。『ページ』には、すでに挙げた「リヒャルト・ヴァグナー」のほか、「ヴァテックを要約するための小品」「芝居鉛筆書き」数編が含まれるが、それらは将来、『譫言集』が編纂される際には、問題となっている第一節「逸話あるいは詩」の外側に配置されることになるだろう。結局『ページ』の表紙に散文詩という字句が置かれることはなかったが、少なくともこの時点までのマラルメには「散文詩」と「散文詩以外の散文」を区別する姿勢は希薄であるとしなければならない。ミッシェル・サンドラスによれば、一八八〇年代に二度目の流行期を迎えた「散文詩」の呼称は、広義に用いられた結果、ほとんど固有の定義を失っていったという。散文詩という用語を巡るマラルメの態度はこの一般的な傾向と合致するものと言っていいだろう。[5]

それでは、「散文詩」という区分をマラルメ作品中に設ける論拠はどこにあるのだろうか。それは、『譫言集』をマラルメが編集したとき、つまり、一八九六年に至って書かれる『譫言集』緒言である。

> 冒頭の、詩あるいは逸話は、つまらないそれらのものに大げさな待遇ではあるけれども、(公衆への)義務に鑑みて私は省かずに置くことにしたものだが、それらを除外すれば、見たところ譫言としか思われない以下の文章は、思想において単一の主題を扱っている〔……〕。 (II, 82)

「つまらないもの（riens）」と呼ばれる冒頭一節は、文集の統一性を損なうものであるが、読者の便宜を図るために付録されている――そうマラルメは言うかのようだ。そして、この言葉を『譫言集』巻末書誌の次の記述に結び付けることで、「逸話あるいは詩」は散文詩とみなされることになる。

もしかしたら、そこから一個の現代的形式が生まれ、長い間散文詩であったもの、我々の探求の対象であったものを完成に導き、もっとうまく言葉を組み合わせるとすれば、批評詩と言い得るものになるかもしれない。（II, 277）

この前段でマラルメは、散文詩の余白を重視する文章構成について言及し、それを一散文形式の母体として位置づけている。散文詩が、ここで過去の探求として言及されていることは確かに注目に値するだろう。そして、もし「逸話あるいは詩」がここに言われる散文詩ならば、マラルメは、第一節から第二節への移行を、散文詩から批評詩への変化として示したことになる。散文詩はすでに廃れた形式として『譫言集』本編の外側に排出されているようでもあるのだ。

もっとも、巻末に言う「散文詩」が、「逸話あるいは詩」の十三篇そのものだという直接の根拠はない。マラルメの言葉にはむしろ意図的な曖昧さがあるようだ。まずは次のことを指摘しておきたい。たとえ「逸話あるいは詩」が『譫言集』全体の企図からは零れ落ちる「散文詩」だとしても、それは一八九六年というマラルメの生涯の晩期における総括にすぎないのである。『譫言集』は短い期間に書き下ろされた作品ではなく、三十年にわたる散文執筆の営為を纏めた文集である。編集時点での判断が制作された時点での企図と異なるということは十分にあり得る。

それだけではない。巻末書誌で、マラルメは散文詩を「長い間の我々の探求」と呼んでいる。このとき、彼の散文のうちどこまでが問題になっているのか明確ではないが、「長い間」という言葉は、むしろ一八九六年という時点のつい先ごろまで「散文詩」を巡る努力が続けられたかのような印象を与えないだろうか。だとすれば、『譫言集』に収められたほとんどすべての文章は「散文詩」として書かれたことになるだろう。そして、九六年に至って「散文詩」に置き換わるかのように言及される「批評詩」に関しても、よく読めば、マラルメはその可能性を示唆するに留めていることがわかる。「もっとうまく言葉を組み合わせるとすれば」という言い方は、それが暫定的名称に過ぎないことを示すものだろう。「批評詩」はいまだジャンルの体裁を成さず、マラルメはそのことに意識的である。そもそも、「批評詩と言い得るものになるかもしれない」とは、単純未来——現在とは切り離された未来を表す時制——によって表明される予想・推測である。したがってマラルメの認識を忠実に辿るならば、この時点で批評詩はまだ書かれていない。

また、『譫言集』での「逸話あるいは詩」という節の扱いに関しても、「散文詩」のレッテルを貼って十三篇一律に周縁に追いやれば問題が解決するというものでもない。最大の難点は、「衝突」の扱いである。プレイヤード旧版においてこの一篇のみが「散文詩」の区分から外されているのはいかにも恣意的であるが、その理由は、この作品の発表が「逸話あるいは詩」の他の詩篇より著しく遅く、扱うテーマもむしろ後期の他の散文と近いためなのだろう。また、「衝突」は『白色評論』に連載された「ひとつの主題による変奏曲」の一記事であり、他のいわゆる「散文詩」とは発表の媒体も形態も異なる。そこで「衝突」を後期散文の一篇とし、散文詩という呼称を一八八〇年代までに限るというのがモンドールの見解であろう。苦心が伺える選択である。しかし、「散文詩」を定義するのに「詩あるいは逸話」という章立てに頼ったところが、そこに直ちに一例外の存在を認めるというのは恣意的と言う他ない。たとえばそのほかに例外がない、という根拠はどこにあるのか。また逆に、「ひとつの主題による変奏曲」の一変奏が散文詩であるなら、他の変奏（例えば、「対決 « Confrontation »」は「衝突」とほぼ同じ出来事を語るものだが、これは「大事件（Grands faits divers）」の節に収められている）が散文詩でないことの理由はどこに求めればよいのか。

散文詩と批評詩

「衝突」という作品については本書の最終章で再び考察することにしよう。当面の課題は、マラルメと散文詩の問題を大まかにつかむことである。

マラルメがひとたび「変奏曲」として連載したシリーズから「衝突」を外し、そればかりか、雑篇として分類される「逸話あるいは詩」に編入したことの意図は見極めにくい。しかしこの不透明さは、「散文詩」を他のマラルメの散文から、ジャンルとして切断しようという先入見が生むのではないか。「逸話あるいは詩」を文集の前史として切り離したとも解釈できるマラルメの言葉は、厳密なものではない。少なくとも確かなのは、「逸話あるいは詩」という項目に統一性を与えているのは内容的な同質性であり、形式による規定によっては事態を捉えられない、ということである。この、テーマの類縁性については、「散文詩」という区分を「逸話あるいは詩」に重ね合わせるベルトラン・マルシャルも認めている――マラルメは、ボードレールが散文詩において重視していた「現代生活の描写」を延長し、「もっとも日常卑近な現実に題材を得た逸話」を語るのである、と（I,1329）。散文詩に関するマラルメとボードレールの関係については本章でこの後詳しく検討するところであるが、ここでまず指摘しておきたいのは、「散文詩」とは形式の規定というよりも、題材や手法の傾向を緩くまとめている概念に過ぎない、ということである。

そもそも、この時期のマラルメが韻文散文というような文学形式の区分について語るときの態度は非常にラディカルなものだ。ジュール・ユレのインタヴューに答えて「散文というものはない」、「散文と言われるジャンルにあるのは、詩句、あらゆる種類のリズムを備えた詩句であり、それはときには見事な詩句でありうる」（II, 698）とまで言う一八九〇年代のマラルメにとって、「散文詩」の定義がどれほどの意味を持ちえただろう。

『譫言集』書誌に若干先立つ文章で、散文詩が話題になるものがある。一八九四年の『音楽と文芸』である。ここでも散文詩の問題は、「ひとが書き始めるや否や、詩句がすべてとなるのです」という言明に導かれて現れる。

> 拍動のあるところには常に文体つまり韻律法があり、そのようなわけで豪奢を好む作家の散文はすべて、現用の無頓着さを逃れて、装飾的散文となり、切断された詩句として価値を得、その音色と隠された脚韻さえも用いて戯れるのです。バッカスの杖をさらに複雑にしたような描線に従って。先ごろ散文詩という称号を得たものの開花と言ってよいでしょう。（II, 64）

この文章は『譫言集』書誌のわずか二年前に書かれたものであり、同一の認識に基づいていると言っていい。『音楽と文芸』では「先ごろ」得られた称号と言われている散文詩が、『譫言集』において「長い間の」探求と言われることが気になるが、これは視野に収めている範囲の違い、と考えてよいのはないか。マラルメは、『音楽と文芸』においては、幾多の革命を潜り抜け、同一性を保ってきたフランス詩の韻律伝統数百年を念頭に話しているのに対し、巻末書誌においては、マラルメが生きてきたより個人的な時間の幅において話をしているのである。

マラルメがここで散文詩の開花と呼ぶ事態は、のちに「批評詩」の出現と呼ばれることになる事態と同じである。散文のように書かれた詩を何と呼ぶかは「言葉をうまく組み合わせるかどうか」の違いでしかない。あらゆる言説は詩であり、新聞記事さえも詩である、そこには出来不出来の差しかない、とまでマラルメは言うのだ（II, 75）。

いずれにせよ重要なのは、いつの時代においても、マラルメは「散文詩」の定義に拘泥していない、ということだ。八〇年代までのマラルメは、散文詩という言葉を広義で用いている。詩的な散文は総じて散文詩と呼ばれうるだろう。さらに九〇年代に入ると、「散文詩」と「散文詩以外」の区別自体が重要性を失う。散文詩は、その完成態において他の散文言説と混交する。奇妙な構図ではあるが、あらゆる散文は、韻文の律動の平面において同じ資格を得、競い合うのである。マラルメの詩業の舞台が散文詩から批評詩へと移ったとしても、それは散文の腑分けの仕方、謂わばパラダイムの転換を伴っているのであり、ジャンルの進化などではない。

「長い間散文詩であったもの」と「批評詩と言い得るもの」の間には何ら断絶はない。そこにあるのは詩と散文の関係に関する認識の漸次的変化のみである。マラルメの言葉遣いにはもっと注意が払われてしかるべきであった。彼は、かつての試みが「批評詩として成就する（aboutir en tant que poème critique）」と言っているのであって、「批評詩に到達する（aboutir au poème critique）」と言っているのではないのだ。「逸話あるいは詩」というセクションを構成するにあたって、マラルメが最も気にしていたのは「散文詩」という規定を受けるものの外延ではなく、むしろその内包であったはずだ。

マラルメと散文詩人ボードレール

ここまでの議論をまとめよう。第一に、散文詩とそれ以外の散文を区別する規定は、マラルメの詩作のいかなる時代にも存在しない。すなわち、マラルメ散文詩という範疇は存在しない。第二に、「逸話あるいは詩」は『譫言集』全体を編むためのさまざまな要請に従って構成されており、この節とそれ以外の節に原理的な差（たとえばジャンルの相違）を見るべきではない。

さて、以上を確認した上でなら、『譫言集』第一節が散文詩という観念の圏内にあることまでは否定しなくてよいだろう。散文集編集時のマラルメにとって、ここにある「古さ」が影を落としていることは確かなのだ。「古さ」とは、自分の前に為されたこと、その時代性の消しがたい痕跡である。マラルメの念頭にあったのは間違いなく、近代散文詩の創始者たるボードレールの功績である。先程引いた『音楽と文芸』で、散文詩の文体を「バッカスの杖（thyrse）」に喩えるとき、マラルメがボードレールの同題の散文詩をふまえているというのは、バーバラ・ジョンソンが指摘するとおりである。[6] なにより、「逸話あるいは詩」というタイトルの「逸話」という語こそ、ボードレール散文詩の明瞭な刻印ではないか。マルシャルが述べるとおり、散文詩の基本が「もっとも日常的な現実からとってきた逸話を喚起する」ことにあるとマラルメが理解していたとすれば、それは彼が「ボードレールが言うところの『現代生活の描写』を受け継いでいる」ことを示すのだ（I, 1329）。

しかし、そこから直ちに、「逸話あるいは詩」の全体がボードレール散文詩の模倣として規定できると考えるのは短絡である。この節の作品は二つのグループに分けられる。前半（「未来の現象」から「パイプ」に至る六編）は一八六四年から六八年ごろにかけて比較的集中して書かれたのだが、ボードレールの明らかな影響下にあるこれらの作品を、その限りにおいて「散文詩」と呼ぶことに異論はないだろう。一方、マラルメの散文の独自性が内容・文体の両面にわたって発揮されるのは、後半七詩篇であるが、これらに関してはボードレールというモデルとの近似によって「散文詩」と呼ぶことは難しく、『譫言集』のほかの文章との相違も見定められない。その制作年代にしてからが、二十年の年月に散在し、マラルメの最晩年にまで至る長さをもつ。「中断された見世物」は七五年、そのあとの「追憶」は九〇年（もとになった「孤児」は六七年の発表だが、これはまったく別物と言えよう）、「縁日の宣言」「睡蓮」「聖職者」「栄光」はいずれも八六から八七年にかけて発表されているが、最後の「衝突」は九五年の発表である。

その間にマラルメの詩想は変化し、また、執筆を取り巻く環境の変化も作品に少なからず反映しているはずである。このように概観すると、『譫言集』第一節は第二節以降示される散文執筆活動全体の縮図として現れる。そこに示される歩みはむしろ、ボードレール的散文詩からの離脱、とまとめることもできるだろう。

本論は以下、マラルメがボードレールの問題系をいかに独自のポエジーとして昇華させてゆくのか、「逸話あるいは詩」から二篇を選んで具体的に検証してゆきたい。第一のステップとして、『譫言集』で最初に置かれた詩、「未来の現象」を取り上げよう。マラルメの散文は、ついには茫漠たる領野（それを「批評詩」と呼ぶこともできよう）に開かれることになる。しかしはじめに、その拡散のダイナミズムが発動する以前、ボードレール的伝統にしっかりと捉われている作品群の一篇を検討し、マラルメにとって散文詩という言葉が意味したものを明らかにしておこう。

二、「未来の現象」

逸話の詩学

すでに述べた通り、マラルメは「逸話あるいは詩」をゆるやかな制作年代順に配置している。しかし、その最初に置かれている「未来の現象」は、厳密に言えばマラルメの散文詩のうちで最初に書かれたものではない(7)。ただ、冒頭にこの作品を置いたマラルメの意図をあえて推測するとすれば、それは、自分の散文作品の最古層をなすものを提示しようということではなかったか。

もちろん、古さとは未熟さでもある。力みきって「未来」を幻想し、そこに凋落のみを見て絶望するこの若者に、もはや九〇年代のマラルメ、かつてから見た「未来」に、しかし若いときに暗く夢見られたものとは別の現実に、すでに至ってしまった詩人は共感しないだろう。成熟した詩人は、ボードレールの毒気に当てられ、まだろくに生きてもいない世界を疎むかつての自分を気恥ずかしく思ったのかもしれない。未熟さは心理的なものに留まらない。「未来の現象」は文学作品としても未成熟である。借り物の厭世観の表現も、自前とは言えないのである。この作品に表象される世界は、マラルメの散文のなかで最もボードレールの散文詩に近い。

マラルメ初期の散文はいずれも、多かれ少なかれボードレールの影響下に書かれている。しかし両者の間には少なからぬ相違点がある。たとえば、それぞれの作品における抒情に対する距離の取り方である。ボードレールにとって散文詩とは、慣習的な抒情から身を引き離し、矛盾を抱え込んだ現代都市生活を写し取る手段であった。一方、マラルメの散文詩は、ときに安易なほどに抒情に流れる。たとえば、「秋の嘆き」と「蒼白の哀児」は、初めて発表されたとき共にボードレールに捧げられた散文詩であるが、憂鬱といっても「秋の嘆き」のそれは感傷の色濃く、むしろポーの韻文詩に似た調子がある。また、「蒼白の哀児」では、アロイジウス・ベルトラン風のストロフ分割、あるいはマラルメ自身がポー韻文詩の散文訳でみせるような構成によるが、このように韻文抒情詩を模す形式は、ボードレールが散文詩において意識的に排したものであった。

それでは、この抒情性にこそマラルメ散文詩の独自性を見るべきであろうか。しかし、ここで重要なのは、七〇年代以降のマラルメはこのような抒情的散文ときっぱり縁を切るという事実である。いかに抒情性が非‐ボードレール的であるとしても、それは後のマラルメの散文の主幹には育ってゆかなかった。

一方、「秋の嘆き」や「蒼白の哀児」といった抒情的散文詩に比して、「未来の現象」が示す短い物語風の形式は『パリの憂鬱』の大部分の作品とよく似ている。マラルメはボードレールから「現代生活の描写」を引き継いだ、とマルシャルは述べていたが、ボードレール散文詩の描写とは、例えばマラルメの散文詩「冬の慄き」のように室内を描写したり「蒼白の哀児」のように街路の物音を描写したりする、いわゆる静的描写が問題となるわけではない。ボードレールの「描写」とは、何らかの事件——些細な、しかし有意な出来事——の叙述を意味する。マルシャルの見立てるとおり、「描写」を「逸話」と重ねることができるのはその限りにおいてである。現代生活を生きる詩人に、日常に潜む何事かが明かされ、驚きを引き起こす。詩人が縁日で出会ったある見世物を中心に展開する「未来の現象」は、この都市の詩学を直系で受け継ぐ作品である。そして、マラルメの散文詩のうち最も未熟なものであったとしても、後のマラルメの散文の中心になるのは、むしろこの「未来の現象」が創始する系列なのである。

「未来の現象」

ここでは「未来の現象」のうちにボードレール散文詩との接点を求め、マラルメが差し出す散文詩の系譜の出発点として定位してゆきたいのだが、その前にまず、この詩の梗概を示しておこう。マラルメは舞台を未来、色褪せた夕日を浴びる頽落の風景に置き、滅びゆく人類の群像を描く。人間が世代の交代とともに生命力を失うこの世界では、自然さえも老衰し、憂鬱に沈む木々の葉が「街路の塵ならぬ時の塵」にまみれて白ばむ。その葉叢の下に小屋が掛かって「過去の事物」を見せ、金をとる。作品の三分の一は見世物の売り声に充てられる。

「中の様子をお見せして満足いただける、そのような看板はございません。内なる哀しき影を描ける者など、当代の画家におらんのです。ここに持ち来たりますは、（至上の英知によって保管されること幾年月）生きたままの、かつての〈女〉。狂気でしょうか、原初にして生来の狂気、黄金の恍惚、とでも申しましょうか、女に言わせてみれば、己の髪だとのこと、それが織物のように嫋《たお》やかに、重なり取り巻くその顔を、照らし出すのは唇の、露わに赤きその血潮。空しき衣をもたずとも、女はその身をもっている。目は妙なる石のよう、だが幸いふかき女体より放たれるあの眼差しには敵わない。永遠の乳を湛えるがごとく張る胸の、先は屹立して天を衝き、すべやかなる女の足には、始原の海の塩が残る」 (II, 83)

この見世物に未来の群衆は殺到する。実際のところは女も「すでに呪われたいつかの時代の遺物」でしかなく、ここには大道芸特有のうさん臭い粉飾を嗅ぎ取るべきなのだが、見物人は零落した己の姿を憾み、互いの顔を見合わせて諦念の涙を流す。小品は見世物に立ち会った未来の詩人の姿を描写することで閉じられる。

一方その時代の詩人たちは、曇っていた眼に再び光が点るのを感じとり、彼らのランプへと帰ってゆく。一時ぼんやりとした栄光の幻影に脳髄を酔わせ、〈律動〉に憑かれ、もはや美なき世を生きていることさえ忘れて。 (II, 84)

二ページほどのこの短い作品において、青年マラルメは自分なりにボードレールの散文詩を摂取しているのだが、模作としてのその出来には満足していたのではないか。というのも、マラルメは手本としたボードレール自身にこの詩を評価してもらおうと画策した形跡があるからである。一八六六年二月八日、マラルメはアンリ・カザリスの親類であるイポリット・ルジョーヌに手紙を書いているのだが、その際、何篇かの韻文詩を送っている。そのときこの「未来の現象」も送られた。実は、マラルメがルジョーヌにこれらの作品を送ったのは、イポリットの夫と交際のあったボードレールに紹介してもらうためであった。こうして、「未来の現象」はボードレールの知るところとなったと推測されている（I, 691）。彼は「哀れなベルギー」と呼ばれる一群の手稿の「醜は美を解し得ぬ」と書きつけられた紙片において次のようにこの詩を評している。

最近ある若い作家がした思いつきは巧みなものだ。完全に正しいとは言えないけれど。世界は終わりつつある。人類は老いさらばえた。バーナムのような未来の香具師が同時代の頽廃した人間に、人工的に保存された古代の美女を見せる。「おお、なんと、人類とはかつてかくも美しくあり得たものか」。これは真実ではないと私は言おう。堕落した人間は自らに見惚れ、美を醜と呼ぶだろう。この嘆かわしいベルギー人どもを見るがいい(8)。

言いがかりというか八つ当たりというか。私淑する詩人の酷評がマラルメの耳に入ったなら傷ついただろう。美醜の判断力を醜い人間は持ち得ないとここでボードレールは言っているが、そもそもこの点に関して、彼はつねに同じ意見を持っていたわけではない。マラルメの散文詩を読む四年前、一八六二年にボードレールが発表した散文詩「道化とウェヌス」の結末はこうなっていた。

そして彼〔道化〕の目はこう語る。――「私は人間のうちで最も卑しく最も孤独な者です。愛も友情も奪われて、この点、最も不完全な動物にも劣る者です。しかし私でさえも、不滅の〈美〉を理解し、感じるように創られているのです。ああ、女神よ、私の悲しみを、錯乱を哀れんでくださ い」。しかし無情なウェヌスはその大理石の目で遠く何かを見つめていた。(9)

マラルメ描くところの衰えた人類は、この「道化」をそのまま写し取っているだけであるから、彼からすれば、師の評価は不当とさえ言えるものだろう。それに、マラルメの散文詩においても、観衆のうちある者たちは「理解する力を持っていなかったので」無関心に留まる、と言われる。醜悪を好む大衆に理想の美が伝達されるのが困難であることは、彼にとっても当然の前提である。

マラルメには、ボードレールに習ってひたすら衆愚に悪態をついているわけにもいかない事情もある。すでに名をなし――悪名は無名に勝る――、いまや文学的生命を終えようとしているかの『悪の花』の作者と、詩人としての第一歩を探っている弱冠詩人とでは立場が異なるだろう。公衆との交流の困難は、自らの詩が世に出る否か、という実際上の問題となって彼の両肩にかかっていたはずだ。交流は不可能だ、と開き直ることはできない。「未来の現象」の最後で、闇に沈んだ街路をひとり辿り、孤独のうちに美を享受しようと夢見る詩人はマラルメの自画像である。詩人は、自らの栄光の虚妄を看過し得ず、しかもその幻想を棄てることができない。夜、ランプに拠って籠もる彼の姿は、美と醜の交流に関するジレンマの優れた象徴である。マラルメの悲観がボードレールの悲観より浅いとは言えないだろう。詩人と大衆とは「かつての〈女〉」に関する感受性を共有してはいても、詩人は自らに憑いた〈律動〉を作品に仕上げて「美なき世」に美をよみがえらせ、同時に大衆との交流を切り開くこと、そうして不毛を脱する道をとることができずに煩悶するのである。

ボードレール散文詩における縁日

ところで、苦言を伴いつつもマラルメの着想を「巧みなものだ」とボードレールが認めるのは、やはりそれがもとは自分から発したものだからだろう。まず、マラルメが世界と人類の頽廃を自然的なものと描いていることについては、ボードレールも首肯するところであっただろう。現に、「至高の科学によって（par la science souveraine）」原始の女性が保存された、というマラルメの言葉に敏感に反応し、ボードレールはそれを「人工的に（artificiellement）」と言い換えている。堕落以前の自然の美が保存されるとすれば、それはなんらかの人為によるしかない、という図式をマラルメは私淑する詩人から借り受けた。そのオマージュをボードレールはちゃんと理解しているのである。

実際、「未来の現象」で用いられている主要な舞台装置もボードレールに由来する——縁日である。しかもマラルメは単に舞台を借りてくるだけではない。ボードレールがその舞台に結び付けて提出した諸問題を、自分の直面している危機——前章の議論に従って、初期マラルメ詩篇に頻繁に現れるこの危機を「不毛」の名で呼んでおこう——に即して構成しなおしているのである。

ジャン・スタロバンスキが示したとおり、芸術家が自らを道化・芸人に擬して描くことは、主に十九世紀以降フランスの文化的伝統を形成してゆく。そして、芸人の悲惨と詩人の失墜を対応させ、「悲劇的道化の誕生」を主導したという点で、ボードレールはこの潮流に決定的な転機をもたらした。(10) ただし、彼の散文詩集において縁日が描写される作品は意外に多くない。縁日とそこでの見世物を作品の明確な主題に据えているのは、「老いた香具師」と「野蛮女とかわいい情婦」という二篇にほぼ限られる。(11) ここでは「未来の現象」とのかかわりに議論を絞るため、縁日という舞台の構成をその二篇のうち「老いた香具師」を読んで検討してゆくことにしよう。

まず第一に、縁日には人出がある。都市生活における群衆と孤独というテーマには格好の場である。詩篇「老いた香具師」は「あらゆる場所に休暇中の民衆が広がり散らばって、享楽にふけっていた」[12]という文で始まる。「精神の仕事に携わる」者もこの大衆の祝祭の影響を受け、知らず知らず、無為の空気に与ってしまう。普段は下卑た快楽など軽蔑している詩人も、祭日にはむしろ積極的に、「本物のパリジャン」の洒落っ気をもって出店を見て歩くことを習いとするのだ。しかし孤独は祝祭のうちにも彼を捉えて離さない。会場の外れ、みすぼらしい小屋の前で、老いさらばえた香具師が一人立っているのだが、この何事をも成しえぬ「人間の廃墟」の出現に、詩人は恐怖する。彼は小屋の出し物を見ずに、ただ幾許か置いていこう、と心を決めるが、そのとき、人々の流れが彼をさらって香具師から引き離す。帰り際、彼は動揺した理由を説明する。すなわち、老芸人は誰にも相手にされなくなった文学者の、「友も家族も子供もいない、自らの悲惨と世の忘恩に蹂躙された老詩人の」似姿であり、つまり自分の悲惨な末期を予言していたのだ、と。こうして、大衆の享楽に参加しようとした詩人は一層深い孤独に立ち戻る。縁日とは、孤独が大衆を背景とすることで際立つ場なのである。

また、縁日において民衆が問題となるのは、単に匿名の多数者としてだけではない。先程引用した部分で、老詩人は「家族も子供もいない」と言われている。孤独とは、家族を拒否する、あるいはそこから弾き出されてしまった者のあり方である。それに対して、縁日の気楽な空気は、家庭を祝福することから醸される。

子供たちは母親のスカートにぶら下がって砂糖の棒菓子をねだったり、神様のように輝かしい手品師をもっとよく見たいと、父親の肩に登ったりしていた。[13]

家族の祝典で中心的役割を担うのは子供である。ボードレールは次のように祭りの意義を解説している。

そういう日に、民衆はすべてを、つまり苦悩と労役を忘れるようだと私は思う。彼らは子供と変わらなくなってしまうのだ。それは子供たちにとって一日の休み、嫌な学校が二十四時間先延ばしになったということを意味する。大人たちにとってそれは、人生の忌まわしい諸力との間に結ばれた休戦協定であり、万般にわたる緊張と闘争の間にもたれる一刻の猶予なのである。(14)

しかしながら、この家族の祝祭が、再生産＝生殖と、それを支える労働の論理によって裏打ちされていることを、ボードレールが感じ取らぬはずもない。もちろん、仕事は例外的に休みとなる。大人は子供時代の無為を取り戻す。しかしそれは、無為に留まるということではない。祝祭が一時的な休戦であることを認め、その後には労働に戻ってゆくことが前提なのだ。そしてまた、大人と同様、子供もまた学校に帰るのだから、彼らもまた永遠の祭典を生きているわけではない。祝祭は平時の労務に従属している。縁日とは、生産のサイクルにはめ込まれた有用な無為でしかないのだ。ちょうど子供がやがて大人になり、彼ら自身の子供を養うことで生殖のサイクルを作り上げるように。

美と不毛性

この再生産＝生殖を支える労働の論理と、そこにもたらされる休戦に関しては、本書の最終章で立ち戻って議論することにしよう。今はもっと表面的な主題の類似に議論を限りたい。

というのも、マラルメがボードレールから受け継いだもののうち、散文詩の形式と強く結びついていたのが、この「老いた香具師」に描き出される縁日のトポスであったからだ。マラルメの作品においても、見世物小屋は大衆の集まる場所であり、その大衆は家族の相のもとに描かれる。しかも、「未来の現象」と「老いた香具師」を比べる限り、マラルメが描写する家族の肖像はさらに暗く、苦い。

たくさんの街灯が夕闇を待ち、その光は不幸なる群衆の顔のそれぞれに色を戻す。不滅の病魔と幾世紀の罪業に打ち負かされた男どもの群れ、そしてその傍には虚弱な共犯者たる彼らの妻どもがみじめな子種を宿して侍るが、大地はその子らと共に滅びるだろう。（II, 83）

ボードレールの筆致は家庭的幸福を描いて生き生きとしていた。勿論、詩人がその幸福に参画することはない。しかし、そうであるから殊更に、孤独の背景を構成する群衆は、詩人とは対照的な、特有のエネルギーを持つものとして描かれる。ボードレールが「すべては光、塵、叫び、歓喜、喧騒であった」あるいは「叫び声と轟々たるブラスバンドと花火の爆音が混然となっていた[15]」と言うとき、それ自体としては素直な感嘆が表明されていると読むべきであろう。一方マラルメにおいてはまったく事情が異なる。群衆は、父母と胎児という家族の単位として見られたときに悲惨を増す。マラルメにとってデカダンスは、生殖の避けがたさと結びついているからである。人類は世代を重ねて一層醜くなる。民衆の祭典が家族を祝福するものならば、それは本質的には衰退の陳列に過ぎない。「未来の現象」の群衆描写は奇異ではあるが、やはりこれも祭りの光景、人を嫌い己を憎む詩人の目に映った祭りの光景なのである。

「未来の現象」を「海の微風」や「詩の贈呈」といった同時期の韻文詩と併せ読むとき、マラルメの自己が投影されているのは詩の最後に現れる孤独な詩人のみではないことに気付く。大衆の側、子供を宿した妻とともにある男、この退廃期の男こそ、娘ジュヌヴィエーヴの誕生によって詩作が沈滞していると嘆くマラルメの自画像ではないか。いったいにマラルメの初期詩篇に影を落としている不毛とは、ボードレール的不毛とは異なる。マラルメの不毛は肉体における生殖を排除しない。むしろ肉体の可産と一体になって、精神と詩作の不産が現れるのである。ボードレールは自らの不毛を歌い、ポエジーは肉体的欠損を補償する。一方マラルメは不毛の歌を歌うこともできず、家庭という現実を生きる。ボードレールが超然と哂ったであろうものを、若きマラルメはわが身に引きうけざるを得なかった。もちろんそれはボードレールの知ったことではない。子供を抱えたプチ・ブルジョワ的生活の離れがたさなどに彼が共感できるはずもなかった。「未来の現象」に対して点が辛かったのにはこのあたりにも原因があるのだろう。

　マラルメの詩篇において、生殖によって堕落してゆく人類と対照されるものは、いまだ堕落を蒙っていない原始の女性である。その女性が下卑た見世物となって暴されることにこそマラルメの苦いアイロニーを見なければならないが、ともかくも理想と現実の対比が問題となっていると言っていいだろう。原始の女を紹介する呼び声につられて、「彼らの哀れな連れ合い、病みからげた禿げの、おぞましい女どもを思いつつ、亭主連は駆け寄る」。生殖の肉体たる妻を離れ、理想の女性へと走るこの卑しい男に、マラルメは自身を重ねている。「幸いふかき体」の示す「幸い」とは、生殖による繁栄ではない。その髪や視線がいかに美しくとも女は見世物に過ぎない。その胸に湛える「永遠の乳」が放たれ、屹立する乳房が弛むとき、堕落が始まるのだ。原初、肉体は生殖から切り離された自己充足にいた。未来の人間と過去の人間を分かつのは、それが幸福なる不毛か不幸なる不毛かという違いのみなのだ。

« Le phénomène future » という表題は、「未来の現象」と訳されてきた。このとき、「現象」とは、散文詩で描かれる未来の頽廃を指すと理解されるであろう。しかし、この解釈は間違いではないとしても、phénomène の語義としてはむしろ二次的なものである。この詩の主題に照らして phénomène という語を解釈すれば、市などで見世物にされる珍種あるいは人間の「奇形」のことである。表題は未来において見世物にされる対象、「原始の女」のことを指すのだ（「未来の奇形」が未来になって新出する奇形ではなく、過去の残滓であるというところにマラルメの機知がある）。「奇形としての美」は、マラルメ初期の詩篇に特徴的な「不毛なる美」の一変種だと言えよう。

ボードレールの詩に対してマラルメが加えた観念的創意とは、祭典を支える生殖の論理をうがつように、不毛の象徴たる奇形を導入し、さらに、その不毛にこそ勝利を与えたことにある。そのためにマラルメは女性を世代の連鎖から引き離し、舞台に上げた。ところが、実はこの着想もマラルメが一人で思いついたものではなさそうだ。女を見世物にするという発想は、ボードレールが縁日を扱ったもう一つの散文詩「野蛮女とかわいい情婦」の主題なのである。ある男の科白という体裁のこの散文詩を簡単に紹介しよう。男は、何かにつけて不平をこぼす彼の情婦を縁日に誘い出す。ある見世物が「安楽による飽満と休息による衰弱」を快癒させると言うのだ。その見世物というのが「野生の女」である。「流謫暮らしにいきり立ったオランウータンのように」鉄の檻にしがみついて揺する女の傍らに、棒を振り上げて叫ぶ夫がいる。女は家禽を生きたまま喰らい、夫は餌を取り上げて棒で殴りつける。世界がこのような地獄絵図に満たされている以上、あなたの嘆く不幸などというのは大したものではない、と、男は情婦に教訓を垂れる(16)。

過去に投影されるものが野蛮か無垢かという違いによって、作品の調子はだいぶ異なっているものの、ボードレールの「野生の女」とマラルメの「原始の女」とで、主題となっている見世物の大枠は類似している。これは、はたしてマラルメが直接ボードレールの詩篇から着想を拝借したものか、それとも女を見世物にする現実の風俗を二人の詩人が別々にとりあげたものなのか、にわかには判断できないところではあるが、いずれにしても、「原始の女」という発想にもマラルメの独創は認め難い。突き詰めればこの作品は、詩作に憧れる青年が己の筆を試しているという域を脱していない。

後期散文への展望

「未来の現象」に表現される悲嘆は痛切であるが、詩作の不毛というテーマを独創性の欠如で裏打ちしてしまってはいけない。九〇年代に至って振り返ったとき、マラルメは充分にこの拙さを認識しているだろう。もっとも、過去を見遣る目に厳めしさはない。「未来の現象」は抹消されるでもなく、散文詩人の出生証明として、控えめにしかし恥じることなく、『譫言集《デイヴァガシオン》』冒頭に差し出されているのである。成熟した詩人が、若気のはやりに視線を投じて抱くのは、追懐の情ばかりでもない。ボードレール散文詩のトポスを忠実に引き継いだこの詩篇が、のちの文学的達成点をその射程に捉えていたことを、マラルメは理解しているはずだ。テーマだけでなく形式においても、ささやかな光景が人間と詩人の命運を開示するという「逸話」の形式、初期散文詩の浸る凋落の抒情を超えて、彼の後期散文に共通する一本の経糸となるこの形式を、最も端的に示しているのがこの「未来の現象」であることは、ここまで見てきたとおりである。

もっとも、『譫言集』成立までの三十年間、この初期の習作は忘れ去られていたのではなかった。群衆と見世物という主題は、マラルメの散文作品に間歇的に現れる。そもそも、この作品が日の目を見るのは、マラルメがパリに出た後、不毛の切実さを既に離れた時期のことである。マラルメは、創作の後十年ほど経った七五年に、『文芸共和国』誌に請われて「中断された見世物」という作品を掲載する際、縁日を扱っているという共通点からであろう、旧稿のなかから「未来の現象」を取り出して、初めて公表することになる。そして、そののちさらに十年あまり経って、マラルメは再びこの作品を読み直したはずである。一八八七年に『芸術とモード』誌に発表された「縁日の宣言」は、再び縁日のテーマを扱うだけでなく、「未来の現象」の筋書きをほぼそのままに繰り返す。本章では、以下、この「縁日の宣言」をとりあげ、成熟した詩人がいかにして旧作を独自の散文として再生し、大衆との接点を探るのか、読み解いていきたい。この作品で、家族や生殖は主題の中心から外されるのだが、それでも女性は美の形象として「未来の現象」と同様の役割を演じ続ける。そしてマラルメは、その美をどうやって衆人に開くか、という「未来の現象」では解決し得なかった課題に、一定の解を示すに至ったと言っていいだろう。

三、「縁日の宣言」

二十年後の改作

「縁日の宣言」は散文詩か。もちろん、作品を書いた当時、八〇年代のマラルメの緩い用語法によって、これを散文詩と呼ぶことに問題はないが、それでは「散文で書かれた詩」という以上の意味を持たぬだろう。マラルメの用語法が厳密でないことは、一八八七年七月十七日にデュジャルダンに宛てた手紙において、「縁日の宣言」が「短編小説 (nouvelle)」とも呼ばれていることにも表れている。[17] そもそも、初期散文詩の数倍の長さを持ち、間にソネ一篇を挿入する点ではかなり例外的な形式をもつ作品である。ジャンルに関する規範意識から生まれたとは考えにくい。『譫言集』においてこの作品が「逸話あるいは詩」に入れられているのは、「散文詩」というようなある枠組みへの帰属によるのではなく、「未来の現象」という出発点から派生した試みと位置づけられる、つまり系譜的観点によるのではないか。「縁日の宣言」は後期散文の魅力と難しさを存分に備えた作品であり、その理解は容易ではない。ただし、マラルメが茫漠と提示している筋書きが、日常の経験を語る「逸話」の枠内に入るということは、比較的わかりやすいだろう。ある夕刻、詩人が女性を伴って馬車で郊外を通ると、辺りの静けさを破って喧騒が聞こえてくる。縁日である。普段は雑踏に近づかない詩人も、同行の女性が興味を示したのには逆らいきれず、立ち寄っていくことになる。馬車を降りて祭りの混雑を進んでゆくと、奥に寂れた小屋がある。この小屋の主たる老人は何も出し物を用意していないのだが、女性は何を思ったか「太鼓を打て」と彼に命じ、寄せられて小屋に入った人々に自身の姿を暴す。しかし、普段着の女がテーブルの上に立つという、ただそれだけの「見世物」に、金を払った客は腹を立てるのではないか——詩人はそう危惧し、見世物に伴う売り声として一篇のソネをひねり出す。観衆は満足して去り、作品は詩人と女性の対話をもって結ばれる。

「未来の現象」との相似は明らかで、これはある種の改作と言っても差し支えないだろう。主題はまたも見世物になる女である。女を描写する声の存在もある。「未来の現象」では、女の姿は香具師の口上によって描写されていた。「縁日の宣言」においても、詩人は口上を述べる香具師の役割を買って出てソネを朗誦するのだが、その短詩の眼目も、同伴する女の描写——もちろん描写の仕方はかなり独特なのだが——である。女の姿にも類似がある。「縁日の宣言」の女も、売り声とされるソネによるなら、「未来の現象」と同様、髪と目を美点としてもつのである。

一方ではっきりとした対照もある。「未来の現象」の女は、「空しき衣を持つかわり、女はその身をもっている」、すなわち、裸体で暴される。「縁日の宣言」の女は「衣装も、舞台にお定まりの小道具も」なしに、帽子も被ったままでテーブルに上る（II, 97）。それは完全に同時代的な婦人の姿であり、「原始の女」とは逆の行き方をするものだろう——この点、すなわち、女性の装いの変化については次章以降でくわしく扱うことにしよう。

もう一つの共通点として、主人公を取り巻く時の経過を挙げておく。二つの詩篇ともに、日没の光景を喚起して始まり、夜に至って終わるのは偶然ではないだろう。ただし、結末を支配する情緒は対照的である。「未来の現象」においては、闇に囲まれたランプの光のもと、孤独な詩作に励む詩人の姿が短く提示される。一方「縁日の宣言」の終結部において、詩人と女性は群衆に混じって見世物小屋から夜の空き地に出てゆき、祭の灯が照らす中で会話を交わす。日が落ちて冷たくなった空気を吸って、人いきれの興奮を冷ました二人が交わす風雅なやりとりには、「未来の現象」の詩人が鬱々と落ち込んでゆく孤独とは逆に、軽さと明るさを備えた親密感が漂っている。

そして、群衆描写によって作り出される詩篇全体のダイナミズムに目を転じれば、そこにも大きな変化が認められるだろう。たしかに、「優雅な二人連れに落ち着くために、かつて私が忌避したものすべてが、故意のそして憎むべき猛威を揮う」あるいは「薄暮に興を増した我々の深沈をいかにしてでも逸脱させようとする凡庸な放縦が襲い掛かかる」(II, 94) という描写のいずれをとっても、群衆は否定的に価値付けされている。粗野なフェティシズムが支配する民衆の世界が、詩人の精神世界の静謐に対置されて、凡庸な「現実」として現れる点では、マラルメの価値基準に変化はない。しかし、「未来の現象」では気力を失った人々の群れとしか描かれなかった祭典は、その固有のエネルギーをそのままに描かれる。その点において、「縁日の宣言」でマラルメが描く光景は、ボードレールの「老いた香具師」により近いと言えるだろう。「嵐のように、いちどきにあらゆる方向へそして理由もなく、物品がけたたましい凡俗の笑いをたて勝利のブラスバンドをかき鳴らす、容赦なき怒号」(II, 93) という箇所などは、祭りの喧騒を描写するボードレールの言葉が、そのままマラルメの文章に響いているようでさえある。

悲痛な見世物

この作品が「老いた香具師」から忠実に引き継いでいる点は他にもある。ボードレールの詩篇で、「小屋が立ち並ぶそのずっと端に」「人間の廃墟」として現れる老人に対応するように、「縁日の宣言」にも老人とその寂れた見世物小屋が現れるのだ。

> 奥のほうに、珍妙な真紅のもの、夕日に燃える雲と同様に我々の目をひく、人間の世界の光景、悲痛な見世物があった。けばけばしい色に塗りたくられた枠や看板の大文字の銘文に裏切られた小屋、見るからに空の小屋である。
> (II, 94)

「未来の現象」においては背景に溶け込んでしまった売り声の主の姿は、この零落した小屋と共に、詳しい叙述の対象となる。もっとも、マラルメがこの「悲痛な見世物」を提示するやり方は、ボードレールのような深刻さをついに帯びることはない。勿論、この空《から》の小屋を彩る真紅は、ボードレールが見出した大道芸特有の「悲痛さ」の反映だろう。ボードレールは、老いた香具師が体現する「絶対の悲惨」は「さらに酷《ひど》いことに、滑稽なぼろをまとっていた」と描写していた。[18] 派手な出で立ちが惨めさを倍増し、廃れたおかしみが哀しさを誘うのである。しかし、自己と老人の同一視が開くヴィジョンに衝撃を受けるボードレールに対し、マラルメは同情に向かわない。彼はあくまでも客観に立脚し続けようとし、騒々しい群衆に対するのと同様の距離をこの孤独者に対しても保つのである。しかし、若きマラルメを強ばらせていたアイロニーは、ここでユーモアと呼ぶべきものに昇華されている。

古びた太鼓が転がっているところから、組んだ腕を解いて、なんの名声もないうちのような劇場に寄っても仕方がない、といった身振りで、一人の老人が立ち上がった。おそらく計画など空っぽなのだが、この騒がしい呼びこみの楽器と仲良く過ごすために、ここまで出てきたものだろう。

(II, 95)

ボードレールの香具師の系譜に連なるはずの人物の姿は、大衆の寵を失って何も成すところを持たぬ老人というよりは、座り込んで退屈している閑人という風情である。「縁日の宣言」の時期のマラルメは、生活と生殖に血道をあげる大衆と孤高のうちに美を追求する芸術家という単純な二項対立をもはや脱しつつあるようだ。孤独者は狷介な外観を捨て、太鼓と「仲良く過ごす」。もちろん太鼓は慰謝をもたらさない。それは中空の箱 caisse であり、大きくかさばる虚無でしかない。「空っぽの計画」の形象化である。しかしこの「騒がしい呼びこみの楽器」が秘めるのはまさに、人々を呼び集める力ではないか。そして祝祭の第一の機能とは、この太鼓のように、何もないところに何も持たぬ人々を引き寄せることなのである。

祭という神秘的な言葉が、普段の悲惨に例外を設けて休暇の日を定めると、野原が、その上を行き来する多くの靴から、兄弟愛の性質を引き出してくるが(そのために、衣服の奥の方では、ただ消費されるというそれだけのためだけれども、まあ渋々出てやってもいいか、と銅貨がようやく心積もりをつけ始めるのである)、それにつられて彼〔=老人〕もまた、売るのではなくとも見せることが——しかしまた何を見せるというのか——選ばれた者のひとりになるには必要だという、ただそんな観念以外は何も持たぬただの人だのに、この有益なる会合に参加せよという召集には抗い得

なかったのだ。（II, 94-95）

見世物を考え付くだけで、「誰でも」「選ばれた者のひとり」になりうるのがこの「有益な会合」の特徴である。「選ばれた（élu）」と言うとき、それは宗教的な意味とともに、選挙による選出という意味でもあり得ようが、いずれにせよ、この祝祭という「神秘」に特有の作用は、共通の要素を持たぬ人々を、必然であるかのように集めることにある。祝祭は血縁の単位とは無関係に人間を近づける。孤独者さえも参加する資格を持つ、いやむしろ孤独者をこそ引き込んでゆくという祝祭の作用は、そこに家族の消しがたい反映を見てしまうボードレールでさえ知らぬはずもなかっただろう。それがゆえに彼は、普段孤高を保つ者も祭りになると群衆に混ざって見物に出ると、照れながら告白したのではなかったか。いずれ終わりが来たときには労働の論理に回収されてしまうとしても、祝祭はそれ自体において、生産と生殖を離れた者達が密に行き交う時空なのである。

「縁日の宣言」に子供の場所はない[19]。この文章中で無為が問題になるとき、それはボードレールのように幼年期にではなく、香具師によって体現される老年期にこそ結び付けられるのである。孤独者の祝祭はこうして再生産のサイクルから抜け出ようとする。もはやマラルメにあからさまな家族への敵意は見られない。躍起になってブルジョワ的現実を否定する時期は過ぎ去ったのだ。誤解してはいけないのだが、血統あるいは文学的後継者の問題は清算されてしまったわけではなく、むしろ息子アナトールの死後、彼の意識に一層の重圧を掛けていたはずだ。しかし、その問題はここではとりあえず括弧に入れられている。そして確認されるのは、祝祭が蕩尽の側にあるという原則である。そこで人々が金を払うのは、ただ消費するためだ。もちろん吝嗇な大衆は、出しても小銭がいいところだろう。それでも、何か実質を伴った商品を「売る」のではなく、何かを「見せる」だけで金銭を得られるのが祭りである。消費し失うことこそが正の価値を帯びる系においては、何らかの意味で交換が成立しているとしても、その「交換」とはもはや物品の素朴な所有を下支えとはしないだろう。持てることは祝祭に参加する必要条件ではない。小屋の主たる老人は、ただの「観念」しか持たぬ。だがそれゆえに、祝祭の最も正当な参加者たり得ているのだ。もちろん、ボードレールの「老いた香具師」が暗示していたとおり、消費は生産に畢竟結びつく。しかし祝祭は、とにかくこの無為に参加せよ、大きなサイクルから見れば一契機に過ぎないだろうが、ひとときのささやかな蕩尽を生きよという「召集」をかけるのだ。

あらゆる女性

家族が視界から外されることに伴って、もう一つ重要な変化が起こる。祝祭は風雅の場となるのだ。もちろん、男女の連れというのは家族と同じくらい、縁日に相応しい組み合わせだろう。既に見たボードレール「野蛮女とかわいい情婦」で縁日に出かけてゆく説教臭い男とその情婦という組み合わせがそのいい例である。おそらく紋切り型に過ぎない縁日の男女という状況は、しかしマラルメに、孤独を脱した芸術家の姿を描く機会を供する。この際、女性との関係は生殖など問題にならない、精妙な情趣のもとに現れる。ほとんど官能には依らないこの関係を不倫とまで言うことはできないだろうが、いずれにせよ婚姻外の関係であることで祝祭からは家族の影が追い払われる。そして、この女性が誰かということは、この作品の最大の謎となるだろう。女性の身分は、作家の私生活をのぞき見たいという好奇心に満ちた読者にとっての問題というばかりではない。それを通して、「縁日の宣言」は、マラルメが作品として提出するフィクションと、彼の生きた現実との微妙な接点へと結び付けられるのだ。

詩人と共に縁日に赴き、小屋の中で自らをさらすこの女性は誰か。マラルメは読者がこの謎を解くようにと絶えず誘いをかけつつ、決定的な答えを出さずに詩を閉じる。まずは、冒頭部でどのようにこの女性の姿が導入されているか、少し長くなるが、最初の段落を訳しておこう。

静かだ！　傍らに、散策で揺られ夢のごとく横たわる女《ひと》――その揺れは車輪の下に花々を眠らせるように賛辞の花々を浴びせかけようとするのをまどろませる――、どんな女であっても――私の存じ上げるある女性にはこのあたりの事情も明らかなのだが――私が一言でも発しようという努力を免じてくれることは確かだろう。ある種の問いかけるような装い――午後の終わりの恩恵を浴びた男に、ほとんどわが身を差し出すような装いだ――を、声に出して褒め上げたりすれば、このたまさかの接近をふいにして、二人の距離を思い起こさせるだけだし、その距離は彼女の顔立ちの上で、機知の効いた微笑のえくぼとなって現れるだろう。現実というものがかようには同意しない。というのも、そこにあったのは、馬車の内装のニスに映えて豪奢に息絶えてゆく光線の外側、郊外に落ちる日没としては類稀なほど静かな至福が広がるそのただ中に、嵐のように、いちどきにあらゆる方向へそして理由もなく、物品がけたたましい凡俗の笑いをたて勝利のブラスバンドをかき鳴らす、容赦なき怒号のようなものであったから。つまりは、自らの観念のそばにひととき身をよけた――そして一体になるところまでは至らなかった――ある人間、強迫的に迫ってくる生活というものに対していまだ守りが万全ではない人間の耳に喧騒が襲いかかったという事態である。　(II, 93)

挿入句の多い文章を日本語に移そうとして、ダッシュを多用したいかにも不恰好な訳文となってしまったが、マラルメの文章が難解なのは、文法的な複雑さ以上に、ここで語られるエピソードの現実性をいかに位置づけたらいいのか、なかなか答えが得られないからだろう。詩人と共に過ごしたとされる女性の実在とその観念性――マラルメにあってこれは非‐実在性に限りなく近い――はともに強く示唆されている。まず、女性の実在は、この「縁日の宣言」という作品全体を支配する、打明け話《コンフイダンス》の口調によって演出される。つまりは、新聞雑誌の記事としての「逸話《アネクドート》」、些細なしかし興味深い、現実に起こった出来事の語りである。それが細部まで忠実であるかどうか、ということは問わないにしても、詩人は読者に対し、ある女との親密な夕べの経験を報告しよう、という構えを取るのだ。もちろんここにマラルメと交際のあったメリー・ローランの面影を探ってみてもよい。しかし、部分的な情報によって好奇心を掻き立てつつ決定的なことは言わないのが新聞屋の流儀だ。詩人は女性の身分を明言しない。「どんな女であっても」「あらゆる女性が（toute femme）」という、抽象的で漠然とした表現は、ジャーナリズムの韜晦趣味に沿ってみせようというそぶりと解釈することもできる。

　女性の実在を支えるのはそれだけではない。他ならぬこの文章自体が、その女性に向けて書かれている、というつくりにもなっているのだ。詩人は、「あらゆる女性」と言った直後に、「この表現の意味が判るのは私の知るただひとりの女性である」と傍白する。作品の中盤に至って、「……夫人」と一旦伏せ字にしたのち、「それが誰か知るのはあなただけです」とつけ加えているのも同様の手法だ（II, 95）。この作品は一般読者に向けて発表されている。しかし、本当の意味を読み解くことができるのは、経験を共有した女性、あなただけなのだ、というメッセージである。作品の外の現実への参照、そして何より、詩人の口調に滲む親密さは、女が詩人と同様の実体を持つかのような印象を与えるだろう。女の仕草、言葉遣いに関しても生き生きと描写されている。女の美を讃えるために一篇のソネが朗誦されるという設定は確かに時代がかっているかもしれないが、その姿は「未来の現象」に登場する「原始の女」のように伝説に凝《ここ》った裸体としてではなく、街着を着た同時代の快活な女性として現れるのだ。

　マラルメは巧みに謎をかけ、読者の好奇心をかきたてる。しかしいずれにせよ、この女を現実的次元に定位しようという読み方は成功しないだろう。そもそも女の姿を文章に忠実に引き写すことに詩人の関心はなく、具体的な叙述は一つの人格に像を結ばない。いやむしろ、そのような人格が現れるのを何とか避けようというのがマラルメの意図であろう。ちょうど、「逸話あるいは詩」において次に位置する作品「白い睡蓮」の詩人が、岸辺に現れる女性の姿を想像しつつ実際に彼女が現れる前にその場を去るように。[20]「縁日の宣言」の基底にあるのは、モデルとその表象という対ではない。現実の女性が作品に描かれることで観念化されるのではなく、マラルメが描こうとするのは観念そのものなのだ。それが実際に何であるのか、という疑問は禁じえないが、観念であり理念であり思考であり空想である、とにかくマラルメが idée あるいは pensée あるいは notion などと呼びならわす虚構の有様である。「あらゆる女性」という呼称は、「縁日の宣言」において語られるエピソードの中心部分、小屋の中で詩人が朗誦するソネの内容に照らして理解されるべきだろう。ここでソネの詳しい分析はできないが、そこで「誉れも高く女を約《つづ》む」と言われることから、「あらゆる女性」とは、すべての女性を包摂する女性の観念と関係づけられるはずである。そして「自分の観念のそばにひととき身をよけた」とは、漠然と詩人の精神状態を説明するばかりではなく、女性の観念と共に黄昏を馬車で行く、という作品冒頭で示される詩人の身体的条件を具体的に指示するのであり、次の段落で女が「私のぼんやりした心持に乗り込んでいる愛し児」と呼ばれているのもまた、同じ状況の記述なのだ(II, 94)。

虚構・祝祭

「夢のごとく」横たわる女とは夢幻のごとくつかみ所のない想念である。すると結局のところ、馬車に乗って郊外を行くという冒頭の情景自体が、一つの仮構であり、幸福な寓話ということにならないか。そして、この導入部で語られているのは、幻滅の過程ではないか。マラルメの文章は難解だが、理想の女性(あるいは女性の理想)と過ごす精神の静謐に、物質的現実が闖入してくる、という物語的進行を見るのはまったくの誤解でもないだろう。ところが、現実が理想を打ち破ったならば、この女性は消えるはずではないか。しかしそうはならない。「縁日の宣言」では、なぜか、女性のほうが粗野な物質に興味を示し、詩人を引っ張って祭りのなかに入ってゆくのである。つまり、純粋な思念の世界がかき消されても、女性との経験を語るマラルメの文章は決して現実性を備える方向へは向かわず、さらに本当らしくない方向へ、さらなる虚構へと進むのだ。

そもそも、この「縁日の宣言」という文章を物語のように読むこと自体が近似的な試みでしかない。マラルメは現実が夢想にとって代わった、というのではなく、現実がこのような状態には「同意しない」というのである。ここに時間的展開はない。だいたい、最初の状態、観念と共に過ごすという境地自体が、ありえない虚の状態だったのだから、それを破壊することなどできないではないか。冒頭の描写を思い出そう。静寂は直接に描写されていなかった。それは、沈黙が贅辞によって破られるという別の仮構、いわばその否定の相によって裏付けられて始めて具体性を供えて現れていた。ある状況Aが状況Bの否定によって規定され、その状況Aがさらに別の状況Cによって否定される。マラルメは虚構に虚構を重ねるのだ。その文章があきれるほど晦渋になるのは、行動や作用の漸次的展開を可能な限り無化して示そうとする書きぶりが、時間的進行に従って語るという散文の特質に逆らうからであろう。「縁日の宣言」において提示されるかのようなすべての出来事は、花弁のように重なる仮構なのであり、その中心に孕まれるのは常に虚空である。こうしてマラルメは、ボードレールから引きついだ散文詩の規定、つまり都市生活に引き起こされる事件の描写という「逸話」の形式を守りつつ、しかしその内部において、出来事の生起ということの意味を密やかに穿っていくのだ。

しかしながら、非実在の女性を連れているということになれば、詩人はある重要な一点で挫折を認めることにならないか。つまり、彼が伴う女性とは妄想に過ぎず、彼はひとりで縁日に出かけた、とすると結局、「未来の現象」に描かれた詩人の孤独は今なお解消していないことになるだろう。しかし、詩人と関係を結ぶものは虚像でしかないということは、まさに「縁日の宣言」で提示される芸術家の自画像、暇をかこつ香具師の姿が既に示すところではなかったか。マラルメがボードレールから引き継いだこの老人は、中空の太鼓と「仲良く過ごす」ために祭りに出てきたのだった。女性すなわち詩人の観念とはこの太鼓に他ならない。「空っぽの計画」を具現化するこの太鼓という持物《アトリビュ》は、同時に、その空虚なる胎内に数々の虚構を宿す思考の象徴でもあるのだ。そして、蕩尽が行動原理となるこの祝祭という場においては、虚しき空間にひととき結ばれた夢想が、あたかも現実のごとき価値を帯びるのだった。もちろん祝祭は例外的休暇に過ぎず、虚構は程なく霧散するだろう。詩人はそのことを知っている。しかし知りつつも、観念と二人連れの祝日という一篇の現代的牧歌を、あくまでも虚構として、祝祭という虚構の場に差し出すのである。

もはや女を暴すという行為の意味は明らかであろう。理念を衆人注視の位置におく、という行為は、一般的には文学作品を公表することの比喩であり、より特殊にはその行為を語る「縁日の宣言」という発表の比喩である。マラルメの有名なソネの題名に因むなら、この作品は「それ自身の寓話《アレゴリー》たる寓話」と名づけえよう。そして、これが夢想であるという留保のもとであるにせよ、マラルメが示す結末は楽観的である。女を暴した詩人は、観衆に金を出させ、その賞讃を得る。果たして彼らは詩人が詠じたソネを理解して感じ入ったものか、それとも女性の美に驚嘆したものか、その辺りは判然としないのだが、ともかくも、詩人の試みは成功裏に終わったと言っていいだろう。

縁日における告白

もちろん、夢想の閉じた系、重なり合うこの虚構の輪の外側において、果たして詩人が成功したか、ということについては何ら保証されない。現実にはどうか、彼が示す美は、そしてこの作品が示す文学の理念は、実際に人々に受容されるか——そのような問いが端的に突きつけられ得ることを、詩人は当然意識しているはずだ。しかし結局のところ、その問いに答えるのは彼の責務だろうか。その問いに現実の答えを出し得るのは、受容者たる現実の大衆以外にはいない。それは畢竟するに批評の任でさえない。ここでは、マラルメの作品の価値をその虚構の外部から評定することはとりあえず保留し、自らの理念を明らかにする場をどうにかして持ちたいという、マラルメの態度決定に注目しよう。詩人の理念は虚像にすぎない。しかし彼はもはやその虚像を暗闇に浮かぶランプの光の下、独り弄ぶことで満足してはいない。

　いやそれどころか、マラルメにとっての観念とは、孤独のうちに囲い込むことができるようなものではもはやない。詩人は、いかなる幸福感があろうとも、理想の女との無言の合一という地点に留まることはできない。讃辞さえも禁じられた静けさに包まれて、夕暮れの郊外を夢心地で揺られてゆく二人連れという光景は、「縁日の宣言」という作品が始まって短く提示された後すぐに打ち消されてしまうのだ。詩人の観念は言語化されなければならず、そして言葉は借り物であり公衆と共有することは避け得ないという、八〇年代以降のマラルメにとっての大原則がここに反映していると見るべきだろう。観念は、言語という虚ろな媒体に投射されることでようやく、虚像としてのあらわれを獲得するのだ。

　縁日への参入と小屋での出し物という展開自体が、馬車の中では口に出せなかった讃辞を詩人が言葉に出すための、手の込んだ演出だということもできるだろう。少なくともそれが、詩人と女が作品の終結部で交わす会話において、女自身がことの成り行きを理解するやり方なのである。

「〔美学におけるきまり文句を〕ご自分で滑り込ませたのではない、と、そうかしら、私たちが二人きりでいたとき、例えばあの馬車の中にいたときに、私の前でああ言ってのける口実ではなかったの。——馬車はどこ？——戻りましょう。——けれどあれは、お腹に一発強烈なパンチを受けて、仕方なしに飛び出してきたのよね、みんながじりじりしたんで、何がなんでもとにかくすぐに何か——それが徒夢《あだゆめ》だとしても——言わなきゃならなくなって」

「その徒夢が、自分が誰かも弁えず、びっくりして客の中を裸で突っ切っていったとまあ、おっしゃるとおりです。けれどあなたの方だって、もし、ひとつひとつの単語がたくさんの鼓膜に反響してあなたにまで届き、複数の解釈を受け入れ得る才気の持ち主を魅了するなどということがなかったならば、古風な調子のソネに乗せた私の口上を、先程のように反論の余地もない確かさでお聞きにならなかったのではありますまいか、いくらそれが最後の一筆の韻のところで二重になるとは言っても」

「そうかしらね」と、同じ女性が、夜の息遣いの快活さのうちに、私たちの思考を受け入れた。

(II, 97-98)

「縁日の宣言（Déclaration foraine）」というのは不思議な題名だが、ここに言うDéclarationとは、つまるところ信じるところを、あるいは愛を口にし、明るいところへ出すことである。しかしこの告白は一対一ではなされ得ない、それが詩人とその観念との関係の微妙なところだ、とマラルメは言う。馬車という閉じた空間がいかに心地よくとも、告白はそこでではなく、縁日で、公の場で行われなければならない。観念と関係を持ちたくても、詩人の言うことは大衆の鼓膜を通して、そしてそれによって意味の多重性を獲得することによってしか聞き届けられない。詩人が観念を前にして抱く思い、その意図は、言葉の内包する複雑な反響として拡散することによってしか実現されないのである。詩の言葉は女に届く前に、まずは大衆に宛てられる。これはマラルメが構えるフィクションの内部で読まれたソネだけではなく、「縁日の宣言」という作品の置かれた状況をも示すものだろう。この作品は、特定の読者――詩人と一緒に夕べを過ごした張本人たる婦人――への呼びかけを行う一方、新聞記事の「逸話」の体裁で不特定の読者を想定して発表されるのだ。

そしてマラルメはこの結末で、創作のイニシアチヴさえも譲り渡す。ソネが生まれたのは、詩人が理念を称えたいと思ったからではない。衆人が焦れて無理やりにでも何かを言わせようと迫ったために、詩人は完璧を期す余裕もなく何か言わざるを得なくなったのだ、とマラルメは言う。これもまた「縁日の宣言」という作品の生成に重ねることができるだろう。虚構は、理念を披瀝したいという詩人の意図によってではなく、大衆の要求に応えて設けられる。これは、八〇年代後半にマラルメにもたらされた創作の環境そのものである。この時期、象徴派の総領のような地位に担ぎ上げられたマラルメは、必ずしも文学を専門とするのではないさまざまな方面から寄稿を募られ、旧稿を多く含む文章や短詩を載せている。次章であらためて検討するが、この「縁日の宣言」が始めて掲載されたのも、『芸術とモード』という今で言うファッション誌であり、女性の服装が描かれたり、主題が艶めいていることなども、発表する場とその読者層を考量した結果に違いない。頼まれ仕事だと告白するマラルメに、迷いがないわけではなく、対話という形式で、あくまでも軽く、結末に含みを残しているのはそのためでもあろう。もちろん、マラルメの創作がすべて目下の必要に発すると考えるのは正確ではない。駄弁を廃しひたすらに観念と対峙してその純化を進めるというプロセス、洒脱な（それは決して平易だということではないが）散文作品とは異質のプロセスが、人知れず彼の創作を裏打ちしていた。その行跡は、マラルメの死後、「書物」の計画を記した覚書として、あるいは推敲を重ねられた『エロディアード』の草稿として知られることになるだろう。しかしマラルメがその後半生に発表することを得た作品は、ほとんどが依頼されて書かれたいわば「徒夢」であり、そうして散発的に世に出た文章に手を入れてまとめたのが『譫言集』というマラルメ最大の書物に他ならないのだ。

八〇年代後半、まさにこの「縁日の宣言」が書かれた時期に、マラルメはユゴーの死をきっかけとして詩的「空位期」の認識を深める。詩の理想が実現し得ないという時代認識であるが、しかしその悲観において新しさはない。二十年前、「未来の現象」を書いたマラルメはすでにそこで「美なき世」を生きる宿命を嘆いており、それさえ元来ボードレールの歌った憂鬱を借りてきたものにすぎないのだから。マラルメの詩業に特異なのは、悲観を楽観に転じるのではなく、その悲観を抱えつつ生き、絶望に別の表現を与えうる点にまで至ったことである。理念を現実に顕すことはますます不可能なことのように思われる。それではこの現実を虚構に近づけ、あまつさえ虚構にすり替えまでして、そこに虚たる理念が浮かび上がる、そのような仕組みをつくれないか。もちろんそのような詐術は、この世に美をもたらそうというまじめな営為に引き比べたら余技のごときものかもしれない。しかしそれが縁日の見世物小屋に宿るような胡散臭い魔術であるにせよ、詩人は、ひとときの夢を衆人と共有するにやぶさかでないだろう。「縁日の宣言」は晦渋で、これを大衆向けだといって差し出す詩人に屈折がなくはないだろうが、その思いの底は明るく、理想とは程遠い「徒夢」であっても披露する機会のあることを、あんがい素直に喜んでいるようでさえある。

散文詩の開花

ここまで、ボードレール散文詩とマラルメ散文作品の系譜的関係を、それぞれ二つの作品を選んで探ってきた。とくに「縁日の宣言」という極めて複雑な作品に関しては、取りこぼしてしまった論点も多いのだが、ここでひとまず、ボードレールから吸い取った問題がマラルメにおいていかなる展開を遂げたのか、短くまとめておきたい。八〇年代後半から散文創作の機会を増やしてゆくマラルメにとって、散文詩の「古さ」は徐々に意識されてゆくだろう。それは、散文詩という領野に強く残されたボードレールの影のゆえである。しかし、マラルメは自らの出発点が先達の詩想のうちに含まれていたことを隠さない。「未来の現象」を『譫言集』一巻の冒頭に置き、ボードレール散文詩からから得た「女を暴す」というテーマと縁日というトポスを提出するのである。さらに、マラルメの散文創作の転機に位置する「縁日の宣言」も、「未来の現象」と同じ主題を扱うほか、老香具師という寓意像までも復活させてボードレールの作品との関連を明示する。そこでは個々の形象ばかりでなく、ボードレールが祭りの場に結びつけて提出した問題――大衆と孤独者たる詩人の関係――が引き継がれ、その二者の交流に新たな展望を開く。その際マラルメは出来事の語りという「逸話」の形式をボードレールの都市の詩学から汲みつつ、しかしその「語り」の内部に空虚をうがち文学の虚構性を強調することで独特の散文形式を生み、同時に不特定の読者と詩人との接点を取り戻そうと試みるだろう。「未来の現象」が示すように、散文詩とは、詩人と衆人の断絶をアイロニカルに証言する碑石とも言うべき形式であった。しかしそれこそが快復の手続きの礎石ともなる。物事が生起するということ、そしてそこに占めうる人間の役割は、マラルメが「逸話あるいは詩」の後半各篇で問う課題となるのだが、その端緒を開くのが「縁日の宣言」である。

文学を虚構と言い切るマラルメの態度は極端なものだ。しかし彼は自分の理想（それを美と名づけても書物と名づけてもいいが）を誰にも邪魔されず究めるためにそう言うのではない。かくしてマラルメは、「醜は美を理解し得ぬ」と断じたボードレールの悲観を脱し、祝祭という虚の空間で可能となるような交流の探求へと歩を進めるのである。祭りのない世はない。だとすれば、虚空こそが人と人との間を支えていると、どうして言えないか。その虚空がほとんど確かなものと見られたとき、観念あるいは理想は、詩人と公衆のあいだにぼんやりと像を結ぶだろう。これこそが、おそらくはマラルメの散文が目指す光景の淡い核ではないか。マラルメは、批評詩とは散文詩の開花であるという。その蕾がほころび、危機の詩となって咲いたとき、文学の虚しさが露わになるだろう。しかしそのとき、花蕊たる空虚はひとり詩人のために匂うのではない。

II

第三章　纏う詩へ——マラルメとモード雑誌

前章では、群衆の前に理想の女の姿を暴すという同一の主題を持つマラルメの二作品——「未来の現象」と「縁日の宣言」——を主な分析の対象とし、前者から後者への二十年にわたる軌跡を散文詩というジャンルとの関連において理解した。その際、通り過ぎた問題のひとつに、衆目に暴される女の装いの変化がある。本章はまず、この変化を手掛かりとして、マラルメとモード雑誌の接点を見つめ直し、その作品における衣服の働きを明らかにしていきたい。

一、我々の夕暮れの同時代人

裸形から着衣へ

始めに、右に挙げた二つの作品において、群衆の前に現れる女性がどのように描かれるのか、手短に見なおして比較したい。

まずは一八六五年、「未来の現象」の女である。夕日にうごめく群衆に向かって、見世物小屋の芸人が〈かつての女〉を見せようと言って呼び込みをしている。

「狂気でしょうか、原初にして生来の狂気、黄金の恍惚、とでも申しましょうか、女に言わせてみれば、己の髪だとのこと、それが織物のように婀やかに、重なり取り巻くその顔を、照らし出すのは唇の、露わに赤きその血潮。空しき衣をもたずとも、女はその身をもっている。目は妙なる石のよう、だが幸いふかき女体より放たれるあの眼差しには敵わない。永遠の乳を湛えるがごとく張る胸の、先は屹立して天を衝き、すべやかなる女の足には、始原の海の塩が残る」（II, 83）

女は世界の起源へと結びつけられており、それを体現するのが裸体である。裸体と衣服の対立が、自然と文明の対立へと帰着されるのはわかりやすい。「空しき衣」という少々紋切り型の表現に、現代の退廃を嘆く青年マラルメは精一杯の皮肉を込めただろう。今日の人間は、衰え痩せてほとんど消滅せんばかりの体を恥じ、隠す。対照的に、原始、天地の交合によって生み出された肉体は、その屹立する乳房の示すごとく充実している。自然の全体が滅びようとするこの末世にあって、女の目は世界の始まりを照らし出す旭日の光をそのままに放つ。

一方、一八八七年の「縁日の宣言」の女は、見世物小屋で自らの姿を暴すのに服を脱がない。彼女は、世界創造の遺物たる〈かつての女〉とは対極に位置する、衣服をまとった〈現代の女〉なのである。彼女が「我々の夕暮れの同時代人（contemporaine de nos soirs）」と呼ばれるのはそのためだ。もちろん、この不思議な呼称は、まず「縁日の宣言」の筋書きに戻して理解しておかねばならない。詩人はある夕刻、自らの理想を具現化する女性を伴って、幌付き馬車で郊外を散策する。その中途で縁日に行き会い、客の入らない見世物小屋を見つけるのだが、どういうわけか、成り行きで同伴の女性をそこで見世物とすることになったのだった。したがって彼女は、詩人が夕べの時を共に過ごした女性、という意味において彼の夕暮れの「同時代人（contemporaine）」である。奇妙なのは「我々の夕暮れ（nos soirs）」という言い回しで、一人称が複数に置かれ（「我々」）、また、「夕暮れ」も複数形にされている。しかしこれこそ、作中の出来事、すなわち夕刻の散策が、寓話であることの証拠ではなかろうか。詩人が過ごす夕べとは、我々みなが生きるこの時代、地平に落ちる夕日のように、起源から遠く隔たった文明が最後の光を燃やすこの時代の比喩である。

詩と衣服

女性像の変化を端的に示す細部がある。「縁日の宣言」の「同時代人」も「未来の現象」の「〈かつての女〉」と同様に輝く金髪を重要な持物《アトリビュ》としている。しかし、着衣で群衆に身をさらす婦人の髪に詩人が見るものは、「黄金の恍惚」と言われるような、起源の神秘を宿す光とはまったく異質である。

> 皆さま。ただいま皆様方のお眼鏡にかないますかどうか、姿を見せる光栄に預かりました人物は、その魅力の意義をお伝えしますのに、衣装や、演劇につきものの小道具を何ら必要としておりません。この自然さは、身を纏うことは怠らぬことによってもたらされる完璧なほのめかし、あの、女性がもつ原初的なモチーフの一つであるところのものに対するほのめかしとうまく合致するものであり、それが十分であることは、皆様の心強いご賛同を得たことによって、私にも確信されるところなのであります。
>
> （II, 97. 傍点は引用者）

傍点で示した部分、「ほのめかし（allusion）」とは何のことかわかりにくい。しかし、前段を読めば、ここに言われる「女性がもつ原初的なモチーフの一つ」が女の髪を指すことはまぎれがない。実は、詩人は女性を衆人にさらすのに伴って一篇のソネを朗誦したのであるが、そのソネにおいて称えられたのが女の髪なのである。したがって女の髪への「ほのめかし」とはそのソネのことを指すはずである。そして同時にそれは、女性の身繕い（「身を繕うことは怠らぬことによってもたらされる完璧なほのめかし」）のことでもあるようだ——女性は詩人の理想そのものなのであり、その身を飾り、目に見える形を作り出しているものこそ彼の詩なのだ、とマラルメは言うのだろう。

「詩を纏う」というこの特異な観念がマラルメの詩想にどう入りこんだのか、というのは極めて興味深い問題なのだが、その検討は後にまわし、ここでは「縁日の宣言」に視野を絞ろう。まず目につくのは、女性が現代の風俗に忠実に着帽しているということである。髪は、帽子とともに髪形（coiffure）を形成して、女性のもっとも簡素な作為として現れる。「身繕い」は、ある種の「自然さ（naturel）」を達成しているが、生まれたそのまま、すなわち「自然（nature）」ではない。装いとは、「ほのめかし（allusio）」つまり、何か別のものを遊戯的に示すことだという。髪型は、文明であるからこそ自然を真似る。「未来の現象」において、「織物のように嫋やかに」顔を取り囲む〈かつての女〉の髪は、文明を否定した先に現れる「原初の狂気」であった。かつて髪とは、衣服の代わりに肉体を彩る無垢なる自然、その狂乱の光跡であっただろう。しかし着衣の〈理想〉の帽子から垣間見られる髪は、どんなに夕日——自然の外光——を反映して輝こうとも、自然の擬態でしかない。

一八六五年の「未来の現象」も日没の光景に始まっていた。しかし、自然と人類の避け難い退廃を嫌悪し、はるか起源の光に憬れていた詩人は、一八八七年になると唯一真正の起源などという幻想を抛棄してしまっている。彼は自らの〈理想〉に凡庸な街着を着せて暮れゆく光の中に置き、平然としている。

ここに、人生の夕刻へ実際に足を踏み入れていた詩人の諦念を見るべきだろうか。青春の絶望の日々に、切迫したものと見られた終末はまだ来ない。世が果てる前に自分の方が果てるのであれば、退廃など恐れるほどのものでもない。死ぬまでのひととき、せめてこの凋落の光を楽しもう——詩人はそう居直ったものか。

しかしきちんと考えてみれば、マラルメの変化が諦念や自然な老成でないことは明らかである。詩人は、理想を虚妄として排し、退廃する現実を享楽しようというのではない。高邁な理想が世の頽落を共に生きている、と彼はいとも軽々と、いかなる自己欺瞞も見せずに言いのける。自分の言葉の根本的な矛盾に気づいているのかいないのか、いずれにせよ、マラルメは現実のために理想を否認したり、理想のために現実を否認するような生き方をせず、虚構と言い切る理想を現前させる。

一八八七年、「縁日の宣言」を書くマラルメが、かつての「未来の現象」を想起して、それを書き直そうと考えたことは間違いない。それではそのとき、詩人の〈理想〉はどうして服を着ることになったのか。——これはもう少し広がりのある問いにもなる。いつしかマラルメは「空しき衣」の遊戯を賞玩し得るようになる。その要因は何であり、その変化はいつ起こり、またそれは、マラルメの詩的想念の全体的布置にいかなる転換をもたらしたのか。

二、図像《イマージュ》と文章《テクスト》

『芸術とモード』と『最新モード』

実は、「縁日の宣言」に話を絞るとすれば、女性が服を着たままで舞台に上がることの理由は拍子抜けするほど単純である。それは、マラルメがこの作品を発表した媒体と関係があるはずだからだ。「縁日の宣言」の初出は『芸術とモード』誌の一八八七年八月十二日号であった。

この誌名を聞くならば、マラルメの伝記を知る者ならばすぐに、彼が一八七四年九月から八号にわたって刊行していた『最新モード』という雑誌を思い起こすことだろう。(1) ここで二誌の表紙を並べて眺めれば、その近親性はいっそう明らかになる。いずれにおいても、誌名を取り巻くように女性の姿が配され、「社交界と家族の雑誌《ガゼット》（『最新モード』）」あるいは「社交生活の雑誌（『芸術とモード』）」という副題にふさわしい雰囲気を作り出している（**図1、2**）。

もっとも、『芸術とモード』の表紙をマラルメの『最新モード』の表紙と並べて眺めるならば、ぐっと華やかで、洗練の差は誰の目にも明らかである。これは、およそ十年の間にモード雑誌の経済的基盤が確立し、出版技術も進歩したためでもあるだろう。しかし、そもそも、雑誌の質の違いがここに反映していることは否定しようもない。『芸術とモード』は一八八〇年に創刊され、一八八三年に編集長の座に就いた銅版画家アンリ・ド・モントー Henri de Montaut（一八二五—一八九〇？）の元で躍進を遂げた。**図2**の表紙でH. DE HEMという名で示される人物である。その後『芸術とモード』はパリ・オートクチュールの公式刊行物となり、一九七五年まで刊行を続けた。一世紀に迫ろうという驚異的な寿命である。(2) ジュール・ヴェルヌの小説やさまざまな新聞の挿絵画家としてすでに名を成していたモントーが編集長になっているのは、雑誌全体が視覚的洗練を目指して作られているためだろう。筆名を駆使して雑誌全体を一人で執筆するなどというマラルメの素人芸とは雲泥の差である。モード雑誌としての質、ということで言うならば、『芸術とモード』と、ごく短命に終わった『最新モード』を同列に扱うのはいくらなんでもおこがましい、ということになるだろう。(3)

さて、二誌はその命運に大きな差があったが、表紙にはモード雑誌に共通の特徴が表れている。流行

図1 『最新モード』誌の表紙

図2 『芸術とモード』の表紙

の衣服に身を包んで社交に興じ、優雅な生活を送る女性の群像は、いずれにせよ、この種の雑誌において文章は主役でないことを示すものだ。少なくとも雑誌の読者である女性にとって一番の関心事は図像《イマージュ》なのだ。この時代のモード雑誌における挿絵が、現在のそれにおける写真の役割を果たしていることを考えれば、そのことは改めて言うまでもないだろう。雑誌掲載の図像によって流行の衣服を楽しみ、自らの身を飾る際の参考にすることが購読の第一の目的である。そして、言葉はしばしば、有用な情報を提供する婢女の役割を担うことになる。そのあたりの事情はかつてモード雑誌を創刊し、一人であらゆる記事を書いたマラルメが知らないはずもない。たとえば、『最新モード』第七号の「モード」欄をマルグリット・ド・ポンティの名前で書くマラルメは、読者の期待を顧みずに子供服を取り上げることの弁明として、これまでも挿絵に子供が登場していたことを喚起しつつこう述べた。

年の若い、あるいは幼い者たちのために書かれるこの通信は、ただの間奏曲なのでしょうか。いいえ、まったく違います。これまでに示された習慣を、後から承認すること。あるいはむしろ、その習慣を補足することであり、ペンはそのようにする義務を鉛筆に対して負っていたものです。

(II, 617)

ここでペンが言語、鉛筆が図像の喩えであることは明らかだろう。言語が図像に対して負う義務とは、子供服に関することだけに限定されるものでもない。確かに、文芸欄が設けられれば、言語はそれ自身のため、つまり文学のために使われるだろう。しかし、そのような勝手な振る舞いは、図像を補足し、読者が最新の表象《イマージュ》を自分の生活へと取り込むための手助けをするという義務を果たした上で許されることだ。マラルメは『芸術とモード』誌に文学者として寄稿する際、それが脇方の役回りであることを十分に承知していたはずである。
マラルメが『芸術とモード』に文章を掲載するようになった経緯について、知られていることはあまりないのだが、マラルメが自分からモード雑誌に原稿を持ち込むようなことはなさそうだから、原稿の依頼を受けたのだろう。依頼のやりとりなどを直接証言する書簡などは残されていないが、「縁日の宣言」の筋立て自体から、これが詩人のイニシアチブによる作文ではなかったということを読み取ることができる。前章で見たとおり、「縁日の宣言」で詩人が述べる口上のソネは、「お腹に一発強烈なパンチを受けて、仕方なしに飛び出してきた」(II, 97) 徒夢として提示されるのであり、これは作品自体、すなわち「縁日の宣言」というテクストの制作状況を反映していると考えられるからだ。

同時代のマラルメ自身の証言としては、エドワール・デュジャルダンに宛てた一八八七年七月十八日の手紙に、「縁日の宣言」への言及が見られる。そこでマラルメは、この作品、とりわけソネの部分に取り組んだのが、七月十四日からの民衆的祝祭の季節であったことを報告している[4]。主題の選択には、マラルメの常からの興味も当然あっただろうが、それに加えて、モード雑誌という媒体への配慮も働いているはずだ。モードと季節との深い関連について、マラルメは今さら教わるところもなかっただろう。夏の長い夕べ、郊外を婦人連れで散策し、祝祭の催し物に立ち寄るという艶めいた「逸話」は、あたかも前月のマラルメの経験を語っているかのように、一八八七年八月の『芸術とモード』誌に掲載されるのである。また、「縁日の宣言」が女性の帽子や装身具、スカートなどの服装や、その服装に関わる挙措にことさらの注意を向けて描写していることも忘れてはならない。ここには、マラルメ独特のある種の器用さ、パスカル・デュランが「形式の感覚」と呼ぶところの、外的要請に対する順応性が存分に発揮されているのである[5]。

女性のイマージュ

さらに、この「縁日の宣言」初出の掲載面を見ると、興味深いことがわかる（図3）。ページの上部に「市場からの帰り――パンシャールのオリジナル・デッサン」と題された、ボートを漕ぐ女性の挿絵があしらわれているが、これは「縁日の宣言」と直接の関係はなさそうだ。ただ、このページの左下隅に注目したい。ここに小さな着衣の女性の姿が見られる（図4）。この女性は、右手で衣服の裾をたくし上げつつ、右足を前に踏み出しているのだが、これはまさに、「縁日の宣言」で群衆に姿をさらす婦人がとったポーズではなかったか。

> ひと目、最後の一瞥を髪にやる、その髪に色を失いつつある縮織の帽子を、煙り明るむ公園の絢爛が彩って、帽子と同じ色をした彫刻様のドレスが、観衆への前金としてたくし上げられる。他と同じあじさいの花の色をした足の上へ。（II, 96）

詩人は、自分の文章がこのように絵によって「補足」されることを事前に承知していただろうか。文学の純粋性を主張し、「縁日の宣言」作中においても同伴の女性の身分をさまざまな手段で韜晦するマラルメである。このようにテクストの脇に添えられる小さな挿絵によって非在の〈理想〉を可視化するのは本意でなかったかもしれない。しかし、マネの挿絵とともに出版された一八七五年の『牧神の午後』――またその前年のポー『大鴉』の翻訳――から始まり、晩年の『賽子《サイコロ》一振り』へのオディロン・ルドンの挿絵提供の計画に至るまで、マラルメが自分の書物を図像で飾ることを原理的に拒絶するようなことはなかったことも確認しておこう。[6] たしかにマラルメは、一八九八年、写真によって「挿絵《イラスト》」をつけられた本についての意見を聞かれ、「私は——挿絵《イラスト》なしに——賛同するものです。書物が喚起するすべての事柄は読者の精神において生起するべきなのですから」と答えている。[7] 精神と言語を無条件に結びつけて、書物におけるテクストの優位を主張するその立場は明らかであるが、しかしその一方でマラルメは、あくまでも肯定によってその立場を表明し、「挿絵《イラスト》に反対する」というような断言を避ける配慮をしている。もちろん、文章と図像が干渉する危険を避けるのが彼の流儀である。[8]「縁日の宣言」が自著のための書き下ろし作品であったなら、わざわざ女性の姿を挿絵として入れる必要をマラルメは感じなかっただろう。しかしながら、あくまでも脇役としてモード雑誌に作品を掲載する際、その媒体にお

図3 「縁日の宣言」の『芸術とモード』誌掲載時の誌面

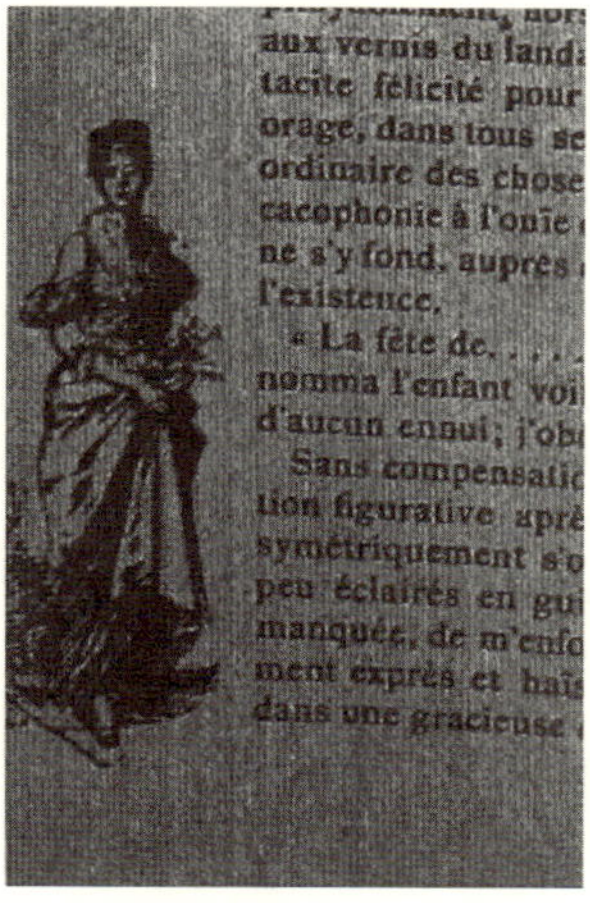

図4 「縁日の宣言」の『芸術とモード』誌掲載時の誌面の着衣の女性のイラスト

ける視覚の優位を承知していた彼が、自作に添えられた挿絵に目くじらを立てたとも思われない。その手配に自ら関わったかどうかはともかく、少なくとも消極的には挿絵を許容していたと考えて良いのではないか。

あるいは、マラルメのモードに対する関心と理解を勘案するならば、彼が積極的に状況に乗ったと考えることもできる。つまり、マラルメが作品中に着衣の女性を登場させ、それをもって同時代の理想の姿としたこと自体が、図像《イマージュ》を意識してのことではなかったか。何か挿絵が添えられるかもしれない。この場合、それは裸体の女性ではありえない。「原初の自然の美」を示す女性の裸体をモード雑誌に掲載することには何の意味もないだろう。例えば、**図5**は一八九一年、マラルメが『ページ』という自作選集を組んだとき、その口絵となったルノワールによる銅版画、「未来の現象」の〈かつての女〉を描いたものである。これに類する女性像が『芸術とモード』誌に掲載されたとして、それは常に雑誌を飾っている優美な衣装の現代女性とはまったく無関係な、場違いなものにならざるを得ない。また、〈かつての女〉ならともかく、「我々の同時代人」の裸体を暴すことなど、マネの『草上の昼食』から二十年を経過しているとはいえ、良俗の婦女子に向けた雑誌としてはいまだなし得ざることである。このような条件のもとで、マラルメが意図してモード雑誌向きの、挿絵のつけやすい文章を書いた、と考えることは不可能ではない。もちろん、マラルメの女性像が裸体から着衣へと変化したことの原因を、「縁日の宣言」の初出時の媒体にのみ帰することは行き過ぎだろう。ただ、多少の誇張を込めて言うならば、マラルメが「縁日の宣言」で描く女性の姿は、図像《イマージュ》の方へと文章《テクスト》が歩み寄った結果とも見られるのではないか。

図5　マラルメ詩集『ページ』の口絵となったルノワールによる銅版画

三、モード・ジャーナリズム

「白い睡蓮」

実は、文筆家マラルメに特有のこの順応性は「縁日の宣言」の二年前、同じ『芸術とモード』誌の一八八五年八月二十二日号に、「白い睡蓮」を掲載した際にも、すでに十全に展開されていた。この作品が『芸術とモード』掲載に至った経緯もよくは知られていない。ただ、一八八五年五月十日、マラルメから家族に宛てた手紙には、「白い睡蓮」の執筆過程に触れた箇所がある。それによれば、作品中で語られる逸話は、マラルメが実際にバルヴァンに滞在した際に経験したことをもとにしているようである。(9)

「燃え立つ七月」の朝、詩人は川にボートを浮かべ、ある女性——女友達の友達——の別荘地を尋ねようと思い立つ。ぼんやりと船を漕ぐうちに行き着いた川岸が、どうやらその女性の所有する庭園のようであった。船を下りようとすると、葦の陰から女性らしい物音がする。現れるのがどのような女性であるか、詩人は想像を膨らませる。しかし、実際に会ってそれを確かめるよりも、想像された理念の方を好ましく思い、彼は結局女性が現れる前に、また船を漕いで帰路に就く。

「白い睡蓮」の『芸術とモード』誌掲載時の誌面も見ておこう(図6)。そこには、女性の漕ぎ手とボートを描いた「船、パンシャールによるオリジナル・デッサン」が添えられている。このデッサンが、少なくとも『芸術とモード』誌にとっては間違いなくマラルメの作品の挿絵としてここに掲載されていることは、この号の表紙を見ればはっきりする。« *Le Nénufar blanc*, par Stéphane Mallarmé, dessin de Pinchart » という表記は、デッサンがテクストと同等の重要性をもって扱われることも明示するものだ

L'ART ET LA MODE. 435

LE NÉNUFAR BLANC

STÉPHANE MALLARMÉ

図６ 「白い睡蓮」の『芸術とモード』誌掲載時の誌面

図７ 「船，パンシャールによるオリジナル・デッサン」と書かれた『芸術とモード』の表紙

ろう（図7）。しかしまた、物語と挿絵は完全に対応しているわけでもない。物語中で船に乗るのは詩人、つまり男性である。もちろん、女性向けのモード雑誌であるから、男性の挿絵を入れても仕方がない。エレガントな装いの女性の挿絵を示し、この夏、行楽にはこのような服装が宜《よろ》しいですよ、という見本となすべきなのだから。図像と文章は、この点で独立している。しかしそれでも、両者が隣り合い、一定の距離を保ちつつも協調して作られるのがモード雑誌の誌面なのであり、マラルメもそのことは十分意識していたはずだ。

もちろん、マラルメが「白い睡蓮」を書いた際にデッサンがすでに用意されていたわけではないだろう。おそらくは、夏のモード雑誌にふさわしい主題を、と考えたマラルメが、ボートによる川遊びという、この時代の主要な娯楽を取り上げたということに過ぎない。ただし、具体的にいかなる挿絵が添えられるか知らなかったとしても、女性が漕ぐボートの絵とともに自分の文章が掲載されることを予測することは難しくなかっただろう。たとえば、『芸術とモード』誌の夏の発行号を数冊めくってみれば、小舟に乗る女性の挿絵はいくらでも目に入ってくる。すでに見た、「縁日の宣言」のページの上部に掲載されるパンシャールのデッサン（図3）はまさにその一例である。

この号、つまり、「白い睡蓮」の二年後、「縁日の宣言」が掲載された『芸術とモード』誌一八八七年八月十二日号には、さらに不思議な符合がある。この号には見開きの大きな挿絵があって、中央には女性がボートを漕ぐ姿、右側には白鳥、左側には睡蓮が描かれている（図8）。この挿絵が興味深いのは、それが「白い睡蓮」結末二段落の描写とみごとに呼応するからである。

一瞥によって、この寂しい場所に散乱する純潔の不在を要約するのだ。そして、ある景観の記念を望むや否や、突然、魔法の睡蓮が現れる、その閉じた蕾《つぼみ》の一輪をひとが摘むことがあるように、

図 8　『芸術とモード』誌 1887 年 8 月 12 日号に掲載された，女性がボートを漕ぐ挿絵

中空の純白によって、手つかずの夢でできたある虚無――生起し得ない幸福と、出現を恐れて止めていた私の呼気の名残でもあるような虚無――を包み込んでいる睡蓮の一輪を得て立ち去ろう。黙って、少しずつ後ろに漕ぎ出す。櫂の打撃で幻想を壊さぬように。また、私の逃走の周囲に生まれた可視の泡がひたひたと打ち寄せて、誰か不意に到来した人の足もとに、私の理想の花の拉致の透明な似姿を投げかけることがないように。

不思議なことと感じられて興味を惹かれ、彼女が姿を――それは瞑想に耽る女であろうか、あるいは高慢な女、無愛想な女、愉快な女だろうか――現したのだとしても、私が永劫知り得ないこの表現し難い風貌については諦めるしかない。というのも私はきまり通り、操縦を済ませたのだから。抜け出し、方向を変えて、私はすでに川の波面を回り始めていた。高貴な白鳥の卵、飛翔の立たぬ卵にも似た、私の想像上の戦勝牌《トロフィー》を奪い取って。その卵を膨らませているものは、快い無為に他ならない。夏、踏み越えるべき泉か池などのほとりで時折立ち止まり、長い間引き止められつつも、あらゆる婦人がその庭園の小道で追い求めるのを好むあの放心に。

(II, 100-101)

空無によって膨らんだ「想像上の戦勝牌」が、まずは睡蓮のつぼみに、つぎに白鳥の卵に例えられている。この二つの象徴が――正確にはつぼみではなく開いた花であり、卵ではなく白鳥それ自体であるが――マラルメが再び作品を掲載する一八八七年夏の号の見開きの挿絵に現れるのである。

もちろん、マラルメの二年前の文章にちなんで、わざわざこの挿絵が書かれたわけでも、ましてや、二年後に掲載される挿絵を予測してマラルメがこの一節に白鳥と睡蓮の比喩を用いたわけでもないだろう。単なる偶然、ただしこの偶然は、ボート遊びに関して白鳥と睡蓮という書き割りがいかにありふれたものであったか、まさに目に見えるかたちで例示するものだ。

あらゆる女性

ことは「白い睡蓮」という作品が前提としている、言説の受容の条件に関わる。ある社会階層における女性の常套的な姿を描き、それを当事者たる女性たちに向かって見せること。『芸術とモード』誌に作品を掲載するにあたって、マラルメはそれを強く意識しているはずだ。先ほどの引用の終わり、すなわち作品の結論部を読もう。マラルメはここで「あらゆる婦人(toute dame)」が夏の散策とそれにともなう放心を好む、と言う。つまり、「『芸術とモード』をお読みになるようなご婦人方はみな、夏の庭園をこのように散策なさるでしょう」というわけである。

すでに前章で引用したが、これとほとんど同じ言い回しが二年後の「縁日の宣言」にも見られた。作品冒頭、詩人の同伴をする〈理想〉を紹介する際、マラルメは「あらゆる女性(toute femme)」という表現を使うのである。

> 静かだ! 傍らに、散策で揺られ夢のごとく横たわる女《ひと》――その揺れは車輪の下に花々を眠らせるように賛辞の花々を浴びせかけようとするのをまどろませる――、どんな女であっても(toute femme)――私の存じ上げるある女性にはこのあたりの事情も明らかなのだが――私が一言でも発しようという努力を免じてくれることは確かだろう。(II, 93)

ここでも、「あらゆる女性」は社交人たる女性の典型的行動様式を示すものであろう。風雅を弁える女性であれば、散策中、たまさかの沈黙を気まずく感じることはないだろうし、また、男の側が黙っていてもそれを咎めて、余計なおべんちゃらを引き出すようなことはないだろう、と詩人は述べる。この描写が単に「よく見られる振る舞い」という意味での典型を示すだけではなく、ある種の規範性を帯びていることは言うまでもない。詩人は沈黙のうちに散策をともにできるような女性のみをこの作品、そしてそれが掲載される『芸術とモード』誌にふさわしい読者だと宣言しているのだ。

マラルメは「あらゆる女性（toute dame あるいは toute femme）」という表現が、モード雑誌と流行《モード》の機能の根幹に関わるものだということを知った上でそれを使っている。「みんながこのように振る舞い、このように着飾っている」と言うことによって、流行に規範性をもたせ、「このように振る舞い着飾るべきである」と考えさせることこそ、商業誌たるモード雑誌の役割ではないか。例えば、かつてマラルメは、『最新モード』第五号で、シャルル＝フレデリック・ウォルトの創作による「青＝夢のドレス（robe bleu-rêve）」を「わたくしたちが皆、そうとは知らずに夢見ていた」服装として紹介し、長く詳細にわたった描写をこう締めている。

これこそ、盛儀における若い女性の服装と言うべきものであり、すべての若い女性は、他の大服飾家たちによって流行に火をつけられたあれらの、赤や卵黄色の衣装よりも、これを好んで身につけるべきなのです。（II, 583）

実に、「あらゆる女性」とはモード雑誌の根本を規定する言葉なのである。だからこそマラルメは、それを一八七五年の「白い睡蓮」では最後の文に、一八七八年の「縁日の宣言」では冒頭の文に配置して密かな連続性を作り出しているのだろう。もっとも、二年を隔てたこの連続性に気づいた者は、『芸術とモード』の購読者にはほとんどいなかっただろうが。

女性像が常套的なものであることと、その女性を描く文章が常套的なものとなることは軌を一にする。

パスカル・デュランは、一八七〇年代、『最新モード』のマラルメが、当時のモード誌の文体を自家薬籠中のものとするばかりでなく、他誌からの「盗作」も辞さなかったことに着目する。そして、ピエール・ブルデューによるジャーナリズムの規定――「情報の円形循環」――を参照した上で、モード・ジャーナリズムの言葉は、「モードの価値の環状《ループ》の認証という原則」によって支えられており、「モードの価値が価値をもち、流行中《ア・ラ・モード》であるために」、そのコミュニケーション体系は「冗長性をもつことによって有効なものとなっている」と述べている。[10] マラルメの意識がこのような分析に達していたとまでは言えないだろう。しかし、かつてモード雑誌を創刊し、執筆から発行に至るまでのあらゆる役割を担ったという経験は、そのおよそ十年後、『芸術とモード』のための文章を執筆する際、その媒体の性質を見抜く確かな手がかりとなったはずだ。そして、『最新モード』とは対照的に華やかな成功を収めている雑誌に文章を載せるにあたって、彼はモード雑誌寄稿者という役割を大げさに演じて見せる――彼が以前モード雑誌を発行していたという事情を知る読者はほとんどおらず、むしろ「最近話題の難解な作風で知られる詩人」がモード雑誌らしい文章を書くかどうかなどということは、『芸術とモード』の発行元も購読者も気に留めていないにもかかわらず。あるいは、そうであるからこそ。

四、〈理想〉を覆う布

空虚の着る服

もちろん、上面では媒体が規定するコミュニケーションの構図に従うマラルメの散文は、ジャーナリズムの「情報の円形循環」を逸脱する射程を備えるに至っている。

『芸術とモード』発表の二作品と比較するために、次の文章を読んでみよう。『最新モード』第八号、マラルメがマルグリット・ド・ポンティ名で掲載した最後の「モード」欄、最終段落からの引用である。

結局のところ、かつて、天鵞絨《ビロード》や金銀の錦《ブロケード》にも比するような、豪奢で重たくもある生地が、これほどまでに華々しく、また、軽く柔らかで薄手の、夜に羽織る新しいカシミアにも劣らぬほど、支配力を発揮したことはないのです。しかし、この壮麗なあるいは簡素な覆いに包まれて、他のいかなる時代にもなかったほどに〈女性〉が透かし見られることになるのです。目に見える姿をとり、その輪郭のまったき優美さにおいて、あるいはその人格を構成する主要な描線によって描き出された〈女性〉それ自身を（後ろでは、広く華麗な曳き裾が、すべてのプリーツと布地の重たい広がりを引き寄せるのです）。(II, 640)

衣服の向こうにすかし見られるという大文字の「〈女性〉(la Femme)」には、ひとまず「女性の理想形」というぐらいの常識的な意味しか読み取られない。マラルメもこの〈女性〉が不在であるなどと言いはしない。彼はモード雑誌執筆者の仮面を被り、これらの豪奢な衣装を手に入れて、理想の女性ともいうべき優美さを手に入れるように、と読者を勧誘する。ここにあるのは、流行を作り出す情報の循環である。衣装がその内側に空虚を抱えているにしても、それは読者が自分自身を投影することによって埋めるために用意された空虚に過ぎない。ちょうど、顔を出して撮影するための観光地の書き割りのように、などと言ったら比喩が卑俗に過ぎるだろうか。

一方、「白い睡蓮」や「縁日の宣言」の「あらゆる女性」は存在しない理想とされる。もちろん女性の読み手は、この「不在の女性」に興味を持ったり、自己同一化したりはしないだろう。マラルメが、

「あらゆる女性」は虚構である、と強調すればするほど、その言説はモード雑誌の常套的ありようからは離れてゆく。

それでは、詩人はただ購読者を面くらわせるためだけに「理想」だなんだと書いているのだろうか。おそらくはそうでもない。マラルメの文《エクリチュール》は婢女として情報を効率的に伝えるには程遠い、極めて入り組んだものであるから、その錯綜を解きほぐして理解に達した女性がどれほどいたかは疑問であるが――そして彼は、そのような女性が「いない」ということも自らの理想の不在へと帰結させるのだろうが――彼はここで、極めて精妙な誘惑を仕組むものである。

「白い睡蓮」の結びの二段落を読み直そう。マラルメは言う。「私の想像上のトロフィー」たる「白鳥の卵」、すなわち性との接触ではなかろうか。ここで夢想されているのは、「空虚」を通じての詩人と女性との接触ではなかろうか。

〈理想〉を膨らませているものは、庭園を歩く婦人の「快い無為＝放心（la vacance exquise de soi）」である、と。つまり、これは奇妙なレダの物語なのだ。夏の朝、「あらゆる婦人」は、ひとり散策し、水辺のほとりに佇むなどして、無為の時間を楽しむ。自然の光景を見つめて放心するうちに、彼女は自己の意識を希薄にし、ほとんど存在しないような気持ちへ到達するだろう。こうして彼女は、己を去り自然の光のうちに散乱してゆく。一方、詩人は、この「不在の女性」を拉し去る「水辺の略奪者」である。彼は「この寂しい場所に散乱する純潔の不在」を集め、「魔法の睡蓮」のうちに封じて持ち去るのである。したがって、『芸術とモード』の読者が――「あらゆる婦人」として――〈理想〉となる、すなわち、己を空しくして完全に潜在的な存在になることに同意するならば、これは詩人に願ってもみない僥倖、彼はたちまちにその〈婦人〉を連れ去るだろう。

とはいえ、詩人がいかに「水辺の略奪者」として理想を拉し去ろうとしても、「ない」もの自体を掴むことはできない。そこで、詩人はそれを捕らえるのに罠を用意する。それがすなわち、白鳥の卵、あるいは睡蓮の蕾、いずれも繊細な純白の外殻である。もちろん、その虚無が擬人化されるときには、「空しき衣」こそがこの外殻になるだろう。

行ったり来たりする両足の精妙な秘密。この両足は、精神を、スカートの麻布《バチスト》とレースに埋もれた親愛なる影が望むところへと導く。スカートは地面に溢れ出して、その波打つ裾のうちに、踵から爪先までを隠すかのごとくである。歩みがプリーツを曳き裾として後方に流しつつ己の逃げ道を最下方に作り出そうとするときに、その運動を主導する二本の巧妙な矢の向きを覆うのだ。

(II, 99)

夏の光に輝く白麻の衣を纏った婦人の姿。薄い夏物の布地は豊かなスカートとなって足元までも覆う。身体を失い、精神ばかりになった彼女の望みは秘され、ただ、「二本の巧妙な矢」たる両足が作り出す襞の流れのうちに読み取られるほかない。「親愛なる影(chère ombre)」と呼ばれる女性は、すでに亡霊にも擬せられる不在なのだ。「未来の現象」で現代人を揶揄して用いた「空しき衣」という表現、かつて紋切り型の皮肉として言われた言葉が、ここではまったく位相を変え、独特の、具体的な光景として現れる。

ここに現れる女性の姿が、先ほどの『最新モード』の夜会の衣装を着た女性の姿と重なるのは偶然ではないだろう。夜の盛儀にともされた灯を重々しく反射するブロケードやビロードは、夏の外光に透過しつつ輝くバチストにとって代わり、重量を減じている。しかし、豊かにひだを描く布の量感と、それに包まれた〈女性〉の姿は、マラルメの想像力を十数年にわたって変わらず支配しているようだ。そうであるからこそ、夏の別荘地でのシンプルな服装であるはずの婦人の姿に、彼は誇張的に「曳き裾《トレーン》」までも見ようとするのだろう。

「縁日の宣言」においても「白い睡蓮」においても、〈理想〉たる女性は限りなく希薄な存在として描かれる。いや、マラルメは存在ではなく不在と言うだろうが、いずれにせよ〈理想〉は本来描かれえない。しかしその一方で、詩人は〈理想〉の身につける服装を盛んに描写し、現代生活の細やかな実相を露わにする。つまり、衣服がいまだ開かぬ蕾の花弁であるにしても、それは、内側の空無を守るものというよりは、むしろ空無を捉えるために詩人がこしらえる仕掛けなのである——恥じらう〈理想〉は詩人の差し出す外衣を身につけて己の裸身を隠すのだが、それで安心させて外の視線に彼女を暴すことこそが彼の目論見なのだ。そしてその仕掛けとは結局のところ、詩人が織りあげつつあるこのテクスト——目に映らない空無を描く虚構——に他ならないだろう。これこそ、マラルメが一八八五年までに達成してしまっている決定的な転換である。詩とは、失われた理想の肉体を再生するものではなく、むしろ、この「空の服」、この世において纏われる衣服の任を果たすものではないか。詩人はもはや、空虚が手に入らないと言って絶望の涙をこぼすのではない。その空虚に着せる衣を用意し、あらゆる策略を使って空虚を捉えようとするのである。モレアスはマラルメを指して「理想の婦人服仕立屋《テイラー》（tailleur des dames idéal)」と言ったが[11]、ここでそれをもじるならば、マラルメはまさに、「理想の女性たちのための仕立屋（tailleur des dames idéales)」となってゆくのだ。

詩を纏う

マラルメは若い時から、書き上げようとする作品を例えるのに布の比喩を好んで用いている。例えば、彼がまだトゥルノンにいた時代、一八六五年七月二十八日付のテオドール・オバネル宛の手紙には次のように読まれる。

つまり僕が言いたかったのはただ、自分の〈文業〉全体の見取り図を広げおおせたということだ。それに先立って僕は、自らの鍵——穹窿の要石《かなめいし》、あるいは比喩で混乱するのがいやなら単に中心と言おう——を見つけた。僕自身の中心だ。その中心に僕は神聖な蜘蛛として陣取り、僕の精神からすでに引き出された主要な糸の上で、それらの糸の力を借りつつ、遭遇編みで素晴らしいレースを編むつもりだ。そのレースの様子はぼんやりと見える。それはすでに〈美〉の内奥に存在しているものなのだ　(I, 704-705)

自身を蜘蛛として描き、作品を自身の周りに巡らすレース編みの巣として想像する驚くべきヴィジョンである。しかしここで指摘したい単純なことがらは、つまり、この蜘蛛の網たる作品は、〈美〉それ自体と実質をともにするものとして夢想されているということだ。青年マラルメの苦悩は、自分が一生かかって残す成果が細く淡く、しかし一挙に目の前に展《ひら》かれたと確信するのに、実際のところは〈理想〉たるこの作品、ぼんやりと見えるこのレースの一断片さえも自分の手で編み上げることができない、ということにあった。彼はまだ、自らのテクストを、理想を包み込む衣ではなく、理想そのものとして想像している。

一八七四年、マラルメがパリで書く『最新モード』は移行期の特徴を示す。たとえば、ウォルトの「青＝夢のドレス」を再び参照しよう。この服装の見え方にはマラルメ特有のフィルターが強くかかっている。もちろん、このドレスの実在まで疑ってかかる必要もないが、子音（r-b-b-r）の反復と母音（オ－ウ－ウ－エ）の移行という完璧な諧調を響かせるこの « robe bleu-rêve » という不思議な呼び名は、おそらくウォルトではなく詩人マラルメの考案によるものであろう。マラルメは、ちょうど同時代、一八七五年の小品「中断された見世物」で言うところの「出来事を夢の光のもとで報じる新聞」（II, 90）を実践する。彼は、夢の光で照らされたこのウォルトの作品、「わたくしたちの思考と同様にとらえがたい」服装を、ある意味で、自身が生み出すべき作品の比喩として見ているだろう。モードであれ、文学であれ、天才とは夢を現実化する力である。そして、衣服を実体化した理想としてみる点において、マラルメは先ほどの蜘蛛の喩えの延長にいまだ位置している。

一方、『最新モード』でマラルメの想像力は転回の予兆も示す。第五号「モード」欄から引用しよう。

> これら社交の盛儀における〈ドレス〉、それは空想そのもの、ときには危険とも言うべき大胆な、ほとんど未来ともいうべき空想、さまざまな古い習慣の向こうに透かし見られる空想なのです。見つめる者は、繻子《サテン》に混ざったさまざまな現象が現れ、それら現象の秘密が、紗布《ガーゼ》の、網布《チュール》の、あるいはレースの下にすでに兆すのを見ることになるでしょう。（II, 599）

ウォルトのドレスに見られた「夢」はここで「空想そのもの（fantaisie même）」と呼ばれる。はじめ「ドレス」の喩えとして現れたその「空想」は、徐々に、習慣の下に透けて見える未来の姿をとるようになり、結局それは、薄衣が匿す秘密とも見られるようになる。すなわち、布地とは「空想」を透かし見せるための装置でありかつ、その「空想」を視線から守る遮蔽物である。これこそ「白い睡蓮」や「縁日の宣言」に見た衣服の働きに他ならない。

『最新モード』において、〈理想〉はまだ、壮麗な布地に化けるか、あるいは、その下の虚無に宿るか、決めかねている。しかし確かなのは、サテンやガーゼ、チュールやレース、ビロード、あるいはブロケードといった具体的な布地の呼称が溢れるこの雑誌に、〈理想〉の影は薄いということだ。もちろん、モード雑誌の目的は情報提供にある。マラルメはプロフェッショナルとして術語を使いこなし、服飾を正確に写し取れるかのごとく振る舞う。購読者に流行複製の便宜を図ることが目的のこの場に、観念の出番はほとんどないだろう。しかし、彼は職業上の理由から仕方なしに、自らのペンに婢女の役を強いるわけではない。そもそも、彼が服飾に強く惹きつけられることがなかったら、膨大な労力を割いてモード雑誌発行などという冒険的事業を企てることもなかっただろう。この嗜好が当時の男性としては極めて珍しいだけに、詩人のイニシアチブは疑い得ない(12)。

長い地方暮らしからようやく脱出したマラルメは、オートクチュール勃興期のパリで絢爛たる布地の祝祭に目を奪われ、優れて表層的なこの現象の奉仕者になろうと志願する。しかし、詩人の〈理想〉はそれを裏切りとなじったりはしなかっただろう。虚空を凝視して幻が浮かび上がるのをひたすら待つ日々が終わる——そのことを喜んだのは、誰よりも、その虚空に潜んでいた〈理想〉であったに違いない。色とりどりの布地が広がって視野を覆ったことは、詩人がやがて彼女との関係を結びなおすための契機となる。彼女を捉えるにはそれなりの精妙さを身につける必要があったのだ。空しき衣に触れ、スカートの襞の諸相を知ることは、その遠い準備であった。

第四章　現代性の継承

一、マラルメと現代性（モデルニテ）

「時代」の発見

前章ではマラルメとモード雑誌の関わりをたどるとともに、〈理想〉が布の向こう側へと退いた点にその詩想の転機を見た。その上で、改めて問うべきはこの〈理想〉とある種の時代性――マラルメが同時代（contemporain）とも現代（moderne）とも呼ぶ時代の特質――の関係である。たとえば、布の向こうに垣間見られる女性が、〈流行《モード》〉と名指される次のような場面は、マラルメの詩業においてどんな意味を持つだろうか。

あらゆる世紀の布地が重なり合って形成するその絢爛たる天蓋（女王セミラミスの用いた天蓋、あるいはウォルトやパンガが才能豊かに製作したものでしょうか）の、〈流行《モード》〉が、帳を開いて（！）、突然、我々に、姿を見せるのです。変容し、新しい、未来のその姿を。（II, 637）

『最新モード』最終号となった第八号に見られるこの文章が、これまで見てきた「夢を垣間見させる布地」のヴィジョンに連なることは明らかであろう。それにしても、この擬人化された〈流行《モード》〉は随分とちぐはぐな印象を与える。『最新モード』の文章には、出版ペースに追われたようなところもあり、器用な散文家ではありえなかったマラルメの苦労の跡も残るのだが、ここにあるバロックなおかしみは、筆の滑りが誘ったむしろ幸福な結果と言っていいだろう。ウォルトやパンガという現代モードの天才に隣り合わせて、女王セミラミスだの綺羅を張った天蓋だのと、時代がかった小道具が据え付けられ、さらにアレゴリーという古色紛々たる文飾が用いられるに至って、文体は標準的な流行雑誌のものから逸脱し、戯作風のアナクロニスムを示す。しかし、風変わりな表現がある真実性へと達しているのは、〈モード〉というこの珍妙な名の女性を暗示するのに、即席の奇想以上にふさわしいものもないからであろう。重なり合った過去の向こうにのぞく、つねに「変容し、新しく、未来にある」測り難い姿を見出したことは、隔週刊の過酷な執筆が詩人に思いがけずもたらした成果であった。

しかも、幕屋の裡の未来というこの光景は、単なる軽妙な即興《アンプロンプチュ》として忘れ去られはしなかった。一八九〇年、成熟した詩人の筆のもとで、それは詩業の宿命を見定める荘重なイメージに変容する。ヴィリエ＝ド＝リラダン追悼講演の終結部である。

　するとと、一瞬の雷光のように視野を眩ますヴェールの輝きのうちに、そして偶然にまかせてそのヴェールが揺れ、時折その向こうに未来が覗く、あのひらひらとした動きのうちに、この文業が、皆様の前に、即座に現れるのです。文学の幾世紀を経てなお、残存するに違いないこの文業が、その時に見せるであろう姿をとって、その何たるかを知り、後ほどそのページを繙いて下さるであろう

皆様の前に。　(II, 44)

文学的真実は時間においてのみ啓示されるのであれば、永遠のイデアではありえない。ヴィリエの去ったこの世において、彼の文業はさらなる変容を遂げ、幾世紀のちに新たな姿をとるだろう。しかし我々は、ただその再臨をぼんやりと待っているべきではない。彼の残した書物こそは、現在において、「即座に」公衆に対して未来の顕現を実現する装置に他ならないのだから――マラルメは常に「現在」に対して「未来」を見せよという逆説的かつ根源的要求をつきつける。

話が逸れたが、ここで確認しておきたいのは、モードとは単に〈理想〉像に服を用意した侍女ではない、ということだ。モードが徴候として示すのは、マラルメ詩学、とくにその時間認識の決定的深化である。右に引いた同じ幕屋の二つのヴィジョンは、マラルメの進んだ道が、芸術家と、彼が生きる時間としての「時代」との関係を問い直す方向へと続いていたことを示唆している。そうであるならば、この道において間違いなくマラルメが行き会ったはずの詩人として、再びボードレールの名を挙げないわけにはいかないだろう。パリに出てきたマラルメが都市生活の現実に触れつつ詩想を転換してゆく際、その転換がボードレールによって理論的に先導された可能性は高い。実際、七〇年代以降のマラルメは、――芸術と自然との関係、あるいは自然の特異な現れとしての女性、芸術が描く対象であり芸術の受容者である大衆、等々――あらゆる点でボードレール美学が射程に捉えていた問題を引き受けてゆくことになる。マラルメは、あるときにはこの先達の見解を引き写すかのごとき忠実さを見せ、あるときには無視するかのごとく傍らを通り過ぎ、またあるときには穏やかに反論するかのようである。かのようで、ある、とはいかにも曖昧だが、ここでそう言わざるを得ないのは、二人の詩人のすれ違いをまずは直視する必要があるからだ。一八七一年、マラルメが地方での教師生活に見切りをつけてパリに来たとき、ボードレールはすでにこの世にない。そもそも、ボードレールの最後の美術評論が発表されたのは一八六三年、たとえばマラルメの『最新モード』から見れば十年以上も昔のことになる。その間の普仏戦争、コミューン等の政治的激変はとりあえず勘案しないとしても、その時々の「現在」を生きる人間の生の尺度で、十年の間隙は小さくないだろう。マラルメの美学的な立場をボードレールのそれにただちに重ね得るように思われるのは、遠くから眺める我々の認識が単純化されるからに過ぎない。

　そこで、二人の詩人に共通のものとして右に三つほど列挙した問題を詳しくたどる前に――それは次章の課題となる――、多少くどくどしくなるが、本章では、マラルメが同時代を自らの詩想にとらえてゆく過程において、ボードレールとどこで出会ったのか、その邂逅の場をできる限り実証的に見極めたい。すでに明らかにされていることもあるが(1)、まずは事実の確認を含めて慎重に検討しよう。

美術批評家ボードレールとマラルメ

マラルメは詩作を志したそのほぼ初めからボードレールの強い影響を受けている。たとえば、マラルメの初期の散文詩「未来の現象」がボードレールの散文詩を発想源としていることは第一章で示したとおりである。しかし、彼が知っていたのは詩人、そしてエドガー・ポーの翻訳者としてのボードレールであった(2)。サロン評やコンスタンタン・ギース論などの美術評論や、そこに底流する現代性《モデルニテ》の美学に触れた形跡は、少なくともパリに出てくる前のマラルメには見られない。

　そもそも、ボードレールの美術評論をマラルメが手にとるチャンスはほとんどなかったはずである。その嚆矢たる『一八四五年のサロン』が現れたときにマラルメは三歳、五百部しか発行されなかったこの冊子がそののち彼の手に舞い込んだ可能性は限りなく低い。あるいは、ボードレールの美術批評としては最も発表の遅い「現代生活の画家」をとってみても、これが『フィガロ』誌に掲載されたのは一八六三年の十一月から十二月にかけて――ちょうど、マラルメがアルデッシュ県のトゥルノンに急遽赴任してゆく波乱含みの時期にあたる。「現代性」を定義するこの重要な評論にマラルメが気づかなかった可能性は高い。結局、川瀬武夫の指摘にあるように、マラルメがボードレール美学の総体に接触する必要条件が整うには、一八六八年末に刊行が開始されたミッシェル・レヴィ版全集を待たねばならなかった。(3)――ただしマラルメがこれを読んだか、というのは、微妙な問題として残される。マラルメの旧蔵書(県立ステファヌ・マラルメ記念館蔵)に含まれるボードレールの著書は『悪の花』初版・第二版を始めとする韻文作品、あとはポーの翻訳があるのみである。(4)もちろん、散佚した蔵書があることも考慮に入れなければいけないし、誰かに借りて読んだということもあるかもしれないが、マラルメがミッシェル・レヴィ版全集を手に取ったという確実な証拠は今のところ見つかっていない。

いずれにしてもマラルメが、一八七〇年に全七巻が完結するこの画期的な全集を急いで買い求めた、ということはなさそうだ。と言うのも、パリに出ようとする時期、すなわち一八七一年の時点でも、彼はボードレールの美術批評を読んでいないと考えられるのである。

パスカル・デュランの指摘にあるとおり、同年にマラルメが書いたロンドン万博の報告記事において、ボードレール的「現代性」はまったく問題になっていない。(5)それどころか、そこでマラルメは、雑多な時代を混在させた折衷様式の家具調度や鋳造技術によって複製されるブロンズ像、十八世紀の貴族趣味を復刻した流布版の陶器などについて否定しがたい熱意をもって語るのである。

出展者たちは、彼らの試み――まさに現代という時代全体の試みである――すなわち芸術と産業を融合しようという試みに対して我々が関心を寄せていることを知っても驚きはしないだろう。我々の差し迫った欲求によって必要とされる品々を芸術が装飾し、同時に、かつてはただ希少性によっ

> て美化されていたに過ぎないあれらの物品を、迅速かつ経済的手法を用いて産業が複製することは、相互的義務と言うべきではなかろうか。 (II, 366)

ここでのマラルメにとって「現代」は、芸術と産業の融合によって特徴づけられる時代である。彼が、「物質の漸進的支配[6]」への苛烈な敵対者であったボードレールの影響下で書いていないことは言を俟たないだろう。一八五五年のパリ万博美術部門の展覧会評を発表するにあたって、さしあたり美術には関わりのない進歩の理念にわざわざ呪詛を投げかけ、「私が地獄を警戒するがごとく警戒する、きわめて流行中《アラモード》の過ち」と宣言するボードレールである[7]。もし仮に、マラルメの博覧会報告が彼の目に触れたらなんと言っただろうか。これこそ、「物質界と精神界の全事象を奇妙にも混同する[8]」現代フランスの頽落《デカダンス》の標本だと言ってやりだまにあげたにちがいない。

もちろん、マラルメのロンドン万博報告が職探しの一環であったことは考慮されるべきだろう。とにかく教職を逃れたい一心でアヴィニョンを去り、妻子をサンスの実家に預けて仕事にありつこうとする苦しい時期である。数十年前のユートピア思想に先祖返りしたようなこれらの言葉を、そのまま詩人マラルメの見解だと結論づけることには慎重であるべきだ。

その一方で、万博報告によって芸術と産業の協働をたたえるマラルメが、ただ依頼主や読者たるブルジョワにおもねるために本心を偽っていると断定するのもまた極論だろう。たとえば、量産技術の発展を称えるマラルメは、「しばしば表明される真実」として次のような警句を吐く――「何年か前から、美しく趣味の良い品物以外のものを身の回りに置く権利を有するのは、ただ、醜いもの、凡庸なものへの嗜好を生まれつき持っているような人たちだけなのです」。このとき、当時のマラルメの筆のもとに頻りに現れるアイロニーは、首都パリで心地よい住居を持つことを夢見るプチ・ブルジョワの、芸術の産業化へのむしろ素直な讃嘆を暗示するために用いられている。そして、パリに出て以降のマラルメが、「美しく趣味の良い品物」に心惹かれていたことは周知の事実である。

差し当り、産業と芸術の協同に対してマラルメがどのような美学的判断をしていたのか、見定めることは重要な課題ではない。確かなのは、ロンドン万博においてマラルメがボードレールの文明観に真っ向から対立する立場を表明する、ということである。このとき彼は、意図的に先輩詩人に背を向けているのだろうか。たとえば、『一八五九年のサロン』において、ボードレールは「詩と進歩は直感的な憎悪で憎み合う二人の野心家であり、同じ道で出会ったときにはどちらかが他方に仕えなければならぬ」と断じ、写真術による芸術の領野の侵犯を挫くべく、長広舌を揮っている。マラルメがそれを知りつつ「芸術と産業を融合しようとする試み」として複製術を推奨したのだとすれば、少なくとも彼自身はそれがあからさまな造反であることを意識したはずである。

一八六七年、ボードレールの訃報に接したマラルメは、ヴィリエ＝ド＝リラダンへの手紙において、「本当に、今は亡き、私たちのおそるべきボードレールが終えたところから始めるのがとても怖いのです」(I, 724) と述べた。マラルメの意図――ボードレールの業績の何を引き継ぐつもりだったのか――はわかりにくいのだが、最大級の畏敬の念をもってこの先人を見ていたことは間違いない。そこまでボードレールを重んじていたマラルメが、その美学的所説に通暁していながら、一八七一年になるとただ単に糊口をしのぐというだけのために、芸術観の根本においてわざわざ逆らうようなことを述べたと考えるべきであろうか。また、以下に見るように、一八七四年以降マラルメは、ボードレール美学の圏内に強く引きつけられるようになる。[9] もしロンドン博覧会の時点でその現代性に関する議論を知っていたならば、その影響がすでに見られるはずで、ましてやわざわざ反対の立場を表明したりはしなかったのではないか。いずれ推測に留まらざるを得ないが、やはり、マラルメはボードレールの所説を知らないがゆえに、彼とは逆の立場に立ってしまっていたと考える方がシンプルな仮説ではないか。一八七一年、自らが生きる時代への興味を抱き始め、ロンドン万博の派遣記者のように振る舞うマラルメが、ボードレール的「現代性」を知らなかったと考えられる所以である。

二、ボードレール——マネ——マラルメ

媒介者マネ

それでは、マラルメが美術批評家ボードレールを確実に知っていると言える年代はいつか。ボードレールと美術との関わりに言及する文章がマラルメには一箇所だけある。一八七六年の美術評論「印象派とエドワール・マネ」の導入部、マネの画壇への登場を描く場面である。

この時代、悲しむべきことに過去形で書かねばならないこの時代にはまた、一人の見識ある愛好家、あらゆる芸術を愛し、一つの芸術に人生を捧げた愛好家が生きていた。これらの「マネの」奇妙な絵画はすぐに彼の好意を得るところとなった。直感的で詩的な予感によって、彼はそれらを愛したのであった。しかもそれはまだ、それらの絵画が次々と現れて、そこに詰め込まれた諸原則が十分に提示されることによって、多数の公衆のうち、思考する選良《エリート》たちにその意味が明かされる前のことであった。しかし、この見識ある愛好家はそれらの絵画を見ることなく早世し、彼の愛する画家が公の名声を得るのを目にすることもなかった。

この愛好家こそ、われらが最後の大詩人、シャルル・ボードレールである。(10)

図 9　エドワール・マネ『ギター奏者』

図 10　エドワール・マネ『チュイルリーの音楽会』

「諸芸術の愛好家」として名前を出しているのだから、ボードレールの美術評論を意識していないはずはない。しかしながら、この記述をもってマラルメがそれを実際に読んだことの証拠とするのにはやや不足がある。

問題の根底には、マネもまた――マラルメとは異なる水準で――ボードレールとはすれ違いを経験せざるを得なかったという事実がある。一八五八年に知り合って以降、マネにとってボードレールとの交流が大きな精神的支柱となり、また、ボードレールにとってもこの年少の画家が晩年の最良の友人の一人であったことは疑いを容れない。しかし、肝心のボードレールの美術評論において、マネの占める位置は重くない。マネは、一八六二年の短い評論『画家たちとエッチング作家たち』において、『ギター奏者』（一八六〇年（図9））の作者、「現代の現実への確固たる興味」と「活発で幅広く、感性豊かで大胆な想像力」を兼ね備えた画家として、アルフォンス・ルグロとともに簡単に名前を挙げられているに過ぎない[11]。一八六二年と言えばマネが『チュイルリーの音楽会』（図10）を描いた年である。ボードレールの姿も書き込まれたこの絵は、ピエール・ブルデューの考えるように『現代生活の画家』への返答として描かれたはずだが[12]、ボードレールの方はといえば、マネの集団的肖像画やそれによって示される現代という時代のヴィジョンにはまったく関心を示さなかった。

ここに、マラルメとボードレールの現代性をめぐる問題の複雑さがある。すなわち、同じ美術評論という形式をとり、同じように現代という時代への興味を示しながらも、二人の詩人は同じ対象を共有していない。彼らのあいだに継承関係を論証することは一筋縄ではいかないのだ。右に引用したマラルメの「印象派とエドワール・マネ」の記述にも典拠となるボードレールのテクストがあるわけではない――マラルメは、マネの最初の理解者がボードレールであったと書いているが、これはおそらく当事者すなわちマネ自身の証言によるものだろう。また、「直感的で詩的な予感によって」ボードレールがマネの絵を愛した、というのだってボードレール自身の言葉によるのでも、ましてやマラルメの客観的認識でもないはずだ（マラルメはボードレールに会ったことさえない）。画家自身の希望的追憶を言われるがままにマラルメは信じ、記したものだろう。このことが象徴的に示すように、マラルメがボードレールの美学の影響を蒙ったとすれば、そこには評論という文学テクストの介在以上に――あるいは少なくともそれと同程度に――マネの人的媒介、そしてマネの絵画表象という媒介が強く働いているはずだ。

心情的媒介

もちろんマラルメもこの、ボードレールとマネのすれ違いを認識している――ボードレールは、「マネが次々に新たな絵画を実現し、公衆、就中、思考し得るエリートたちに、自らの芸術の原則を提示する前に」死んだと書いているのだから。ただし、この書き方は不正確である。実際のところ、ボードレールが死ぬのは一八六七年、先述の『チュイルリーの音楽会』を見ることもできたはずだし、『オランピア』や『草上の昼食』が完成した一八六三年にも当然存命である。ところがボードレールは、一八六三年のドラクロワ論を最後に――あたかもこのロマン主義の巨頭の死没とともに絵画への興味をも失ったかのように――以後美術評論を著さない。心身を徐々に蝕まれてゆく詩人の晩年である。ベルギーに住んでいては新作を気軽に見るというわけにもいかない。単に、マネについて批評を残す機会がなかったのだと言うこともできる。しかし裏を返せば、その機会を作らなかったということで、ここにはボードレール美学に内在的な矛盾も作用しているはずだ。すなわち、現代生活の英雄性を表現する画家を待望すると述べつつも、ボードレールにとっての絵画の枢要は歴史画の壮麗であり、流派はロマン主義、その英雄はドラクロワ以外にありえなかった。マネといかに厚い友情で結ばれていたにしても、また、たとえ彼の絵画に現代風俗の優れた描写を見たとしても、この価値付けは動かない——ボードレール自身もそれは自覚していたはずだ。わざわざがっかりするためにパリに戻ったりしなかったのだとしても、何ら不思議はない。

そもそも、ボードレールが四行詩を寄せたマネの『ロラ・ド・ヴァランス』にしても、『画家たちとエッチング作家たち』で言及される『ギター奏者』にしても、ベラスケスの影響を受けた、スペイン趣味の色濃い作品である。マラルメがマネに関する評論で問題にしているような現代フランスを描いた作品について、ボードレールが語ることはなかった。マネはボードレールの美学を理解したと考え、その理解に従って現代を描いた。しかし、それが正しい理解の仕方だったのかどうか、ボードレールは何の保証も与えないままに世を去ったのである。

このように、マラルメの「印象派とエドワール・マネ」におけるボードレールへの言及の仕方には、単に典拠の欠落に留まらない問題が含まれている。マラルメの意図によるものかあるいはマネの思いが作用しているのかはわからないが、事態が少なからず美化されていることは否定しえないだろう。死者ボードレールは想い出の相のうちに穏やかな姿で現れる。マネは祖述者というよりは心情的媒介であった。

マラルメは、ニナ・ド・ヴィヤールのサロンでマネと知り合ったのち、一八七三年頃にはそのアトリエに招かれるようになり、足繁く通った。「印象派とエドワール・マネ」において、この十歳年上の画家との往来の様子は次のように描写されることになる。

マネが、芸術への気遣いを離れ、アトリエの光のなかである友人と雑談するときに、その見識を披瀝する様子は見事であった。そのようなとき、彼が〈絵画〉によって何を意味しているのかを、その友人に語って聞かせるのであった。また、いかなる新しい宿命がいまだに〈絵画〉には残されているのか、〈絵画〉とは何であるのか、そして、彼が描くこと、彼が実際描いているように描くということは、ある抑えきれない本能から来るのだが、それがどのようなものであるか、ということを。(II, 447)

ここで「ある友人(un ami)」と多少もったいつけて言われているのは、当然マラルメ自身のことである。マネとマラルメの間に交わされたこのような絵画をめぐる議論の流れで、マネは当然、ボードレールについて、とりわけその美術評論についても語っただろう。マラルメはマネの話を貴重な証言として聞いたはずだ。このようにしてマラルメは、おそらく直接ボードレールのテクストに当たる前に——あるいはテクストに触れつつ——マネの理解に従ってボードレール的現代性に接近したのではなかろうか。

そして、この交流の最初の成果こそ、一八七四年の四月十二日付で、——同年九月に刊行が始まる『最新モード』の準備がすでにはじまっていたかもしれない——『文学芸術再興』誌に発表された評論「一八七四年の絵画審査委員とマネ氏」であった。この論を書くために、(かつてアンリ・ルニョーという友人を持っていたとはいえ)それまでは専門的興味を持っていたわけではない絵画について、マラルメはマネから多くの知識を得ただろう。このとき、マネのために筆力を揮って美術批評を書くという行為自体が、ボードレールの先例に励まされたものではなかったか。この年、サロンに三点出展されたマネの作品のうち、『オペラ座の仮面舞踏会』と『つばめ』が落選、『鉄道』が入選する。マラルメは、この選考結果に異議を唱え、マネ擁護の論陣を張ったものである。そしてこの二年後、マラルメが再び美術評論を書く一つの動機も、マネがサロンに出した二枚の絵画(『洗濯』と『芸術家——マルスラン・デブータンの肖像』)が落選するという出来事ではなかったか。「印象派とエドワール・マネ」にそのことの直接の言及はなされていないが、マラルメはこの年の四月十日、イギリスの雑誌『アシニーアム』に寄せた「ゴシップ」において、マネの絵画の落選に関する短い報告をしているのである。

マラルメとマネ、そしてボードレールが結びつくにあたって、不遇に苦しむ芸術家同士の心情的連帯が強く働いたであろうことは想像に難くない。この時期のマラルメとマネの交流においてボードレールが果たしていた役割は、ある神話的なエピソードによって伝えられている。一八七六年、マネは落選した絵画をサン＝ペテルスブール街の自らのアトリエで展示した。展覧会の会期終了直後の日曜日、マラルメはマネを訪ねていく。主人は会食に出かけていて留守である。託された鍵でアトリエを開け、一人で待つマラルメは、売れ残っている『オランピア』『草上の昼食』『バルコニー』『シャボン玉』『チュイルリーの音楽会』といった傑作群に囲まれつつ、午後のひと時を過ごす。

マネが戻ってきて〔……〕マラルメが展覧会成功の祝意を伝えると、彼はこう尋ねるのだった。「あなたにはもうお見せしましたっけ？　私が、もう十年以上前になるでしょうか、横柄な批評家たちの攻撃に晒されて意気阻喪していたときに、ボードレールが書いてよこした、恐ろしくも親切な手紙を？」　マラルメは貴重な直筆の手紙の上に身をかがめる。「またもや、あなた自身のことについて、お話しなければならない、と。またもや私は、あなたの価値を証明するために、全力を尽くさなければならないというのですね。あなたの要望はまったく馬鹿げています。『みんなの嘲りを受けている、冷やかしをうけて苛立ちを覚える、正しい評価を下せる人がいない、等々』。あなたは自分が、そういう処遇をうけた最初の人間だとでも思っているのですか？　シャトーブリアンやヴァグナーよりも才能があるとでも？　彼らもひどい嘲りをうけたものですよ！　だからと言って彼らが死んだわけでもない。あなたにあまり慢心を吹き込まぬために言いますが、これらの人々はそれぞれの分野における模範です、それぞれ、大変に豊かな世界における模範なのです。それに比べてあなたは、あなたの芸術の衰退の第一人者でしかない。こうやってあなたを無作法に扱うからといって、私を恨まないでくださいますね。私のあなたへの友情はご存知のとおりです[13]」

残念ながら、アンリ・モンドールはそのマラルメ伝でこの場面を報告するにあたって、誰の証言であるか明らかにしていない[14]。したがって、このエピソードは伝記作者の想像力による再建である可能性も否定できない。ただもし仮に、これがある種の空想だったとしても、マラルメとマネがボードレールに対して抱いていた尊崇にも近い感情とそれが二人の芸術家の間にもたらした強い共感を描き出したモンドールの直観は間違っていないのではないか。前年に『現代高踏派』に掲載拒否された「牧神の午後」をこの一八七六年、マネの挿絵入り豪華本としてドゥレンヌからようやく出版することのできたマラルメが、やはりサロンという公的出展から拒絶され、ごく私的な展示に甘んぜざるをえなかったマネと結びつくにあたって、不遇に殉じたボードレールはまたとない庇護者と映ったはずだ。「印象派とエドワール・マネ」のはじめに「われらが最後の大詩人」としてシャルル・ボードレールの名が出されるとき、――生前の彼であればごめんこうむると叫んだだろうけれども――守護聖人への加護の祈りのような調子さえ帯びるのである。

マラルメとマネの間の共感、また二人の側からボードレールへと寄せられる共感は、マラルメの美術評論全体の調子を作り出すものである。代書をしているとまでは言わないまでも、マラルメは独立した美術批評家としてマネや印象派を論じようとするのではなく、画家自身の見解によりそっていること、その代弁者たることを隠そうとはしない。こうして「印象派とエドワール・マネ」は、マネの見解と、マネがボードレールの見解だと信じたところのもの、そしてマラルメ自身の見解が分離されずに、混沌と提示される場になる。もちろんそのことは、マラルメがここに示した美学的見地を自らのものとして受けとめ直したということを妨げはしないだろう。ただしこうしてボードレールの美学を内面化する過程で、マラルメは——そしておそらくマネも——ボードレールの主張の特異な点を無視することになった。試みに、モンドールの描く逸話を信じることにして、マラルメとマネがボードレールの手紙を共に読む機会を持ったと考えてみよう。「あなたの芸術の衰退の第一人者でしかない」という言葉に、二人は、深い友情から来る叱咤の表現を見て感動しただろう。そのこと自体は誤解ではない。しかしボードレールは、現代を必然的な退嬰期と考える歴史観においてマネを最大限評価しつつ、己が呼び覚ました現代性が、ついに自らの懐古的美意識から切り離されて、まさに時代のうちに自律的に存在し始めていることを恐れ、憂いたのではなかったか。ボードレールのこの深い憂鬱を気に留めた様子は、少なくともマラルメの文章には見当たらない。かくして、以下に見ていくように、現代という時代に避けがたいものとボードレールが見た矛盾は、マラルメには引き継がれずに抜け落ちてゆくのである。

三、現代を描くこと

群衆の相貌

ボードレールからマラルメへの現代性の継承という問題を考えるとき、マネという媒介者の存在に注意する必要があることはここまで述べてきたとおりである。とはいえ、マネがマラルメに対して、自作を実例としつつボードレールの美学を伝えたのだとすれば、読むべきテクストを何ら示さなかったと考えるのも不自然だろう。単なる口伝によるだけで、たとえば一八七四年にマラルメが、マネの『オペラ座の仮面舞踏会』（図11）について行う次のような描写――阿部良雄が「ボードレール美学の見事な展開というの他はない」と言う一節(15)――を説明することは困難ではないだろうか。

> 従ってこの絵の中で仮面が果たす役割は、花束のような鮮やかな調子の色彩によって、その背景になっている黒服の集団が引き起こし得る単調さを破ることのみである。そして、仮面がほとんど消え失せているために、このように休憩室《フォワイエ》において遊歩者たちが立ち止まっている生真面目な様子に見て取られるのは、まさに、現代的群衆の相貌を見せるのにうってつけの集会ということになるが、これを描くのにも、華やかさを増すのに貢献するあれらの明るい色調をいくらか添えることは欠かせないのである。美学として非の打ち所がない。一方、描法に関しては、我々の時代の服装を画一的にしているさまざまな制約によってまったく困難なものとなっているこの絵の制作について、黒色のうちに発見されたさまざまな色調の魅力にただ驚く以外のことをする必要はないように思われる。フロック・コートとドミノ・コート、帽子と黒仮面《ルー》、天鵞絨《ベルベット》、毛織物《ラシャ》、繻子《サテン》、絹《シルク》。仮装によって付加された鮮烈な色彩が必要であったとは、目で見る限りではほとんど想像されない。それらの色彩を識別する前に、視覚はまず、ほとんど例外なく男性のみによって構成された集団が作り出す重厚で調和のとれた色彩の魅力のみによって魅了され、引き止められるのである。従って、彩色に関しては、不調和でスキャンダラスな事柄、画布から飛び出してくるような事柄は何もない。これは、その反対に、この芸術に要求される純粋な手段のみによって、同時代の世界の一場面の全体を、画布の内に自立させようとする高貴な試みなのである。
>
> (II, 412)

ボードレールの影響が最も端的に現れているのは、描く対象への注目であろう。マラルメは、仮面舞踏会という画題を扱うにあたって、まず避けるべきであったことは、「身繕い（toilette）とは言えないような種々の仮装」によるちぐはぐでけばけばしい情景や「どの時代でも、どこのものでもない馬鹿げた身振り」を描いたりすることであったと前置きし、マネがいかに同時代の人々を描き出すことに成功しているか、細かく説明している。そしてマラルメは、芸術の目的は、絵画から抜け出てくるような現実性を示すことにあるのではなく、一つの画面を、世界のある様相の完成した姿として構成することにある、と結論づける。この結論も、マラルメが間違いなくボードレールの継承者であることを証するものだ。

ここで、マネの絵画の理解のために、同じ題材を扱った同時代の絵画を見ておくのは無駄ではないだろう。それによってマラルメの論述もより明快になるはずだ——もちろん、画家の自作解説に導かれて書かれたはずの右の分析は、必ずしもマラルメ一人の審美眼に帰し得るものではないだろうが。ウージェーヌ・ジロー（一八〇六—一八八一）の『オペラ座の仮面舞踏会』（**図12**）はマネの絵に七年ほど先立つ一八六七年のサロンに出品されて話題になった作品であるが、描かれているのはまったく同じ場所、ル・ペルチエ通りのオペラ座フォワイエである[16]。燭台や壁面の装飾が若干異なっていたりするものの、柱や中二階、ブロンズ製の手すりが同じであることはすぐに見分けられるだろう。しかし、ジローとマネの描き方の違いは一目瞭然である。ジローの絵の画面は正面の壁に対して斜めに構えることで動きを作り出す。それに対しマネの視角は壁面に正対している。マラルメの言うように、「遊歩者が立ち止まっている生真面目な様子」が強調されるのはそのためである。中二階の人々の足元で画面を切ってしまうマネの絵には、ジローの絵のような、上下の人々のダイナミックなやりとりは欠けており、その身振りも日常性を逸脱しない節度を保っている。また、ジローは一階と中二階の間に燃え立つ燭台を描くことによって、とくに上階の男女に文字通り脚光を浴びたような劇的な光の効果を作り出しているが、マネの絵を支配しているのはあたかも自然光のような、光源が定かでない平板な光線である。この平板な光線が黒色によって吸収されることによって、ところどころに見られる肌の色は中正に現出し、仮装の極彩色も誇張されることはない。男たちの黒服については、マラルメが描写するところをたどれば十分

図 11　エドワール・マネ『オペラ座の仮面舞踏会』

図 12　ウージェーヌ・ジロー『オペラ座の仮面舞踏会』

であろうが、マネの絵を見た目でジローの絵を見るならば、この黒服がほとんど意図的に排除されているような印象さえ抱くだろう。画面下部には確かに一団の黒服が配されているが、最前列を占めるのは女性のドレスであり、その豊かな襞によって、漆黒の作り出す単調さが巧みに回避されている。(17) 服装の描き方に関してとくに差が際立つのは、山高帽の処理である。ジローの絵が、濃淡による遠近法や帽子の傾き加減を利用してこの黒々とした連なりを可能な限り崩し、さらに仮装した男の鬘頭やらターバン、ひときわ高い三角帽子やら、警官の制帽までも描いているのに対し、マネはほぼ同じ高さに――観者の視点のわずか上に――ずらりと重ねて平然としている。マネは『チュイルリー公園の音楽会』でも同様の群衆を描いたが、奥行きを欠いた息苦しいこの構図においては、ほとんど帽子によってしか存在を示さない人物たちの均質性と匿名性をさらに先鋭的に表現するに至っている。

もちろん、この場の「黒服の生真面目さ」を強調するのは、同時代の人々にとっては明らかな逆説であった。毎年十二月十日ごろから謝肉の火曜日《マルディ・グラ》にかけて、真夜中から夜明けまでオペラ座で催された仮面舞踏会は一八三七年から盛んになったパリ名物であり、仮装した人々が乱痴気騒ぎを繰り広げるのを見ようと、多くの観光客が訪れるほど有名だった。(18) ここで仮面に乗じて売春が横行しているのは公然の秘密であり、「生真面目」とマラルメが呼ぶマネの絵の群衆においても、きちんと観察すれば、肌の露出、手や腕の絡み合い、交わされる視線などにはいかがわしさが漂っている。さらに、中二階の手すりの手前にある不思議な赤い足――まさか飛び降りる瞬間でもないだろうから、ジローの絵にも見られるように手すりに腰掛ける女性だろう――、床に落とされた仮面、等々、場面にふさわしい乱脈ぶりをマネも描こうとしている。画面の色彩に関しても、マラルメの観察とは逆に、黒一色が地となって派手な仮装を浮かび上がらせているという見方もできる。劇的な誇張をあえて排し、現代生活そのものが持つ猥雑さを描こうとする態度を、マネはレアリスムから継承するものである。

しかしマラルメは殊更に黒服にこだわり、それを単なる背景としてではなく中心主題として見る。マラルメがマネの絵のレアリスムに反応しないのは、おそらく彼が、ボードレールのプリズムを通してそれを見ていたためでもあるだろう。マラルメの表現は、ボードレールの文章を横に置いて、参照しつつ書いたのではないかと思われるほど類似している。たとえば『一八四六年のサロン』の短い終章「現代生活の英雄性において」をマラルメは読んだのではないか。そこでボードレールは、現代の黒服が「随分と嘲けられてきた」ことを認めたうえで、その固有の美と魅力を弁護している。それは、「終わりのない喪の悲しみの象徴を、黒くやせ細った肩にまで背負って苦しむ」現代という時代に必要な服装である。黒服は、「普遍的平等の表現」としての政治的美と、「公共の魂の表現」としての詩美を備えている、とボードレールは言う(19)。視線を覆うように横一列に連なる山高帽を描くマネも、マネが現代を描写するという選択をしたことに敏感に反応するマラルメも、ボードレールの教えに忠実に従っている。

現代／永遠

そしてマラルメによるならば、『オペラ座の仮面舞踏会』の落選は、この現代性の美学への宣戦布告であった。審査員は次のような恐れを抱いてマネを落選させたのだ、とマラルメは言う——

公衆はと言えば、己の多様な個性の直接的な再現の前に立ち止まって、もはやこの歪んだ鏡から目をそらすことができなくなり、天井の壮麗な寓意画や、風景画によって奥行きを作られた板壁へと目を向け直し、理想の崇高な〈芸術〉に立ち戻ることもできなくなってしまうだろう。〈現代的なもの〉が〈永遠のもの〉を損なうことにでもなったなら！

(II, 411)

マラルメの皮肉は、何の前提もなしに理解するのは難しい。ここでマラルメが持ち出す〈現代的なもの〉と〈永遠のもの〉の二項対立は、たとえばボードレールのコンスタンタン・ギース論『現代生活の画家』を下敷きにしたと考えればわかりやすい。

彼〔ギース〕が探し求めているものは、こう言ってよければ、「現代性」とでも呼びうるような何物かである。というのも、ここでも問題になっている観念を表すのに、これ以上の語は見当たらないのだから。彼にとって重要なのは、モードが歴史性のうちに含み得るある詩的なものを、モードから抽出すること、移り変わるものから永遠なものをひきだしてくることだ。(20)

ボードレールがおずおずと「現代性」という言葉を使い始める、有名な箇所である。マラルメがマネの絵に関して述べて、〈現代的なもの〉が〈永遠のもの〉を損なうことを憂慮するようなそぶりを見せるのは、もちろんアイロニーである。審査員の判断を勝手に忖度し、その明らかな誤りを嘲弄する意図でそう書いているわけで、一緒になって憂えるつもりは毛頭ない。ただし、「現代／永遠」という二項対立はボードレールから借りてきてマラルメ自身の判断基準となっているものだ。マネの絵画を〈現代的なもの〉の側に置き、それに対して〈永遠のもの〉の側に、寓意画や風景画、また「理想の崇高な〈芸術〉」を置いた上で、マラルメは前者の擁護者として振舞うのである。

このような図式は『最新モード』のある記事にも共通するものである——「一八七四年の絵画審査委員とマネ氏」と同じ年、『最新モード』第二号「パリ歳時記」で、マラルメはIx.という筆名を用いてポール・ボードリーの展覧会を話題にしている（多少逸話めくが、マネの『オペラ座の仮面舞踏会』落選と同じ時期に開かれたこの展覧会は同じ時代の異なる側面を示す特徴的な出来事であった——この二つの出来事は、オペラ座という極めて現代的な祝祭の場において結びつく。マネが絵を描いた一八七三年、ル・ペルチエのオペラ座は焼失してしまう。第二帝政期から計画されていたシャルル・ガルニエの建築の完成が急がれ、一八七五年に落成することになるのだが、この新オペラ座のためにボードリーが描いた天井画を公開したのが、マラルメの記事で紹介されている展覧会であった。ちなみにこのボードリーの作品は、現在でもオペラ・ガルニエのフォワイエの天井に見ることができる）。

マラルメは、絵画中の人物が誰々に似ている、などとたわいもないことを言ってさざめく婦人たちの会話を書き留めた後で次のように述べる。

『悲劇』や『喜劇』、あるいは『旋律』や『踊るサロメ』などの作品中の人物に、自分自身の姿を心の中で認めた観覧者の女性たちについては、省略することにします。平凡な賛辞だからというのではありません。それは女性たちによって天井製作者〔＝ボードリー〕に与えられた最も正確かつ最も新鮮な賛辞です。彼は正統流派に属していながら、〈伝統美〉の一般的かつほとんど抽象的な範型《モデル》に、〈類型《ティップ》〉を代替するということをなし得たのですから。今にも、劇場のボックス席や馬車から変容する完璧性として現れるのをわれわれが目撃しうるような〈類型〉、あるいは舞踏会で肩の上にもたれかかるのを目にするような〈類型〉、しかしそれでいてまた、彼女の視線は遠くに投げかけられ、夢を見るのです。何を夢見ているかって？　どこかより高位の、理想の空における永続性です。このような望みこそ、この期において、〈芸術〉が成し遂げたものであり、同時代の顔相を神格化《アポテオーズ》することを躊躇《ためら》わない大胆な芸術家の才能によるものです。これは、すべての女性にとって、今シーズンの正統的祝祭です。

(II, 527)

あくまでも婦人向けの催し物案内という体裁のこの記事において、マラルメはあからさまな評定は避けている。独特の省略語法を多用して綴られたこの文章を理解した『最新モード』読者はほとんどいなかったはずだ。定期刊行の締め切りに追われたマラルメが書き飛ばさざるを得なかったという事情も多分に感じられ、例えば「変容する完璧性として (ainsi que la perfection variée)」というような表現は十分に練られたものとも思われないが、これは先ほど引用した「一八七四年の絵画審査委員とマネ氏」の「己の多様な個性の直接的な再現」に対応するものだろう。同じ一八七四年に書かれたマネ評とボードリー評に対応関係があることは当然といえば当然なのだが、ファッション雑誌に筆名で書いた催物案内が、マラルメの名で発表された美術評論と同じ認識の基盤を持っていたことを確認しておくことは、この際些末なことではない。

さて、この『最新モード』の記事は迂遠のあまり何を言いたいのかよく分からない文面ではあるが、注意深く読むならば、当時のアカデミスムを代表する画家であるボードリーに対する筆者の評価は否定的だとわかるだろう。ボードリーを「天井製作者」呼ばわりするマラルメは、果たしてボードレール『一八四六年のサロン』の次の一文を読んでいたのだろうか。

> 従って理想とは、あの漠然たるもの、あの諸々のアカデミーの天井を泳いでいる退屈でつかみどころのない夢想とは異なるものなのだ。(21)

オペラ座はアカデミーではないにしろ、音楽の盛儀を催す殿堂であるにちがいない。その天井を飾るに相応しからんとして「高位の、理想の空における永続性」を実現しようとボードリーが描いた大絵画は、ボードレールの言う「退屈でつかみどころのない夢想」にならざるをえないとマラルメは述べるものであろう。ボードリーの作風は、『悲劇』『喜劇』『旋律』『踊るサロメ』という題名が示すように、あるいは寓意的、あるいは歴史的であって、現代に題材をとったマネの絵画の対極にある。にもかかわらず、それを見る女性たちは、そのなかに自分たちの姿を認めて喜んでいる。ここでのマラルメは、見当違いな批評をしている観覧客――「範型 modèle」に「類型 type」を置き換えたという「最も正確かつ最も新鮮な賛辞」をボードリーに与える女性たち――に対して、また、相も変わらず「〈伝統美〉の一般的かつほとんど抽象的な範型」に固執する御用絵師に対して、両面に皮肉の矢を放っているのだ。マラルメのこの記事がわかりにくいのは、催事案内で断定的な批評を避けようとする社交的配慮に加えて、作家と公衆に向けられたこの二重のアイロニーを解釈することが――少なくとも「現代性」を称揚するマラルメの平生の主張を知らない者には――極めて難しいことに起因する。

マネに関するマラルメの批評が掲載された『文学芸術再興』誌の発行が四月十二日、ボードリーの展覧会はこの年の夏のことである。マラルメがこの一文を書き付けたのは、マネ擁護の論陣の延長戦のつもりでもあったのだろう。マネを現代性の画家として肯定するという立場はこの時期には彼にとって自明のものとなっていた。頓着せずに晦渋な皮肉を弄するのはそのためである。

四、現代性の変容

ボードレールとマラルメの現代性《モデルニテ》

しかしその上で、マラルメの「現代性」理解が、はたしてボードレールと同じものであったのか、という点には留保が必要である。たとえば仮に、マネを〈現代性〉に、ボードリーを〈永遠性〉に、と位置づけるような二項対立にボードレールが同意するか、と考えてみる。答えは否定的にならざるをえない。重要なのは、現代性の美学というものがボードレールにあるとして、それは内在的な矛盾を含みつつ提出されているということである。

アントワーヌ・コンパニオンは、先ほど引用した『現代生活の画家』の有名な一節——現代性を定義する箇所——を仔細に検討し、「そこからはいかなる体系も導きだすことはできない。それが含む曖昧さをそのままに保つべきだ」と指摘する。[22] コンパニオンが「曖昧さ」と言っているのは、美における「永遠なもの」と「移ろうもの」の二面性である。ボードレールは、一方で「流行《モード》から永遠なものを導き出す」と言い、他方で、芸術には「永遠なもの」と「移ろいやすいもの」の二つの要素がある、と言っている。つまり、現代性とは、そこから永遠性を抽出するべき母体なのか、あるいは、美が現実に存在するために必然的に保つべき二つの相貌のうちの一つ、つまり芸術作品に必要不可欠な、永遠性と並び立つべき要素なのか、という点を、ボードレールは裁断していないのだ。従って、ボードレールの示す立場にとどまる限り、現代性は永遠性から完全に遊離した、自律的な要素としては存在しえないことになる。ある芸術を〈現代的なもの〉であると断ずることは、そこに〈永遠のもの〉が欠落しており、つまり美が備わっていない、ということにもなりかねないからである。

その点で、マラルメがマネの絵に読み取っている「黒」に、ボードレールのような「喪の悲しみ」が欠けていることは注意を要する。マラルメは、通常ならばけばけばしい色彩で描かれるはずの仮装パーティーを圧倒的な黒のマッスによって描くというマネの逆説的な選択と、その黒に豊かな階調を与えた見事な手腕を讃えている。たしかに、黒の表現の可能性も、ボードレールによって『一八四六年のサロン』においてすでに指摘されている。マラルメはそこに教えを汲んだのかもしれない。

色彩画家たち諸君も、あまり怒りださないように。難しい仕事ほど、多くの栄光をもたらすものだから。偉大な色彩画家は、黒服と白ネクタイを灰色の背景の上に描いても、色彩を作ることができるものだ。(23)

しかし、描法すなわち絵画を構成するマチエールにこだわるボードレールの視覚とは対比的に、『オペラ座の仮面舞踏会』を論じるマラルメの視覚は、描かれている対象のマチエールへと惹きつけられ、黒一色のうちに素材の奥深さを探ってゆく。ここに、術語を駆使して布地の種類を記述する『最新モード』との共通点を見ることは容易だろう。文字によって衣服を描写すること、それも、読者がその意匠を想像し、馴染みの服屋に注文できるくらい正確に描写することがモード雑誌の使命である。黒一色としたところで、絹や綿、羊毛などの素材によって、また糸の太さ、織り方の疎密によってさまざまな黒がある。マラルメにとって黒とは喪だの悲しみだのといった抽象ではなく、手を伸ばせば触れられる豊かな織物である。一八七四年の彼にとって現代性とは、そこにあるポジティヴな現実に他ならない。それは、『最新モード』の「モード」欄で描き出される服装であり、「パリ歳時記」に掲載される催事や演劇、また、その他雑報・風俗の類であった。ボードレールのように永遠性の媒介によって現代性を見るような視野《パースペクティヴ》を、マラルメは持っていない。

模倣の美学

マラルメは、ボードレールの「現代性」がもつ複雑さ・曖昧さ、あるいはその内在的矛盾をすっかり見落としている。これはマラルメがボードレールの踏まえる美学の理論的基礎をほとんど気にかけていないことにも関連するだろう。スタンダールの美術批評に多くを負っているボードレールは、古典主義的な「模倣」の図式を、ときにずらしながら用い、最終的にはその批判に向かうのであるが、それを遠く離れることはない。(24)そして、ボードレールの「現代性」はこの模倣の問題に深く関わる系としてまず提出されたのであるが、マラルメはそれにほとんど気を配ったようすが見られないのである。

たとえば、一八四六年にボードレールは次のように書いている。

すべての可能な現象と同じく、およそ美しいものは、永遠な何かと移ろいやすい何かを含んでいる。絶対的なものと個別的なものである。永遠の美などというものは存在せず、あるいはそれはさまざまな美がもつ一般的な表面の、上澄みを抽出したものにすぎない。それぞれの美に固有の要素は情念に由来するのであり、我々は固有の情念を持つものであるから、我々の美を持つものである。(25)

「現代性」という言葉はまだ用いられないものの、これは既に見た、『現代生活の画家』(一八五九年以降に書かれたとされる)の「現代性」の定義とほぼ同じである。しかし、永遠性と現代性の関係を、絶対性と個別性の関係の一例として説明するこの文章は、この評論『一八四六年のサロン』の文脈においては、その第七章、「理想と範型《モデル》」の次のような箇所と比較して読まれる必要がある。

しかしながら、完璧な円周というものが存在しないように、絶対の理想などは下らないものだ。単純さばかりを嗜好することによって、愚鈍な芸術家は、つねに同じ類型の模倣へと導かれることになる。詩人や芸術家、また全人類はひどく不幸になるだろう——もし理想というこの不条理なもの、この不可能なものが見出されたとするならば。そうなれば、己の哀れな〈自我〉、この折れ線(ligne brisée)を、みんなどう始末し得るだろうか。(26)

ボードレールは、描線という技術的な議論を自我の問題に直結させ、芸術家の抱える根本的な困難を指摘する。芸術が理想を模倣しようすれば、かならず挫折する。それは現実の道具立てを使う限り不可避なことである。しかし逆に言えば、その挫折こそが、結果として、現実の存在としての自我を映し出すことにはならないか。理想の曲線ではなく、無残にも折れ砕けた線の集積こそが人間を描き出すとすれば、それは、「終わりなき喪」の時代を描くという「現代性」を準備するだろう。『一八四六年のサロン』から『現代生活の画家』に至るまでのボードレールの美学的議論は、およそ二十年にわたる継続性を有しているのである。

さて、右の引用で模倣の対象として否定的に言及されていたのは「絶対の理想」や「同じ類型」であるが、多くの場合、絵画の模倣の対象は「自然」と名指される。[27]ボードレールは古典主義美学から借り受けたこの模倣の図式を自らの美術評論のあらゆる箇所で繰り返すことになる。もちろん、自然の模倣は単に絵画にとどまらない。たとえば、『現代生活の画家』とほぼ同時代の一八六二年に発表された散文詩、「芸術家の告白の祈り」の結末でボードレールが次のように書くとき、詩人自身も当然、この「芸術家」の一人に数えられているはずである。

海が無感動であること、光景が微動だにしないことに私は苛立つ。ああ、永遠に苦しむか、あるいは永遠に美を避けるしかないのだろうか。自然よ、容赦なき魔術師よ。常に勝者となるライバルよ。私を放っておいてくれ。私の欲望と誇りをかき立てるのを止めよ。美の探求という決闘において、芸術家は恐怖の叫びをあげたのち、打ち負かされるのである。[28]

右に「美の探求」と訳した部分、原文でétudeであるから、これは絵画の文脈においては「習作」と訳すべきところであろう。芸術家は習作という「決闘」において、自然へと挑みかかる。しかし自然の完璧な模倣などできるはずもなく、従って、彼は常に打ち負かされるだろう。少なくともこの「芸術家の告白の祈り」という作品において自然は、人間が模倣することのできない〈理想〉と同じ地位を与えられている。(29)

芸術家と自然との関係についてはマラルメも独自の思考を展開しており、その立場をボードレールの立場と比較することは極めて興味深い問題を構成する。しかし、この広範な問題を辿るのは章を改めてからの課題としよう。ただ、ここで美の現代性に関してただちに述べておかなければならないのは、ボードレールが自然に対して人為を優越させるのは、芸術の模倣性を乗り越えるためにだということである。このような態度決定は、まだ古典主義的美学の影響が色濃い、『一八四六年のサロン』ですでに行われている。アリ・シェフェール等、折衷主義者と名付ける画家たちに非難を浴びせかけるにあたって、ボードレールは次のように言う。

> 折衷主義者は、芸術家の第一の仕事が人間を自然に置き換えることであり、自然に抗議することだということを知らない。この抗議は法律や修辞学のように、冷静に、前もって決定したもののように行われるのではない。それは激越かつ無垢なる抗議であり、悪徳のごとく、情熱のごとく、食欲のごときものである。折衷主義者は、従って、人間ではない。(30)

ただし、自然に対する対決姿勢がこのようにはっきりと表明されたのちも、それは訣別を意味せず、自然への畏怖はボードレールを捉えて離さなかった――繰り返しになるが、芸術家を打ち負かす者としての自然を描いていた先ほどの「芸術家の告白の祈り」が発表されたのは一八六二年、『現代生活の画家』と同時期である。ボードレールは、「悪徳のごとく、情熱のごとく、食欲のごとく」抗議を行い続けるのであり、その抗議に終わりはない。彼が折衷主義者に向かって吐いた罵言を借りるならば、勝ち誇って（あるいは尻尾をまいて）自然への抗議を終えるときは、人間であることを終えるときであろう。ボードレールの示す芸術家は、つねに自然に憬れつつ、敵わないと知りつつ戦いを挑むという不安定な位置に留まる。この矛盾が孕む緊張感こそ、ボードレールの創作の原動力であったはずだ。

そして、この自然へのねじれた態度は、「現代の美」と「永遠の美」の関係にも反映する。芸術がはらむ矛盾は、美の模倣の問題と、美の堕落の問題において、相似形をなすのである。ボードレールは絶対的な美への崇拝を捨て、移ろいやすい美を追い求め、時間に身を委ね流されてゆくという解決策をとることができない。ボードレールにとって、絶対の美と現代の美は、一方から他方へと乗り換えられるようなものとしてあるのではない。いやむしろ、両者の矛盾からこそ、現代の逆説的な美が生まれるのである。

「一時代の服装においてすべてが絶対的に醜悪だと宣言してしまう方が、その服装から、そこに含まれている可能性のある神秘的美——それはごく少量で、ごく軽薄な美かもしれないが——を取り出そうと努力を重ねるより、ずっと容易だ(31)」という極めて迂遠な言い回しに現れているように、はたして現代の服装に美が存在するのかどうか、ボードレールはその可能性にまで遡って問い直さずにはいられなかった。このような、「現代的な美」をめぐる逡巡を、マラルメは引き受けない。この点で、マラルメはボードレールの不実な弟子であったと言ってもいいだろう。現代の服装は美しい。マネの作品は、その輝かしい証明にほかならない。マラルメはそう信じてマネを擁護するものであっただろうし、それはマネ自身の矜持でもあっただろう。ボードレールが死に至るまで追究した理想と現実の相克、この矛盾が抱える緊張感を、マラルメはさっさと脱ぎ捨ててしまう。もちろん、マラルメにしたところで、理想を諦めてしまうわけではない。ただ、理想と現実を同じ舞台に載せ、その上で競わせるような状況を巧みにすり抜けてゆく方向へと、パリに出てきて以降のマラルメの詩は向かってゆくだろう。

以上、マラルメの時代認識の変革において、美術批評家としてのボードレールがどのように作用したのかを検証してきた。一八七四年以降、マネとの交歓を通じて、マラルメは現代を描くという選択を引き継いでいく。しかし、ボードレールが「現代」と「永遠」の葛藤を苦しみつつ生きることを現代芸術の根本条件としていたことに、マラルメは不思議なほど無頓着である。——なぜか。マネが忠実な祖述者でなかったという可能性はあるだろう。そもそもマネは画家である。ボードレールの論を正確に繰り返すことはできなかっただろうし、できたとしてもそこに何の意味も感じなかったであろう。マネが自分なりにボードレールに注釈を加え得たとすれば、それはなによりも自身の絵画を通じてであったはずだ。そして確かに、ボードレールが美に要求する倫理性や矛盾は造形による表現には乗りにくい。そのせいで現代性の秘める暗鬱な深みがマラルメの目に入りにくかったということはあるだろう。ボードレールからマラルメへの現代性の継承において、詩人から詩人へ、テクストからテクストへという直接の関係ではなく、画家そして絵画という媒介が作用していたことを過小評価することはできない。

しかしその一方で、「現代」の優越という選択には、マラルメという詩人の資質も反映しているはずだ。一八七一年、コミューンの惨劇の余震がまだくすぶっていたパリにやって来て、文筆活動を開始するマラルメには、ある奇妙な軽さがある。それが表れているのは、ロンドン万博の報告や『最新モード』に見られる、同時代風俗への興味だけではない。対象すなわち画家マネの主張に寄り添うあまりあやうく提灯記事になりそうな批評文を発表するのも、その軽さゆえと言っていいだろう。一八七〇年代のマラルメが自身の署名に与えるこだわりは極めて薄い。発表に至るまで推敲を繰り返し、おそらく多くは日の目を見ずに破棄された六〇年代の詩作品とはまったく異なる規準で、マラルメは文筆を進めていった。美術評論を書くにあたっても、マラルメは、熱心な絵画愛好家であり、サロン評というジャンルの伝統の中で書こうとしたボードレールとは異なった気軽さで事にあたる。美学的図式を勉強し、それに則って議論を展開しなければいけないなどという意識は、マラルメの筆のもとにはまったく兆さない。サロンの外側に弾き飛ばされたマネという画家を論じるにあたって、マラルメも、もはやサロン評の文学的伝統などは気にせず、ただマネの絵と言に拠りつつ——きわめてジャーナリスティックに——美術に接近していったのである。このとき、美の規範性の消失とは、誰よりもマラルメ自身によって例証されたものではなかったか。もはや永遠なるものが無効になってしまい、ただ儚《はかな》いものの変転のみがあるという事態を、マラルメはほとんど無意識的に自分の文筆によって体現する。しかしまた同時に、マラルメにおいてこの事態は、時代のはらむ危機として徐々にはっきりと意識化されてゆくだろう——次章の目的の一つはその過程を辿ることである。

第五章　現代と自然

一、現代女性と二人の詩人

ここまでの議論を整理するために、思い切って単純化した問いを立てよう――マラルメが、裸形の「かつての女」を棄てて着衣の「同時代人」を自らの〈理想〉とするに至ったのは、ボードレールの現代性の美学を知り、それを自身の詩学に取り入れたことのあらわれと考えてよいだろうか。

このような単純な理解の問題点はすでに明らかかもしれない。しかしここでは順を逐ってゆこう。まずは、このような仮説を支持する論拠を加えつつ、マラルメ詩学の形成にボードレールが果たした役割を再確認しておきたい。

裸の時代

一八六〇年代中頃に書かれた「未来の現象」は、第一章で見たとおり、ボードレール詩学――とくに、散文詩という形式による逸話の詩学――の影響圏で発想されたものであった。形式のみならず内容に関してみても、現代の頽廃に対立する原始の裸形という発想がボードレールの影響を受けていることは言うまでもない。

ここではあらたにボードレールの韻文詩との比較を試みよう。『悪の花』第五詩篇――レユニオン島までの船旅の経験を基にして、遅くとも一八四五年までには書かれていたと言われる若書きの詩[1]――をマラルメが読んでいたことは間違いない。すでに触れたように、一八六〇年、マラルメは『落穂』と題された私家集《アンソロジー》を編んでいるのだが、そのとき、この無題の詩にわざわざ「〈美〉」というタイトルをつけて収録しているのである[2]。

あれら裸の時代の思い出を私は愛する
フェビュスが喜んで彫像を黄金に染めていた時代を。
当時、男と女は身のこなしも軽やかに、
嘘もなく心配もなく享楽していた。
そして、空が彼らを愛しその背を撫でると
彼らの貴い身体を健全に行使した[3]。

ボードレールが基礎を置くのは〈かつて〉と〈現在〉との対比である。大地母神《キュベレー》が惜しげもなく人間を養い、人間が美しい肉体を正当に誇ることができた「裸の時代」を思ってから現代人の惨めな肉体に向かい合うと、「この恐怖に満ちた黒い絵」の前で詩人の心は凍えるばかりである。

ああ、剥がれた衣服を惜しみ嘆く怪物よ！

ああ、みじめな体幹よ！　仮面がお似合いの胸部よ！
ねじ曲がった哀れな身体、痩せか、でぶか、締まりがないかで、
無慈悲で冷静な「有用」の神によって
青銅の産着にくるみこまれた子供たちだ(4)！

「未来の現象」でマラルメが描く現代人の虚弱やそれを覆い隠す「虚しい衣」は、このボードレールの詩を簡略に模写したものでしかない。まだ十代であったマラルメは、かつて二十歳そこそこの青年だったボードレールが歌った憂鬱に感動したのだろう。理想の美とは初々しい自然でなくてはならず、衣服はその潑溂たる運動を妨げ、溢れる光輝を遮る障害でしかない(5)。このとき衣服は、否定的な現代性をまさに目に見える形で映し出す象徴として、一八四五年の青年ボードレールから一八六〇年の青年マラルメへと引き継がれただろう。

着衣の時代

ところが、まさにマラルメがこの詩を筆写していた時期、ボードレールは衣服について異なった認識を示す。一八六三年発表の評論『現代生活の画家』において、彼は現代性を定義して次のように言う。

現代性とは、過渡的なもの、はかないもの、偶発的なものであり、これが芸術の半分で、残りの半分は永遠なもの、不動のものである。昔の画家のそれぞれにとって、一個の現代性というものがあった。前の時代から我々にまで伝わっている美しい肖像画のほとんどは、その時代の服装を纏っている。それらの肖像画は完璧に調和している。服装、髪型、さらには身振りや眼差し、微笑までも

が（それぞれの時代に固有の物腰、眼差し、微笑があるものだ）、完全な生命をもった総体を形成しているからである。この過渡的な、はかない要素は、きわめて頻繁に変形してゆくものではあるが、これを軽蔑したり、無視したりする権利は誰も持っていない。これを消し去るならば、かならずや、原罪前の唯一の女が備えていたような、抽象的で定義不能な美という空虚へと、落ち込んでいかざるを得ないのだ。(6)

ボードレールは空虚な美の例として、「原罪以前の唯一の女」を挙げている。エヴァ、すなわち衣服以前の裸の女である。抽象的な美と裸体の結びつきは、最初の女をめぐるキリスト教的伝承から連想されるばかりではない。現代女性の美が服飾と分かち難く結びついているというのが、『現代生活の画家』におけるボードレールの要となる主張の一つであった。

彼女〔＝女性〕とはとりわけ、ある全体的な調和であり、単に身のこなしや手足の動きだけではなく、薄衣《モスリン》や紗布《ガーゼ》、その身にまとう広大できらびやかな布地の群雲、女性の神性を象徴し、その台座ともなる衣服にも存する調和である。あるいはまた、その腕と首の周りに蛇のごとくまとわりつき、その眼の炎に火花を加え、その耳に甘くささやく金属と鉱物をも含めた調和である。いかなる詩人があえて、麗人の出現によって引き起こされる悦楽を描き出す際に、女性をその服装から分け隔てるだろうか。男たる者のうち、街中で、あるいは劇場、あるいは林間にあって、巧妙に組み合わされた身繕いをまったく下心などなしに観賞し、その美しさの心像《イマージュ》を、それを身につけた女の美しさと分かちがたいものとして保持し、かくて女性とドレスの両者をもって不可分の一体を作り出したことのない者がいるだろうか。(7)

あえて大胆に単純化した仮説をたてるなら次のようになるだろう——パリに出てきたマラルメは、ボードレールの美術評論を知る。ボードレールの主張がおよそ十年も前に修正されていた、と遅ればせながら気づいて、マラルメは驚いたことだろう。女性と服装を分けることがその美を霧散させることに他ならないのならば、裸形の〈理想〉を掴もうなどというのは、「抽象的で定義不能な美の空虚」に手を泳がせることでしかない。原始の裸体などという虚妄を捨て、現代の美を追究せよ。そのようなボードレールの新たな教えを受けて、マラルメは自らの〈理想〉に衣装を纏わせることにした。

現代性の発見

もちろん、現代性の美学の吸収は、それだけでマラルメに夢想から現実への覚醒を引き起こしたわけではない。美術批評家ボードレールを知った一八七四年ごろ、マラルメは並行して『最新モード』の試みを進め、都市生活、とりわけ女性の衣服との接点を増してゆく。鏡や時計など、生活を彩る装飾への興味を初期の作品から示していたマラルメであるが、首都に出てきて自身もプチ・ブルジョワとして一定の消費生活を送るなかで、その興味を広げていったのだろう。地方で暮らす彼の精神があれほどまでに閉塞したのも、一つには、大都市の現実から離れた暮らしの苦痛によるところが大きかったのではないか。それまでただ観念的に退廃のみしか見てこなかった同時代との接触を、一八七〇年代のマラルメは進んで求める。『最新モード』の試みは決して長続きするようなものではなかったが、この時期のマラルメの意欲がもっともラディカルな形で現れたものとして、貴重な証言となった。

しかしまた、『最新モード』に顕著に見てとれる現代生活への皮相な興味の裏側で、ある美学的選択も進行する。その導きの糸となったのがボードレールであった。パリでの新しい生活でマラルメがモードを身にまとった〈理念〉を垣間見ていたとして、夢想される起源的裸体を捨て去るにあたっては、マラルメの思考にボードレールの現代性が——おそらくかなり潜勢的に——定着することが必要でもあっただろう。たとえば、前章で見た『最新モード』におけるボードリー評において、マラルメが「〈伝統美〉の一般的かつほとんど抽象的な範型」と言っていたことを思い出そう。これなどは、意識されているかどうかはともかく、まさに右で引用したボードレール『現代生活の画家』の「抽象的で定義不能な美という空虚」という表現の反映であるはずだ。こうして、マラルメは衣服に表象される現代性を具体的にも観念的にも発見する。そしてその無邪気な——無邪気すぎると言う人もいるかもしれない——「発見」は、それまでの悲観的な世界観に拮抗するほどの実体的な経験として生きられた。それからさらに十年以上経過した一八八七年、「縁日の告白」において現れる着衣の〈理念〉も、この進路変更の延長上に位置付けられるはずである。

　しかし、ボードレールにとって事態はまったく異なる様相を帯びていたはずだ。己の生きている時代固有の美はその頽廃に分ち難く結びつく。これはすでに男の黒服について前章で見た通りである。奇妙な空想ではあるが、もし、「未来の現象」の不評を気に病んだマラルメが「縁日の宣言」と着衣のミューズをボードレールに示し、「これはあなたの現代性の美学に従ったものです」とでも言ったとしたら、どのような反応を得ただろう。それこそボードレールは、この軽薄な転換を論難したかもしれない。ボードレールにとって、現代の服装に美があるとしても、それは取り返しのつかない喪失を嘆くというメランコリックな美である。たしかに、『現代生活の画家』においては、衣服や化粧に特別な注意が払われるようになる。しかしボードレールの認識は美の種類と序列という点に関してほとんど変動していない——それは、マラルメが青年期に陶酔した『悪の花』第五詩篇の結論部を読んでみれば瞭然たるものがある。すでにボードレールはその詩において、「腐敗した民族」である現代人にも、古代人に知られない美しさがある、と歌っていた。「心の潰瘍」に蝕まれた顔の、「憂鬱の美」である。もちろん、一八四五年のボードレールは、規範としてまだ無垢なる自然しか認めない――「遅れてやってきた我々のミューズ」も、やはり古代の若い美へとあこがれる、というのがこの詩の基本的主張である。しかしボードレールの根本的な時代認識はその晩年に至るまで――力点の移動はあるにせよ――何も変わっていないのだ。

はじめ詩人ボードレールのデカダンスに魅惑されたマラルメが、やがてその暗澹たる世界観を捨て去って、美術評論家ボードレールの現代性に即いた、と言って間違いではない。しかしそれは、ボードレールの死後にマラルメが辿った道程である。ボードレールは、マラルメが気がつく二十年以上前、一八四〇年代に、現代固有の美に気づいており、しかもそれは憂鬱に沈み込むことを何ら妨げなかった。ここにボードレールの現代性とマラルメのそれとのあいだの決定的な相違がある。マラルメの〈理想〉が服を纏い、現代生活を謳歌する女性の姿をとるようになったとしても、あるいはボードレールに顰蹙さえ引き起こさなかったかもしれない。ボードレールは人間存在の本来的矛盾を離れたそんな軽薄な美には関心を示さなかっただろう――ちょうど、マネの示した現代性が彼の関心をほとんど惹かなかったように。

二、女性と華飾

化粧礼賛

ボードレールとマラルメの現代性の相違は、二人の詩人が女性を理解する仕方に顕著に現れる。ボードレールが「女性とドレスの両者をもって不可分の一体を作り出す」と述べ、身繕いと女性が現わす「全体的な調和」を「神性（divinité）」とまで言って崇めるとき、そこにはある種の畏れの感情まで混ざる。一方、マラルメが示す現代女性像には、そのような感情の深みはまったく感得されない。
ボードレールの女性観の根本にあるのは自然への矛盾する感情である。ボードレールは自然を美の規範として畏怖する。そしてその畏怖を、それと相反する軽侮で裏打ちするのであるが、その決定的な理由とは、自然が原罪を免れず、堕落への傾向と不可分であるからである。人間がみな、輝かしい青春を失って老い衰えるように、種としての人類も頽廃を余儀なくされている。先ほどの『悪の花』第五詩篇にも原罪の影ははっきりと見てとれる――

そしておまえたち、女よ、おお、蝋燭のように青白く
放蕩に蝕まれまた養われる女たち、そしておまえたち、乙女よ、
母親の悪徳の遺伝につきまとわれ
生殖することのあらゆるおぞましさを引きずり続けるものたちよ。
（第二五―二八行）

処女さえも母親の忌まわしい快楽から生まれたものである以上、汚れを免れ得ない。人類が繁殖によってその活力を失ってゆくのであれば、子を孕み苦痛のうちに産み落とすということはまったくおぞましい業に他ならない。このような観点に立てば、女性とは人間の自然性を――その避けがたい堕落と共に――体現するものに他ならないだろう。それゆえにボードレールは『赤裸の心』に記すのである。
女は自然的であり、つまりぞっとするものだ。

したがって女はつねに卑俗であり、つまりダンディの反対である。(8)

もちろん、否定的な面ばかりではない——女性は自然の美しさをそのまま映し出す鏡にもなるだろう。たとえば、『現代生活の画家』の「女性」と題された第十章において、女性は、単に「人間の雌」(フランス語では「男の雌(la femelle de l'homme)」という逆説的な表現になる)ではなく、「自然がもつすべての気品がただ一個の存在に濃縮され、煌めくありさま」だ、と言われているように。しかしその場合にも、ボードレールは女性において自然を罵倒しようという、ある種の冒瀆的欲求を免れることはできない。そしてその果てに、さらに深刻な矛盾が見出される。女性は自然的であることの極限において、超自然的な存在と見られるのである。

それは一種の偶像である。愚かではあろうが輝かしく、魔術的で、その視線によって宿命と意志とを左右する偶像である。つまりそれは、正しく配置された四肢によって調和というものの完全な一例を提示する類いの動物ではない——それは、彫刻家が真剣の極みにある瞑想において夢見るような、純粋美の典型でさえない。いや、そう考えても、女性の行使する神秘的で複雑な魔術を説明するのに十分ではないのだ。(9)

「彫刻家が夢見るような純粋美」には少し注釈が必要であろう。ボードレールは、『一八四六年のサロン』において、彫刻と絵画を比較したときに、彫刻の方が自然に近いというのだが、これは彫刻を貶めるためにそう言ったものである。彫刻は、「自然のように粗雑(brutale)で実証的(positive)」だ、といい、理解するための前提を必要とする芸術、すなわち、「奥深い論証の芸術」たる絵画より劣る、というのがボードレールの信条である。[10] その最初の美術評論である『一八四五年のサロン』においてすでに、ダヴィッド・ダンジェの彫刻を評しつつ、筆のはずみで「自然のように愚か」[11] と悪態をつくボードレールにとって、単に自然の造形をなぞるだけの無自覚な美が芸術の名に値するものではないことは、動かしがたい公理であっただろう。

こうして、女性は「愚かな」自然の化身として一度は観念されながら、すぐに、「神秘的で複雑な魔術を行使する存在」と捉え直される。女性は矛盾が捩じれながら出会う場であり、それが恐るべき魅力の薄暗い源泉なのだ。そして女性の身繕いこそは、魔性の魅力を作り出す秘術にちがいない。ボードレールがとくに注目するのは化粧である。『現代生活の画家』で「女性」に続く第十一章は「化粧礼賛」と題され、この問題を集中的に検討してゆく。そしてその際にも、ボードレールが議論を始めるためにまず必要だと考えるのは、原罪の刻印された呪わしい自然に対する容赦ない敵対者たることを宣言することなのだ。

美に関する間違いのほとんどは、道徳に関する十八世紀の間違った観念に由来する。この時代、自然はあらゆる可能な善、あらゆる可能な美の基盤であり、根源であり、典型であると理解されていた。この時代の全般的盲目において、原罪の否定の果たした役割は小さくない。[12]

自然は原罪によって堕落の刻印を受けているのであり、人間にほとんど何一つ教えるところがない。「動物としての人間は犯罪の嗜好を母親の腹の中に汲んだのであり、犯罪は根本的に自然なものである」。一方、善へと導くのは良き哲学と宗教である。「美しく高貴なものはすべて、理性と計算の結果」であり、善とはつねに「技芸（art）による生成物」なのだ。そしてボードレールは、善の領域の議論を美の領域に移し替えることによって、女性の化粧へと至る――「かくして私は、華飾を人間の魂の原始的高貴さが発露したものの一つとして見る地点へと導かれる」[13]。この前提に立って、ボードレールが称揚する化粧とは、当然、無垢なる自然、つまり若さを模倣するようなものではあり得ない。

かくて、ここまで述べてきたことがきちんと理解されるならば、顔面の塗装（peinture）は美しい自然を模倣したり、若さと競い合うというような浅ましく、口に出すのもはばかられるような目的のために用いられてはならないはずだ。そもそも、人為が醜悪を美化することがなく、美にのみ奉仕し得るということは、すでに指摘されている通りである。芸術に対して、自然を模倣するという不毛な働きを割り当てるなどということを誰が成し得ようか[14]。

ここで化粧のことを指してボードレールが「塗装（peinture）」の語を出すのは、言うまでもなく、芸術としての peinture すなわち絵画を意識するからである。サロン評という公的な舞台で戦わせる絵画論ではないから、ボードレールはもはや遠慮なく、模倣する芸術を全否定する。その点でいうと、およそ何かを表象することから逃れられない――もちろん当時の基準においてだが――絵画に比べれば、化粧という行為はよほど抽象的である。そしてそれがゆえに化粧は、ボードレールにとって芸術の名によりふさわしいものと映るのである。

ただし、このような抽象性において捉えられる芸術は、もはや模倣によって美的快楽を与えればよしとされるものではない。そこで問われるのは倫理であり、美徳であるのだ。装うことは女の義務であるとまでボードレールは言う。そのままでは自然とともに堕落するからである。

女は、魔術的で超自然的に見えるように工夫を凝らすとき、正当な権利のうちにあるのであり、あるいは一種の義務を遂行しているとさえ言えるのだ。女は驚かし、魅惑しなければならない。偶像として、崇拝されるために金を塗りたくっておく必要があるのだ。女は従って、より巧妙に心を服従させ精神を驚かすために、自然より高く飛翔するさまざまな手段を、あらゆる芸術から借りてこなければならない(15)。

さてここで、ボードレールは、女が化粧するのは正当なことだと言っている。それでは化粧をし、その自然を隠しおおせたとすれば、女は現代の英雄たるダンディになれるのだろうか。答えはおそらく否定的だろう――「女はつねに卑俗であり、つまりダンディの反対である」と言い放つことに顕著に現れているように、ボードレールは女性と自然を原理的に拒否する。たしかに、ボードレールにも現代女性の英雄性を歌った詩がある。真っ先に思いつくのは「通りがかりの女へ」であろう。そこで描かれる女性は黒衣に身を包み、女性版のダンディと言えなくもない。しかし、ダンディになった女は、女であり続けるのか(16)。少なくとも、この黒衣の女性と、「化粧礼賛」で描かれる、金を塗りたくり、崇拝するために粧いをこらした女性は、同じではないだろう。黒という特殊な「色彩」でさえも、女性の化粧にあってはアイ・シャドウとなり、頬紅の赤と対になって、「自然を超越する欲求」に奉仕しつつ、しかし、ダンディの黒衣とはまったく異なる効果を現す。黒は無限性を失った悲しみの表現ではなく、むしろ、無限性へと導入する窓の役目を果たすのである。

赤と黒は生を、過剰で超自然的な生命を表す。この黒い枠は眼差しをより深く、特異なものに変え、瞳により明確な、無限へと開かれた窓の様相を与えることになる。赤は頬を燃え立たせ、瞳の輝き

をさらに増して、美しい女性の顔に、女祭司の神秘的な情熱を加えるのである。(17)

恐れと蔑みの対象である「自然」を体現する女性は、その自然の極限的ありかたとして、超自然的な豊饒をも宿すことになる。その豊饒は結局のところ、現代の英雄に昇華する道を女性に対して閉ざすことになるだろう――「用途なきヘラクレス」たるダンディは、現代の不毛に殉ずるのでなくてはならないだろうから。女性は、つねに太古へと退行する傾向とともに見られる。化粧とはある種の古代性を帯びた人工なのである。身体の装飾が、「人間の魂の原始的な高貴さ」と言われていたことを思い出そう。その後に続く言葉は次のとおりである。

まったくもって嗤うべき傲慢と自惚れをもって、我々の混乱し倒錯した文明がえてして野蛮なものとみなしている諸民族は、子供と同様に、身繕いの持つ高い精神性を理解している。野蛮人と赤ん坊が、輝くものや派手な装い、きらめく布地や極度の威風を示す人工的形態への素直な憧れを示すのは、彼らが現実を嫌悪していることの徴《しるし》であり、彼らはそうして知らず知らずのうちに自らの魂の非物質性を証明しているのである。(18)

現代女性は、その現代性を明示する身体装飾とともに表象されることで、かえって原始へと結びつく。自然を否定しようとする人間の高貴さは、しかし、自然から湧出している――ボードレールはそう言明するわけではなかったが、芸術の真正性を求めた先に、その起源として自然が予感されていたのは確かだろう。すなわち、ボードレールにとっての芸術の精髄とは、自らを生み出した自然を否定すること――つまりは母を否定すること――であった。そして結局、芸術家が母親の代わりに対決するべき相手と認めうる女性とは、彼の抱える矛盾をそのままに、彼女自身の内面に抱えている女性のみであった。

女性と自然――マラルメの場合

以上のようなボードレールの立場を踏まえて、マラルメが女性の身繕いに対して投げかける眼差しを検討するならば、懸隔は明らかである。「縁日の宣言」で詩人が自らの〈理想〉を観客に向かって紹介する台詞をもう一度引いておこう。

皆さま。ただいま皆様方のお眼鏡にかないますかどうか、姿を見せる光栄に預かりました人物は、その魅力の意義をお伝えしますのに、衣装や、演劇につきものの小道具を何ら必要としておりません。この自然さ（ce naturel）は、身を繕うことは怠らぬことによってもたらされる完璧なほのめかし、あの、女性がもつ原初的なモチーフの一つであるところのものに対するほのめかしとうまく合致するものであり、それが十分であることは、皆様の心強いご賛同を得たことによって、私にも確信されるところなのであります。（II, 97）

女性の身繕いはあくまでも「自然さ」を備えたものであり、女優――ボードレールなら偶像と言うところだろう――が身につけるような小道具は何も必要としていない。女性が生まれ持っているモチーフとは髪のことであるが、その髪に多少の工作を加えて己の原初性をほのめかすだけで十分に、自らの本来持つ魅力を伝えることができる、とマラルメは言うようである。

マラルメは、ボードレールのような明らかな女性嫌悪《ミゾジニー》は見せない。女性はその本性において肯定されるものであり、身繕いはそれをわずかに完成させることでしかない。もちろん、そのわずかな心遣いを怠らないことこそ、現代女性の魅力である。マラルメもそれを推奨し、またある意味では当然のことと考えるだろう。しかし、女は化粧によって現代の英雄たることはできないがともかく自然を隠す義務があるのだ、と断言するボードレールとは比較にならないほど、マラルメの立場は穏やかである。

しかし、ここはマラルメとボードレールのギャラントリーを競わせる場ではないし、ましてやどちらがフェミニストとして有望か、判断する場でもない。むしろ興味深いのは、ボードレールが女性の装いに関して述べるところを、マラルメの言葉と比べることである。

「〔……〕そしてもし本当に、人が身を飾る宝石がある心境を表明するのでなければ、それで身を飾るのは不当なことです。例えば、女性、あの永遠の泥棒……」

それから、私の対話者〔マラルメ〕は半ば笑いながら付け加えた。「それに、ほら、流行品店というのはすばらしくって、ときたま、警官を介して、女性がその隠された意味を知らないもの、従って彼女には属さないもので不当に身を飾っている、ということを明らかにしてくれるのですよ」

(II, 701)

ジュール・ユレが『文学の進化について』と題してさまざまな作家に行ったインタヴューにおけるマラルメの言葉である。ここに一種のミゾジニー——ただし、ボードレールのものよりはかなり和らいだミゾジニー——を指摘するのは容易なことだろう。女性の粧いを（ある条件においては）「不当なことだ」と言うのは、それを正当だ、さらには義務だ、と言うボードレールとは正反対である。ただし、ボードレールの言う化粧の義務がアイロニカルな錯綜を示すように、マラルメのこの言葉にも複雑な、しかしアイロニーよりはユーモアに向かうような含意が感じられる。

ここでマラルメは、逸話から意味を引き出す、という得意の手法によっている。ほのめかされているのは、流行品店で女性の泥棒が、店の品物を勝手に身につけて、自分のもののように見せかけて盗み出した、という事件らしいのだが、話の切り出し方において、女性一般を泥棒扱いしているのには驚かされる。女性が永遠の泥棒であるならば、男性こそがその永遠の被害者に違いない。実は、マラルメが冗談めかしつつこのような女性観を表明するのはここが初めてのことではない。『最新モード』第三号で詩人は、マルグリット・ド・ポンティの名において、流行中の首飾り――黒のビロードでできたリボン――について次のように書いている。

> ダイヤモンドのうちにきらめく千もの文字が、形をあらわしつつ身を委ねない秘密がもつ魅了する輝きを放っています。この首飾りを身につける女性とそれを贈った男性の姓名が絡まり合って現れるのです。聞くところによると、これらの首飾りを作り、その神秘に変化をつけられる宝石商はただ一人ということです。けれど、その宝石商の在り処を教えてしまっては、女性同士のあいだであっても、ひどい背信の行為と言わざるを得ません。そんなことは不要でもあります。そもそも買うのは私たちではないのですから。けれど、自分の趣味をはっきりと言っておくことによって、運任せの贈り物という危険を避けておきたいという女性も読者の中にはおられましょうから、付け加えておきますと、これは色付きダイヤと真珠のアクセサリーでできていて、さらに、小さなダイヤの房飾りを加えても良いのです。
>
> (II, 539)

男女の秘め事と、女性同士の間でのモードをめぐる秘密を故意にとり混ぜて論じ、流行している宝石商の住所を聞き出したいという欲望をかきたてるマラルメの戦術は――それが実際に効果をもったかということは別にして——大変に凝ったものである。いずれにせよ女性はこのようにして男性から宝石を贈られるように仕組むものなのであって、それをのちのマラルメは戯れに盗みというのだろう。

もちろん当時の社会制度において自由な財産権を持たなかった女性をからかい、装飾品を自分で買わないからといって泥棒と呼ぶことにはある種のナイーブさが否めない。ただしマラルメは攻撃するためにユーモアを弄しているわけではないだろう。というのも、マラルメが女性の装身を語るとき、ある種の共犯関係や同一化がしばしば透けて見えるからである。マラルメは、男にどうやって首飾りをねだるべきかお教えしましょう、と言ってマルグリット・ド・ポンティなる人物を茶目っ気豊かに演じている。そもそも、『最新モード』のさまざまな記事が女性の名において書かれているのは、単に、必要というだけのことではないだろう。マラルメは女性の名で書くということも含めて興味をもって、モード雑誌という選択をしたのではないか。パスカル・デュランが「衣装を着込む[19]（s'affubler）」という表現でとらえたり、フラピエ＝マジュールがより端的に「文学的な女装[20]」と言ったりしたマラルメのある種の奇癖はまじめに捉えられるべきで、ここではおそらく、マラルメの「女性性」について、躊躇することなく語る必要があるのだ。たとえば、先ほどの首飾りの描写のあと、マルグリット・ド・ポンティたるマラルメは髪型に話題を移し、カドガンと呼ばれる一種の髷について語り始める。

〈髪型〉についてお話ししましょう。今日の帽子と完璧に和合する調髪は、シニョンよりも〈カドガン〉です。まったく驚きです。この髪型は総統政府時代の真っ只中に私たちを連れていくものですから！　この一本あるいは二本の、巻き返された下げ髪が復活し、今では帽子の色あいに合わせたリボンでまとめられているのです。一世紀前には、私たちの祖母たち、それに祖父たちもこれを結っていました。

祖父の世代には男も女と同様にしていた、と回顧するマラルメは、男性も髷を結い色とりどりの絹で身を飾ったかつての時代を懐かしむ。ここにおいてマラルメはボードレール的なダンディとはあきらかに異なった嗜好を示す。女性の筆名に隠れてではあるが、マラルメは、ダンディの現代性、「永遠の喪」の象徴である黒服を脱ぎ捨て、今では女性に専有されてしまった宝飾を自らの手に取り戻し、身につけたい、とでも言いたげである。マラルメが、「女は泥棒だ」と告発する戯けの底には、やはりある種の欲望が働いている。しかし、それはボードレールが女性に向けていた感情とはまったく別の――ただしこちらも極めて両義的な――欲望である。マラルメは騙されて金品を掠めとられる男性として、女性の狡智を罰しようと望むばかりではない。自らの身につけることのできない美しい装飾を女性が身につけていることに嫉妬、あるいは羨望しているのである。

しかしその一方で、マラルメは男性として、女性に対する優位を主張してもいる。マラルメにとって、粧いを正当に纏うためには、それを理解する精神が必要になる。そして、この場合の「精神」とは、原理的には男性のことであろう。すくなくとも、女性はそのような精神を持ちにくいと考えられていて、それをマラルメはヴィリエ゠ド゠リラダン追悼講演において、室内装飾に関して――きわめて婉曲な表現を用いてではあるが――次のように述べている。

用途を持たぬことさえもあるそれらがらくたでも、女性は創意を発揮して、部屋のインテリアに合わせて装飾とする工夫を見つけるものですが、こうして人は棲家に夢想を据え付けるに至る、もっとも、夢想とはいえそれは触れられるものに限られるのですが。東方の織物の端布《はぎれ》を壁に掛ければ、熱情のごとく燃え盛るガラス窓となり、あるいはやさしい夕日のように和らいだ光を導き入れるものですが、それらの布地は、いかなるサロンの女主人であろうとも——彼女がそれらの象徴に持つ興味を聊《いささ》かなりとも否認することにはならぬでしょうが——易々と、あるいは低く独りごつようにさえ言葉に移すことができないような、もしかしたら精神によってようやく翻訳されるかもしれないようなものなのです。（II, 41）

サロンの女主人をはじめ、女性というものは、物質的象徴に強い関心を示し、またそれを扱うのには巧みだけれど、その真の意味を言うこと、すなわち、言葉へと翻訳することにはまったく向いていない。同様に、『最新モード』第六号の「モード」欄において、朝鮮薊《アーティチョーク》を服の飾り付けにするという思いつきに関して、マラルメはマルグリット・ド・ポンティに次のように言わせている。

私どもが素晴らしい奇抜さとしてここで言及しようというのはただ一つ、ある有名な婦人服店《テーラー》で見かけたドレスのことです。それは珠付きブロンドレースの襞を付加した白い薄布《チュール》のドレスなのですが、全体を留め上げるのに、極めて特殊な葉房を用いるのです。すなわち、アーティチョークの茎、野菜それ自体です。建築では装飾に使われるこれを、モードでも用いるようになったそうです。奇妙《バロック》でしょうか？　いいえ、まったくそんなことはありません。むしろ美しいとも言えるものでした。けれど、何の象徴《エンブレム》としてでしょう？（詩人たちの言うように、一着のドレスというものが何かを意味する、というのが本当だとするならば）（II, 601）

もちろん、ここで女性たる筆者が象徴を云々するのは、何にでも意味を見出そうとする詩人たちをからかおうとしてのことだ。ドレスの装飾とされた朝鮮薊に意味を見出す必要などない、ただ綺麗であればいいじゃない、とマルグリット・ド・ポンティは言うだろう。しかし、マラルメがこの女性筆者を、装飾の意味を読み取ることのできない存在として描き出していることは確かである。「女性は身につけている装飾品の隠された意味を知らない。ゆえにその品は彼女に属するのではなく、それを身につけるのは相応しからぬことだ」というのがマラルメの主張であるが、このとき、女性全員が俎上にあることは間違いない。もちろんマラルメは、いかに不当であっても、装飾品を身につけるのは女性であり、女性のみである、という事態を顚倒しうるなどとは考えていない――女性に不当な華飾を許すこの衣服の割り当てこそが現代性の特徴なのだから。マラルメは――女性的な男性として特権的な地位を自身に割りふりつつ――時代特有のこの矛盾を指摘して面白がっているのだ。

重要なのは、物質界に住まう女性と精神界に住まう男性という紋切り型をマラルメが免れていないということを指摘することではない。ここで興味深いのは、装飾品に関して言えることはまた、書物に関しても言えるということである。『最新モード』の最初の号、「パリ歳時記」でマラルメはこう書く。

もはや読者がいない、と人は言い募っていますが、それにも幾ばくかの真実はあるものです。けれども思うのです、女性読者がいるじゃないか、と。ただ婦人のみが、〈政治〉やつまらない心配事から隔離されているので、身繕いを終えたのち魂も着飾ろうという欲求が現れるために必要な閑暇を持っているのです。(II, 496)

もちろん、男の読者が忽然と消えたわけではなく、世の男が有閑階級であることを止めた――というよりは有閑階級の男が男だとみなされるのではなく、仕事をするブルジョワが男だとみなされるようになった――ことによって、読書をする暇などは女にしか残されていない、ということなのだが、結果として、書物——政治やビジネスなどに拘わない真の書物——は、女性の手に落ちるしかない贅沢品となってしまった。書物とは魂が纏う装いである、というマラルメの認識は、確かに現代という時代に根ざしたものなのである。そしてそもそも、奪われた宝飾がポエジーであるならば、それはむしろ、詩人が女へ手向ける贈り物に違いない。マラルメが盗まれた、というのは戯れだろう。

ボードレールにとって、粧いは男の精神を驚かせ、心を服従させるものであった。男は女の挑戦を受けて立たねばならない。他方マラルメは、女を盗人だと告発しつつも、奪われたものを躍起になって取り戻そうとはしない。男は精神の役に徹するのであり、輝きを見て、その奥に秘められる神秘の意味をああでもない、こうでもないと考えてみるだけで満足するだろう。現代の女性が纏うべきものは、「未来の現象」の「妙なる石のよう」な女の目、「幸いふかき女体から放たれる」視線、男を射抜き、起源の幻想へと籠絡する輝きではない。それは、「縁日の宣言」の女性が身につける宝石、「社交的な女性を一粒の宝石が封じて胸の上で答えもせずに輝いた」(II, 95) と描写されるように、精神を刺激して問いかけを引き起こす装いであり、何かを意味しているようでいて、自分では決してその意味を明かさない——おそらくは自分自身それを知らない——謎そのものなのだ。

髪は炎と飛びたち西のきわ
欲望が沈むところで翼を開ききる
燃えたつ鳥がとまるのは(王冠として絶えるのだ)
髪を戴く額のあたり　そのかつての源
けれどこのあざやかな雲のほかには黄金《きん》も吐かず
いつでも内にある火の燃焼

始まりにただ一つ燃えたあの火は
真剣《まじめ》なのか笑っているのか　瞳の輝きの中につづく　(II, 96)

「縁日の宣言」に挿入されるソネの初めの二連である。この詩の解釈をここで尽くすことはできないが[21]、女性を王冠のように飾る輝きが、もはや起源ではなく凋落してゆく太陽に結び付けられていることは指摘しておくべきだろう。そしてこの夕日は、詩人の欲望であり、女性の美しさを見つめる人々の欲望の反映とされる――男の視線は女の上に注がれ燃え上がるが、今のその盛りを過ぎれば消えてゆくはかない光である。第二連ではたしかに、この夕日の光を養っているのは内部の炎なのだ、と言われ、「はじまりの火」が歌われる。この「いつでも内にある火の燃焼」は決して外に燃え出てはこない。炎と見えた髪の毛は、この内部の炎が照らし出す雲、またはその燃焼に伴う煙だ、ということになる。この、女のうちでたしかに燃えている原初の炎の「続き」は、しかし、外からしかとは確認できない――まじめなのか、それともはぐらかしがあるのか、つまり、直接の光なのか、屈折をともなっているのか、男は逡巡し続けるだろう。もちろん、男は原初の光を手に取ろうなどとは試みない――それは女のものなのだから。男はただ、燃え立つ炎が世界に反映し、その光が再び女性の外部を照らすのを眺めて幸いとするだろう。かくして、マラルメの着衣のミューズは、詩人と自然、そして男と女の調停を証しする寓喩となるのである。

〈自然主義〉

ユレのインタビューに答えたとき、あるいはマラルメの思考にボードレールの「化粧礼賛」が去来していたかもしれない――マラルメは、粧いが正当であると言ったボードレールとは逆に、それが不当である、と言うのだから。ここでマラルメは、ぼんやりとした表現ではあるが反論し、表面上は女性から身繕いする権利を奪うように見せて、実際のところ、ボードレールの課す厳しい義務から女性を解き放っている——そう考えることも可能だろう。しかしこの問題は、単に化粧に対する態度が言葉の上で逆になっているということを超えて、マラルメとボードレールの自然観にまで遡って検討する必要がある。

というのも、先ほどの女性と宝石を巡るマラルメの発言自体、自然主義に関する問いかけへの返答としてなされているからである。この発言の前の部分、ユレの「自然主義の終わりに関してはどう思われますか」という問いに答える部分を以下に引く。

> これまでの文学の幼さは、例えば、いくつかの貴石を選んで、その名を紙の上に連ねること、それはたしかにうまい並べ方だったときもあるのですが、とにかくそうすることで、貴石を作ることになる、と信じた点にありました。けれど、そうではありません！　詩《ポエジー》とは創造することですから、人間の魂のなかからさまざまな心境を取り出すこと、その光の純粋さゆえに、うまく歌われ、よい光の中に置かれさえすれば、実際に、人間の宝飾となりえるような輝きを備えた心境をとりだすことが必要なのです。このとき、象徴が生まれ、創造が起こり、詩《ポエジー》という言葉が意味を持つのです。結局のところ、これが人間に可能な唯一の創造です。そしてもし本当に、人が身を飾る宝石がある心境を表明するのでなければ、それで身を飾るのは不当なことです。

ここで自然主義の言葉でマラルメが喚起する文学的手法とは、美しいものを見つけ、それを文章中に名指すことで創造をし得たと考えるような文学のあり方である。このような理解が、いわゆる文学史上の自然主義の理解として正しいかどうか、ということはさておき、マラルメが、自らの詩における「自然」の位置づけとの関連で語った言葉として興味深いものである。マラルメは、宝石を描写することで書物のうちに閉じ込めようという行き方を批判する。詩の使命は、ある心境を取り出して、それをもって「人間の宝飾（les joyaux de l'homme）」を作り出すことであり、それが人間にとって可能な唯一の創造であると言われる（マラルメは人間の創造は詩によってしか達成されない、と言って憚らない）。

ここで当然想起するべきは、『音楽と文芸』の一節「我々は、ある絶対の格言に囚われているものである。周知のとおり、たしかに、在るもののみが在る」であろう——というのも、マラルメはここで、この唯一存在する「在るもの」を〈自然〉と名指すからである。

〈自然〉が場所を占めている。そこに付け加えることはできないだろう。ただ加えることができるとすれば、我々の設備を形成している、街や、鉄道、種々の発明品ぐらいのものである。（II, 67）

つまり、文学が何かを作り出すとすれば、それは我々の物質的な所与となる街や鉄道の類いのものではない。つまり、真の人間の創造物、物質的ではない精神的な創造、すなわちポエジーは、自然に付け加わるものではない。ポエジーは、自然と同じ「場所を占める（avoir lieu）」、つまり自然のように生起し、存在することはないのである。[22]

ボードレールは、その折衷主義者批判において、芸術の第一の仕事は「人間を自然に置き換える」ことだ、と言っていた——マラルメはこれに真っ向から反論しているのだ。ボードレールにとって自然への勝利とは、別の自然を打ち立てることによって得られるものである。例えばデッサンについて、ボードレールは次のように述べる。

それに、色にもさまざまあるように、デッサンもさまざまなのである。正確なデッサン、愚かなデッサン、人相学的デッサンや想像的デッサンというように。

第一のものは否定的であり、現実性のあまり不正確に陥っており、自然的でしかし珍妙なデッサンである。第二のものは、自然主義的でありながら理想化されたデッサンであり、自然を選択し、整理し、修正し、その奥底を探り、また自然を叱責する力をもつ天才によるものである。そして第三のデッサンとは、もっとも高貴かつ奇妙なものである。それは自然を無視しうるデッサンである。そのデッサンは別の自然を表象する――作者の精神と気質に類似した自然を。[23]

芸術ははじめ、自然を模倣し、そこから美の秘密を学ぶものだが、やがて自然を叱責し、修正し、さらには別の自然を作り出すようになる、いや、そうするべきだ、とボードレールは主張する。一方、マラルメは、元来人間の領域である芸術において人間の復権を進めようとはしても、自然そのものに取って代わるべく、永遠の美の秘密を求めて、血みどろの決闘を挑みかかることはないだろう。マラルメにとって、模倣の対象としての自然と、人間の創造物との間に競合する関係はない。人間の創造物は現実の宝石と照応しつつ独立して存在する――夕日とともに燃え立つ、着衣の〈理念〉の髪のように。人工の宝石、すなわちポエジーは、自然を覆い隠すためにあるのではない。それは虚構、すなわち「ないもの」ではあるが、自然と並び立ち、自然の輝きに匹敵する明らかさで人間の魂を飾るものである。

ここで、再びボードレールの『現代生活の画家』第十一章「化粧礼賛」に戻って、その冒頭の一段落を引用しておきたい。

いくらかでも真面目なものであることを主張したい著作においては、ほとんど引用するのが不可能であるような極めて野卑で馬鹿げたある歌がある。しかしそれは、とても上手に、思考しない連中の美学を俗謡の文体に翻訳する歌なのだ。自然が美を美しくする！　たぶんこの詩人は、フランス語が話せたなら、こう言ったところであろう。単純さ（素朴さ）が美を美しくする！　と。これはつまり、まったく思いがけない種類の真実、つまり次のような真実と等価である。ないものがあるものを美しくする。[24]

「自然が美を美しくする」という歌の文句にボードレールが嚙みついた理由は二つに分けて考えることができるだろう。第一に、「自然によって美しくされた」という事態は、単に「自然において美しくある」だけのことであり、そこにはいかなる美化の作用もない。そうであれば当然、そこに芸術の入り込む余地はなくなってしまう。そして第二にボードレールの悲観は、原罪に汚された自然が「自然に美しくある」ことなど決して認めないはずだ。それに対してマラルメならば、「自然な」装いの〈理念〉を示しつつ、「自然が自然に美しい」ということを認めたとしても、人間の役目は終わらない、そう応じるだろう。それでは詩は何をなしうるか。――答えはすでに先生がおっしゃっていますよ、と彼は悪戯っ子のように微笑むだろうか。――先生が「ないものがあるものを美しくする」と言ったのは、これを逆説として示すためだったのでしょう。ないものがあるものを美しくすることなんてあるわけがない、馬鹿げている、と。けれど、ほんとうに、ないものがあるものを美しくする、ということはあるのです。自然の上におしろいを塗りたくるようなことは私たちの務めではないでしょう。詩の果たしうる役割があるとすれば、その役目とは唯一、自然を照らし出す透明な輝きを作り出すことだけなのです、と。

三、芸術・自然・公衆

自然の再創造

マラルメとボードレールが自然に対して示す態度はきわめて対照的に見える。しかし別の見方をすれば、それは両者が大筋において同型の議論を展開しているからに他ならない。マラルメも、単に自然の美しさを見つけ出してそれを紙の上に転写するだけではだめだ、と指摘しているわけで、その点ではボードレールの立場を完全に踏襲しているのである。これは、自然主義を問題にする以前、一八七〇年代にマラルメが絵画を論じる――とくに、風景画家としての印象派を論じる――際にもすでに問題とされていたことであった。「印象派とエドワール・マネ」の結論部において、「日常の自然を前にしての画家の目的」を問うマラルメは、「それ〔自然〕を真似ることか？　そうであれば、画家のあらゆる努力は、生命と空間という計り知れない優越性をもつ現物《オリジナル》に匹敵しないのだ」と前もって答える。そして、画家に芸術論を仮託するため、次のような直接話法を導入するのである。

いや、そうではない！　この美しい顔、この緑の風景は年老い、萎びる。しかし私はそれらを常に保持するだろう、自然と同様に真実で、思い出のように正しく、不滅の我が物として。いや、芸術家たる私の創造本能――私が〈印象主義〉の力を通じて保つ本能――を満足させるためにはより良いものがある。それはしかし、すでに存在する物質の分量――それから作ることのできるどのような単純な表象よりも多い分量[25]――ではなく、自然を一筆一筆、再創造したことの悦びなのだ。質量的で触覚的な堅固さに関しては、彫刻の方がこれをよく表現するのだから、そちらに任せておくことにしよう。私はただ、絵画という透明で永続的な鏡面に映して見せるだけで満足なのだ——常に生き続けしかし瞬間瞬間に死ぬもの、〈理念〉の意思によってのみ存在し、しかし私の領分においては、自然のもつ唯一真正かつ確実な美質をなすもの、すなわち〈相《アスペクト》〉を。夢の時代の終わり、現実の目の前に荒々しく投げ出された私は、まさに自然を通じて、自然のうちで私の芸術に属するもののみを得たのである——それこそ、原初的《オリジナル》で正確な知覚、そのもっとも簡素な完璧性を回復した視覚による堅固な眼差しによってその知覚が認識するところの事物を、自分自身のために識別する知覚であった。

(II, 469-470)

最後のあたりは英訳の問題もあるのだろう、何を言わんとしているのかはっきりとはしないが、ともかく、ここでマラルメ（あるいはマネ）が自然の再創造をもって芸術の使命とすることに関しては、ボードレールの影響があると見て間違いない。たとえばボードレールは『現代生活の画家』において次のような描写をしている。コンスタンタン・ギースは深夜、孤独のうちに画筆を揮い、「あたかも映像《イマージュ》が逃れていってしまうのを恐れるかのごとく」大急ぎで絵を描きあげる——

そして事物は紙の上に生まれ変わる——自然なかつ自然以上の有様で、美しくかつ美しいだけではなく、特異で、しかも描き手の魂と同種の熱狂的生命を獲得して。自然から幻灯《ファンタスマゴリー》が抽出されたのである。記憶に押し込められたあらゆる材料が、順位づけられ、配列され、調和し、子供の知覚——すなわち極めて無邪気であるがゆえに鋭敏で魔術的なものとなった知覚——の結果として得られる強制的な理想化を被るのである。(26)

記憶によって一度内面化した世界に作家の精神をかけ合わせ、その成果を幻灯として世界に送り返す――このようなモデルで考えられるのが、ボードレールのいう芸術の役割、すなわち自然の再創造であろう。ここでもボードレールは、自然を強いて矯正し、あたかも魔術をもってするように理想の姿に作り直すことこそが芸術の真髄だと考えている。一方、マネ＝マラルメは「自然を再創造する」と言いながら、自然に敵することは早々に諦めてしまう。再創造しようと画家がタッチを重ねるその行為が快楽を生み出す――その快楽を求める本能的な創造が芸術なのだ、と画家は言うのだが、そのような享楽的な態度は、自然と勝ち負けを競いその結果を厳しく見極めようとするボードレール的天才とまったく異質である。マネ＝マラルメは、自然より優れた秩序を作り出そうなどとは考えない。彼ははじめ、伝統的に主張されてきた芸術の保存力――模倣することによる儚《はかな》い美の永続化――を引き合いに出しながら、次第に、美を標本化し、存在を固着するような望みを離れてゆく。そして、瞬間瞬間に滅びてゆく質量のない生を自然の〈アスペクト〉と位置づけ、その知覚へと議論を横滑りさせるのである。ここで重要なのは、マネ＝マラルメが、芸術が相手とするべき自然を極めて限定的に捉えているということだ。存在という確かさにおいて、芸術は自然にかなうものではない。だから、今ここにある美を保存しようなどということはもう止そうじゃないか。そして、現れては消える「見え方」のみを相手にし、その限りにおいて透明な鏡と化そう――このような戦略を、画家は確かに彫刻に対する絵画の特性から引き出している。しかし、彼を引用する（あるいは引用するかのように振るまう）マラルメは、それが絵画にしか適用できないものとは考えていないだろう。詩人にとってこの絵画的戦略は、紙の上の幻灯によって「在るもの」と競合するような生き方を離れ、現代という時代と相似形の芸術を切り開くための貴重な教えであったはずだ。

もちろんここで、ボードレールもマラルメと同様、知覚を問題としていたことを見落としてはならない。ギースの見せる幻想的な光景は、子供の知覚によって見られた世界だとされる。その「極めて無邪気であるがゆえに鋭敏」な知覚は、マネ＝マラルメの言う「オリジナルで正確な知覚」「もっとも簡素な完璧性を回復した視覚による堅固な眼差し」とよく似ている。確かなことは言えないが、これもまたマラルメがボードレールの絵画論から学びとった点として数えるべきものかもしれない――もっともマラルメは、この「子供の知覚」を自論に取り入れる際、女性の化粧についての時と同様に、ボードレールを幻惑した「魔術」を振り祓ってしまうのだが。

そもそも、「子供はすべてを新しいものとして見る」と言うボードレールであるが、それは単に、芸術家よ子供に戻れということではない。

天才を備えた人間は堅固な神経をもつ。子供の神経はか細い。前者において、理性が重要な地位を占めている。後者においては、感受性が存在のほとんど全体を覆ってしまっている。しかし天才とはまさに、意思的に再発見された子供時代、いまや自己表現するために、力強い器官と、無意思的に集積された材料の全体に秩序を与えることを可能とする分析的精神を備えることとなった子供時代なのである。(27)

ボードレールにとって芸術家としての才能とは、あらたな秩序を生み出す力のことであり、それはつねに理性の支配下に置かれる。芸術的天才は決して子供になるわけではなく、子供の知覚を意思的に、想像力によって回復するのみなのだ。彼は「力強い器官（organes viriles）」――これは成熟した男性の肉体であると同時に雄々しい声でもあるだろう――を備えて世界と対峙し、世界に対して自らの内面的秩序——成熟に至る経験によって得られた個人的秩序——を突きつけねばならないのだ。

一方、マラルメにとって問題となるのは、あくまでも知覚の水準である。彼はか細い神経のゆえに感受性に支配されてしまう子供であり続けることに、何の不都合も感じないだろう。印象派の達成は、「極めてありふれた物体を私たちが見るとき、それを最初に見たときに感じたであろう悦びを理解させること」とされる。このような視覚の経験とは、すぐれて習慣的かつ非＝個性的な、ほとんど視覚という機能の根本を支えるような経験なのだ。印象派の主体は外界からの刺激を受け取ることに専念する、きわめて受動的主体なのであり、絵を見る者にも同様の態度を要求するのである。ボードレールの理解によるギースの芸術が expression によって完遂するものだとすれば、印象派の芸術は文字どおり impression に意識を集中させる——この後で見るように、この意識の集中の結果として、手でさえも画家の自我を離れ、自然の支配のもとで動くようになるだろう。そのような絵は、自然を超える秩序を示すどころか、むしろ極めて断片的な——ちょうど我々の意識にのぼる子供時代の記憶のような——ものとなるかもしれない。しかしマネもマラルメも、自然が全体としてどう構成されているかということにはほとんど興味を示さないだろう。

内的自然と外的自然

マネ＝マラルメが、自然が実際にどう在るのかという問題に拘りをみせず、ただそれを「在るもの」と措定して満足し、ただ人間による自然の知覚——限定的で、断片的でさえあるような知覚——のみに拠ろうとするのは、その知覚にこそ自然が宿っていると考えるためである。マラルメはこうして外的自然から内的自然へと議論の重心を移すのであるが、このことを理解するためにも、まずは自然の模写という行為がどのように理解されるのか、ここで風景画を例にとって、ボードレールとマラルメの立場をもう少し詳しく検討していこう。

風景画家について、ボードレールの評価は、一八四五年から一八五九年にかけて下落が著しい。その最たるものは、テオドール・ルソーに対する評価であろう。サロンに出品していないこの画家について、ボードレールはいずれのサロン評においても特別扱いをし、わざわざ紙幅をさいて言及している。一八四五年にはコローの優位をも危うくする画家として、「テオドール・ルソー氏は少なくとも〔コロー氏と〕同等の素朴さと独創性を持ち、さらにより優れた魅力と創作手腕を持っている[28]」と言及し、さらに一八四六年にはドラクロワにも比較されうる才能を持つ画家、「つねに理想へと引き寄せられる自然主義者[29]」として、最大級の賛辞を与えている。ところが、一八五九年になると、ボードレールは風景画全般に対して極めて厳しい見解を示す。この「下級ジャンル」が幅を利かせているという状況自体が現代という時代の衰退の兆候とされ、その「愚直な自然崇拝、想像力によって洗練されることも、説明されることもない自然に対する崇拝[30]」が断罪される。それにしたがって、ルソーに対する評価も大きく修正されるに至るのである。

ルソー氏はつねに私を魅惑してきた。しかしときに、食傷を感じたことも事実である。それに、彼は例の現代的悪癖に陥ってしまっている。自然への盲愛、自然以外の何ものも愛さないことから生じる悪癖である。彼は単なる習作《エチュード》でしかないものを作品《コンポジシオン》と取り違えているのである。[31]

このあと、「しかり、想像力こそは風景〔あるいは風景画〕を作り出すのである[32]」と興奮気味に断言したボードレールは、ウージェーヌ・ボーダンの例を引いて、単なる写生に過ぎない習作と、想像力によって構成される絵画を峻別する。そして結局、「風景画」と題されたこの章を締めくくるのに、自然を置いてけぼりにして、都市の風景画に関する観念的な議論に耽ってしまうのだ[33]。

ボードレールはすでに『一八四六年のサロン』においてハインリヒ・ハイネ流の「超自然主義者(surnaturaliste)」であることを自認している。彼は言う、芸術家が見出すべき典型は自然の中にではなく、人間の魂のうちにこそ求められるべきである——たとえば建築のように[34]。その立場は『一八五九年のサロン』に至って一層先鋭化するだろう。想像力の支配をその原則として型破りなサロン評を書き進めるボードレールは、自然の模写を反芸術的なものとさえ見なすのだ。その第三章、ボードレールがまさに「諸能力の女王」と題して想像力に関する議論を始める冒頭箇所を読もう。

このところ、次のような考えが極めて多くの異なる仕方で言い表されるのを我々は耳にした、すなわち「自然を転写《コピー》せよ。自然のみを転写するのだ。自然の優れた転写以上に大きな享楽と見事な成功をもたらすものはない」。そしてこの、芸術の敵たる理論は、ただ絵画のみに適用されるばかりではなく、あらゆる芸術、すなわち小説や、さらには詩に至るまでに適用されうると言い張るのである。自然にかくなる満足を示すこれらの理論家たちに対して、想像力豊かな人間であれば、たしかに、次のように答えてやればよかったのだ。「在るものを表象することは無駄だし、退屈なことだと私は思う——存在するもので私を満足させるものはないのだから。自然は醜い。そして私は、実体的な陳腐さよりも、私の奇想が生み出した怪物どもの方を好むのだ」。しかしながら、今問題にしている理論家たちに対してはむしろ以下のように問うほうがより哲学的であったかもしれない[35]〔……〕。

このあと、ボードレールは自然を転写する者たちに対して「より哲学的な」、すなわち思想的・論理的により正しい反論を用意するのであるが、そこで展開される錯綜した論理はとりあえず置いておこう。ここで確認しておきたいのは、ボードレールがマラルメと同様、自然を「在るもの（ce qui est）」と捉えていること、そして、その「在るもの」を転写することが「芸術の敵」と呼ばれて嫌悪の対象となっていることである。あたかも、ここでボードレールは、「無いもの」を生み出すことが芸術の真髄だと示唆するかのようである。しかし、マラルメであればこだわりなく踏み込んだであろうその地点まで、ボードレールが進むことはないだろう。ボードレールは、「奇想が生んだ怪物」を好むというやぶれかぶれの言い草が、あまり「哲学的」でないことを理解している。ボードレールにとって、想像力が芸術に必要とされるのは、たんに「無いもの」を生み出すためではない——想像力は自然と共同する、すなわち、「在るもの」を材料とするべきなのだから。たとえばボードレールは、彼が好んで引用したドラクロワの言葉（「自然とは単なる辞書である」[36]）を、敷衍して次のように述べる。

可視的宇宙の全体は、映像《イマージュ》と記号《シーニュ》の収蔵庫であり、それらの映像や記号に位置と相対的価値を与えるのは想像力なのである。可視的宇宙とは、想像力が消化し、変形するべき飼料なのだ。人間の魂のあらゆる能力は、想像力に従属するべきであり、想像力はそれらの能力をすべて同時に徴用するのである。辞書をよく知っていることが必ずしも作文術の素養を意味せず、また、作文術それ自体が普遍的想像力を意味しないのと同様に、良い画家であっても偉大な画家ではない、ということはありうるのだ。[37]

「可視的宇宙」と不可視的秩序との関係が、「現代の美」と「永遠の美」の関係に対応していることは論を俟たないだろう。ボードレールにとって、自然の模写という享楽に溺れる風景画家たちは、物質文明の眩惑に身を委ねる放蕩者同様、真の芸術家たりえないのである。もちろん、「自然への盲愛」という悪癖を現代的なものであると見抜いているボードレールは、自らの観点が懐古的なものであることを自覚している。若い頃の習慣に従って、「ロマン主義的風景画、さらには、すでに十八世紀に存在していたようなロマネスクな風景画」[38]をいまだに惜しんでいると告白するボードレールにとって、風景画の究極は、「超自然的な美しさ」を示すドラクロワの風景画や、あるいは、「天空の神秘のごとき壮麗な想像力が流れる」ユゴーのインク画においてすでに到達されていたのである。[39]

マラルメと風景

しかし、一八七六年のマラルメには切実な認識がある。想像力のかくなる顕揚によって芸術が達成されたのは幸福な過去でしかないという認識、「印象派とエドワール・マネ」の終結部、マネのものとして引用される一節において、端的に「夢の時代の終わり、現実の目の前に荒々しく投げ出された」と表現されていた時代認識である。マラルメは、「〈印象派〉とは同時代絵画における主要な、真の運動である」とまず確言し、彼らをモローやピュヴィス・ド・シャヴァンヌといった「古い芸術の形式や時代」を例証することに秀でた画家と区別した上でこう述べている。

世紀前半のロマン主義的伝統が、往時の生き残りたる少数の大家において残存しているばかりのこの時にあって、想像力に富む古い芸術家、夢想家たる芸術家から、現代的な力強い労働者への移行は〈印象派〉において見出される。(II, 467)

印象派の画家たちを労働者の語によって示すことには驚かされる。かつて、一八六二年発表の論文「芸術的異端――万人のための芸術」の結論部分で、「労働者詩人という この奇怪な代物」を強く皮肉っていたマラルメが、である（II, 364）。英訳テクストでは worker となっているこの語がフランス語原文でどうなっていたかはわからない。Ouvrier あるいは travailleur、あるいは別の語であったのかもしれないが、いずれにせよ、ここで思い出すべきなのは、若い日のボードレールが『一八四六年のサロン』においてユゴーとドラクロワを比較し、後者こそが真のロマン主義者であると断言した際の次のような評価である。

ヴィクトル・ユゴー氏は、確かに高貴さと荘重さを備えており、それを私は減じようとするつもりはないが、彼は創意に長けると言うよりはむしろはるかに器用と言うべき職人（ouvrier）なのであり、創造的というよりはむしろ正確な労働者（travailleur）と言うべきなのである。ドラクロワはときに不器用なところを見せるが、本質的に創造的である。[40]

マラルメがこのボードレールの文章を覚えていたか、ということは明らかではない。しかし彼が、ドラクロワやユゴーを典型とするようなロマン主義的芸術家とは区別されるべき新しい「芸術家」の典型を、躊躇なく「労働者」と呼んだことは驚きに値することだろう。マラルメは、想像力などなくても、ただ自然に向かい合って力強く働くだけで絵は描きうる、と断言する。ボードレールは、想像力の黄金時代がすでに過ぎ去ったことを知りつつ、「諸機能の女王」の優位を確信し続けていた。マラルメは印象派とともに、決然と、想像力に頼らない創造へと踏み出そうと宣言するのである。

かつての時代の高貴なる幻視者たちは、非世俗的な目によって見られた世俗的事物の似姿（現実の対象の実際的表象ではなく）として作品を生み出したものだが、彼らは人類の遠い夢の時代の諸王諸神――無知なる群衆を支配する天才が与えられたあれら隠遁者たち――のように現れている。

〔……〕

マラルメの論述は続くがとりあえずここで切ろう。プレイヤード新版でベルトラン・マルシャルは、右に「世俗的‐非世俗的」と訳した worldly-unworldly という単語をフランス語に訳す（あるいはマラルメのもとの表現を探り当てる）にあたって、matériel-surnaturel という対を用いている。[41] マラルメが実際に surnaturel の語をここに書き記したかどうかはわからない。ただ、すでに繰り返し見てきた通り、自然を超えることこそはボードレールの絵画評論に繰り返される行動原理であり、マラルメもそれは意識しつつこの部分を書いただろう――マラルメは、ボードレールの芸術的天才に関する認識を借用しているのだ。マラルメは、現世を出よう、自然を超えようという欲求の力は否定しない。しかし今やはっきりと、それが廃れたことを宣告するのである。わずか数十年前に若き溌溂たるロマン主義が打ち立てた想像力の支配を、遠い夢の時代、まだ人類が神権的王と蒙昧な群集に分かたれていた時代の、古代的欲望にすぎないと誇張してみせるのだ。

さて、マラルメは、右引用に続いて、この新しい時代が「危機」の相を帯びていることを、そしてその危機は自然によって引き起こされたものだ、という不思議な直観を述べる。文脈が錯綜していることと、英訳の問題があるので必ずしも明快に読み解ける部分ではないが、マラルメが八〇年代以降盛んに繰り返す危機の認識の萌芽が見られるという意味においても重要な一節であり、ここに汲み取っておくべきことは少なくない。

〔……〕しかし今日、群衆は自らの目をもって見ることを要求している。そして、最近の我々の芸術が栄光や強度、豊かさにおいて劣るとしても、その代償として、真実と簡明、そして子供らしい魅力を得ているのも確かなことである。

自然が自分自身のために働くことを欲するという、人類にとって危機的なこの時にあって、自然は彼女を愛するある種の者たち——自らの時代の感情と直接に交感している、非個人的な新しい人間——に対して、教育の束縛を離れ、手と目が望むことをさせるに任せよと要求する。そうして手と目を通して自然自身の姿が現れるように、と。

ただ単に、そうすることの愉しみのためにだろうか？　もちろんそうではなく、自然は、自分自身を、穏やかな、赤裸の、習慣的な姿で示そうというのだ——彼ら、明日の新人たち、それぞれが普通選挙の強力な多数者を構成する無名の単位となることに同意し、自然を観察するための新しくより簡潔な方法を自らの力のもとに置く者たちに対して。

やはり特徴的な政治や産業から切り離すことのできなくなった一時代の代表的芸術をここに見る者たちにとって、以上のようなところが、ここで我々が論じてきた描画法の意味と見られるものだろう。その描画法は、芸術の一般的様相を作り出しつつ、とくにフランスにおいて出現したものなのだ。

(II, 467-468)

「自然が自分自身のために働く」ことがなぜ危機になるのか、マラルメは明示的に説明していない。ただ、ここで言われる現代の危機が、「かつての時代の高貴なる幻視者」のような芸術がもはや無効になっていることと関係があることは確かだろう。ボードレールは自然を秩序立てるもの、そこに密かな照応を見出すものとして想像力を捉えていた。想像力は、可視的世界の「映像や記号に位置と相対的価値を与え」、また、人間のあらゆる官能を率いて世界を再構成することで、世界の一体性と魂の一体性を同時に保障するのである。しかし、マラルメにとってもはや、物質界を超越する秩序などというものは存在しない。その秩序の代わりに現れるのは、ただ在るだけの自然である。この自然は自分自身以外のもの――神などの超越性や、上位の精神的秩序、あるいは永遠不滅の魂、等々――を指示するために存在しているのではない。自然は、ただそこに在るという圧倒的な力で、あらゆる照応を滅し去るだろう。

マラルメはこの、「在るものしかない」という事態が人類にとっての危機だという。自然が人間の特権を否定し、人間を「在るもの」に帰して己のうちに溶け込ませてしまう事態。そうであればマラルメは、印象派とともに自然が赤裸な姿で顕現することを楽観的に言祝いでいるように見えて、ボードレールが風景画の前で感じていた不安を感じていないわけではないはずだ。

我々が風景と呼ぶ木々や山々、河沼や家々のあれらの結合体が美しいのは、それ自体によるものではなく、私という自我によるものであり、私自身の天分に、私がその風景に結びつける理念と感情によるものである。このことからすでに明らかだと思うのだが、植物や鉱物の物質的結合によって何らかの感情を翻訳できない風景画家は、およそ芸術家ではない。もちろん私は知っている、人間の想像力がある奇妙な苦心を行うことで、一時的に人間のいない自然を――直喩や隠喩、寓喩を引き出すために必要となる観察者を欠いた、空間に広がる示唆的な物質の塊の全体を――思い描き得るということを。たしかに、このような秩序と調和も、摂理によってそこに置き留められた美質――霊感を吹き込む力――を保持しないではない。しかしその場合、吹き込もうとする霊感を受け入れる知性を欠いているため、この美質はあたかも存在しないかのごとくになってしまうだろう。自然を表現したいと望む芸術家たちは、その自然が吹き込む感情を減算することによって、彼らのうちに存在する人間、思考し感覚する人間を殺すという奇妙な操作に従事することになる。そして不幸なことだが、ほんとうに、彼らのほとんどの者にとって、この操作はまったくおかしなものとも、つらいものとも感じられないのだ。[42]

ボードレールの『一八五九年のサロン』第七章、「風景画」の冒頭である。[43] それにしても、自然をあるがままに現したいという欲求を前にしてのボードレールの狼狽ぶりは、傍目には滑稽なほどである。人間がいなければ自然の美は存在しえないが、そのような奇妙な世界を構想し得るとすればそれもまた人間の想像力の賜物である、というような回りくどい論理を駆使して彼が必死に守ろうとするのは、人間と、その人間を人間たらしめている理性と芸術の尊厳である。ボードレールは、自然を転写する芸術家は自らのうちにいる人間を「殺す」のだ、という苛烈な糾弾に、ほとんど誇張など込めたつもりはなかっただろう。

実際、マラルメが印象派の絵画に見出している「危機」は、この「殺人」と同じ事態に違いない。もっとも、マラルメは言うだろう――印象派の画家が人間を殺しているのではない、人間はもうほとんど死んでいたのだ、と。たしかにボードレールが狼狽し、怒っているのは、だれも何も言わぬうちに平然と人間が抹消されていた、ということに、事後的に気付いたからに違いない。しかしだからと言って見殺しにしていいというものでもない。現代が殺戮の時代であることは否定しえない、しかし、そうであればこそ悲しみ、喪に服せ、というのがボードレールの憤激だろう。事実、印象派は自然のために人間を抹消するというこの「奇妙な操作」から苦痛よりも逸楽を引き出すのだから、ボードレールからすればその罪は重い、ということにもなる。ただ、マラルメが、ここでおそらく初めて「危機」の語を用いて表現する認識は、自然との悦ぶべき交流というようなお気楽なものではない。存在の持続よりも消滅へと結びつけられているこの逸楽が、不安定な事態がはらむある種の恐れと無関係でないことに、マラルメはもう気づいているはずだ――死と危機の意味が、愛息アナトールの死を経て彼に切実に迫ってくるのはまだ少し先のことであるにしても。

群衆の到来

自然への盲愛は現代の病である、とボードレールは言う。それではなぜ現代に自然と人間はかくも馴れ親しむようになったのか――そう問返せば彼は愚問と言って笑い、ただ「原罪」とのみ答えるだろう。ボードレールにとってそれは人間の「自然な」凋落の結果でしかない。一方マラルメは、原理的な衰退のせいにして議論を打ち切るのではなく、それが産業・政治・芸術の分野で並行的に起こっている大変化の一現象であるという見方を示す。自然を愛し、自然に嘉されるのは「自らの時代の感情と直接に交感《コミユニオン》している」者たちに他ならないのだ。そして、この全体的な革新の鍵を握っているのが、自然と同時に到来した群衆である。

マラルメは言う――群衆とは、「自らの目をもって見ることを要求する」者たちであり、非個人的な新しい人間である、と。彼らは、政治的には「普通選挙の強力な多数者を構成する無名の単位」であり、芸術においては手と目という自己の内なる自然のうちに個人性を喪失する芸術家である。

このような時代における芸術は、想像力によって壮大な冒険を体験させることも、豊かな変奏によってこの世ならぬ幻視を見せることもできない。しかし、その代償として、真実と簡明さを受け取るものである。であればこそ芸術は、唯一無二の自然を写し続ける必要があるのだ――「現代の芸術家に特有なものである真実の探求――それによって彼らは自然を見、その自然を正確で純粋な目に現れるとおりに再創造する能力を得るのである〔……〕」(II, 456)。こうして必然的に芸術は、独自性を破棄することになる。それは単に、透明な鏡たる印象派の絵画が、そこに映る自然に対してオリジナリティを持たないというだけのことではない。この時代の画家はみな、透明な鏡であろうという試みにおいて、等価になるのだ。マラルメが、印象派の画家たちの作品はみな似ている、と指摘するとき、これは非難しているのではない。それは、「各人が個人性を抑えこんで、自然を益しようと努めたため」(II, 461)なのである。こうして印象派は、「あらゆる個人的干渉の欠如」と「特殊性の破棄」(II, 460)を特徴とするに至った。芸術家は今や、古い時代から切り離され、多くの同類とともに同時代に全身を投入し、「在るもの」たる自然と同化するのだ。

厳密な意味では印象派の枠内には入らないマネの場合にも、事情は同じである。たしかにマネは、いわゆる印象派よりも広い画題を扱うのであり、また、絵画的伝統との関係においても独自の作家とせねばならない――マラルメもそのことにはある程度配慮していて、それがゆえに自らの評論に「印象派とエドワール・マネ」という両義的な題名をつけたものだろう。ただし、マネという画家の特徴は、過去の芸術家の功績に極めてよく通じていながら、あたかも知らないかのように振る舞うこと、そしてまったく新しい光の効果――単純化の効果――を、自身の内的意識から引き出すことだ、とマラルメは説明する。――「以上が、独自性というものを二重に否認する画家、自身の人格を自然それ自体のうちに、あるいはそれまで自然のもつ魅力を知らずにきた群衆のまなざしのうちに消失させせんとする画家の、至上の独自性なのである」(II, 459)。マネの独自性はまさに、独自性が成立しえない現代という時代の芸術を、「在るもの」への没入を通していち早く体現したという点にあるのだ。この点においてボードレールとマラルメの対立は極めて明確である。ボードレールは「美はつねに奇妙である」と断言し、そしてこんな皮肉を言ってみせた――「この命題をひっくり返し、試しに凡庸なる美というものを思い描いてみるがよい！」[44] ところが、マラルメと(マラルメが理解する限りにおいての)印象派は、この皮肉をまじめに受け取ることのみが彼らに許される唯一の道だと見定める。そして、ボードレールが「凡庸な美」として一笑に附したものを実現するための、特異な努力を重ねるのである。

付言すれば、自己の内の自然に従うという方法の意義が、ボードレールの頭をまったくかすめなかったということはない。先述した『一八五九年のサロン』、自然を転写する芸術家たちを批判する文脈において、彼らに対する「哲学的」な反論には、次のように書かれているのだから。

> この奇妙かつ低劣な譫言を私が理解しえた範囲で言うならば、この理論は以下のように述べている、いや、私はあえてこの理論が以下のように述べているのだと信じてやることにしよう――芸術家、つまり真の芸術家、そして真の詩人は、彼が見て感じるところに従ってのみ描かなければいけない、と。彼は現実に、自身の自然に忠実でなければならないのだ。彼は死を忌むがごとく、ほかの人間の――それがどんなに偉大な人間であったとしても――目と心を借りることを避けねばならない。なぜならそのようなことをしてしまえば、彼が我々に与える創造物は、彼に関して言うならば、嘘偽りであり、現実ではなくなってしまうからである。(45)

「自身の自然に忠実であれ」という原則は、マラルメ＝マネの言うところとほぼ重なる――ただしマネもマラルメも、ここで言われるような、知覚する自己の特異性さえ捨て去って惜しまないだろうが。しかしいずれにせよ、ボードレールは、このような意味の自然――内的自然――を真面目に議論し、それに対して反論を用意したりはしない。自然の転写というのはいずれ「無能力と怠惰に迎合する理論」にすぎないのだ。ボードレールはさんざん脈絡を錯綜させた挙句、内的自然などという解釈は単なる買いかぶりだとでも言うように、議論を切り上げる――「彼らの言いたいところは次のようなものだと、単純に考えることにしよう――私たちには想像力がないのだ、そして、想像力などだれも持っていない、ということを私たちは宣告するものである」。もちろん、ボードレールが内的自然を一顧だにしないことの理由は容易に想像がつく――原罪に犯されているという点で、内的自然も外的自然も択ぶところはない。自己の自然に従うなどということは、まさに堕落、自堕落ということに他ならないではないか、と彼は言うだろう。

マラルメは、自然が正しいかどうかを問わない。自然とはともかくも、そこに在るものである。これは時代に対してマラルメが取るに至った態度にも通じる。人類は退廃の道を進んでいるのかもしれない。少なくとも我々が現在危機に直面しているのは確かである。かつての人間は滅び、新しい人間が群衆の姿で現れ出ようとしている。しかしそれが正しいか正しくないかというような判断は、芸術家個人のなし得ることではもはやない――芸術家も群衆の一員としてしか生き残れないのだから。彼は政治的に「普通選挙の強力な多数者を構成する無名の単位」にすぎない。芸術においてさえ彼は天才ではなく「労働者」なのである。そしてこれらすべてを受け入れ、あらゆる特権性を打ち捨てた上で、マラルメが得ようとする唯一の代償が、公衆との交感《コミユニオン》なのだ。「群衆には何も隠しおおせない、すべては群衆に発するのだから」――一八七四年のマネ論のこの簡略な表現の意味は、「印象派とエドワール・マネ」に至って十全に開示される。群衆は単に自分の姿を描くようにと要求するのではない。群衆は自らの姿を「自らの目で見ることを要求する」。あるいは、やはり一八七四年の『最新モード』に描かれていたウォルトの「青＝夢のドレス」に関する記述を思い出してもよい。マラルメはこの服装を、「わたくしたちが皆、そうとは知らずに夢見ていた」ドレスだと言っていた。現代的創造とは、己の美を知らず知らずのうちに思い描く公衆にその姿を明かすことに他ならない。芸術家がなすべきことは、己を見たいという公衆の欲求に応えることである。すなわち彼は、自分自身を公衆の目となしつつ、その目を開いてゆかねばならない。

遠からぬ日に、彼〔マネ〕が十分に長く描き続け、公衆の――いまだ因習によって覆われている――目を教化し続けるならば、そして公衆が民衆の真の美、現実の彼らの健康で頑健な美を見ることに同意するならば、ブルジョワジーのうちに存在する魅力はそのとき認められ、芸術のよきモデルと考えられるようになるだろう。そうすれば、平和の時が来るのだ。現在は、いまだ苦闘の時である。自然の中に存在し、自然にとってみれば永遠であるところの真実――しかしながら大衆にとってみればいまだ新たなものである真実――を表現するための苦闘である。(II, 451)

マラルメの表現は複雑だが、「自然の中に存在する真実」とは「民衆の真の美」「ブルジョワジーのうちに存在する魅力」とされるのだから、ここで結局自然とは、芸術によって描かれる民衆のことであり、また同時に、その芸術を評価する公衆のことでもあると考えて間違いないだろう。そのように差異が消失してのっぺりとした世界が現代であるというのは不気味な宣告である。しかし、芸術家はそれを受け入れなければいけない、受け入れさえすれば、彼は無自覚な自然に対して自身の美を明かす役割を担うことができるだろう、とマラルメは宣言する。ボードレールは、美を感じる人間を欠いては自然の美は成立しないと考えた。マラルメは、人間が融解し果てたそのとき、自然は自らの美に目を開くと考える。無が有を美しくする――この言明の究極的な意味とは、自然と人間が同化した世界の、世界自身に対する目覚めなのである。

言うまでもなく、ボードレールがサロン評で掲げる大きな目的も、公衆の教化にあった。『一八四五年のサロン』の前書き、あるいは、『一八四六年のサロン』の「ブルジョワに」と題された序文はそのまとまった表現になっている。現代における芸術ということを考える際、避けがたく現れるのは、時代を構成し、同時に芸術の受容者となるべき公衆の問題なのだ。この古くからの課題に、一八七六年のマラルメは印象派とともに一つの答えを出したと言っていいだろう。

しかし、この公衆教化の苦闘を通じて、変化せざるをえなかったのはむしろ芸術家の方ではなかったか。天才の地位を放棄し、公衆のうちに溶け込んだ芸術家は、結局のところ、公衆によって教化されたと言ってもいいはずである。たとえばボードレールは、そのような不名誉に決して耐えられなかっただろう。手と目を自然に任せよ、人間を自然に委ねよという勧告をボードレールが聞いたら激昂して、「そんなものは写真にくれてやれ！」と叫んだに違いない。彼にとって実に写真術こそは、芸術家と公衆が愚かさを競う時代において、芸術が屈服した結果の産物であった。[46] ボードレールは写真を崇拝する現代人の論理とは次のようなものであるという――「私は自然を信じ、自然のみを信じる〔……〕。芸術とは自然の正確な再現であり、それ以外のものではあり得ないと信じる〔……〕。したがって、自然と同じ結果をもたらす産業があるとすれば、それは絶対的芸術となるだろう。〔……〕芸術とはすなわち写真術である！[47]」もちろんマラルメにしても印象派にしても、写真術を絶対的芸術と認めるわけにはいかないだろう。ただし、現代における芸術が同時代の政治や産業と分かち難いことを認識するマラルメにとって、ロマン主義が天才と呼ぶようなそれぞれの作家の独自性は、もはや守るべき最後の砦とは映らない。パリに出てきた直後、ロンドン万博の報告記事において芸術と産業の協同を賛美し、複製芸術の到来を祝福したときとまったく同じ直観に基づいて、彼はマネと印象派を顕揚しているのである。

印象派の絵画に看取された危機は、この後のマラルメの進路を決定した。たとえば、「風景に散乱した何者か」としての詩人（「衝突」II, 106）、あるいは、水辺を散策するうちに「散乱する純潔」に化してゆく女性（「白い睡蓮」II, 101）など、自然の只中に主体が拡散してゆくという光景は、マラルメの作品の主要な動機《モチーフ》になってゆくだろう。しかし当面は、その危機の認識もかなり楽観的である――マラルメはまだ直接に政治的であり、芸術は、自然との関係のもとに人間を置き直す力を期待されている。ここから、たとえば一八九五年の、次のような歎声までの距離は遠い。

世界で初めて〔……〕〈現在〉がないのだ、そう――現在は存在しない……〈群衆〉が声を上げないために。足らないのだ……なにもかもが。（II, 217）

公衆不在の時代――いや、それはもはや時代でさえない、そこに欠けているのはまさに〈現在〉なのだから……。マラルメが「空位期」と呼ぶこの決定的な認識をもたらしたものは何であったか――終わりの見えない不遇、息子アナトールの死、ユゴーの死とロマン主義の決定的終焉、ヴィリエ＝ド＝リラダンの死、等々、さまざまに推測されるその要因は、しかし別の枠組みにおいて探求される必要があるだろう。本章は以下のことを確認して結論としたい――一八七〇年代、長い地方暮らしからようやく抜け出したマラルメの達成とは、ともかくも芸術が描くべき民衆と芸術家の生きる時代を見出したことであった。そして彼はまだ、自らの声を聞くべき公衆が、現在の時に埋もれて眠っているものと信じている。

III

第六章　マラルメの一八七一年——中期韻文作品分析のための序説

マラルメはパリで「現代性」の問題を引き継ぎ、消化してゆく。そのやり方は、しかし極めて緩やかなものであった。彼は、ボードレールが「現代性」の中核に見ていた理想と現実の緊張関係を引き受けない。ボードレールが死に、第二帝政も滅びたパリにやってきた彼はあたかも、生き残った自分の都合に合わせて解釈し得る観念として「現代性」を利用しているようにさえ見える。しかし、それが時代の深い矛盾に目を閉ざし、表層の変転つまり現象たるモードをひたすら享楽するため、あるいは享楽したそのゆえであった、と見るのは的外れとは言わないまでも不十分だろう。

まず勘案するべきは、マラルメの「現代性」が内在的かつ持続的な経験であった、ということである。ボードレールは懐古的な精神であり現代の批判的観察者である。もちろん、単に客観的だということではない。彼は現代の退嬰を誰よりも重くその身に負ったうえでそれを断罪する。自らの落ち込んでゆく奈落を凝視し、それを明敏に見分けながらも、進んでそこに身を投じようという衝動——これはたとえば前章まで読んだ美術評論の、比較的冷静な筆致の下にも容易に透けて見えるだろう。このような強度を備えた経験において、現代とはさまざまな矛盾が切り結ぶ一瞬の閃きとして顕れる。ボードレール的精神は、自らがその矛盾によって引き裂かれることを代償として、時代の全体的把握を果たそうとするだろう。

それに対しマラルメの経験の特質は、彼が約四半世紀のあいだ、現代という時代、そしてその時代そのものであるところの公衆とつき合い続けたという、その持続性と柔軟性にある。マラルメは世の人々と同じようにするのを原理的に拒んだり、皆を頭ごなしに批判したりはしない。

そのもっともわかりやすい例が、都市と自然という双極的布置への順応である。一八七一年、パリに住み始めたマラルメは、徐々に新しい生活を整えてゆく。初めはモスクワ通り二九番地、ついで一八七五年にはローマ通り八七番地に引っ越すのだが、これはいずれも第二帝政によってサン＝ラザール駅裏手に整備されたヨーロッパ地区――通りにつけられた欧州基幹都市の名も賑々しい万国博の時代にふさわしい街区である。さらにマラルメは、一八七四年、セーヌ河畔のヴァルヴァンに借り物ではあるが別荘を持つ。このフォンテーヌブローの村とパリを鉄道で行き来するライフ・スタイルに、彼は死ぬまで愛着しつづけるだろう。マラルメは単に、当時の習俗に従っただけとも言えるが、ただ特異なのは、彼が特有の義務感をもってそれを行い、さらにはその習俗の意味を文学において執拗に探り続けた点である。そして、「自らの時代の感情と直接に交感する者」（II, 468）たろうというマラルメのこの意志は、国民統合を押し進めてゆく第三共和制という時代の始まりとも軌を一にしていた。

マラルメが時代の一員たり続けたのは、ボードレールとはまったく異なるその社会的立場ゆえである。若いうちに子をなしたこと、家庭の維持のために安定的収入を求めたこと、そしてそのために、英語教師として生きた（あるいは生きざるをえなかった）こと――これらすべては、マラルメの文業に強く作用したはずだ。むろん見方によっては、そのような社会的立場に安住したことも、マラルメという人間の根本的な性質の反映に過ぎない。少なくとも、彼の微温性はその生活と文学を共に規定した、そう考える方が、単に生活が文学の足枷となったなどと断定するよりよほど真実らしい。そうだとすれば、パリに出てからのマラルメの活動がジャーナリスティックな傾きを持ったり、教科書執筆であったりしたことは、その迎合的——とあえて言おう——精神の自然な発露とするべきだろう。詩人が後世に残した作品群の難解さを知るわれわれには、それがどんなに馬鹿げたことのように思われようとも、自分の書くものによって金銭的報酬を得よう、あわよくばそれで生計を立てようと企てたことは、マラルメの文学形成における重要な一段階であった。

もちろんマラルメは、首都で世俗的成功を果たすためにかつての芸術的理想を無造作にうち遣ったわけではない。実際のところ彼は転向を果たしうる器用さなど持ち合わせていなかったのだし、そもそも、そんな極端な解決法をとらないことこそ、彼の精神の、ときに不可解なまでの温和さの証でもあったのだから。しかし、パリに出て以降のマラルメの活力が、地方において追求していた自らの文学的理想の外側へ数々の試みを差し伸べることに費やされたことは間違いない。そして、それらが散文によってなされたことは、六〇年代のマラルメが精神力のほぼすべてを韻文制作に注ぎ込んでいたことと明確な対照をなすだろう。

一八七一年から一八七九年にかけて、マラルメの文学は独特の闊達さを示す。すでにマネとの交流を描いた際にも見た通り、地方での鬱屈した生活から解放され、さまざまな人間関係を築いた明るい時期であった。このときマラルメが散文を選びとったのは、まずは彼の側から時代へと歩み寄るためではなかったか。一八四二年生まれの彼にとって、二十九歳から三十七歳まで、いわゆる分別盛りに違いない。マラルメは、かつての不毛・不産を脱して、多弁な散文家として多くの文章を残す。雑誌『最新モード』を主宰し、その全記事を執筆した様子はすでに見てきた。マネと印象派に関する二つの美術評論もまた、同時代芸術の射程を社会的文脈において明らかにした力作である。それだけではない。たとえば、『文芸共和国』誌の創刊に一定の役割を果たしたことにも表れるように、マラルメは文学サークル内で一定の地位を占めようと、実務的あるいは社交的活動にも勤しんでいたはずで、残された書簡からもその足跡は辿ることができる。

これら、あらゆる意味でパリという場に結びつく営為を総括して、川瀬武夫は「祝祭都市パリに対して、『完璧な遊歩者』たるマラルメが捧げる熱烈なオマージュ」と形容している。

この手ばなしの称揚は、六〇年代後半の〈虚無〉の淵からようやくにして無事生還できたことの歓びの表われであるとともに、そうしためざましい回復を可能にしてくれたパリという街そのものへの感謝の歌でもあったろう。もし、文学者としてのマラルメの生涯に純粋な幸福の時期と呼べるものがあったとすれば、このとき以外にないと思われるほど、それは詩人とパリとの濃密きわまりない蜜月時代なのだった。[1]

後代から見れば、この「文学者としてのマラルメの幸福」は、そのあとに突然訪れる不幸との対照において一層輝きを増すことになる。突然の不幸とは言うまでもなく、一八七九年十月の、息子アナトールの死である。その後マラルメは、ほぼ三年の間、何らの著作活動も行い得ないだろう。[2]

振り返れば、マラルメがパリに到着した一八七一年は、息子アナトールの誕生の年であった。すなわち、彼がパリという舞台において時代と交流した幸福な時期――これを慣例に従って「マラルメ中期」と呼ぶことにしよう――はまた、アナトールが生きていた時期とぴったり重なる。この時期、マラルメは文学者としての幸福だけでなく、家庭の幸福もまた十全に享受したのではなかったか。彼自身がそれに気づくのは決定的な喪失の後、すなわち、亡き子を悼むための作品を書こうとして、「完全な家族」

（I, 904）を巡る悲劇的な夢想を書き付けるときであったにしても。

マラルメ中期とは、したがって、一方では散文への展開によって、他方では生活の充実によって特徴づけられる画期ということになる。もちろんマラルメは、生と文学を叙情性において一体化させる一昔前のロマン主義詩人のようなことは成し得なかった。ここにこそ彼の文学者として、また生活者としての幸福と不幸がある。二人の子に恵まれたという家庭的幸福や首都の生活環境と、旺盛な散文産出との関係は慎重に見極めるべきだろう。とはいえ、マラルメ自身が理解していたように、生と文学の完全な分離など虚妄にすぎない――彼は事あるごとに、彼が永遠の相に置こうとする文学が、偶然的生によって脅かされるさまを描き続けた。だとすれば、つねに危機を語る詩人が、危機に倒れずに時代と交わり続け、思うがままに文学活動の領域を展げ延べたということに、歴史の恩恵を見ることもできるのではないか。マラルメ自身が意識しないうちに、偶然はまた文学を養っていた――そう考えることは当然可能なのだ。マラルメ中期とは、移りゆく「時代」と詩人との密接な交流が可能となった、幸福な一季節であったと言っていいだろう。

しかしここで、ある重要な疑問――ある疑念にも似た疑問――が浮かび上がらないだろうか。つまり、幸福を享受したこの画期において、詩人マラルメの本領における成果はいかなるものだったか。モード記事や美術時評、英語教材などの散文を手がけていたこの時期、はたして彼は、固有の詩の分野において、時代と向き合うことができたのか、否か。本章以下、数章を使って考えたいのはまさにこの問題である。現代という時代に目を開いてゆくこの七〇年代にあって、マラルメの韻文作品はどのような特性を示すのか。また、後の詩業を視野に収めたとき、これらの作品でのマラルメの詩的経験はいかなる射程を持つことになるのだろうか。

一、マラルメの「中期」

マラルメ中期の詩的成果

すでに簡単に述べた通り、マラルメが抱いていたであろう生活と芸術の充実感は、彼を直ちに詩作へ向かわせることはなかった。絵画や服飾など、広い意味での造形に関する分野で時代の理解を深めていったこの時期、マラルメが発表した詩は驚くほど少ない。散文詩(たとえば「中断された見世物」(一八七五))はとりあえず脇に措き、韻文に限ろう。すると、新作としてはわずかに、共作詩集『テオフィル・ゴーチエの墓』に寄せた「弔いの乾杯」(一八七三)と、エドガー・ポーの記念文集に掲載した「エドガー・ポーの墓」(一八七六)の二篇を数えるのみである。他にあらゆる種類の著作を試みているのに、肝心の詩の分野では十年に新作二篇、計七十行というのは、「詩人」を自称する文学者の成果としてはまったく頼りない。

もちろん、これだけを取り上げて、マラルメが詩を捨てたとか、詩への興味を失ったなどと言うこともできない。事実、この時代、マラルメが手がけた韻文はこれら発表された二作品に限られないのである。しかし、そのことを詳しく見るのは続く章に回そう。ここではまず、いずれにせよ主要な成果であることは確かなこの二作、「エドガー・ポーの墓」と「弔いの乾杯」に共通する特徴を、すぐに目につくところから確認しておきたい。

一つ目の共通点は、それらがともに詩人の死を扱っていることである。これは当時のマラルメの関心の所在を——すくなくとも潜在的な関心の所在を——示しているはずだ。この時期のマラルメは文筆の徒として、それまでになかった充実を享受した。しかし、その幸福の底流に横たわっていたものは、執拗な死の影ではなかったか。また、その影が表層に現れる際に、韻文の形式をとるということにも注目しておきたい。幼くして母と妹を喪い、すでに父も亡くしたステファヌ・マラルメの精神は、明るい凪の最中にも死を忘れていない、あたかも、いずれ来る破局——愛息の夭折——を予期するがごとく。もちろん、「死を思え《メメント・モリ》」は中世以来の文学的主題である。マラルメが死を主題とした詩を書いたとしても、そこに特筆するべき独自性はないし、ましてや、何ら予見の能力を証明するものではないだろう。死はいずれ、すべてを破壊しにやってくる。そして、一番遅く生まれた者が一番早く死に迎えられるという悲痛なアイロニーに関して言えば、その密かな接近を彼は疑いもしなかった。(3)

その一方で、これら二篇が単にマラルメの個人的な関心に従って書かれたものではないということにも注意しよう。これこそまさに、二つ目に数えるべき特徴である。すなわち、「弔いの乾杯」も「エドガー・ポーの墓」も、マラルメが自発的に発表したものではない。それらはゴーチエやポーを記念する詩集・文集に発表された作品であり、請われて書いた作品である。しかも、すでに死んでいたポーはともかく、ゴーチエの死が作詩の機会を与えたことは、マラルメの文学的成熟にとっては突然の、まったく外的な偶然であった。

つまるところ、死を記念する詩はつねに機会詩であるに違いない。死がやがてやってくることは確かだとしても、本質的な問題はそれがいつやってくるのかということなのであり、さらに重要なのは、その問題すなわちそれがいつなのかということは本質的に不可知だということなのだから。もちろん、記念の文集に参加したことにはマラルメのイニシアチヴを見てもよい。しかしそれは、新世代の詩人たろうと自ら志願して『現代高踏派』に寄稿した初期の抒情詩とも、世に出るために発表しようとした劇作『エロディアード』や『牧神』とも、異なる条件をマラルメの詩作に課すものであった。

あえて産業的な比喩を用いよう。機会を与えられて書く詩の場合、受注から納品までの時間は限られる。例えば遠隔の地で夢見られた『エロディアード』のように、完成するかどうかわからない作品の改稿作業を延々と繰り返しているわけにはいかなかったはずだ。そしてそのような条件下で、マラルメの反応は実に素早い。「弔いの乾杯」であれば、ゴーチエの死が一八七二年十月二十三日、その一週間後、十一月一日には参加の要請に従ってさっそく自らの分担する部分の素案を考え、その中核となるべき十二音綴詩句《アレクサンドラン》一行（« Le don mystérieux de voir avec les yeux »「目をもって見るという神秘的才能」）を添えて、ゴーチエの娘婿カチュール・マンデスに提案している（I, 766）。結局、この詩行は完成原稿に現れないのだが、それでもマラルメは、マンデスに披露した計画（「この世界に位置し、それを見るという、ふつう為されないことを為した〈見者〉を歌う」）を逸れることなく、そのまま五十六行という、彼にしてはかなり長い部類の詩を展開することになる。実に、滅多に韻文をものしないマラルメは、注文を受けさえすれば、巧みにまた迅速にそれを書き得るのだった。

ここで少し先走って言うならば、右の二つの特徴は、マラルメ中期の詩作において死が現れる際、二つの大きな逆向きの方向性としてつねに現れることになるだろう。

第一の方向性は、死を個人性の極に見るものである。初期詩篇から「イジチュール」の試みに至るまで、ほとんど自死の観念に取り憑かれたかのようであったマラルメにとって、そもそも自己とは絶対的な死と一対一で向き合う姿で具体化するものであったはずだ。死は、他のだれのものでもない私の死であるという点において、優れて個人的なものとして出来する。あるいは、それが他者の死であったとしても、死というテーマは、人間の個人性を際立たせるものとなるだろう。マラルメはポーなりゴーチエなりという個人の、特有の詩才を記念する――ある生がついえるとき、その輪郭が決まる。それが永遠においていかなる地位を得るのか、はっきりと示そうというのである。

その一方で、詩人を記念する営為が複数者の共同文集という形をとることによってすでに象徴されるように、死者は社会的なものとしてしか存在しない。ある有限の生が永遠のうちに地位を得るという死のドラマは必ず、その人間が生きた時代との関係において演じられるのである。このとき、死者を記念する営みとは、この〈世紀〉を生き、そこから去った者の姿を再び〈世紀〉の目の前に差し出す試みに他ならないだろう。

「エドガー・ポーの墓」

マラルメがポーに献じるソネは、もちろん、そのような死の二つの射程——その個別性と集団性——を総合して表現する「墓」の典型である。

エドガー・ポーの墓によせて

永遠によってついに己自身へと変えられて、
〈詩人〉は裸形の賛歌をもって呼び、現す、
彼の生きた世紀を。世紀は恐れおののく、
かの奇妙な声が死の高揚を告げていたことになぜ気付かなかったか、と。

しかし、かつて種族の言葉にいっそう純粋な意味を
天使が与えるのを聞いた卑しい水蛇《ヒドラ》の吃驚のように、
みなは内々に思ったのだった、それはなにか黒い混ざりものの

不名誉な海に飲み、吸い上げられた魔術の言葉であると。

土と雲との、おお、相互の諍いである！
我々の理念はしかしこの諍いをもってレリーフを彫り
それで輝かしくポーの墓を飾ることを、しない。

されば、昏き災いの空からここへと堕ち来って黒々しい
この御影石の塊が、せめてここに、未来に散らばる〈悪罵〉の
年老《ふ》る飛翔を押しとどめ、その限界を示さんことを。

(I, 128)

『エドガー・ポー記念文集』（一八七六年十二月バルティモアで刊行）に発表されたマラルメのソネを初出の形で訳出した。解釈については、すでに別のところで長々と述べたことがあるので、繰り返すことは控えよう。[4] しかし、ポーという個人を記念し顕揚しようという詩のヴィジョンの中心をなすのが、「土と雲との相互の諍い」すなわち詩人と、その作品に対して理解を示さない「彼の世紀」とのある種敵対的な関わりであることはここで改めて指摘しておきたい。このソネが書かれたのはちょうど、エドワール・マネとの交流の時期なのである。

群衆と芸術家との関係は、前章で見たとおり、マラルメがその美術評論において中心的な問題に据えたものである。マネのサロン展落選を機会として書かれた「一八七四年の絵画審査委員とマネ氏」の政治的要求は、芸術家と公衆との直接的接触であった。芸術を生み出す精神は「群衆と個人の直観に関わる」ものであり、作品の価値を判断するのは「主人（le maître）」たる公衆であるべきだ、というのがそ

の主張である(II, 414)。さらに一八七六年九月、すなわちこの「ポーの墓」が発表される二カ月前にマラルメは、「印象派とエドワール・マネ」を発表している。すでに詳しく論じたことの繰り返しになるが、マネに教化された公衆は「現実の彼らの健康で頑強な美」を見るだろう、とマラルメは言う(II, 451)。

もちろん、展覧会によって評判を問う画家と、詩のことばによって〈世紀〉と対峙する詩人との間の類推《アナロジー》には限界がある。端的に言って、詩人と世人の関係に欠けているのは「自然」である。マラルメにとって、画家がその目で見て、その手で描くことは、自らの主体性を超越した「自然」を発現させることであり、大衆との交流はその「自然」を共有することによって保障されていた。現代の芸術家が取り組んでいるのは、「自然の中に存在し、自然にとってみれば永遠であるところの真実――しかしながら大衆にとってみればいまだ新たなものである真実――を表現するための苦闘」とされる(II, 451)。しかし、画家マネが「自然」と呼んで全幅の信頼を寄せ得たものに、詩人は依拠することができない。理由は単純である。詩人は身体をもってその業を行うのではないからである。詩とは――すくなくとも第一義的には――精神の業である。

自然の代わりに、詩人と世人を結ぶ媒体となるのは、言うまでもなく言語、ソネにおいて「種族の言葉」と呼ばれているものである。しかし詩人は、言語が自然と同様に彼と群衆の共有物であると言い、それを率直に喜ぶことができるだろうか。この点に関して、中期のマラルメはまだ態度を決めかねているようだ。さすがにマラルメは、二十歳のころの単純なエリート主義に止まってはいない。かつて、学校教育で詩を教えるという方針に反発した彼は、「芸術的異端――万人のための芸術」という記事を書いた。一八六二年のことである。そこで彼は、凡人に理解されない符号で記される音楽とは異なり、詩が誰にでも理解されることばで記されることを悲嘆してみせている。一方、一八七六年、「エドガー・

ポーの墓」のマラルメは、詩人の言葉が最終的には、少数のエリートではなく、自らの世紀、自らの種族に示されるべきものだ、ということをすでに理解している。

しかしそうであるにしても、詩人の卓越性がその言葉の卓越性を根拠とするならば、それが他の者たちの言語とまったく同じでは都合が悪いのではないか。実際、「エドガー・ポーの墓」でマラルメは、言語は種族に共通のものであるとしながら、その「意味」は異なるのだ、という見解を示す。かつての「天使」と同様、詩人はふつうの――つまり普《あまね》く通ずる――言語に「より純粋な意味」を与えるのだが、それは世人には理解されない。「不純な魔術」として聞かれてしまう詩人の「奇妙な声」の意味するところが明らかになるには、世が終末に至り、「裸形の賛歌」がそれを白日のもとに晒すときを待たなくてはならない。

しかし、言葉の外形と内実を分けて考える詩人の論法に説得力はない。世人は言うだろう、言葉はその意味するところを意味するのであり、それ以外のことは意味しない、と。言葉の意味はおまえではなく、それを聞く我々が決めるのだ、と言われてしまえば詩人にとっての反論は難しい。マラルメが詩の後半に至って、「裸形の賛歌」による意味の開示というヴィジョンをポーの墓碑に彫るのは止そう、などと言うのは、その説得力のなさに気づいているからではないか。実際のところ、喧しい嘲弄の声に絶対的抵抗を示しうるものがあるとすれば、それは沈黙でしかない。だからこそマラルメは、世人の侵入を阻む結界たる黒い墓石を、詩的沈黙の象徴としてソネの終わりに置くのである。

個人と歴史

しかし、沈黙する限り詩は成されず、「純粋な意味」など生まれようもない。歌うことなく墓に入る者を、はたして詩人と呼び得るだろうか。ここで詩人は二重の危機にさらされる。彼のことばは、一方

図13　エドワール・マネ『内戦』。リトグラフ

では群衆のことばに紛れ、かき消される危険を孕み、他方では、いつ来るかわからない死の脅威のもとに置かれるのである。逆に言えば、詩人にとっての課題は次のように定式化されることになるだろう――現世の雑音と交わりつつ、限られた時のうちに純粋な音調を響かせることが、どうしたら可能だろうか。

まさにマラルメ中期とは、この、彼が自身の生を賭けて取り組むべき課題が明らかになる時期である。一八七六年の「エドガー・ポーの墓」は、そのようなマラルメの認識的転回が完遂され、安定した表現を得た地点と見なすことができるだろう。そしてこの到達点から眺めるならば、一八七一年、マラルメとパリが邂逅した年こそは、決定的な転轍点として現れてくるはずである。

この一八七一年という年に注目するとき、問題となるのは、当然、パリ・コミューンである。実に、マラルメが出会った「時代」とは、死者たちを意識深くに葬った「内戦」――マネの有名なリトグラフ（図13）のタイトルである――であった。死と群衆という、詩人が身を置く二重の危機に、この時代背景が何らかの仕方で反映しているのではないか――これはすくなくともごく自然な推測であろう。

そこで、中期マラルメの韻文を検討しようという目標からは既に逸れることになるのだが、本章の残り、後半部分は、マラルメと時代との出会いに立ち戻って、それを慎重に跡付けることに振り向けたい。

もちろん、マラルメの進路変更の主な原因を、一八七一年という時代のみに負わせるのでは単純すぎる。マラルメが、詩人にとっての危機の二重性をコミューンとともに一挙に発見した、などと言うのも誇張にすぎるだろう。彼はパリでの営みを通して、徐々に群衆を知り、〈世紀〉と〈死〉を両極とする磁場へと呼び込まれていったはずだ。しかしその一方で、中期の韻文創作に忽然と立ち戻ってくる死の姿には、どこか、一八七一年という時代の影が落ちていないだろうか。実際、マラルメの出会った時代を問うことは、第三共和制の日常によって速やかに抑圧されてしまった死者たちを掘り起こすことなしには完遂されないはずだ。そしてそれは同時に、中期マラルメの詩作の射程を考えるためにも、重要な準備作業を形成するだろう。

もちろんこの作業は困難なものである。マラルメが一八七一年の経験を作品に直接表現するような文学者ではないことをあえて言う必要もない。ここで仮説を立てるとすれば、それは必然的に回りくどい形式を取らざるをえないだろう。例えば次のように問うてみよう――マラルメの生活史と〈歴史〉が結びつくとすれば、それは、パリ・コミューンという結節点を隠匿しようという共通の欲求によってではないだろうか。

二、詩人と〈世紀〉

マラルメとコミューン

すでに引用した論文で川瀬武夫は、パリに出てこようとするマラルメの根本的な期待とは、現代の都市と群衆に直接触れ、遊歩者《フラヌール》ボードレールの軌跡を辿ることであったと述べている。しかしすでに論じた通り、おそらく一八七一年の段階でマラルメは、そこまで具体的な予期を抱き得るほどボードレールの評論を読み込んでいなかった。もちろん、パリに出るマラルメが、現代社会にまったく興味を持っていなかったはずもない。しかし、同時代の現実に対する彼の態度はかなり冷淡なものである。

一八七一年、コミューン直後に到着し、惨劇を直接目にしてはいないものの、その残骸は確実に見たはずのマラルメは、しかしほとんどそのことを気に留めた痕跡がない。同年六月二十二日、ルコント＝ド＝リールはこのようにマラルメのパリ到着を報告している。

ステファヌ・マラルメの到着、かつてなく温和で礼儀正しく、またより気違いじみて、完全に理解不能な散文と韻文、それから妻と二人の子——ひとりはまだ生まれていない——とともに、また、びた一文《サンチーム》も持たずに。(5)

戯画めいてはいるが、社会情勢にそぐわないマラルメの行動に対する友人たちの率直な感想であっただろう。マラルメが妻子を引き連れ、最新作をひっさげて颯爽と現れたのはまさに、「温和で礼儀正しく」あることが「気違いじみて」見えるような非常時であった。

マラルメは急激な情勢の変動に無関係だったわけでも無関心だったわけでもない。戦争は他人ごとではなかった。普仏戦争終盤の一月十九日、プロシア軍包囲網を突破しようとしたパリ近郊ビュゼンバルの戦闘において、友人の画家アンリ・ルニョーが戦死する。マラルメはこの喪失を悲しみ、また激しく憤った。その一方で、このルニョーの死がきっかけとなって、マラルメはその婚約者であったジュヌヴィエーヴ・ブレトンと知り合う。このブレトン嬢がたまたま大書店アシェットの重役の娘であったことによって、マラルメのパリ行きは具体的な足がかりを得たのだから、彼の動静と時代の混乱とが偶然を重ねながら連動していたことは疑いない。

しかしながら、戦争のはずみで生み出されるに至ったコミューンについて言えば、マラルメはほとんど完全な無関心を示している。一八七一年三月二十四日、カザリス宛の手紙に見られるのは次のような言葉でしかない。

まったく！　このところの政治ときたら、いっときは（戦争は別にして）歓迎してやってもよさそうなものだったのが、いまや余計なことばかりして耐え難いものになりつつある！
それで、仮に、この厄介者が割り込んできたのを憎むがゆえに自身の夢想に戻るとしても、われわれの夢想もおよそみな、ジュール・シモンが目下の悲惨な状況にどれだけ長く留まり続けるか——もしかするとそれはもうじき終わるのかもしれないけれど——という一事に結びついているのではないだろうか。[6]

コミューン評議会の選挙が三月二十六日、その結果、コミューンの成立が市庁舎前で宣言されるのが三月二十八日であるから、この手紙を書いたのはその直前である。事態はすでに極めて緊迫していたはずだ。ところがマラルメはえらく呑気に構えていて、「(戦争は別にして)」などと傍白する。殺戮はもう過去のエピソードに過ぎないと思っているふうだ。戦争からコミューンにいたる歴史の怒濤が、首都において個人の命運など軽々と押し流しつつあるという事実は、彼にはまったく見えていない。

マラルメは政治を「厄介者」呼ばわりして「われわれの夢想」にこだわろうとする。言葉面からは、現実から逃げ出して想像界に避難しようという、ボードレールから引きついだ夢想癖のあらわれにも見える。しかし、実際のところ、ここで夢想と呼ばれているのはボードレールのそれとはほど遠いものだ。マラルメの夢想とは結局、若干の自嘲とともに白状される通り、パリでどのような仕事を得、どのような生活を送るか、という思惑にすぎない。カザリスに対してだけではない。一八七一年に入ってからマラルメがあちこちに送っていた書簡はもっぱら将来の算段に関わるものであり、盲目的にパリに出る手だてを探るその姿は異様ですらある。

もちろん、アヴィニョンにいるマラルメに、パリの状況が十分に伝わってきていなかったという事情もある。右の手紙のすぐ後、三月二十七日に再びカザリスに宛てた手紙で、マラルメは「ヴェルサイユで君の身にまったく危険はないのか？　頼むから無茶はしないでくれ」などと言っているが、実際のところこの手紙が着く頃すでに、カザリスは臨時政府が置かれて混乱の及びつつあったヴェルサイユからアムステルダムに避難していたようだ。

しかし、四月になってもマラルメの状況認識は極めて甘い。四月十四日、ミストラルに手紙を書いて、引っ越し前に晩餐に来てほしいと言っているから、出発を日延べする気などさらさらなかったらしい。(7)妻の出産をサンスの実家で済ませたいという、経済的必要も確かにあった。それにしても、妻子を伴って首都に近づこうという計画は当時、かなり無茶なものに思われただろうし、さすがにそれはマラルメも自覚し始める。そのおよそ十日後、アムステルダムに疎開中のカザリスに再び送った手紙は次のとおりである。少し長くなるが、この時期のマラルメの心情の振幅を証言する重要な資料であるから、前半分を略さず引いておこう。

親愛なるアンリ、

そうか！　では君はずいぶん遠くにいるんだね！　僕らのいる寂しいこの土地から、いっそう遠ざかったというほどではないけれど。わかるだろう、僕らは君が災難の降りかからないところにいると知って何より喜んでいる。こんな災難は我々のためにできているものではない、君にも僕にも不向きなものだ。たしかに、ルフェビュールは自宅にいる模様だ。いっとき、僕らは君が好んでパリに止まって、ヴィリエやマンデスと徒党を組み、暴動の隊列に加わったものと考えていたのだから、どれだけ心配したことか、想像してみたまえ。ヴィリエとマンデスについてはまだ深刻な不安が残っている。彼らもまた、不幸な城市を逃れることができただろうか。

僕はまずここで、内心の苦しみを表すことからはじめることにする——感情に関しては、そうでないものすべてに対して僕が感じていることが、必要かつ相応しい悲しみに似て見えるように、と。パリ——石（pierres）——はまだある。ああ、僕の愛するパリ！　結局のところ、他のことは僕にはどうだっていいもののようにも思われるのだ。というのも、ある意味で、この〈災い〉は絶えず僕の精神の前に、あたかもペストか何かの伝染病のように現れるのであって（犠牲になった人々は哀れむけれど）、それを避けることは誰の力をもってしてもできないのだから。また、偶然によって引き起こされた驚きの感情などというのも当てはまらない、というのも、この二十年来の出来事を見てみれば、対応関係をつかむことは簡単じゃないか。それに、はっきり言って、醜悪さに対する醜悪さということで、比べようというのが無意味なんだ。

僕の気にかかってるのはむしろ次のようなことだ——どんな条件でパリに戻るか？　というのも、君にもわかるとおり、僕らの結集の条件が整いつつあるのだ。〈不在者〉さえも集って、僕ら二人と大いに生き返るのだ。本当に僕は、アンリ［・ルニョー］がフランスのために犠牲になったとか、フランスはもう存在しないなどと考えて悲しんだりはしていない。彼の死はもっと純粋なものだった。この唯一無二の悲劇に含まれていたのは、〈歴史〉より多くの〈永遠〉であったのかもしれない。

だから僕は、この懐かしい感化力が君たちのところへ僕を呼び戻すという魅力的なことが起こってくれればいいと思っている。

しかし、この心打つ幸福に甘えるのならば、僕自身がそれに十分値する者でなければならない。今どこまで進んだかを教えよう。僕は、生活の心配事を別にしても、荒涼たる冬を過ごした。けれど、僕の体調の方はかなり頑張ってくれたので、この頑張りをこれ以上続ける必要もなくなるだろうと思う。僕にとってこの春は本当に荘厳なものになる。励まし、手伝って、適切な仕事が進むようにしている。こんな危機的な時季には、ときおり稲妻のように、四年間抱き続けて何度も失敗に終わった夢が再び見られるんだ。僕はそれを手中に入れている――おおよそのところでは。けれど、すぐに始める、というわけにはいかない。まず、必要な才能を獲得し、僕のそれが熟して、直観的なものになるのを待たなければならない。昨日のものではなく、ほとんど以前から存在するようなものになるのを。

成功したとしても、次のことは承知しておかなければならない。つまり、それを群衆に押し付けるのは難しいのだ。彼らが考えているのは、敷石をひっくり返すことばかりなのだから。けれどまさに、政治が〈文学〉を放っておいて、銃撃で解決しようとするのは悪いことではない。〈文学〉はお役御免なんだから、欲しいところだけ持っていけばいい。たとえば、〈文学〉のほうだって、しのぎをけずる〈芸術〉と〈科学〉との付き合い方はわかっているだろう、かつてはこの二者が〈文学〉を『ゴーロワ』紙の日録記事に押し込めてしまうがごときだったのだから。じたばたするのはもううんざりだ。目下のところ、僕は演劇《ドラマ》と戯作《ボードヴィル》を一作ずつ準備している。注意深い〈公衆〉の目前で、数年にわたって〈芸術〉と〈科学〉の権威を貶めてやるのさ。この芸当はきっと上々のできになる。それで僕は地位をかっさらう、というわけだ（君にはにっこりしてもらいたい。遠くにいるからこそ、そうしてくれ。小さなソファで、一服しながら話したとしたら、君はもっと深刻な顔をするだろうけど[8]）。

血気にはやる自負心と、それに呼応する不安がそのままに現れているような文面である。歴史の大変動に遭遇していながら、マラルメの注意は自分ひとりの将来に集中している。自らの望みを茶化そうとする皮肉な態度も欠いてはいないが、関心の狭さとそこへのこだわり方には、ルコント＝ド＝リールでなくてもなにやら狂気じみたものを感じないわけにはいかない。マラルメにとって唯一にして最大の関心事は、どうやって「僕らのいる寂しいこの土地」を離れるか、ということであった。

もちろん、マラルメは利己心の塊というわけではない。自分に直接つながる友人たちの安否に関しては、おおいに心配している。そもそもマラルメがパリに出てゆくのも、彼らと合流したいという思いによるものである。亡きアンリ・ルニョー、この〈不在者〉までも喚起して、「僕らの結集」を語るマラルメの言葉に欺瞞はないだろう。

マラルメはこの「結集」という観念にこだわりをみせる。ルニョーの「感化力（influence）」が残っていて自分をパリに呼び寄せる、とか、亡者が生き返る、というようなことを言っているのは何だかオカルトめいて聞こえるが、これはちょっとした冗談だろう。何のことはない、単なる比喩で、先ほども触れたジュヌヴィエーヴ・ブレトンが父の伝手を使ってマラルメの仕事を見つけるために動いてくれていることを暗示しているのだ。戯けるのはおそらく、芸術家同士の精神的な繋がりを物質的に用いることへの恥じらいからである。

しかしいずれにせよ、このあと、手紙の最後まで続くのもやはり、パリ生活の算段である。もちろん、マラルメはたんに「生活の心配事」に疲弊した田舎者でも、自惚れた出世主義者でもない。自分の使命と見定めた文業を追求することで「この幸福に相応しい者」たらんという決意の表明もある。パリに出るのは文学的理想の探求のためだという点に偽りはないだろう。「どこまで行ったか」と言って報告しているのは、「四年来試みたが失敗し続けた作品」に関する進捗である。目覚ましい展開はないものの、決して諦めることなく、春の開花のために着々と準備を進めてきた、とマラルメは言う。

とは言え実際のところ、ほとんど仕事ははかどっていなかったはずだ。試みに一カ月ほど前の報告――同じくカザリスに宛てた三月三日の手紙――を読んで比べてみよう。

純粋で単純な文学者に戻るんだ。ぼくの作品はもはや神話ではない（夢見られた〈小話〉集が一巻。すでに垣間見られ、口ずさまれた〈詩〉集が一巻。先ごろ〈世界〉と呼んだところのものを厳密に文学的な観点から見つめ直した批評の一巻）。総じてこれに二十年間の午前を費やす。ぼくは人生をうまく調整すれば、これらの作品が目の前に見えるように思われるのだけれど、もしかすると春のせいかもしれない。これで一銭も儲かりはしないし、たんに僕の御し難い内面的栄光に見合うものでしかないかもしれない。それで十分だ。（I, 759）

四月の手紙はこの計画の焼き直し、いや、具体性において後退しているようにさえ思われる。自信をもって「もはや神話ではない」と言ったこの作品、三分冊という形態にまで言及された作品は、おそらくほとんど手をつけられてもいなかっただろう。四月になっても、マラルメは相変わらず「稲妻のように垣間見られる」とか「目前でそれを手に入れているように感じる」とかと夢想的なことを言っている。出てくるのは、「すぐに始めるというわけにはいかない」「まずは必要な才能を得る」「作品が熟するのを待つ」と、先延ばしを自分に対して正当化する言葉ばかりである。

それにしても、友人の安否と自らの文業を気にかけつつ、「パリはまだ残っている、それ以外はどうでもいい」などと言ったとき、マラルメは事の深刻さをどれほど理解していただろう。「石（pierres）」への言及はわかりにくい箇所だが、つまり石造りの建物さえ残っているならば、人々が殺しあって無人になってしまってもいい、とでも言わんばかりである。「政治が銃で決着させるのは文学にとって悪いことではない」とか、「こんな災難は我々向きのものではない」などと言っているが、銃撃の結果がいかなるものであり得たか、パリで行き場なく災難に巻き込まれた者がいなかったか、そういうことをマラルメは考えてみただろうか。少なくとも彼は、このあと五月末の「血の一週間」を経てコミューンが鎮圧されるという事態はまったく予感さえしていなかっただろう。マラルメはルニョーの戦死について「〈歴史〉より多くの〈永遠〉」を見ようとした。詩人マラルメはこう言うことで、友人の死を時代の偶然性から芸術の理想の領域へと取り返す、すなわルニョーが芸術的永遠において甦るものと信じたものだろう。しかし、実際のところ彼が追い求めているのは、小ブルジョワたる彼自身のちっぽけな歴史でしかない。

コミューン側と体制側をともに「醜悪さ」とみなし、判断停止を宣言する。「内心の苦しみ」を義務感から装う。「犠牲になった人々は哀れむ」と片手間に言って通り過ぎようとする。――もちろんこれは、友人に宛てた私信である。マラルメはおそらく、己の利己心に気づきつつ、それをむしろ率直に表明する誠実さを選んだのだ。それを覗き見て政治的・倫理的な了見の狭さを責めるのはお門違いだろう。しかし肝心なのは、自らの文学的達成を「群衆に押し付ける」ことの可否を問題にしているマラルメが、まだその群衆の側に自らの姿を見るような視点――やがて彼が同時代の絵画に読み込む視点――を備えていないことである。前章で引用した文章を思い出そう、一八七六年になると、マラルメは次のような見立てを持つようになる――ロマン主義がまさに息絶えつつある今、芸術家自身、「往時の生き残りたる少数の大家」であることを止め、「それぞれが普通選挙の強力な多数者を構成する無名の単位となることに同意」しなければならない。かくして、「想像力に富む古い芸術家、夢想家たる芸術家」は、「現代的な力強い労働者」へ移行するべきだ（II, 467）、と。しかしパリに出てくる直前のマラルメの態度は、このような言明までいまだ計り知れない距離を保っている。

一八七一年のマラルメは、己が誰であり、誰に向けて書くのか、という問題の核をまだ捉えていない。この時期に書かれた書簡において彼が繰り返すのはなおも、遠隔の地から長年開陳し続けてきた文学的夢想であり、新しいものがあるとすればそれはただ、〈芸術〉と〈科学〉と彼が呼ぶところのものを公衆の面前で侮辱するという奇妙な滑稽劇に関する、抽象的な計画のみである。たしかにマラルメは、すでに〈公衆〉と呼ばれる無名の多数者が自らの文学の受容者となる可能性に気づいてはいる。しかしその〈公衆〉は〈注意深い公衆〉という規定をまだ当然のように受ける。マラルメは作品の送り先を慎重に選ぶつもりでいるし、その権利を持っていると考えている。

廃墟の幻影

ともかくもマラルメは、パリに出てくることに成功する。そして彼は、「敷石をひっくり返すこと」しか考えていない群衆が何者であるか、少なくとも地方にいたときよりは具体的に目にしたはずだ。そして、その後のマネ論や「エドガー・ポーの墓」においては、従来マラルメにとり憑いていた文学的〈理想〉や生涯を賭けて達成するべき〈作品〉をめぐる夢想は一時その影を薄め、それと入れ替わるように詩作の受容の条件が視界を占めるようになる。ここに起きたと考えられる認識の転回には、首都での経験が大きく作用していると考えるのが自然だろう。

もっとも、その作用においてコミューンの崩壊が果たした役割を見極めるのは容易ではない。ここでも例えば、次のように問うてみよう――一八七六年、マネを「労働者」と呼んだ際、マラルメの脳裏に、五年前敷石を剥がしたがゆえに殺された者たちの姿がちらりとでも浮かんでいただろうか。

これは実に測り難い問題である。すでに述べてきた通り、コミューンに関連してマラルメの残した見解はごく稀だからだ。しかし、ただ一カ所、一八七四年、『最新モード』第二号、「パリ歳時記」冒頭に次のような、手早い素描があることを見逃してはならないだろう。この唯一の言及も、実際、短くまた両義的なものではあるが、マラルメとコミューンの関わりについて重要な示唆を含むものである。

ローマはすでにローマにはない……。あの、街を荒野に変えてしまう日々——皆様は、それを経験いたしましたか？　いや、荒野というよりは荒野の古代都市でしょう。エクバタナ、チュロス、メンフィスというところですが、ただし廃墟はございません。というのも私は、三年このかた焼けて黒ずんだ姿の彫像をさらしている三角壁《ペディメント》を〈廃墟〉とは呼ばないからです。今では、お月様や、チロル帽と白いヴェールを被った若い人たちがやって来て、それを観光しているという具合です。大胆に刷新された、豪華で輝かしい大都会が、ちょっと可愛げを見せているというところでしょう。崩れ落ちた市庁舎や、うつろになったチュイルリー宮はたしかに写真に撮られ、海外のあらゆる旅行案内で詳細に描写されていますが、それも無駄なことでした。そう、本当に、鉄道や大西洋の旅でくたびれた服を身に纏い、突然、七月から九月にかけてあれらの群衆がやってきてパリを席巻したのは、それらの建物の窓——昨日も今日も天空の住まう窓——に惹きつけられてのことではありませんでした。彼らを惹きつけたのは、パリそのもの、生きているパリなのです。なんと嘆かわしい光景でしょう！　髭ぼうぼうで髪もボサボサという体の、あの奇妙な男女が彼らの旅行用望遠鏡で見るもの、それが大都市の完全な消滅、闇に包まれ、滅び、死に絶えて、灰塵と夏草に帰した大都市であれば良かったのに。ところが観光客は、波と葉叢を渇望するパリの住民たちが明け渡したがらんどうのパリを、我が物顔で住処とするのです。しかし、子供も暗誦する『光と影』の詩によって予言された壮大な夢——荒廃し、丸裸にされ灰塵にまみれた世界の首都たるパリが、ただ凱旋門とヴァンドーム広場の円柱の亡霊に取り憑かれているという幻想——はいまだ完遂されておりません。凱旋門はずいぶん前に修復されていますし、円柱は先ごろ復元されました。そしてついに新オペラ座が、明日にも完成し——誰も予言しえなかったことです——夏の最後の嵐が過ぎ、冬の最初の霧が下りる前に、黄金のアポロン像を屹立させ、見えない何処からか、あるいは地平の全地点から同時に光を引き寄せて、その聖なる姿を輝かせるのです。(II, 523)

「パリ歳時記」というタイトルの記事であるから、いきなり「ローマ」が出てきたとしても、これは「世界の首府」を指す一般名詞だ、と読者はすぐ了解するだろう。大仰ではあるが植民地時代の心性に寄り添うレトリック——しかし、この明快さは長続きしない。マラルメは「街を荒野に変える日々」を経験したことがあるか、と問うのであるが、この「荒野(désert)」つまり無人の地とは実際何のことを言っているのか、いっこうにはっきりしないまま、「古代都市」やら「廃墟」やらといった比喩がたたみかけられ、エクバタナ等々と古代遺跡の耳慣れない名が持ち出されるに至って、それらの都市とパリがどのようなアナロジーで結ばれるのか、大概の読者は頭をひねるところだろう。

ここで問題になっているのが、夏のあいだ、住民の留守中に観光客が我が物顔でパリを歩くという「嘆かわしい光景」であり、「荒野」とはその光景の喩えだということがわかるのには相当な注意力が必要なはずだ。当然のことながら、文章の複雑さは、さきほど読んだカザリスへの手紙とはまったく違う次元のものである。すでに前章までにいくつかの例を挙げたが、入り組んだ文体で意図を限りなく韜晦するのは、七〇年代のマラルメ、とくに『最新モード』の文章の特徴である。私信で迂闊なほどに率直な思考を吐露していたマラルメは、Ix. という、限りなく匿名に近い名で署名されるこの記事において、完全に姿をくらませる。

その一方で、コミューンを語る口ぶりには、かつてと変わらない、まったくひとごとのような調子が聞き取られる。わずか数年前、フランス国民を分断した争いなど、バカンスの観光客以上の重要性も帯びていない。マラルメは、冒頭で「街から人が消える日々」を語って、コミューンの記憶をたしかに刺激しているのに、それについてあえて語ろうとはしないのである。三年前の惨劇の残滓は「廃墟」でさえない。パリは哀れな労働者たちとともに滅んだりはしなかった。ユゴーの詩集『光と影』（これは、すでに指摘されているとおりマラルメの記憶違いで、実際には『内なる声』の一篇である）中の「凱旋門へ」へ言及しつつ、しかしマラルメはその予言にも逆らうパリの頑強な健康に目を瞠いて見せるのだ。凱旋門もヴァンドーム広場の円柱も旧に復し、新オペラ座が完成して、世界の光輝を一身に集めた首都は一層の繁栄を見せつける。世界の中心たるパリの住人と、ヨーロッパ辺境、はたまた遠くアメリカからも押し寄せる田舎者の観光客という目に見える対立のもとで、首都内部にあるはずの階級対立は、コミューンの傷跡とともに隠蔽される。

偽装としてのモード

もちろん、この隠蔽自体、ある種の偽装、隠蔽のふりをした暴露なのではないか――そう問うのはむしろ自然なことだろう。バカンス中のパリを描写するのに、なにもわざわざ、今や忘れられ始めた廃墟の話からはじめる必要もない。『最新モード』という雑誌が、ブルジョワのうちでも服飾を気にかけるだけの余裕のある、上層の保守的階級に向けて作られているという事実を無視するわけにはいかないだろう。つまり、マラルメはここで、軽妙なモード雑誌に相応しく、かつ穏当な話題であるバカンスを語るふりをしつつ、コミューンの亡霊を呼び起こそうとしているのではないか。

「私はAについては語りませんよ」と言うことでAについて語ること――フランス語の修辞学で **prétérition**、あるいは古典語の修辞学で **apophasis** と呼ばれ、日本語では「陽否陰述」という解りづらい用語を当てるらしいが、ようは、「おもて（陽）では否定するように見せかけて、うら（陰）では述べてしまう」ということで、たとえば、「私があなたを恨んでいる、などと申し上げるつもりは一向にございません」などと言えば、その恨みはより深く印象付けられる、というような技法である。もちろん、マラルメが意識的にこの修辞学の型に沿ったのかはわからない。ただ、技法の呼称はさておき、むしろ重要なのは、この種の否定が、中期以降のマラルメの作品においては頻繁にあらわれるということだ。先ほど読んだ「エドガー・ポーの墓」のレリーフはその典型である。「詩人の復活」がポーの墓を実際に飾る事のない虚のヴィジョンであることはソネの後半部で明かされるのだが、冒頭で示された輝かしい詩人の姿は、否定されても消え去りはしない。むしろ黒々と網膜に焼きついた残像のように、拭い去り難い印象を読者に与えるだろう。

マラルメはコミューンについては語らず、燃え落ちた市庁舎や宮殿を廃墟と呼ぶのを拒否する。しかし、いかにそれを否定したとしても廃墟は廃墟として厳然とそこにある。マラルメはその、「昨日も今日も変わらぬ」天空のもとにある現実を指し示す。今は繁栄を謳歌しているとはいえ、わずか三年前、コミューンを確かに目にしたはずの人々の集合的記憶は、「街を無人にする日々を経験したか、そのときあなた方はパリにいたか」という問いかけに目覚めざるを得なかったはずだ。

マラルメの口調には、ここでもやはり——すでにロンドンの博覧会報告において見たような——挑戦的とさえ言える響きがある。モード雑誌の軽妙なおしゃべりを演じているようでいて、実際のところ、誇張された軽さの生み出す効果はむしろ鹹《から》い。マラルメは、観光客にこうして蹂躙されるくらいなら、パリが灰燼に帰してしまったほうがよっぽどマシだったなどというような、ほとんど譫言《うわごと》としか考えられないようなことまで言って、現世の完全な破壊を喚起してみせる。ここには、今や帝政期にも勝る消費にうつつをぬかすブルジョワたちに対する苛立ちが含まれているかもしれない。そして、そうであるなら、自分自身がその階級の末席に連なる一員であり、よりによって彼らの浮ついた社交に奉仕するための雑誌を書きつつあることのやましさが、自己破壊的なアイロニーの倍音を響かせていることも聞き取らなければならないだろう。「パリ歳時記」の著者の意図の定めづらさ、曖昧さは、――完全に意識的であるかどうかはともかく――第三共和制の全体を覆ってゆく忘却に対するマラルメの精神的抵抗としても読めるのだ。ここでたしかにモードは、著者たる詩人の意図を韜晦する衣装の役割を果たすようである。

真実の探求

もちろん、これらすべてを勘案しても、マラルメが結局のところ忘却に同調している、と言われてしまえば否定はできない。読者はつねに、レトリックを文字通りにとる自由を有している。マラルメが語らないと言明するコミューンは、彼の秘された意図を探ろうとしないブルジョワたちには存在しないも同じである。『最新モード』いちばんの売り物である服装図版に見入るご婦人たちは、記事を読んで、穏やかならぬ不可解さをなんとはなしに感じたとしても、怪しみつつ通り過ぎるだけだろう。この点において、モード雑誌の読者は、「より純粋な意味」に耳を塞ぐ「卑しい水蛇」、「エドガー・ポーの墓」で歌われる〈世紀〉にぴったり重なる。マラルメは結局、忘れたと言い張る者たちに思い出すよう詰め寄るようなことはしない。葬られた死者を掘り返すことは、たしかにモード雑誌発行人の手に余る仕事である。彼は繁栄のスペクタクルによって過去の惨劇を覆い隠そうとする時代の意志の従僕なのであり、あえてその矩を超えない。

記憶の抑圧に加担するマラルメの無責任を咎め、その日和見主義を批判することは容易いだろう。しかし、本章冒頭に述べたことの繰り返しになるが、『最新モード』のマラルメが、(数々の筆名の陰に隠れてではあるが)時代の欲望に盲目的なほどに従うのは、自身の享楽のためのみではなかったはずだ。パリに生きるマラルメは、同時代人たることを避けがたいものとして受け入れるのみならず、むしろ積極的に、それを詩人の義務として引き受けてゆく。

そうだとすれば、マラルメが、語らないと言いつつコミューンを語るとき、「波と葉叢を渇望するパリの住民たち」の話題をきっかけとしていることは、まさに彼の欲望の在処を示唆する指標とならないだろうか。都市と郊外の双極的生活に参加することは、マラルメが進んで採用した同時代のライフ・スタイルの顕著な一例であった。一八七四年、いまだ即席都会人でしかないマラルメは、留守住民の代理となって首都の「荒廃」を描き、それと同時に、外部から侵入してきた者たちとの対比によって、自らをパリジャンと規定する機会にありつく。「パリ歳時記」という記事は、——すくなくとも『最新モード』当初の充実した形態においては——たんに演劇・美術・文学といった首都の文化状況を読者に伝えるため、すなわち、情報伝達の手段として書かれたものではないだろう。それは詩人が同時代をペンによって経験し、時代の欲望を自らの欲望として生きなおすための装置でもあったのだ。

もちろん、詩人は時代の欲望に対する違和感を捨て去りはしない。それはアイロニーとなってあらゆる言表を裏打ちするだろう。こうして特有の屈折が文章にもたらされ、その屈折に直面した読者は奥にある意図をつかもうとする。しかし、韜晦された意図は二度ともとの明快さを取り戻しはしない。マラルメがコミューンの擁護者であったのか、とか、〈世紀〉の華飾を本心から称揚しているのか、というような問いに対するはっきりした答えは、『最新モード』のうちには見つからないだろう。

そもそも、アイロニーにとって意図を巡る問いは本質的ではない。むしろ重要なのは、アイロニーが欲望を打ち消しはしない、ということであろう。アイロニーは、限りない錯綜を呼び込むことでむしろ欲望を亢進させ、自らの延命を図る、あたかも、欲望とそれに対する違和感をともに持続させることそれ自体が目的であるかのごとく。ここにマラルメの歴史認識に関する重要な転回が観て取れる。時間の持続を生きる詩人はすでに、デカダンス——世界が破滅へ向かって避けようもなく下ってゆく、とか、どこかで決定的な途絶を迎える、というような歴史認識――と手を切っているはずである。彼が、時代を外側から見つめるような明晰さを放棄し、それと引き換えに、〈世紀〉の矛盾の錯綜をそのまま引き受けることによって、「自らの時代の感情と直接に交感している、非個人的な新しい人間」(「印象派とエドワール・マネ」II, 468) たろうとするのは、この歴史認識の変化の純然たる帰結ではなかったか。

ロマン主義後の芸術

実際、一八七四年の『最新モード』と一八七六年のマネ論はひとつの参照点において、ほとんど直接的に繋がっている。その参照点とはすなわち、ロマン主義、およびその頭目としてのヴィクトル・ユゴーである。ユゴーは、もはやモデルとすることのできない芸術の巨匠として、あえて誇張するならば現代的芸術家にとっての反面教師のように言及されるだろう。

先ほど引用した「パリ歳時記」においてマラルメは、ユゴーの「凱旋門へ」という詩を参照しつつ、その詩においてユゴーが為した予言が、ある意味では現実によって乗り越えられてしまったかのように言う――「予言された壮大な夢」すなわち「荒廃し、丸裸にされ灰塵にまみれた世界の首都たるパリが、ただ凱旋門とヴァンドーム広場の円柱の亡霊に取り憑かれているという幻想」はコミューンの動乱にもかかわらず結局実現されなかった、と。もちろんユゴーはコミューンを予言したわけではないから、ユゴーの予言が外れた、と言えばそれこそ的外れな批判となる。マラルメもそこまでは言わない。ただ彼は、現実のパリの豪奢をことさらに強調して見せることで、ユゴーの見た「パリの終焉」に非現実の烙印を押して憚らないのである。ユゴーの詩句について「子供も暗誦する」と言っているのは、もちろんその名声の広がりに対する賛辞ではあるのだが、これはまた、ロマン主義的想像力の幼稚さを揶揄するものとも読める。マラルメは、現在の繁栄がおそらくは秘めている未来の衰亡を、想像力によって幻視しようとはしない。光のもとにある同時代をそのままに経験すること——たとえその輝きが何らかの影を抑圧することによって実現しているのだとしても、マラルメはまず、現在に就こうと言うのである。一八七四年のこの認識を推し進めた先に、「印象派とエドワール・マネ」終盤の文章があることは明らかだろう。既に読んだように、マラルメは、芸術はもはや予言を生業とするのをやめるべきである、と言っていた。

かつての時代の高貴なる幻視者たちは、非世俗的な目によって見られた世俗的事物の似姿（現実の対象の実際的表象ではなく）として作品を生み出したものだが、彼らは人類の遠い夢の時代の諸王諸神——無知なる群衆を支配する天才が与えられたあれら隠遁者たち——のように現れている。しかし今日、群衆は自らの目をもって見ることを要求している。そして、最近の我々の芸術が栄光や強度、豊かさにおいて劣るとしても、その代償として、真実と簡明、そして子供らしい魅力を得ているのも確かなことである。（II, 469-480）

もちろん、一八七六年のマネ論でマラルメが見ている光は、オペラ座のドームを飾る金張りの彫刻に反射する光、植民地帝国の光輝などではない。それは、印象派の画家たちが見た外光、たとえば女性をその最も簡素な姿において提示する自然の光である。しかしここで重要なのは、むしろ、マラルメが一八七四年の段階ですでに、一部の選良の想像力が描き出す「見えないもの」ではなく、群衆が目にするスペクタクルをこそ、芸術の領分と見定めつつあったという事実である。

詩と真実

マラルメが捉えようとする芸術的問題の核心は、コミューンに対して好意的かどうかというような、彼の政治的傾向とは別のところに出来する。一八七六年のマラルメは印象派絵画に託して、芸術の核心を「真実を見ること」と定式化するだろう。かくして、「同時代人であらねばならぬ」という義務感と、芸術を真実探求の手段として見る認識は、両輪となってマラルメ中期の活動を導いてゆくことになる。おそらくマラルメは、首都の安定した日常のヴェールの下に、一八七一年の死の痕跡があることに気づいていている。しかし彼にとっての差し迫った義務とは、ロマン主義がもはや「人類の遠い夢の時代」となった時代、見えないものを見ることが不可能になった時代になお、詩人という職分とその使命を引き延ばしてゆくことであって、過去の亡霊を呼び戻すことではなかった。

ただその一方で、真実が想像力に優越すると宣言したとき、マラルメはその真実という言葉の射程を正確に捉えていたか――改めてそう問うならば、やや心もとない。

マラルメはたしかに、芸術の目的を真実と名指しし、それをロマン派的な幻視や予言に対置している。この、真実性へのこだわりがマラルメ中期という時期の第一の特徴であることは間違いないだろう。しかし同時期に、例えば、その〈真〉と、それまで彼が崇拝してきた〈美〉とがどうやって折り合いをつけるのか、果たしてそれが可能なのか、というような問題は、突き詰められた形跡がどこにもない。そもそも、マラルメが新たな芸術創造の手がかりとしようとしたものは、客観的には、せいぜい〈現実〉と呼ぶべきものだろう。マラルメの言う〈真〉には、あらかじめ一定の限界が置かれている。あえて誇張するならば、それはたとえば、コミューンを抑圧して成立したブルジョワ社会の内でしか通用しない〈真〉であり、時代の目眩く光輝に彩られた〈真〉である。奥行きや深みを欠いたそのような

〈真〉が、その名に値しないことほど明らかなことはない。

しかし、「真実」という用語の当否はともかくとして、重要なのは、マラルメの爾後の詩業が、このとき「真実」として示された領域におけるさまざまな発見の上に組み上がってゆくことではないだろうか。アナトール没後の沈黙を経たマラルメ後期の作品に関して考えてみても、そこに豊かな素材を提供したのは、中期において彼が見つけていた人間と社会の諸相であった。

マラルメ後期において紡ぎ出される詩と社会の錯綜した関係を詳しく見ることは、本書第Ⅳ部の課題としよう。ただここで最後に、一つの例を喚起して議論の見通しをつけておくことは無駄ではないだろう。一八九五年、マラルメが『白色評論』誌に発表した散文で、「衝突」(« Conflit »)と「対決」(« Confrontation »)と題されたものがある。たとえばこの二篇は、一八七〇年代にマラルメが見出した不定形の「真実」が、長い沈潜を経て浮上した成果として読まれるべきものではないか。具体的な検討は後に譲るが、ここに至って詩人は、コミューンで歴史の主体たろうとして潰されたプロレタリアートとついに直接出会い、「衝突」と「対決」を演じるのである。ただし、そのとき詩人の役割は、かつての印象派画家のような素朴なものに止まってはいられない。彼は、「現代的な力強い労働者」(II, 467)として自然を写し取るのではない。そうではなく詩人は、自然と人間とを分かち、また同時に媒介するという、極めて困難な使命を帯びることになるだろう。そしてこのとき、詩的真実とはもはや、すべてを照らし出す平板な光のもとに開陳されるようなものではなく、人間の底に潜む闇を背景とする断続的なきらめきとして認識されることになるはずである。

＊

本章では、マラルメの中期韻文を読む準備として、一八七〇年代のマラルメと時代との接点を探った。以降、次章からは、肝心の中期韻文の分析を進めるが、まずはここまでのところを簡単にまとめておこう。

パリに出てからのマラルメの意識は、孤独な創作を抜け出して、詩の受容者たる群衆を徐々に発見してゆく。それに伴って、彼に取り憑いていた自殺の強迫観念は後退した。しかし、詩人の精神に深く沈潜した死の影は、機会的な詩作において時折発現することになる。この、死と群衆の主題こそ、マラルメ中期の韻文の磁場を作り出す隠れた両極であった。だとすれば、その始まりが一八七一年、パリ・コミューンと同時であったことの意味は当然問われるべきであろう。ただし、マラルメとコミューンとの接点は、当時の韻文はもちろん、散文においても見極めることが難しい。それは、詩人と時代とが、一八七一年という転換点を、表現するのではなくむしろ隠匿することによって通じ合い、アイロニーによって結びついたためではなかったか。

その一方でマラルメは、彼の生きる〈世紀〉へと向き直るための支点として、「真実」の語を利用する。この語が、現代における芸術存続のための原理として、ロマン主義的想像力に対抗して持ち出されていたことは、一八七六年のマネ論によっても確認される。もっとも、詩人の標榜する真実がその名に値しないことは、彼が時代による隠蔽の共犯者であったことからも明らかである。ただしここで、マラルメは隠蔽の所作にも関わらず真実を持ち出したのではなく、むしろ、そのゆえにこそそうしたのだ、ということは理解するべきだろう。彼が時代と共有するアイロニカルな欲望とは、自らが真実と名指すものがその下に何かを隠しているという、ある種のやましさの感情によって亢進するものであったはずだ。

しかしまた、真実の語が現れるのは、単に時代と共犯関係を結ぶための合言葉としてではない。そこにはマラルメの個人的な希求も作用している——次章の議論はこのことを明らかにするだろう。パリに出た彼の望みとは、何よりも、宿痾となった精神の危機を乗り越えることであったのだが、ここで真実の語は解放をもたらす鍵と見て取られた。悉く死の問題を扱っている中期マラルメの韻文において、〈死〉は、真実の対極、つまり虚偽の原理として、否定的に提示される。真実に対する信頼は、単なる社会的偽装ではなく、より自己に深く根ざして、中期マラルメの転回を支えたのである。かくして、「真実／虚偽」という対立軸は、詩人が自己の内面に巣食った死の幻影を追い払い、ふたたび世界に踏み出して生きるための概念的枠組みとなるだろう。

第七章　詩の時《とき》――中期マラルメの私的ソネ二篇

前置きが長くなったが、以下、七〇年代のマラルメの詩を読んでいこう。ただし、ここでも若干の迂回路を通ることを許してもらいたい。大作を読み解くのは後に回し、まずは、マラルメが生前公にすることはなかった作品を二篇、すなわち、一八七一年と一八七七年に、マラルメが友人との付き合いにおいて書いた二篇のソネを読みたいのである。

なぜわざわざ、よく知られた「弔いの乾杯」や「誦《プローズ》」といった作品を脇に置いて、マイナーな作品を読むのか。以下の分析でその意義は自ずと明らかになるようにと願うところだが、ひとまずの期待は次のようなことだ。すなわち、これら未発表の作品は、七〇年代のマラルメの詩的実践の水準を、依頼され、刊行された仕事よりも率直に示してくれるだろう。さらに、これら非公表の詩篇のうちには、首都パリで新たな活動の領域を広げていたマラルメが、かつての詩作の経験――失敗の経験――を消化しつつ、虚構と現実の間を揺れながら、両者に対する距離を探る様子を見ることができる。

一、正午と真夜中

ボナパルト＝ワイズ夫妻のソネ

まずは一八七一年八月という日付のあるソネ、マラルメ中期と見なされる期間の始点に位置する作品である。

庭にて

年若きご婦人は芝を踏んで歩き、
林檎と色香で身を飾る夏を前にして
時満ちた正午が十二の刻を抛《なげう》つとき
この充溢のさなか美しい歩みを止める。

かつて見捨てられた哀れな女‐妻は
彼女の〈詩人〉を誘惑する死神にこう言った――「〈死〉よ！
この嘘つきめ。ああ、不在の虚しい土地だ！　むろん私も羨んでいる
偽の〈楽園《エデン》〉を、しかし哀れな彼がそこに住むことはない」

このようなわけで地上の深い花々は
彼女を静かに、知と神秘をもって愛するのだ
花々の心で夢にふけるのは純粋な花粉。

そして彼は、花々の悦楽に酔いしれる微風が
萼《うてな》を魅了するその名を今も掛けるとき、
か細く低く、ときに呼ぶのだ――エレン！ と。

(I, 66)

文法《シンタックス》は単純で用語も平板、いわゆるマラルメ的な難解さはない。しかしだからといって、一読しただけで理解できるというような、すっきりした印象も持たれない。

この「不透明さ」は、たしかに、ある種の拙さと無縁ではない。未発表作品もほぼ網羅している筑摩書房の邦訳全集にこの詩が収録されていないのも、単なる見落としでないとすれば、収録する価値なしと見做されたものだろう。

否定的な評価はマラルメ自身のものでもあったと考えてよい。詩が書かれたのよりずっと後の時代になるが、一八九一年、マラルメが自撰詩集を編集中だということを聞きつけた友人ボナパルト＝ワイズ（この人物については後述する）は、かつて自分の妻のために書かれたこの詩稿の存在を彼に思い起こさせる。しかし、多分に即興の趣を残したこの作品は全集の企図から外れると考えたのだろう、マラルメはこれを詩集に採らなかった。おそらくマラルメは、これがごく私的な、限られたサークルの中で読まれるべきものであり、そうして読まれた後では役割を終えたものだと考えたのではないか。

もっとも、マラルメの低評価は単に、この詩が特定の機会をきっかけとして生まれた詩、つまり機会

詩である、ということだけに帰されるべきではない。九〇年代当時のマラルメは積極的に機会詩を書いているし、その中には、公に刊行されたものまであったのだから。『ザ・チャップ・ブック』誌に「郵便の娯しみ」なる題で、それまでに書かれた「宛名詩」をまとめて発表したのは一八九四年のことである。マラルメは、ある詩想が偶然によって得られたことを責めるものではないだろう。ただおそらくは、ソネの形式性に見合うところまで詩想が高められなかったことを憾み、今更手を加えて新たな射程を付与するにも至らないと判断したのではないか。

　実際、この詩の各所にはかなり無造作な措辞が残されていて、全体がうまく噛み合っていない。たとえば、七行目には「深い花（fleurs profondes）」という、なんとなくボードレールを思わせる表現がある。しかし、花の「深さ」とは実際、何のことであろうか。たとえば百合の花の形状は確かに「深い」と言えるだろうが、まさかこの持って回った表現が具体的な種を指すわけでもないだろう。おそらくこれは、マラルメに初期詩篇からとりついている「巨大な花」のヴィジョンの一変種として読むべきなのだろう。[1] この「巨大な花」は、このソネの数年後に書かれたと推定される詩篇「誦《プローズ》」においては、実に奇妙な、しかし極めて印象的な展開を遂げて一個の具体的映像にまで達する。[2] しかし、このソネにおいてはその狭い枠組みが災いしたものか、マラルメの詩想は「誦《プローズ》」のような独自性を見せるには至っていない。

　脚韻にも少なからぬ無理がある。第五詩行末の「妻（épouse）」の語の挿入は、第一詩行「芝（pelouse）」と第三詩行「十二（douze）」と韻を合わせるためのものだが、いかにも唐突である。役割の曖昧なこのような埋め草を、マラルメは公にする作品では決して己に許さなかったであろう。また、第七―八詩行 « je me sais jalouse / Du faux Eden, que triste, il n'habitera pas. » というあたりがかなり生硬な印象を与えるのも、第一連から引き継いだ脚韻に、表現を強引にはめ込んでいるために違いない。とくに奇異なのは第十一詩行の「花粉（pollen）」の語である。これは、外国語の人名である「エレン」と韻を踏むため、ほとんど不可避的に使われているのだろうが（フランス語で、enと書いて【en】と読む語はほとんどない。pollenがラテン語からの借用であるための例外的読み方である）、「純粋な花粉が花々の心で夢を見る」と言われても、この「花粉」が何を意味しているのか、頭をひねるばかりである。

もちろん、マラルメが多少の無理は承知でpollenの語を用いたその拘りにもそれなりの理由があるだろう。この詩の技術的眼目は、Ellenという人名を最後に喚起し、それが脚韻を踏むことによって、措辞に必然性を付与し、形式的完成の印象を与えることにある。そのために、発音だけが韻を踏む語――たとえばhaleineなどというような、容易に詩に馴染むが、視覚的に女性韻の印象を与える語――にマラルメは満足しなかったのだろう。かなりぎこちなさの残る作ではあるが、名前の記念碑としての詩という発想において、このソネが、七〇年代以降続々と発表される「墓」や「オマージュ」の形式の先駆けとなっていることは、たしかである。

詩人とその妻

では肝心の、その「エレン」とは誰なのか。ここで作品の背景を少し詳しく紹介しておくべきだろう。[3] 先述のとおり、一八七一年、マラルメはアヴィニョンを引き払い、サンスの実家に身重の妻を残してパリで職探しに奔走する。その一環としてロンドン万博の報告記事を新聞に寄稿しようと、イギリスに渡ったことにもすでに触れた。有力者を頼っての仕事のつて探しという実際的な性格を帯びていたこの訪問において、マラルメが寄宿先として頼りにしていたのがウィリアム・ボナパルト＝ワイズであった。そしてこのウィリアムの妻が、エレン・ボナパルト＝ワイズ、ソネに名を残した女性である。マラルメ自身がソネに付記するところに拠るならば、バース近郊、ウォーリー・ヒルのボナパルト＝ワイズ邸をマラルメが訪れ、妻エレンのアルバムにソネ一篇を書き残したのは一八七一年八月のことであった。

皇帝ナポレオン一世の姪レティシア・ボナパルトとアイルランドの政治家トーマス・ワイズとの子として一八二六年に生まれたウィリアム・ボナパルト＝ワイズは、一八五九年にフレデリック・ミストラルと知り合ったことから南仏語での詩作を始め、フェリブリージュ詩社の一員となった。マラルメは一八六七年、アヴィニョンに引っ越して以降、フェリブリージュの会合にしばしば参加したようであるから、この貴顕との交流もそのころ始まるものだろう。個人的な書簡のやりとりも頻繁で、マラルメはボナパルト＝ワイズの南仏語作品をフランス語に訳したり、自作のソネを送ったりしている。一八六八年には、問題のソネが書きつけられるのと同じエレンのアルバムに、『エロディアード』一場の古い習作の断章」――マラルメのエロディアードについて我々が手にする最も古い資料である――を書いて与えている。二人の詩人の家族ぐるみの交流がうかがえるエピソードである。

ところが、マラルメと知り合った一八六八年、ボナパルト＝ワイズはローマで喉の腫瘍に罹り、ロンドンに救急搬送されてしまう。一八六九年には腫瘍の摘出手術を受けているが、それは死を覚悟するほど壮絶な苦しみを伴った。同年五月十二日、彼はミストラルに次のように書き送っている。

ここ一カ月というもの、病は不安のうちに悪化しており、昼も夜も地獄の苦しみを味わっている。生は耐え難く、〈死〉がやってくるならば、僕は喜んで迎えるだろう。(4)

彼はこの死への想いを周囲に繰り返し述べていたのではないか。というのも、大文字で擬人化された〈死〉が詩人を誘惑するというのは、そのままマラルメのソネの中心的エピソードとなっているからである。マラルメは、本人の経験談をほぼそのまま詩化した、と考えていいだろう。

主題が危機に直面した夫婦の情愛であるとわかりさえすれば、このソネはとてもすっきりと読める。

詩人すなわちボナパルト＝ワイズが病に倒れ、妻は夫を奪ってゆく〈死〉と対決する。〈死〉はゲーテの魔王のごとく、花咲く楽園を詩人に約束するが、妻はその偽りを見抜いて誘惑を退ける。詩人はこの世に残り、地上のまことの花々が夫婦の絆を祝福する。――筋書きをまとめれば以上の通りである。

それにしても、「この世」の描写を淡々と進めるこの詩の骨格は、ずいぶん単調である。マラルメの初期詩篇ですでに顕著な、大規模な比喩やアレゴリーはここに見られない。しかし考えてみるならば、ある表象が他の何かを指し示している、というような意味の重層性の欠如は、地上の現実へこだわるこの詩の趣旨とたしかに呼応するものである。そして、比喩の後退に伴い詩は物語性を帯びてゆくのだが、このような「語り」への傾きについては、七〇年代のマラルメの詩の特徴の一つとして、次章で改めて論じる機会があるだろう。

もっとも、詩人の生命の危機とその克服という単純な筋書きが、あまり明快な表現に達していないのには、たんなる措辞の生硬さにとどまらない、構造的な問題もある。夏の庭園を散策する妻の姿から始めて回想に入り、そこから健康を取り戻した夫の姿に戻ってくるという時間構成は、狭い枠組みに入れるには複雑すぎるし、前半と後半を対照させるというソネの標準的な構成原理とも適合しにくい。ある種の回想的手法によって、時系列や因果関係を崩して語るこのような構成は、中期以降のマラルメが好んで用いる手法となるのだが――『牧神の午後』や「誦《プローズ》」はその優れた例である――、このソネではまだそれが十分に使いこなされていないという印象を受ける。

こと詩法の面から見ても、この詩は安易に流れる印象が否めない。初期詩篇のいくつか――たとえば「苦い休息に倦んで……」« Las de l'amer repos... » で始まる平韻の詩――ですでに見られた大胆な句跨《アンジャンブマン》ぎは姿を消し、句切れ《セジュール》の位置で内的擲置《ルジエ》がされているのが若干目立つが、それも含めて当時としては極めて常識的な十二音綴詩句《アレクサンドラン》の扱いと言っていい。マラルメは、最先端の表現に慣れていないエレン・ボナパルト＝ワイズのため、いわば「ご婦人のアルバム向け」に、あえて初期詩篇よりも工夫の少ない、平凡な小品を書いたのかもしれない。

夏の光

もっとも、機会的な作詩であったことは、凡作であることを擁護する理由とはならないはずだ。そもそも、マラルメの韻文中には女性がらみで依頼されたことをきっかけとするものが少なくない。いわゆる初期韻文詩に限ってみても、「出現 Apparition」は友人アンリ・カザリスが恋人のエッティ・イエップの姿を留めるためにマラルメに依頼したものであるし――この二人の恋愛については後で触れる機会がある――、のちに「聖女 Sainte」と改題されることになる「智天使の翼の上で楽奏する聖セシル」も、知人の妻セシル・ブリュネのために書かれたものである。

しかし、これら、六〇年代前半に書かれた作品は技巧と叙情が均衡した見事な短詩である。それと比べてみたとき、「庭にて」という無造作な題がつけられたこの詩の拙さは、誰の目にも明らかであろう。マラルメは初期詩篇においてすでに達成していた比類ない表現の凝縮を、完全に忘れ去ってしまったかのようである。友人の妻のために即興で作られたということを割り引いたとしても、この詩にマラルメの常の筆致とは異質な散漫さが漂っていることを否定することはできないだろう。

その一方で、この詩に表現される素朴な情感は、ある種の魅力を備えているようにも思われる。完成度において劣ることを認めるとしても、夏の解放的な戸外の風景を舞台とし、芝を踏んで歩く妻と花々を愛でる夫を描写するという主題は、マラルメにとってまったく新しい、寛雅なものである。たしかに、花咲き誇る庭園はすでにマラルメ最初期の散文「文学的交響曲」（一八六五年）において、バンヴィルに捧げられる第三章節で描写されている。

夜の恐怖のうちで話す不吉な風や、自然のうちに開いた風変わりな深淵《ピトレスク》を、彼〔バンヴィル〕は聞こうともしないし、見る義務も負わない。彼は王として、黄金時代のエデンの魔法を歩いて横切り、光の高貴さと薔薇の赤さ、白鳥と白鳩、あどけない百合の輝く白さに永遠の祝福を与える——幸いの大地！　神々より始めに竪琴を授かり、我々の祖たるオルフェウスよりも先に輝ける頌歌を口にした者とは、かくのごとくであっただろう。アポロン自身とは、かくのごとくであっただろう

(II, 284)

しかし、つねに神話と起源へと結びつけられ、永遠の祝福を受けるこの楽園《エデン》と、ボナパルト＝ワイズ邸の庭園はまったく異なるものである。死すべき人間が仮に身を寄せているこの庭園は、今でこそ夏の光に満ちているが、やがて秋を、そして冬を迎えるだろう。だからこそ、主人公の妻は、正午が「十二の刻を抛つ」という光景を前に歩みを止め、かつての〈死〉との対峙を思い出すのである。彼女は、バンヴィルが無視していた「不吉な風」の訪れを恐れ、耳をそばだてる者である。この時の推移においてこそ、直上から打ち据えるように照りつける正午の光が意味を持ちうるのだ。

あるいは、少し遠い比較にはなるが、マラルメの詩想の変動の大きさを見るために、このソネに満ちる光を、一八六六年の「夏の悲しみ」の冒頭と比較してみてもいいだろう。

太陽は、砂の上に、おお眠る女闘士よ、
おまえの髪の黄金のうちで懶惰なる水浴を温める。
そして、仇なるお前の頬のうえに薫香を燃やして

恋の水薬に涙を混ぜ合わせる。　（I, 13）

同じ夏を歌ってはいても、伝説じみた「女闘士」との不可能な恋を歌うこの初期のソネと、地上的な夫婦の和合を歌う問題のソネの主題は対照的でさえある。詩としての出来栄えはともかく、ボードレールを真似ながら大げさな措辞を重ねていた五年前の彼が想像もしなかった地点に、一八七一年のマラルメが到達していることは確かであろう。(5) このイギリスの庭園の真昼の光を、「髪の黄金」と呼応するために引き出されてくる陽光と比べてみよう。前者は、複雑な比喩が生み出す意味作用と引き換えに、ある種のはかない実在感を獲得している。この夏の光が、「最新モード」から「白い睡蓮」にかけて、マラルメの想像力中で重要な役割を果たしていったことはすでに示したとおりである。彼がそれを発見したのが、太陽に不足のないはずのフランス南部ではなく、北方の異国であったことは、たしかに皮肉な事実であった。(6)

二重の危機

ここで暗黙の了解に明確な表現を与えておくべきだろう。つまり、危機に陥った詩人とは、ボナパルト＝ワイズであるとともにマラルメ自身であったのだ。光に浸って野を吹く風に身を晒しているような放心は、パリに住む算段をつけ、ようやく危機を脱したばかりの詩人が一八七一年のロンドン近郊で得た実感だろう。ことの次第を整理せず、ただ思いつくままに語っているような散漫さも、回復期に滞留する精神を映し出している。このソネの拙さは、つまり、快癒の徴候なのである。そしてこの時期のマラルメにとって、婦人向けのような凡庸で単調な詩法にまで下りてくることができた、ということこそが、危機の終結の何より喜ばしい証であったはずだ――一八六〇年代、マラルメが陥っていた存在論的危機は、「詩句をうがつ」（I, 696）という表現に現れるとおり、詩作の具体的困難として現象していたのだから。

奇縁とも言うべきものか、マラルメとボナパルト＝ワイズの交際は、その始まりから「危機」あるいは「発作」すなわちcriseの語を中心にして回っていた。このソネが書かれる三年前、一八六八年の、まだボナパルト＝ワイズが病に倒れる前だと思われるが、四月、マラルメは彼宛の手紙で、自らの健康状態に関して次のように言及している。

それで、私自身に関して言えば、まだ一時的な悪い状態に悩まされており、悪戦苦闘しています。慰めになるのは、より良い、なんらかの結末があらわれるだろうと考えることです。だから、どんなことがあろうと、私はこう歌うものです。

Thanks Heaven, the Crisis
Is over at last.(7)

最後の二行、英語で書かれているのは、ポーの詩句の引用である。(8)「危機が終わった」という句を歌うマラルメは、しかし、それを心の支えとして当面の危機を乗り切ろうという決意を表明しているに過ぎない。結局、マラルメの精神的危機は、パリに出るという願いをほとんど無理矢理に叶えてしまう一八七一年まで、寛解を挟みながら続くことになる。健康の回復はまだ、遠い希望でしかなかったはずだ。

それにしても、この手紙のあと、他ならぬボナパルト＝ワイズが喉の発作で倒れたと聞いたときには、マラルメも驚いたのではないか。病状を心配したマラルメは、一八六九年年五月二十日に励ましの手紙を送っている。しかしこのとき、マラルメ自身の状態もペンを持てないほどに悪化していた。いつもは妻に手紙の代筆を頼み、最後に自署するのみで済ませているのだが、貴方が死を覚悟していると聞いて、自ら筆を執ることにした、私も苦しいが、希望を捨てないようにしている――マラルメはそう書いて励ましている(9)。

一八七一年、久々に異国でボナパルト＝ワイズに再会したとき、マラルメはパリでの新しい生活を軌道にのせるべく、孤軍奮闘のさなかであった。自己の存在の奥底に降りてゆくような精神の危機はまだ記憶に生々しく、しかしまた、自らの人生が新しい段階に入ったということ、いやむしろ、新しい段階に入らなければいけないということを、かつてないほど明確に意識したうえでの実際的活動だった。それぞれの危機を同じ時期に通過した朋友との再会にあたって、マラルメが書いた詩が、二人の危機を重ね合わせて、互いの無事を寿ぐものであったことは当然の成り行きであっただろう。この詩に漂う快復期の気怠い明るさは、肉体的な、あるいは精神的な危機からようやく抜け出して、しかしまだ完全には体力が戻ってきていない二人の詩人の実感であったはずだ。

イジチュールの陰画

そもそも、この詩に描かれる「危機」にマラルメ自身の経験が反映していると考えるのでなければ、第一ストローフの描写はほとんど理解できないだろう。「時満ちた正午が十二の刻を抛《なげう》つとき」――これが「イジチュール」において危機的な時刻として現れる「真夜中 minuit」の反転した姿であることは解説を要さない(10)。

正確には、このソネにおいて正午それ自体が危機の刻として現れるわけではない。「詩人」が死に瀕する時刻、あるいは、その妻が擬人化された〈死〉と対話する時刻が正午である、というような単純な話ではないのである。正午の果たすのは、危機の記憶を呼び覚ます引き金としての役割である。陽光が鉛直に降り注ぎ、青々とした芝生や豊かな果実が「色香」となって充満するという夏の情景はひたすらに明るいが、生の過剰なまでの横溢は、かえって、その影に隠れて機を窺う死の姿を喚起するものではなかろうか。ここで「色香」と訳した appât は文脈において解釈するのが難しく、これも脚韻の都合から引き出された語かもしれない。しかしこの語はそもそも、罠に獲物をおびき寄せる餌を意味するものだから、夏がその光の後ろに隠している陥穽を示唆しているようにも読める。詩の主人公たる貴婦人が、夫に迫った〈死〉を思い出しているそのときに、それを描写する詩人マラルメは、間違いなく、イジチュールという名の主人公と、彼の名において繰り返し夢見られた擬態的な死の経験を思い出していたはずだ。

全体として見るならば、この、ボナパルト＝ワイズ夫人のために書かれた短く、慣習的な詩と、孤独のうちに推敲を重ね、結局「ゴミ（déchet）」――マラルメ自身の言葉である――になる他なかった難解な散文との間には何らの共通点もない。しかし、「イジチュール」に一定の形を与えたマラルメが、マンデスやジュディット・ゴーチエ、ヴィリエ＝ド＝リラダンを前にしてその原稿を読んだのは、前年、一八七〇年のこれも八月のことである。それが忘れられている訳もない。マラルメは、一八七一年八月の白昼、ロンドン近郊の瀟洒な邸宅の庭園で、ちょうど一年前、自己の深淵において演じられた危機を陰画として――もちろん漆黒のネガとは純白の光輝にほかならない――見ていたのに違いない。

ここで、複雑な未定稿からなる「イジチュール」を精査することはできないから、このソネと関わる点だけ、ざっと確認しておこう。「イジチュール」の中核にあるのは、深夜零時にサイコロを振るという所作である。もっとも、マラルメは、部屋を出てゆく、とか、ろうそくを吹き消す、あるいは毒薬を飲む、という行為も考えていたようなのだが、これらの自死を示唆する行為、あるいは自死の行為そのものが、深夜零時という危機的時刻との関係でどのように位置づけられるのか、という点は突き詰めないまま創作を放棄してしまった。これら、おそらくは等位関係にある行為の間に秩序を与え、時系列に沿って展開することが小説的想像力の真髄であるとするならば、マラルメは明らかにそれを欠いていた。ただひとつ確かなことがあるとすれば、それは、「イジチュール」の筋立てが向かって行くべきものが一個の危機であった、ということである。危機とはすなわち主人公の死であり、彼はある行為を完遂することによって、迫ってくるこの瞬間を能動的に生きようとする。ここで、死を能動的に生きる行為とは、自死の行為――「死ぬ」という行為――とならざるを得ないが、マラルメはこの逆説的行為が、同時に、ある絶対性を生み出すことを夢見ていた。それが、偶然の廃棄という観念で示される事態である。一対のサイコロは、偶然を否定する――つまり主人公が自らの手で必然を作り出す――ための道具立てとしてマラルメが是非とも必要としたものであった。

偶然を否定する、と言っても、サイコロが具体的にどのような働きをし、それが主人公の死とどのように関わるのか、ということはまったく不可解である。しかし少なくとも、マラルメの固定観念の中心に十二という数があったことは間違いない。偶然の廃棄とは、たとえば、深夜十二時が訪れると同時に振られたサイコロの目が十二を示し、時刻と対応するというような表現をとるはずだ。一方、時刻の進行において、この十二時という時刻の特性は、それが零時と一体であるという点にある。マラルメがこだわったのは、十二という充溢が一気にゼロに、すなわち無に帰結するというドラマであった。そしてこの点、すなわち、十二まで積み重ねた時を一気に精算し、ゼロに戻すという点では、正午も真夜中も変わらない。「十二の刻を抛《なげう》つ」正午とは、十二の目を示すサイコロを投げて自らを無に帰すイジチュールが、一年後、危機の終結とともに陽光のもとで昇華され消えゆく際に示した最後の化身であったに違いない。

虚偽たる死

しかし、エレン・ボナパルト＝ワイズのソネを「イジチュール」との関連において考える上で、たんに十二時という時刻が明暗反転しているということを指摘するだけでは不十分であろう。重要なのは、死に対する詩人の態度が大きな転換を遂げているということである。思い出そう。ソネにおいては〈虚偽〉たる死は完全な否定性として現れる。詩人の妻は、哀れな死者がエデンに住むことなどない、と言い放った。死神が約束する地は「不在の虚しい土地（vain climat nul）」と呼ばれ、この世の夏の光景の「充溢（plénitude）」に対置される。死は単純に「ないこと」として描かれるのである。

一方、「イジチュール」とは、死という否定性をいかに現前させるか、という試みであった。その極端な例は「真夜中」と題された断章である（I, 846）。「確かに〈真夜中〉の現前は存続する」という文で始まるこの断章において、名指されている〈真夜中〉とは、まずは虚無の別名であるに違いないが、読んでゆくとどうやらそれが、主人公イジチュールが死んだのちの、成れの果てであることがわかる。死マラルメが夢想しているのは、つまり、主人公が死んだ後にも「ありつづける」という事態である。死者は存在しない――これほどに簡明な真実もないだろう。しかしマラルメは、言うなれば、「虚無の逆説的な存続」のようなものを夢見て、それを作品として結実させるための苦闘を続ける。その苦闘の痕跡こそが「イジチュール」草稿群であった。

「イジチュール」からあと一節だけ引用して、この、「ないものがある」という不可能な命題の具現化を見ておこう。「虚無の存続」は、ある断章において、毒薬の入ったガラス瓶というイメージとなって現れる。

空っぽの家具の上で、〈夢〉が悶絶してこのガラス瓶となる。虚無の実体を閉じ込めた純粋性である。

~~この夢は存在する~~　(I, 839)

マラルメは、「この夢は存在する」と一旦書き付けたのちにそれを抹消している。このとき、「この夢」とは、前後の文脈から言えばガラス瓶のなかに結晶化した「虚無の実体」のことであるが、同時に、この「虚無の実体」の存在証明の試みの総体、すなわち、「イジチュール」という作品の比喩ともなっていることは疑いない。抹消の仕草は、マラルメの明晰さを示すものに違いない。「ない」ことこそが「ある」ということの証明は、当然のように失敗する。マラルメは、「イジチュール」の不成立を予期している。ただしその一方で、彼は自分の行為を救い出す道も見ていたはずだ。「存在しない」と一挙に言明することと、存在を一旦書き付けた後にそれを抹消することは同じではない。抹消するという行為は、存在自体は否定しつつも、否定の痕跡を残すことになるだろう——この痕跡のうちに保存されるものこそ、「虚無の実態を閉じ込めた純粋性」ではなかろうか。

断続的に続いたマラルメの精神的危機とは、このような、虚無に対して何らかの実在を付与しようとする苦悶に他ならなかった。よく知られている通り、イジチュールの試みの四年前の一八六六年、マラルメはカザリスにあてた手紙において、興奮とともにこう宣言する。

　ああ、知っているとも、僕らは物質のとる空虚な形態でしかないんだ——けれど、神だの我々だの魂だのをでっちあげたのだから、かなり崇高な形態だがね。その崇高さゆえに、ああ友よ、僕は物質のこのスペクタクルを自分に見せてやろうと思う。物質であることは認識しつつ、しかしそれでいて、〈夢〉——物質たる僕はそんなものが存在しないことは承知しているけれど——の奈落に熱狂して身を投じるんだ。そして、〈魂〉だの、それに類する神聖な印象、原始の昔から僕らのうちに積み重なってきた印象だのを歌い、真実たる〈虚無〉の御前《みまえ》において、これら栄光ある嘘を声高に叫ぶのだ！　以上が僕の〈抒情〉一巻の計画であり、おそらくその題名となる——つまりは『虚言の栄光』あるいは『栄光ある嘘』という題だ。僕は望みを絶って歌うだろう！　(I, 696)

マラルメは、自らが生涯をかけて完成させようという文学を「栄光ある嘘」として提示する。神という実在を否定し、神の消えたあとの虚無のみを真実として崇め、しかし虚無こそが存在するのであれば、その〈夢〉に殉じることを詩人の務めとしよう——パリに出てくるまでのマラルメの危機を支配していたのは、このような捻れた論理であった。

「イジチュール」とは、この「栄光ある嘘」の究極として、それを突き詰めることによって危機から回復する試みに他ならない。それは、カザリス宛一八六九年十一月十四日の手紙において、Similia similibus (I, 748) というラテン語の表現——「同種のものは、同種のもので（治癒する）」——によって言及されるとおりである。しかし、この治療法が決定的な効果をもたらさなかったことは明らかである。すでに見た通り、マラルメは、パリに出てくる直前、前章で引用した一八七一年の手紙においても、五年前とほとんど変わらない文学的構想を巡って逡巡している。考えてみればそれも当然のことだろう。結局のところ、「毒をもって毒を制す」という論理は、もともとマラルメの危機に内在していた「自身が虚偽であるならば虚偽をこそ歌おう」という逆説の一つの変化系でしかなかったのだから。結局のところ、「ないものがある」などということを——パルメニデスに発するというかの同一性の原理に逆らって——言い始めた途端、あらゆる種類の論理的悪循環は避けられない。詩人の精神はその悪循環の内側をひたすらに疾走して疲れ果てる他なかった。

ところが、マラルメにおいて、無が有であり、虚偽こそが真実である、というねじれた論理は、一八七一年に忽然と消える。その決定的な表現が、エレン・ボナパルト＝ワイズのソネだろう。この地上こそは、息吹通う存在の、唯一無二の世界である。マラルメはかつて一八六六年の詩篇「花」において、「冥府の庭」と呼んで「父」のもとに召されるまでの待機の場と見なしていたものが、人にとってただひとつの真の居場所であると知ることになる。「虚偽」を否定する認識は、マラルメがパリに出てくる直前に取り憑かれていた危機のヴィジョンの反転としてもたらされた。同時にまた、マラルメはそれまでであれば安易さを許すことができなかったような単純な詩法によって、友人の病と回復——生きる人間にとっては切実であるが、突き詰めれば偶然としか言いようのないアネクドート——を、世話になっている夫人のアルバムに記す。単純に、転地療法が効いた、と言ってしまえば身も蓋もない話かもしれない。しかし、マラルメが詩人として別の段階に進むために是非とも必要とされたのは、まさに、精神に対する解決が精神そのものからもたらされると考えることの限界を知ることではなかったか。

二、地上の詩のとき

エッティ・イエップのソネ

かくして、地上的真実が身体運動と結びついて現れる。見通しのよい、散歩に適した庭園が、死の周囲をめぐる論理的迷宮にとって代わるのである。ここに射す光を、やがてマラルメはマネの目を通して、「それ自体は不可視であるが、すべての上に君臨する」自然光（II, 454)、女性の「簡素かつ生き生きとした姿」（II, 453）を現前させる太陽の光として見るだろう。それらすべてのはじまりは、ボナパルト＝ワイズ邸で過ごした一八七一年の夏にあった——そのことを確認した上で、今は二つ目のソネに移ろう。

死を扱い、また夫婦の絆を問題にしているという点で、ここまで読んできたボナパルト＝ワイズのソネと次のソネは明らかに呼応している。ただし、今度は死に遭うのは妻の方、しかも敵はその業を遂げてしまっている。

一八七七年十一月二日

——「忘れられた森の上に、暗い冬が訪れるとき
あなたは嘆くのでしょう、おお、家の敷居に囚われた孤独なひとよ、
私たちの誇りとなるはずのこの番《つが》いの墓を満たしているのは
ああ、重い花束の欠如ばかりなのですから。

虚しい数を抛《なげう》つ〈真夜中〉に耳も貸さぬあなたを
夜は昂《たかぶ》らせ目を閉じることもできない、
せめて馴染みの肘掛椅子の腕のうちに、
私の〈影〉が、末期《まつご》の燠に照らされるのを見るまでは。

〈訪い〉の繋きを望む者は、

墓石にあまり多くの花を積み上げてはなりません。私の指は
亡者の力の物憂さを奮ってそれを持ち上げるのですから。
私は今や、まぶしい炉辺に座るのを恐れる魂です。
生き返るのに必要なのはただ、あなたの唇のうえで
夕べのあいだじゅう私の名前をつぶやく息吹を借りることばかり。

（あなたの大切な死者のために、彼女の友人より）

一八七七年の日付をもつこのソネを作ったとき、マラルメはきっと、六年前にボナパルト＝ワイズ家で作ったソネを思い出していただろう。「夫婦と死」という主題が共通しているだけではなく、十二時のモチーフ、そして「息吹」と配偶者の名の結びつき等々、マラルメの着想はほとんど不変である。もちろんこれが意識的でない可能性もある。しかしだとすればそれは、マラルメが一八七〇年代の種々の散文、たとえば『最新モード』の軽妙なおしゃべりに興じている間にも、生死と息吹、あるいは「名」をめぐる問題の総体が、彼の心に伏流し続けていたことの証拠に他ならないだろう。

しかしその一方で、エレン・ボナパルト＝ワイズのためのものと比べると、こちらのソネの完成度は明らかに高い。ソネという詩型を生かした構成、あるいは字句の洗練など、マラルメは快復期の気怠さを乗り越えて、すでにその本領を取り戻していると言っていいだろう。完成度の高さは詩の明快さにも繋がっている。文法《シンタックス》の錯綜もそれほどないから、気持ちよく読み下せる佳篇という雰囲気でもある。この詩が生前発表されなかったのも、あるいは作品の出来不出来の問題ではなく、以下で触れるように、

制作のきっかけに個人的な事情を含むためではなかったか。

マラルメとエッティ・マスペロ

詩の冒頭に引用符が置かれている。ここで語っているのは死者、夫を置いてこの世を去った女の魂である。一方、末尾に置かれた括弧書きの註記はマラルメ自身の言葉——「あなた」すなわち詩の贈呈を受ける者の「大切な死者」とは、亡きその妻である。彼女はマラルメにとっても親しい友人であった。日付となっている十一月二日はカトリックの死者の日、この記念日に、詩人は霊媒となって女の霊を呼び出し、彼女の望みを夫に伝える役目を買って出る——これが詩の枠組みである。

やはり、ソネが書かれた背景を見直すことから始める必要があるだろう。語り手となっている「妻」はエッティ・マスペロ、夫は著名なエジプト学者ガストン・マスペロである。エッティとマラルメの交際は古く、一八六二年、マラルメがちょうど二十歳のときにまでさかのぼる。その年の五月十一日、マラルメは駆け出しの詩人・画家仲間と年頃の女性（とその母親）、あわせて十人ほどのグループでフォンテーヌブローに散策に出かけた。青春の一日を記念するため、マラルメは『令嬢たちの十字路』なる共作文集を友人エマニュエル・ド・デゼッサールと作ったりもしている。マラルメにとっては、パリで野心を燃やす若者と交流し、また、同年代の「令嬢」たちと知り合うまたとない機会であった。

参加者を見てみよう。いま言及したデゼッサール、そしてアンリ・カザリス——彼らはマラルメ青年期の同志である。彼らとはこの後、マラルメが地方の教職に甘んじた間も頻繁な文通で友情を温め合うだろう。また、前章で述べた通り普仏戦争で命を落とすことになる画家アンリ・ルニョーも、当時弱冠十七歳、この会に参加している。女性の側の参加者としては、まず、ニナ・ガイヤール——将来ニナ・ド・ヴィヤールの名でパリの有名サロン主宰者となる女性である。マネの筆になる有名な肖像画が残されているが、既に述べた通りマラルメとマネを引き会わせたのも彼女である。

このフォンテーヌブロー行にやはり母親とともに参加したのが、イギリス人、ヤップ家の姉妹、イザベルとハリエット――通称エッティであった。このとき、カザリスは十七歳のエッティに熱烈な想いを寄せる。彼女の方でも好意を共有していたらしい。マラルメはカザリスとエッティの間で、一種の感情的仲介を果たすことになるだろう。これもすでに述べた通り、初期マラルメ韻文詩の佳篇「出現」は、エッティをモデルにしてマラルメがカザリスに贈った肖像であった。

一八六二年十一月からのロンドン滞在中も、マラルメはヤップ家に出入りしている。この時期、マラルメの方も妻となるマリア・ゲルハルトとの間で波乱に満ちた感情生活を送っており、それを助けたのがカザリスであった。しかし、破局寸前にまで至りながら最終的に結婚までたどり着いたマラルメとは反対に、幸福を約束されているかに見えたカザリスの恋のなりゆきは芳しいものではなかった。二人の結婚は際限なく引き伸ばされた挙句、一八六八年には決定的な破談に至る。

マラルメは一八七一年、ロンドンを再訪するのだが、この機会に彼はヤップ家を訪ねエッティに再会している。しかしそのとき彼女が依頼したのは、カザリスに、自分の送った手紙をすべて焼却してほしい、という要望を言付けることだった[11]。エッティはその年のうちにマスペロと結婚するだろう。しかしこの結婚生活は長く続かない。二年後の一八七三年九月、エッティ・マスペロは第二子出産後の産褥熱で、二十七歳の短い生涯を閉じた(言い添えておくと、ガストン・マスペロの子で道教の世界的権威となったアンリ・マスペロは一八八三年の生まれだから、エッティとの間の子ではない)。

忘れられた森

さて、詩の本文に戻ろう。ただ、ここまで長々とエッティ・マスペロとマラルメの交際を跡付けてきたのも、詩を解釈する上でまったく無駄というわけではない。というのも、詩の冒頭に置かれた「忘れられた森」の句は、かなりこの詩の本題からは外れた暗示だからである。

まず注意しておかなければならないのは、詩で科白を発している亡き妻の墓が「忘れられた森」に位置するのではない、ということである。事実、エッティの墓は、パリのペール＝ラシェーズ墓地にあることが確認されている。[12]この点についてマラルメが勘違いすることはありえないだろう。ましてや詩を贈られたはずのマスペロは、エッティの墓と森が関係するなどとは思いようもない。それではなぜ、詩の冒頭に「森」が喚起されるのか。

おそらく、この「森」は単なる季節の慣習的描写ではなく、マスペロの理解を超えた意味の射程を持つものだろう。冬の訪れとともに忘れられる森、であるから、逆に考えれば、夏の間は訪れるものが絶えない森、ということに違いない。つまり、森とは人跡未踏の野生ではなく、都市近郊の自然であり、たとえば、パリに移り住んで以来マラルメが親しく通ったフォンテーヌブローのことである。だとすればマラルメが、その森が舞台となったエッティとの春の邂逅を思い出していないはずがない。

問題は、そのような暗示から始まる詩の完全な理解から、この詩を贈られたはずの寡夫マスペロは排除されているということである。ポール・ベニシューは、マラルメがこのソネを宛名人に送らなかったのではないか、という疑いを述べているのだが、それもゆえなきことではないだろう。[13]詩人は、エッティの魂の言葉を発する口となることで、夫その人よりも彼女に近いところにいることになる。しかも、詩人は、夫のあずかり知らぬ過去を――しかも詩人自身がその相手でなかったにしても、妻が封印した不幸な恋のはじまりを――想起している。ベニシューは、夫婦の間に割り込んでとりなしをするような枠組みは慎みを欠く、と述べているが、確かに、マラルメとマスペロの交流はそのような馴れ馴れしさを許すほど親しいものではなかったようだ。アンリ・モンドールによれば、マスペロは一八七五年ごろにはマラルメのローマ街の新居に通っていたらしいが、[14] エッティその人に媒介されていた関係は、彼女亡き後には薄まっていかざるを得なかっただろう。むしろマラルメは、この詩をマスペロのためにではなく、自らのために、そして自身にとって「大切な死者」であったエッティのために書いたものではないか。

もちろん、この詩に漂う穏やかなユーモアからして、マラルメはガストン・マスペロに対して敵愾心を持っていたわけではないだろう。来るはずもない死者の訪れを待ち続ける夫に対して、詩人はたしかに多少の心理的距離をとっている。しかしたとえば、産褥熱による妻の死を、夫のせいだと言って責める意図はなさそうだ。とは言え、冒頭で「忘れられた森」を喚起するこのソネは、マスペロの妻ではなく、かつてのイエップ家の娘の記念碑、そして、エッティやカザリスと共にあった自らの青春の墓碑として読むべきものであろう。そうだとするとここに、「森《フォンテーヌブロー》」での出会いを「忘れ」、他所へ嫁した女の運命への、苦い嘆きも聞き取れるようだ。

エッティの墓

もちろん、冒頭の「森」の含意をつかみ損ねても、ソネ全体の理解にはほとんど支障がない。いずれにせよ冬とは家に閉じこもる季節である。十一月初旬であればまだ冬と呼ぶのには早い気がするが、妻を亡くした夫には来るべき寒さが敏感に感じとられるものだろう。死者の日には亡き人を思って花を捧げる習慣だが、この年、夫は何らかの事情があって墓参することができなかった。そのために墓を満たすのはただ「重い花束の欠如」のみ、ということになる。この「欠如」はその一方で、「番いの墓」において、夫の棺が入る場所がまだ空いている、ということも意味するだろう。夫も死んで墓に二人が揃い、夫婦の絆の記念碑が「私たちの誇り」となるときを、妻はしばらくのあいだ一人で待っていなければならない。

第二連は家に引きこもる夫の描写である。真夜中になって時計が十二の時を打つ。この時が「虚しい数」と言われるのは、結果として、十二回打つ時を無にすることを意味するからであろう。これが先ほど見たソネの「正午」の陰画になっているのは明らかである。となるとこれは再び、マラルメ自身の十二時をめぐる固定観念によって作られた詩句であって、マラルメは「イジチュール」の幻想に立ち戻っている、ということになる。その一方で、マスペロは妻を亡くしたあと降霊術に凝ったとも言われるから、詩人は事実に取材したのかもしれない。夫は深夜に妻の霊の出現を待つ。暖炉の薪が尽き、最後の燠火が絶えるその時、薄暗がりが暗黒に転じるその瞬間に、亡き人の姿が浮かび上がる、といかにも魔術的な情景をマラルメは描くのだが、もちろんこのような不思議が実際に起こった、ということを言うのではない。時計の鐘も耳に入らぬほどに気分を高ぶらせ、かつて妻が座っていた肘掛け椅子を瞬きもせず見つめる夫に何かが見えたとしても、それは幻覚に過ぎない——そう詩人は揶揄するようである。

第三連は墓の描写に戻る。墓参りを果たせなかったことを気に病む夫を、妻はすこし戯けながら慰める。私がしょっちゅうお墓から出てくるのをお望みならば、墓石の上に花を積み上げておいてはいけませんよ、死んで力も萎えた私の指はそんなに重いものは持ち上げられないのですから、と。マラルメは、肉体が蘇ると真面目に言っているのではないだろう。そもそも、墓石の重量を持ち上げられるのであれば、その上に花がいくら載っていようが関係ない。これは夫を慰めるための妻のユーモア、あるいはそういうことを妻の魂に言わせる詩人のユーモアである。

第四連。結局のところ、妻は明るい炉辺に出てくることはない。死者は馴染みの肘掛け椅子に座ったりはできない——第二連で描かれた、眠れぬ夜を過ごす夫の期待はここではっきりと否定される。それに代わってここで示唆されるのは、別の蘇りである。妻の名をつぶやく夫の息吹こそが、妻の魂そのものなのだ、と。「魂」âme とはギリシャ語の anima これは文字通り息の意味だから、マラルメの着想はただ語源に忠実であることから得られるものである。ここでマラルメは、六年前のソネとまったく同じ映像——妻の名を口にする夫——でソネを終えている。引き裂かれた夫婦は、名を呼ぶという行為によって再び結合する——もちろん、ボナパルト゠ワイズ夫妻の場合は別離が未遂に終わったという幸福な結末であるから、ことはエッティにとってほど決定的なものではなかったのだが。

虚構の復活

マラルメは、ここで読んだ二つのソネを厳密な対として構想したのではないだろうが、その照応は疑いない。ただ、この二篇を並べたときに印象的なのは、間にある六年の年月のうちに、マラルメの死をめぐる態度にある種の揺り戻し、あるいは少なくとも、揺らぎとも遊びとも呼びうるような動きが起こっているということである。

たしかに、エッティのソネにおいても、死者のよみがえりはひとまず否定されている。夜を徹して目を凝らす夫の期待にも関わらず、亡妻は家の暖炉の光のもとに出てこない。死は端的に虚無である。その領域に入ったものは実在の世界には戻ってこない。マラルメはこの冷厳な事実を確認するのであり、その限りにおいて、彼は先ほどのボナパルト゠ワイズのソネと同じ立場を表明している。夫婦の死別を象徴する「重い花束の欠如」は、生き残ったボナパルト゠ワイズ夫妻を祝福する「地上の花々」の陰画を成す。地上の充実と死の虚無の対照は厳格である。

しかしそうだとすれば、この詩で「私」と言っているのは誰なのか。——詩人は、死んだ女が話しているのだ、と暗示する。つまり彼女は、まさに詩人の「唇のうえで」生き返っているのではないだろうか。かくして、最終連で描かれるように、魂は息吹として蘇る、そして、詩人はある種の霊媒として復活を助けるものだ、ということになる。死者は目に現れることはない、しかし言葉は魂と同質的なもので、それを呼び戻す力を持つ。詩こそは永遠の生命なのだ——そうマラルメは言うようだ。つまり、死者はよみがえっている。

けれど、本当にそうなのだろうか。マラルメは本当に、自らの筆の下に生まれる言葉がエッティ・マスペロのものであると、信じていただろうか。かけがえのない妻を亡くした者に、自分を通して響く彼女の声が慰謝をもたらすことができると、信じていたか。答えは間違いなく否である。マラルメが六〇年代に通過した危機は、神や魂の永生に関する信を彼から不可逆的に除き去った。そうでなくとも、死者の声を媒介できるというような迷信めいた考えはそもそもマラルメの詩想と相容れないものである。

たとえばユゴーは、追放の地で家族や友人と降霊術に耽ったと言われる。ガンジー島にはシェイクスピアの霊までが呼び出され、かの英国詩人は現代フランス語で話すばかりか、フランス語で定格の詩までも作ったという(15)。ユゴーがこのようなオカルト的経験にどの程度関与し、それをどこまで信じていたのか、というのは議論の余地があるだろう。しかしはっきりしているのは、マラルメはユゴーではないということだ。一八七六年のマネ論において、預言者としてのロマン主義的詩人像を明確に否定したばかりのマラルメが、自ら降霊術を試みて、死んだ女友達に十二音綴詩句《アレクサンドラン》で告白させた、などと考える余地はない。結局のところ詩人は、自らが伝える死者の言葉が本物であるなどとは毫も信じていないはずだ。

エッティのソネが間違いなく優れた詩的表現を達成していながら、どこか不謹慎な印象を与えるのは、この信の欠如のゆえではないだろうか。マラルメも当然それは理解している。この詩が生前に発表されなかったのは、自らが信じていない「死者の言葉」を発表して、寡夫、さらには広範な読者をペテンに——それがどんなに善意からなるペテンであるとしても——かけるのを回避したためだろう。それだけではない。そもそも、死者が言ってもいないことをその人のものだとすることは、もはや存在せずゆえに反論もし得ぬ者に対する不敬でなくて何だろうか。

もちろん、ここですぐに付け加えておかなければならないのは、不敬の印象は、この詩の全体を満たすユーモアによって、かなり緩和されているということである。マラルメ演じるエッティは、墓に供えられた花が重すぎると出てこられないから、どうか少しにしてくれ、と言う。他愛もない言い分で、これには、魂の不滅を信じる者であってもさすがにバカバカしいと思うだろう。死んだ妻の魂がこの世に無形のメッセージを伝えることくらいはあるかもしれない。しかしいくらなんでも、彼女が墓石とその上の花を持ち上げて、つまりゾンビのように肉体的に蘇生して夫に会いに来るなんてことはありえない。そんなことを死んだ者自身が言うなどということはさらにありえないことだ。この荒唐無稽こそが、詩人が死者の代わりに語るという枠組みを、あくまでも作り物としてではあるが、救うだろう。いずれにせよ、これは« jeu »、つまり演技あるいは遊び——ただし死者を思い、残された者たちを思う恭しい遊び——なのだ。もっとも、もしこのソネが公になっていたならば、死者を巡ってふざけることにある種の真面目な読者が眉を顰めたかもしれないが。

死と復活

すでに明らかであるように、エッティのソネにおける復活の描かれ方は、この前年にマラルメが発表した「エドガー・ポーの墓」とほぼ一致している。「エドガー・ポーの墓」において、極めて重要なのは、前半の四行詩二連の部分で出されるヴィジョンが、実現しないヴィジョン、虚のヴィジョンだということであった。詩人が栄光のうちに復活する様子を描いているようでありながら、それは結局、ポーの墓を飾る用は為さない。よみがえりは虚構でしかなく、現実に残されたのは、詩人の死を具現化する沈黙の石のみである。

　マラルメはこの、一八七六年あるいは七七年という時点において、再び虚構の詩人となっている。いかに輝かしい詩人の復活が歌われようとも、あるいはまた、いかに優しいユーモアを懐かしい死者が口にしようとも、詩の言葉はいずれ、韻を踏み、音律を整えられた嘘であることを免れない。マラルメは、すでに引用した一八六六年の言明（「そして、〈魂〉だの、それに類する神聖な印象〔……〕を歌い、真実たる〈虚無〉の御前《みまえ》において、これら栄光ある嘘を声高に叫ぶのだ！」）へと立ち戻っているのではないか。「ないものはない」という態度に終始し、ひたすら地上に「あるもの」のみを歌うことは、彼にとって到底不可能であったと言わねばならない。

　それでは、一八七一年、ボナパルト＝ワイズ夫妻のソネにおいて表現される地上への向き直りは、度重なる危機に困憊した「不在」の詩人が、わずかな時間、心の弱さに負けて見せた「存在」への一時的譲歩でしかないのだろうか。

　しかし、たとえば前章で読んだマネ論においてマラルメが示す〈真実〉への帰順は、単なる気の迷いとして総括し得るような底の浅いものではなかったはずだ。そのことは次章で一八七三年の「弔いの乾杯」を通じて改めて検証したいと思うが、少なくとも、マラルメの文学が、パリに出てくる前とその後ではまったく別のものに変わってしまったということは改めて言う必要もないだろう。一八七一年はマラルメにとって決定的転機であった。そして、この転機のもたらした断層が表面において覆い隠された後でも、彼の詩はその深層において蒙った決定的な変動を消し去ることはできなかった。問題は、その変動をどう捉えるか、である。

　たとえばすぐ目につくこととして、マラルメが「嘘」と呼ぶ対象の推移を指摘することができるだろう。一八六〇年代後半、そして、ボナパルト＝ワイズのソネで死の領域を「不在の虚しい土地」とした一八七一年に至っても、マラルメにとって虚構の究極には純然たる死、すなわちあらゆる意味において完全な虚無が位置していた。一方、一八七〇年代中盤に虚構が再び現れるとき、それは偽の復活、つまり、死者の地上における擬態を意味するようになるだろう。虚構が無ではなく再生を指すようになるのに伴って、マラルメの「嘘」はおしゃべりになった、と言ってもいいかもしれない。

もっとも、「イジチュール」にしたところで、それが文学的な試みである以上はあくまでも擬態としての死の追求であったはずだ。純粋な虚無たる死を目指しつつ、詩人の筆は沈黙の地点へは決してたどり着かず、延々とその沈黙についての夢を紡ぎ出すしかなかっただろう。「イジチュール」が始めから挫折を運命付けられていた所以である。そうであるならば、前期マラルメの虚構の死――「虚無の存続」に関する夢――と、中期マラルメの虚構の復活との間にどれほどの質的差異を見出すことができるだろうか。死と復活という両極は、虚構という枠組みの中でやすやすと混ざり合う――ここにはもちろん、〈真実〉ではなく〈虚偽〉を前提として議論する際に必然的に陥る論理的混乱があるのだが、しかしそもそも、この混乱に乗じようというのでなければ、文学を虚構だと主張することに何の意味があるだろう。

たとえばエッティのソネから数えて十年以上ののち、マラルメは友人ヴィリエ＝ド＝リラダンの死に遭う。その顕彰のための講演を行った詩人がその冒頭に置いた文は「夢の常連たる人間が、ここでもう一人の夢の常連、ある死者について語りに来る」（II, 23）というものである。詳しい検証は、この『ヴィリエ＝ド＝リラダン』を扱う後章に譲らなければならないが、ここでマラルメが、夢と死を文学者の営みに結びつけるのは、かくなる不在の領野こそが、死んだ友人と自身が共有する唯一の場であるために他ならない。言い換えればマラルメは、夢あるいは虚構という枠組みのうちに、死んだヴィリエを呼び戻してみせようとするのである。結局のところ、虚構という言葉が死を指すのか復活を指すのか、という一見わかりやすい指標は、一八七一年にマラルメが果たした転回を考える上で決定的なものではない。

詩とユーモア

ここでより重要だと思われるのは、死から復活へ、という描く対象の移行にも増して、文学という虚構の枠組みに対するマラルメの態度の変化、すなわち、アイロニーからユーモアへの、たしかに微妙で捉えがたい、しかし不可逆的な変化である。

もはやマラルメは、「イジチュール」のように、「ない」ものの只中に入ろうとして理念的な自殺を繰り返したりはしない。アイロニーが、「ない」ものを「ある」と強弁して熱を帯び、辛辣や苛烈、あるいはシニスムへ傾くものだとすれば、ユーモアは、「ない」ものを「あらしめる」ことが可能だなどとはハナから信じていない。ユーモアは、「ないものがある」というような論理的悪循環に入り込むことを巧みに避けつつ、なお「ないもの」を生み出し続けて憚らない。

しかし、マラルメ詩のこの新たな展開、すなわち、ユーモアの開花ともいうべき事態には、ある前提があったはずだ。それこそ、「あるものがある」ことを認め、さらに己が避けようもなく「あるもの」の側に属していることを認めることではなかったか。ここにはもしかすると、危機を乗り越えてともかくも生き続けた詩人の、既成事実たる生が徐々に長く、確かなものになっていったという事情が反映しているのかもしれない。――いずれにせよ、闇の中に沈んでしまっては夢を生きることなどできない。詩人は、虚無と同一化することを避け、あわいに延命し続けるだろう。

自己という精神の牢獄を離れ、世界に戻ったマラルメは、ただ「ある」もの、すなわち「自然」を見つける。このとき彼が得たものを、この世に生きるほかないのだという諦念、と言ってしまえばたしかに凡庸である。しかし付言するならば、マラルメがこの諦念を生きるやり方はなかなか非凡なものとなるだろう――彼は地上に「ある」ことしかできない、すなわち、自らが「ない」ということは不可能だということを識ったのちも、虚空への思いをノスタルジーのように歌い続けるのだから。

時刻から時間へ

かくして一八七一年の「回心」以降、マラルメのユーモアは、――たとえばエッティのソネに見られるように――「ない」ものに身近な手応えをあたえ、それによって「ある」ものの確かさを揺らがせてゆく。言い換えればそれは、虚偽の只中たる危機に突っ込むのではなく、虚実の境の曖昧な領域を文学のために確保し、そこから地上を蚕食しようという試みである。

だとすれば、エッティのソネの結末は、もっと注意して読まれるべきではなかったか。

生き返るのに必要なのはただ、あなたの唇のうえで
夕べのあいだじゅう私の名前をつぶやく息吹を借りることばかり

ここで最も注意するべきことは、詩の舞台が「夜（nuit）」から「夕べ（soir）」へとずらされていることである。「夕べ」あるいは「晩」と訳すべき soir は、『リトレ辞典』によるならば、「日が傾くこと、太陽の西側水平線への移行」である。現代の辞書であるが、『グラン・ロベール』は第一義として『リトレ』と同様の語義を示したのち、第二義として、「一日のうち、太陽が傾き、沈み、夜が始まり、真夜中までの部分」という語義を挙げる。[17] それは日が暮れてから寝るまでの時間であり、遅くても真夜中には終わる。ここを「一夜を通して」[18] とか「夜を徹して」[19] とやったのでは、生き残った夫が妻への執着を捨て切れず、眠らないことになってしまうので不正確である。

マラルメは、生と死が垂直的に交わる「時刻」から、生者の息づく「時間」へと、ひそかに詩の時間性を変位している。真夜中が充溢から虚無へと落下する瞬間であるとすれば、夕べとはなだらかに太陽が沈んでゆく持続そのものであるだろう。死者たるエッティが願っているのは、夫が一晩中、彼女の訪問を待ってうわごとのように名前を唱え続けることではない。日常の語らいの中で彼女のことを喚起し、然るのちには静かに、生者の眠りに就くことである。ここで描かれているのが地上の光景であることは疑いない。詩人は死者の声を演じているが、その呼びかけはあくまで慎ましく、生者の生を尊重している。「ない」ものは「ある」ものの領域に出て来ようとはしないし、ましてや、「ある」ものを「ない」ものの領域に絡めとろうとはしないだろう。おそらくそれも、詩をなす言葉がつねに、息づく生者の言葉、夕べの語らいと同じ種類の言葉だからである。

＊

マラルメが中期の入り口で示す〈美〉から〈真〉への転向は、ある決定的断絶である。本章でまず読んだボナパルト＝ワイズのソネは、この断絶が残した重要な痕跡であった。虚無を端的な否定性として、ただ単に「ないもの」として示すことで、一八七一年のマラルメは、虚無に形を与える試みであった「イジチュール」と訣別する。

ところが、この断絶はこれまで、マラルメの詩業に適切に位置付けられてきたとは言えない。その原因のひとつには、ボナパルト＝ワイズのソネが――大部の邦訳全集にさえ含まれないということが端的に示す通り――ほとんど読まれてこなかったという事情があるだろう。平易な措辞と象徴的深さの欠如は、皮肉なことにかえって批評家や読者の目を晦ます。このソネは、「名刺がわりに」差し出された数多の機会詩と同様の手遊びとされ、それが一八七一年に書かれたことの意味は真面目に問われなかった。断絶の決定的徴候は見過ごされてきたのである。

もちろん、マラルメの〈真〉への回心が注目されてこなかった理由はそれだけではない。最大の要因とするべきは——すでに前章でコミューンに対するマラルメの態度に関連して指摘した通り——マラルメが〈真〉の名で指すものが、かなりあやふやなものだった、ということである。それが、「真実」というよりも、むしろ「現実」という程度の価値しか持たない、一種表層的な概念であることはすでに指摘したとおりである。その意味において、マラルメが「虚偽」を断罪するその仕方も、不徹底なもので終わることは避け難かった。

たとえば、死後の生を「虚偽」とまで言って否定したはずのマラルメが、この点についていつのまにか再び曖昧な態度をとるようになるのは、「エッティ・イエップのソネ」において見た通りである。もちろん、亡霊が蘇るというようなオカルトじみた迷信は否定される。しかしその一方で、死者の声を代弁するマラルメは、再び虚構《フィクション》の体制に入っている。一八七七年の時点で彼の詩はすでに、少なくとも、真実の探求に専念するものではない。

もちろん、このマラルメの態度の揺り戻しは、裸形の危機の再来を意味しない。マラルメにとって詩はもはや、人間存在の限界たる死の瞬間のうちに潜むものではない。詩的経験は、危機のあとに続く時間、ある種の生き存《なが》らえにおける持続的実践へと変化するのである。この変質には、一八七一年にパリに出てきたのを境に、現代の都市生活に目を開き、またおそらくは妻と二子を伴った家庭生活に馴染んだという事情も作用しているだろう。マラルメは韻文による狭い意味での詩作から踏み出し、「文学によって」生きることはできないまでも、継続的に文筆の成果を発表するようになる。エッティのソネの結末から理解されるように、生存の持続《デュレ》においてこそ、言葉が語られるのである。

第八章　詩と夢

ここからは、中期韻文詩の主要二作、「弔いの乾杯」と『牧神の午後』を読んでゆこう。この二篇は、単に中期の代表作としてではなく、マラルメの詩業全体の自己注釈として、熱心に読まれてきた。「弔いの乾杯」はゴーチエの死という機会に応じて、詩人の宿命とその義務を高らかに歌った作品である。葦笛を持つ主人公に語らせる『牧神の午後』についても、そこで論じられる「音楽」は芸術一般を代表するものであり、詩人にとってはこれが文学の謂いであることは明白だろう。初期韻文詩に歌われていた退廃と憧憬、不産と逃走はここに至って完全に姿を消し、マラルメの弁舌はときに高所から教説を述べるような権威さえ帯びる。

これらの詩の理論的傾向と教説的展開が一層貴重なものと見えるのは、一八八〇年代以降になるとそれらが一転して消えるためである。もちろん、後期韻文にも詩論への傾きはある。しかし叙述はより暗示的になり、平韻による息の長い展開はすっかりなくなってしまう。一八八〇年代以降のマラルメの詩学《ポエティック》は、比喩の無限の反映のうちに、見極めにくい映像として立ち現れるだろう。

しかし、ここまで見てきたことを踏まえるならば、「弔いの乾杯」『牧神の午後』という二篇にある思想の完成を読むことの危うさは明らかである。中期と画定される一八七一年から一八七九年という時期にあって、マラルメの芸術観は大きな揺らぎを示す。その最中に書かれた作品のうちに、マラルメの詩論の最終的な姿を見出すことができるはずもない。ここには理想化されたマラルメ、「マラルメ自身」のようなものはないのだ。詩人はたしかに淀みなく詩を語っている。しかしながら、その見かけ上の雄弁の底には少なからぬ迷いがあるのであり、示される詩論は多くの矛盾を秘めている。ここで必要とされるのは、マラルメの筆跡に残る迷いをそれとして受け止めることであり、それが含む矛盾の綾をそのままに示すことである。

本章では基本的に時系列に沿ってこの二作を読んでゆくが、その第一の目的は、詩人のこのような行きつ戻りつする足跡を精確に辿ることである。まず、一八七三年の「弔いの乾杯」を、前章で検証した中期マラルメの初めにある断絶に着目して読み直し、マラルメの「夢」に対する態度の急変を改めて確認したい。一方、一八七六年の『牧神の午後』については、決定稿に到るまでの過程が不完全な形ではあるが残されている。それを追うことで、夢の拒絶から地上の詩の実践へと進む詩人の姿が明らかになるだろう。

一、「弔いの乾杯」

詩と夢

まず、「弔いの乾杯」を読む準備として、マラルメと〈夢〉の関わりの変化を改めて要約しよう。それというのも、マラルメの態度の大きな振れ幅のどこに「弔いの乾杯」を位置付けるかということが、以下の読解の鍵になるためである。

パリに出てくる前のマラルメにとって、〈夢〉とは、至高の価値を持つ「理想」の同義語であった。たとえば一八六三年六月四日、滞在中のロンドンからカザリスに宛てた手紙において、彼は、「〈行動〉が〈夢〉の姉妹でない」と言って嘆いた現代詩人——ボードレールである——を批判したのだった（I, 647）。青年マラルメの主張は極端なもので、言いがかりに近い。一八六三年の彼にとって〈夢〉とは存在し得ない〈理想〉の別名であった。〈夢〉は〈行動〉のもたらす汚らわしいこの世の幸福とは無縁であるからこそ尊いのであり、そのことを喜びこそすれ嘆くとはだらしない、〈夢〉の讃美者として失格だ、というのである。

一八七一年のマラルメの転機は、このような不在の〈夢〉からの——一時的なしかし確実な——離脱である。それはたとえば、彼の情愛の推移として、つまり、不在の理想への憧憬から身を引き離し、地上的幸福の享受へと向き直ることとして現象するだろう。前章で始めに読んだソネにおいて、ボナパルト＝ワイズ夫妻に向けられた共感はその反映である。前々章で読んだ一八七六年の「印象派とエドワール・マネ」もまた、この回心の美学的表明として位置付けられるだろう。虚偽ではなく真実を、死ではなく生を、という選択は、この評論の核心となった命題、すなわち、ロマン主義的な「夢」や「想像力」を否定し、地上をこそ見るべきだという主張へと育ったのだった。

この一八七一年の断絶がこれまで過小評価されてきたことはすでに何度も述べた。しかしその一方で、一八七六年の「エッティのソネ」に兆候が見られるように、一八七〇年代中頃には、マラルメが夢をはじめとするあらゆる種類の虚構にふたたび接近してゆくことにも注意が必要である。実際、揺り戻しの傾向は「エッティのソネ」以前、少なくとも一八七五年ごろには現れはじめる。

たとえば、「印象派とエドワール・マネ」において真実を夢の上位に置くよりも一年ほど前、一八七五年の散文詩「中断された見世物」は、次のように始まるのだが、ここではすでに、夢や夢想家が肯定的な価値を帯びて再登場している。

文明は、その体制にふさわしい楽しみを供給するのにはまだほど遠い！　たとえば、あらゆる大都市において、そこに住む夢想者たち（rêveurs）が結社を作り、出来事を夢に固有の光に照らして指摘するための新聞を発行するということがないのは驚くべきことと言わねばならない。（I, 420）

もちろん、「夢に固有の光」がもたらす「出来事」の変容の性質は吟味する余地があるだろう。あるいは「夢想者たち」は、凡俗な現実を変化させ、あらたな理想の現実を作り出そうとするものかもしれない。そうだとすれば、彼らが問題にしているのもやはり地上における生である。その限りにおいて、夢の探求は真実の探求と真っ向から衝突するものとは言えないだろう。マラルメは、夢と地上の絶縁を宣言した一八六〇年代の立場までは退行していない。

しかし実際のところ、この詩においてマラルメが問題にするのは出来事の「見え方（aspect）」でしかない。「現実（réalité）」がなんであるか、ということは序説で触れられたのちほとんど棚上げされてしまうのだが、それは作品の結末において最も明確に表現される。詩人は、ある「逸話」をどう見たか、そしてそれが凡俗な衆人の見方とどう異なったか、ということを語って、最後に、「いずれにせよ私の見方（ma façon de voir）こそ、上位のもの（supérieure）であり、真なるもの（la vraie）でもあった」と勝ち誇る。そして、その優位性の根拠は示さないまま叙述を断ち切ってしまうのである。

「中断された見世物」においてマラルメが試みているのは、まさに、〈夢〉という彼の長年の着想と、〈真〉の探求という彼の数年来の課題との接合に違いない。マラルメはこの接合にあたって、「見え方

(aspect)」の曖昧さを媒介にしようとしているのだが、しかし結局のところ、この試みの失敗は火を見るより明らかだろう。マラルメは「夢に固有の光」が地上の凡庸な光景を照らし出すとき、そこに上位の真実が現れるというのだが、それが真実であるということの保証は何もない。もちろん、作品の全体に漂うシニスムからして、マラルメも己の主張の根拠のなさに無自覚なわけではないはずだ。しかしその自覚にシニスム以上の表現は与えられない。作品の結末に関して言うならば、詩人は読者を強弁で煙に巻こうとしているようにさえ見える。

画家と詩人

ここで以下のように問うてみよう——すなわち、一八七六年のマネ論においてマラルメは、現代絵画についての一観察を述べたのに過ぎない。その美術批評家としての見解はともかく、詩人としての彼は、ひと時も不在の理想を見失わなかった、つまり、「〈夢〉の否認」などなかったのではないか、と。これは実際のところ、今の議論——一八七〇年代におけるマラルメと〈夢〉との距離——から若干ずれた問いではあるのだが、それでも、この時期のマラルメの思考の複線的な揺れ動きをたどっておくために検討しておきたい。

たしかに、一八七五年の「中断された見世物」と一八七六年の「印象派とエドワール・マネ」を並べて読むとき、前者が詩人自身の経験を——あるいは虚構の経験を自身のものとして——語っているのに対し、後者がマネをはじめとする画家たちの美学の解説である、ということは考慮されなければならない。すでに述べたことの繰り返しになるが、文学は言語と精神の業である。他方、手によって実現され、目によって受容される絵画は、自然が身体において発現することで媒介されるのであり、したがって、自然による限定を受ける。マラルメ＝マネにとって絵画とは、地上の存在の世界に堅く結びつけられた芸術なのである。

もちろん、「中断された見世物」と一八七六年のマネ論が、「見方（aspect）」を巡ってほぼ同型の議論を展開していることもまた見落としてはならないだろう。その意味で、マラルメが絵画と詩をまったく無関係なものとして論じたと考えるわけにはいかない。

ただここで重要なのは、画家の提出する「見方（aspect）」の真正性を保証していたのが、まさに、彼が身体を通じて他の人間と共有する自然であったということである。詩人の「見方」にはこの保証が欠けている。一八七六年のマネ論において、マラルメが苛烈なロマン主義批判をし、自然の顕現という明確な美学的表明を行い得たのは、たしかに、論述の対象が絵画であり、マネの口を借りているからこそのことであった。もちろん、マラルメは画家と詩人の機能を対立するものと捉えるわけではない。詩人は画家の事例から多くを学ぶだろう。ただし詩人は、画家と彼が属する自然をもまた、畢竟比喩として理解するほかない。あえて極言するならば、詩人が真実を理解するのは、それを夢見ることによってなのである。文学は不在の世界へ、虚構へと不断に絡め取られてゆき、詩人は画家のようには自然に常住することができない。画家が個人性を失って「ある」ものの中に溶け込む者だとすれば、詩人とはそのような融合を夢見ながらも結局は「ない」ものの側に留まり、そのことによって、逆説的にそしてむしろ頑なに、――自然の前に仆れるその時までは――己を保持し続ける者のことだろう。

もっとも、マラルメが文学と自然の関係をそこまで突き詰めてゆくのは後のことである。ここで肝心なのは、むしろ単純な事実、すなわち、マラルメの人生に起こった事柄の順序に還ることではないだろうか。すでに示したように、マラルメの思考は一八七一年に大きな変動を被った。マラルメにとって、一八七四年ごろに開かれたマネや絵画の問題系は、地上への向き直りののちに、――彼の内的欲求に応じて――与えられた例証にすぎない。一八七一年のボナパルト＝ワイズのソネが「偽の〈楽園〉」に対立するものとして「地上の深い花々」を歌ったとき、マラルメの脳裏に絵画の問題は擦《かす》めもしなかっただろう。マラルメが初めから自然の真実を詩人には縁遠いもの、ある種の比喩によってしか捉えられないものとまで考えていたとするのは誤りと言わねばならない。一八七一年、危機のあとのマラルメは透徹した思考をひとまず手放し、むしろ素朴に、自然の花々のもとに戻ってきたことを喜んだだろう。そののちマラルメが、一八七五年の散文詩で夢を肯定し、さらに、一八七六年の絵画評論で夢を再び否定したことは、その芸術観の揺れ動きが、画家と詩人の職分の違いとともに表出する興味深い事実である。しかし少なくとも、一八七一年の断絶に続く数年間、マラルメが〈夢〉や〈虚構〉に対してとった態度が絶縁にも似た厳しいものであったことは、それとは別個の事実としなければならない。

「弔いの乾杯」

一八七一年の断絶をここまで強調するのは、それを無視する傾向がマラルメ理解を少なからず歪めてきたからである。その明らかな兆候こそ、一八七三年に発表された、ゴーチエのための「弔いの乾杯」の解釈ではないだろうか。ここで特に問題にしたいのは、詩の終盤、「この星の庭園」を歌う次の箇所である。

これこそすでに、我らが真の木立の二つとなき住処。
純粋なる詩人はそこにいて、つつましく鷹揚な仕草で
自らの任務の敵たる夢の侵入を禁じるのだ。

この詩句が、これまできちんと読まれてこなかった——あるいはもう少し控えめに言うならば、この

詩句の大胆さが正当な評価を受けてこなかった——ことは間違いない。詩の領域からの夢の追放を示すのに、これ以上明確な表現はないだろう。地上の自然こそが「真の木立」であり、「我らの二つとなき住処」なのであるから、ここに虚偽たる「夢」の入り込む余地はない。ここで、「真の木立」の逆に位置するものが、一八七一年のソネで拒絶された「偽の〈楽園〉」であることは言うまでもない。しかもこの場合、マラルメが——先ほどのマネの場合のように——単にゴーチエの詩境を解説しているだけだ、と考えることはできない。マラルメは言う、詩人の慎ましい任務とは、多くを受け入れる度量を保ちつつも、ただ夢の侵入だけは許さず、この庭園の真実性を守ることである、と。夢を拒絶することは単にゴーチエ一人の問題ではなく、あらゆる詩人に共通の責務なのである。

　しかしながら、ここまで厳しい断罪の言葉は当惑を引き起さずにはおかなかった。マラルメという詩人は、あらゆる箇所で夢の礼賛を繰り返したのではなかったか。その彼が、夢を詩人の敵とまで言うのを、果たして文字通りとってもいいものか——つまり、禁止の過激さこそはアイロニーの目印、思わせぶりな微笑なのではないか。注釈者たちがこの箇所について、マラルメの「真意」を表現の裏に読み込もうとしてきたのはそのためだろう。

　例えば、ベルトラン・マルシャルは、この箇所に注をつけ、「詩人は天使の姿をとって、地上の楽園から宗教的夢を追い出す」と述べている（I, 1175）。また、ポール・ベニシューは、ここで夢と呼ばれるものは「心霊主義的《スピリチュアリスト》な想像力を備えた」夢である、としている[1]。

　この二つの解釈に共通する目的は、「夢」の語義を作品の文脈によって限定することである。すでに触れたように、この詩句が現れるのは四連に分かれて（第一行の序詞を独立した詩節と数えるなら全五連）展開する詩の最終連、ほぼ結語に位置する箇所なのだが、マルシャルやベニシューの解釈によるならば、「夢」の呼称でここに総括され、詩の領域から追放されているのは、ここまで否定的に描かれてきたある種の宗教的ヴィジョン、ということになる。ここでの「夢」の意味は作品内部で捉えるべきであり、マラルメが他の箇所で「夢」について何を言っているのかは――まったく関係ないとは言わないまでも――とりあえず分けて考えるべきだ――これがマラルシャルやベニシューの前提であろう。

このような解釈が目指すのは、マラルメの他の著作との衝突を避け、彼に一貫した、夢の擁護者という立場を付与することだろう。マラルメは夢一般を断罪しているのではない。ここで言われているのは、否定されるべき「悪い夢」がある、ということなのであって、「良い夢」は当然、詩人の園に入る権利を持つ――マルシャルもベニシューもそう明らかに述べているわけではないが、彼らがここに注をつける必要があると感じたのは、暗黙のうちにそう了解していたからではなかろうか。

誇張するなら、ここにはマラルメの読者が――しばしばマラルメ自身とともに――陥りがちなある（無根拠な）優越感が反映しているとも言える。つまり、マラルメに特徴的な省略語法は、不慣れな読者をさまざまな誤解へと導こうとする。ここで夢が拒絶されているように見えるのは、十分な注意力を持ち合わせていない者を遠ざけるために、あえて設けられた罠である。詩の園から遠ざけられるのは夢ではない。それは、真の夢とは何かを知らないエセ夢想者だ、ということになる。

しかし、驕った解釈は解釈に溺れるというべきだろう。すでに「エドガー・ポーの墓」で問題にしたことであるが、詩人が言葉に、世の中の人が使うのとは異なる「純粋な意味」を与えることができるなどというのは、空論でしかない。「弔いの乾杯」におけるマラルメの「夢」の語の用法は特殊であり、つまり、これはマラルメがあちこちで推奨している「夢」ではない、という論理の限界は明らかである。それでは、マラルメはなぜ、ここで自身の文学の鍵ともなる用語、「夢」という用語をわざわざ使って、詩の敵を指したのか――そう問われたときに、この解釈は答えを用意できないだろう。ここでマラルメが断罪しているのは確かに夢なのであって、これ以前あるいはこれ以降、彼が他の箇所で夢と呼ぶもの

と同じものである。そのように考えることで犠牲になるのは、ただ、夢の讃美者たるマラルメの、立場の一貫性のみである。(2)

夢——詩の仇敵

マラルメの一八七一年はある断絶である。そうだとすれば、その前後に一貫性を見ることには最大限の慎重さが求められるはずだ。実際、パリ以前のマラルメとパリ以降のマラルメに一貫しているものがあるとすれば、それは、夢に対する賛否ではなく、むしろ、夢という言葉で捉えている概念の中身である。というのも、「弔いの乾杯」で詩人の敵として現れる「夢」には、「イジチュール」から続くマラルメの用法、つまり、死と不在に関わる想念の全体を「夢」と称する用法がそのまま引き継がれているからである。

そのことは、「弔いの乾杯」を少し注意して読めば明らかである。ベニシューやマルシャルのように、「夢」の語から文脈を遡るのではなく、続く詩行を辿って第四詩節を読み通してみよう。作品の結論部において、マラルメは、夢を禁じるという挙措の意味を次のように述べているのではなかったか。

その〔身振りの〕目的は、詩人の高邁な休息の晨《あした》、
ゴーチエにとってそうであったように、昔ながらの死が
神聖なる目を開かず黙ることであるときに、
道に付随するただの飾りのごとく、堅牢な墓が立ち現れるように、というものだ。
墓に横たわるもの、それはあらゆる害悪の因、
すなわち、貪婪たる沈黙、そして、厚く重い夜。

これらの詩句は前段に直接繫がって、「詩人」の「つつましく鷹揚な仕草」を説明するものである。したがって、ここで「あらゆる害悪の因」と呼ばれているものは、楽園から排除されるべき「夢」以外のものではありえない。つまり、夢と名指された詩人の敵とは、死であり、「沈黙」あるいは「夜」、つまりは「イジチュール」で問題にしていた「ないものがある」という想念にほかならない。

これは実際、奇妙な事態である。ゴーチエの墓を歌うはずの「弔いの乾杯」の最後でマラルメが葬っているものは、ゴーチエではない。詩の冒頭でたしかにマラルメは、「この美しい建造物《モニュマン》が彼のすべてを閉じ込めている」(v.11)と断言したのだった。しかし結末において、墓に断固として封じられるのは詩の仇敵たる「貪婪たる沈黙」と「厚く重い夜」である。詩人ゴーチエの方はと言えば、いつの間にか墓を抜け出し、地上の楽園を主宰する側に回っている。

この矛盾に満ちた結末は、ありきたりな肉体と精神の二元論を持ち出したところで、すっきりとはいかないだろう。たとえば、詩人の精神こそは永遠に存在し、それは悠々と墓に囚われた滅びるべき肉体を抜け出す、とでも考えてみようか。しかし詩が祝福するべき地上の花とは、その定義からして死の潜在性を抱える自然の側に咲くものである。地上の楽園とは、ただ単純に「今・ここ」における現前を根拠にするものであり、精神的な永生とは関係を持たない。このような条件下で、虚無から身を引き離し、完全に現在の光のもとに現れる「純粋なる詩人」とは何者か、想像することは非常に難しい。

もっとも、理論的な厳密さを求めるのではなく、マラルメの一八七三年の状況を鑑みれば、この箇所に込められた彼の希望を理解することは難しいことではないだろう。マラルメが詩の敵たるこの沈黙＝夜＝夢に見ていたものの正体とは、自身の個人的な敵、すなわち、宿痾たる虚無と不毛、夢見られるだけで決して生まれてこなかった数々の作品ではなかったか。マラルメは墓に横たわる無言の骸、言葉と魂を抜かれた脱け殻に、かつての虚無の夢の化身であったイジチュールを重ねて見ただろう。そして、そうだとすればマラルメは、かなり慎ましい調子によってではあるが、ここで己の過去との決別を歌っているのである。「弔いの乾杯」のこの結末、闇と沈黙を重々しく提示するこの結末は、実はかなり楽観的なものだと理解されなければならない。マラルメは、詩の不成立そのものであり、沈黙そのものであったイジチュールに然るべき葬儀を挙げ、その姿を封印することで地上に己の居場所を開く。このとき、堅牢なる墓とは、夢を封じ、鎮め置くための建物、ということになるだろう。

詩の結末で圧倒的な存在感を示すその「不在」の影にも関わらず、墓は、地上の園の道がたどり着く最終地点として現れるのではない。それは、人通う小道の傍に「飾り」として置かれている、ある種の里程標でしかないのである。闇は封印され、地上の園には朝の初々しい光が滴り落ちている。遊歩者たちはひととき、この墓——「我々の幸福の、宿命的象徴」（第一詩行）——を観照したのち、散策を思うがままに続けるはずである。詩の楽園において、死は、やがて生者が吸い込まれる極限的な未知の経験としてあるのではなく、生きてゆく過程のところどころに現れる記念碑として馴致されているのである。

沈黙を断罪するマラルメ

死と夢を同一視する以上のような読解はある種の直観に抗うものかもしれない——たとえば眠りということならば、活動の停止である。その限りにおいて、一時的な死と見ることもできる。しかし夢とは、睡眠の外面的な不動の中にあってなお維持されている精神の働きである。だとすればそれは、生命の、少なくともある種の潜性的兆候と考えるべきではないだろうか。

ところが、「弔いの乾杯」におけるマラルメの態度の特異性は、外的世界に実現されない精神的機能を虚無として切り捨て、なんら惜しまぬ点にこそある。それが具体的に示されるのは、この詩で最も劇的な展開を見せる第二部である。少し長くはなるが、ユゴー的とも言えるこの雄大な詩句を、すべて引用しておこう。描かれるのは、黙示的な宇宙に展開する、死者と〈死〉の対峙である。〈死〉は「巨大な深淵」として発現し、「虚無」「虚空」として死者に呼びかけるのだが、重要なのは、地上的真実に対立するこの「虚無」がここでも「夢」と名指されていることである。(3)

偉大にして全的、孤高の存在として、
人々の見せかけの誇りは震えつつ吐き出される。
あの取り乱した群衆を見よ！　彼らはこう告げる、我々は
未来我々が変じ成るところの亡霊の、悲しき不透明性なのだ、と。
しかし、葬礼の紋章がむなしい壁に散りばめられたとき、
涙と流れた透明な畏怖を私は軽蔑したのだった、
神聖なわが詩に耳を貸さず、気にも留めず
傲慢にして盲目、瘖啞《おし》のあれら行人のひとり
だらしない屍衣の主が変容脱皮し
死後の待機の無垢なる英雄となったそのときに。
寄せ集まった霧のなかに巨大な深淵がもたらされる
――彼の発さずにおいた言葉が風となって怒気を孕み、それを運んできたのだ。
虚無はこの、廃絶されたかつての〈男〉に質《ただ》す
――四方の地平の記憶よ、おお、おまえにとって〈大地〉とは何か。

この夢は喚《よ》ばわる。すると、声の清澄さは損なわれ
「知らぬ！」という叫びを虚空は玩《もてあそ》ぶ。

かなり難解な詩句ではあるが、大雑把に言ってしまえば、マラルメがここで示そうとする教訓はごく単純なことである。詩人たるものは「四方の地平の記憶」を、言葉として生きているうちに発さなければならない。そうでなければ、死後に「発さずにおいた言葉」――実現されなかった作品、あるいは〈夢〉――が、虚無となって彼に人生の総括を迫ることになるだろう。その時になって悔いてももう遅い。地上を歌う義務を果たさなかった彼は、しわがれた声を虚空に残して消えゆくのみである。もちろん、死者を飲み込むこの虚空こそ、既に読んだ結末部で「貪婪たる沈黙」と呼ばれるものに他ならない。

詩人たる者は言葉を発さなければならないというのは――尋常の詩人を考えるならば――ごく当たり前の認識に過ぎないだろう。しかし、マラルメとは「沈黙の音楽家」を称えた詩人ではなかったか。彼の初期詩篇は、芸術の求める理想が決して到達し得ないということ、したがって真の芸術家であろうとするならば沈黙するしかない、ということをシニスムに近いアイロニーを込めて、しかしそこに残存する極限的な哀情とともに歌ったものであった。その後、一八七〇年に至る危機において彼は、抒情の潰えた先で詩句を穿ち続け、ついに虚無へと達したと嘯く[4]。ところが、一八七三年の「弔いの乾杯」はこのような沈黙の詩学への訣別の宣言に他ならない。そもそも、五十六行という規模をもつこの詩において、マラルメがかつてない雄弁を発揮し、死後の審判の光景までもユゴーにも似た叙事的筆致で描き切ったこと自体が、沈黙を――すなわち不毛を――脱したことの何よりの証拠ではなかったか。「白さが守る虚ろな紙」を前にして苦しみ、しかし己の無力さを歌うことで理想の高みを証明しようとしていたマラルメは、その沈黙に込めた強烈な自負を捨て、今や「言わない」ことを単に「知らない」ことと同

一視する。そして堂々とゴーチエ追悼の頌歌を歌い、パリの詩人たちの代表者として杯を掲げるのである。

詩人たちと群衆

もちろんこの変化を、マラルメが新天地を得て旧来の無気力を脱したというような、ただの個人的事情に帰するだけでは十分ではない。マラルメが自信たっぷりに沈黙を追放したのは、「弔いの乾杯」に描かれる葬《はふ》りが、詩人たちの共同祭儀であるという、この機会に助けられてのことだっただろう。そこで問題になるのは、詩人という職分の共通の運命である。マラルメは「我々の簡素な祝祭のために選ばれた者たち」を代表して、「私たち」の資格で語っているのであり、その限りにおいて、己の性向をひとまずは括弧に入れることができた。本書のはじめで確認したように、マラルメにとっての「不毛」の特徴は、その極めて個人的な相——つまり、彼自身が「書けない」ということ——にあったが、そのような個人的な狭い視点を、マラルメは執筆の条件によって脱却し得たのだった。

しかしその一方で、この段階でのマラルメの視点が、選ばれた詩人のサークルの内側に留まっていることも指摘しておくべきだろう。彼はまだ、群衆こそが詩の受け取り手になるということにはほとんど気づいていない。すでに引用した「弔いの乾杯」第二部を思いおこそう。そこでは、詩人に対立する典型として群衆の人が描かれる。彼ら「行人（passant）」は、「神聖なわが詩に耳を貸さず」、「死後の待機の無垢なる英雄」に変じる。生きているうちに地上の楽園を歌うことができず、ただ消滅に運命づけられている彼らは、まさに非＝詩人なのである。(5)

マラルメはまだ、一八七六年のマネ論の地点——「自らの目をもって見る」ことを要求する群衆を喚起し、彼らのための芸術家を「現代的な力強い労働者」として描き出す（II, 467）地点——には至っていない。詩人と行人とはまったく性質の異なる典型である。詩人はその言葉の力によって、行人は沈黙によって規定される。あたかもマラルメはこのとき、己が再び沈黙に閉ざされ、群衆の側に落伍する可能性など考慮していないかのごとくである。しかしそうだとすると――つまり、すでに言葉を発する能力がある詩人に対して、その能力を行使せよと指示するだけなのだとすれば――、この「弔いの乾杯」が説く詩人の義務はずいぶん薄っぺらなものと言わざるを得ない。実際のところ、マラルメが「虚無」と呼んでいるものは、群衆が恐怖する対象ではない。発するべき言葉を発さぬうちに死んでしまうことを恐怖するのは、ひとり詩人のみなのだから。真の問題とは、詩人がいかにして言語を発する能力を得るか、そして彼がいかにして群衆の代わりとなって、彼らの口として語るか、ということであり、そしてまた、詩人はどのようにして群衆から選ばれるのか、そして彼は群衆にいかなる義務を負うのか、ということのはずである。もちろん、「弔いの乾杯」の示す倫理の限界を指摘したところで、なんらマラルメの不名誉になるものでもないだろう。後年、群衆に対峙するマラルメが立ち向かったのはまさに、彼らの、文学あるいは詩への無関心なのであり、無言の者たちと詩人との関係をとり結ぶことこそ、その最大の課題となったのだから。

一八七一年と一八七九年の死者

「弔いの乾杯」に関して、最後に別の角度から指摘しておきたい。この詩の根本にある沈黙の否定を認識することは、マラルメ中期に底流する死の経験の一貫性を改めて浮かび上がらせる。マラルメ中期とは、詩人にとって重大な意味をもつ二つの死――アンリ・ルニョーとアナトール・マラルメの死――によってその始期と終期を限定される期間であるということはすでに指摘した。その二つの経験を結ぶ線分上に、この詩を位置付けておこう。

まず、「弔いの乾杯」における沈黙の断罪は、一八七一年のルニョーの死の、痛切な経験に直接繋がっている。マラルメは、パリ籠城に伴う戦闘で死んだ友人を悼んで、次のように述べていたのではなかったか。

その何行かを僕は何度も読み返したのだけれど、それに拠れば、彼の遺体さえも兵士たちの骸に埋もれて失われたそうだよ。せめて、友よ、彼を私たちの最善の思想の襞のうちに埋葬しようではないか。僕と君とで、彼が為さずに了《しま》ったことを述べるための数ページを彼に捧げるのだ。(6)

マラルメは、精神的な敬虔の証として、またある種の復讐の行為として、友人の未完の業を呼び起そうとカザリスに提案している。ルニョーは将来において彼が為すはずであったことを為さぬままに死んだ。それを引き継ぐことは、残された者の務めだ、ということであろう。

しかし、マラルメとカザリスが実際に、この困難な義務――「アンリ・ルニョーの墓」とも呼ぶべき詩――に着手した形跡はない。「彼が為さずに了《しま》ったこと(ce qu'il n'aura pas fait)」――この、否定形に置かれた前未来という、いかにも込み入った動詞の用法を用いつつ、マラルメがはっきり理解したことは、ルニョーが死んでしまった今、彼が為すべきだった「それ」、為すはずであった「それ」などというものは未来にも存在し得ない、ということではなかったか。マラルメは間違いなく、この事態を我が身に置き換えたことだろう。描かれなかった絵も、書かれなかった詩も、ただ端的に存在しない――そのことの認識を、マラルメは、一つの中絶された命運の前で新たにし、沈黙と逡巡を脱して言葉を発する覚悟を――つまりはこの生を生きるという覚悟を――定めたのではなかったか。

もちろん、友人の早世によって奮い立った、というほど事態は単純ではないだろう。パリに出てきたマラルメが精神的な危機を脱し、中期の文学活動という新局面を開くに当たっては、環境の変化を含むさまざまな要因が絡み合っているはずだ。しかし、己の死とその後に関する抽象的な思考を堂々巡りしていたマラルメにとって、ある宿命が目の前で中絶したことの衝撃は小さくなかっただろう。「イジチュール」とは、自己の死という経験にいかなる形を与えるか、という思考実験であった。死とは己が消えてなくなることであるとすれば、それを主体的に経験し、それについて述べることは不可能である。その不可能な経験をどのように想像し、文学的な虚構として再現するか――この極限的な試みを通って、マラルメは精神の危機へと没入していった。ところが、他者に関してであれば、その決定的な「終わり」に立ち会うことは言ってみれば容易なことである。「自分が死ぬとき、世界が終わる」というようなナイーブな独我論に、マラルメの危機を矮小化してはならないかもしれないが、しかし、芸術の理想を共有した親しい友人が死ぬという現実を前にして、己の死がもはや絶対的なものと見られなくなったことは間違いないだろう。これを契機としてマラルメが、「今ここで声を出す」ことの必要性へ向き直った――その一つの帰結が、「弔いの乾杯」ではなかろうか。

そして、この「なされなかったこと」をめぐる省察が、マラルメ中期の終わり、一八七九年に、さらに悲壮な調子で呼び戻されることにも言及しておかなければならない。幼子アナトールを亡くしたマラルメは、その追悼作品のためのメモを重ねてゆく。子供のまま死んだアナトールの、成熟したのちにとったはずの姿、「おまえがなれない未来の男、命も喜びもないままの男」(I, 927-928)を思い描くことは、かつて彼がルニョーの死に際して計画したのと同様に、「彼を私たちの最善の思想の襞のうちに埋葬」するために必要なことであった。マラルメが書こうとする作品の企図の中心に、我が子が「為さずに了ったこと」を喚起することがあったことは間違いないだろう。父たるマラルメは、我が子が得損なったもの、さらには、我が子を通じて彼が得るはずだったものへの愛惜を連ねる。(7)「闇において破裂することを感じる／彼の生でありえたものによって作られた広大な空虚が」（I, 893〔二四九頁〕）と書きつつマラルメが再び見たものとは、「弔いの乾杯」の、死者を飲み込む巨大な深淵であったに違いない。ただしこのとき、虚無はもう簡単に墓所に封じられない。「貪婪たる沈黙」は、地上の詩人の楽園をたちまちのうちに呑み込んでしまうだろう。

二、『牧神の午後』

ここでは、マラルメが書こうとして書けなかった「アナトールの墓」に深入りしない。後継に関するさまざまな期待が幻滅とともに噴出し、詩人が沈黙する経緯を検討するには別の機会が必要だろう。今は、一八七〇年代の中頃、まだ自分を待ち受ける悲劇を知らず、自信に満ちて〈現実〉を生きているマラルメに戻ることにしよう。

以下、一八七六年に出版された『牧神の午後』を読みつつ検討したいのは、マラルメが詩作においてどのように「地上」を実現させてゆくか、ということである。鍵となるのは、〈夢〉に関するマラルメの見解の推移が、前章で見た詩的時間性の変化と密接な関係を持っているということである。まずは前章の議論を振り返っておこう。

「午後」の成立

一八七一年のボナパルト＝ワイズのソネには、「イジチュール」における探求の核となっていた深夜零時が、明暗反転して映り込んでいた。これは確かに良い兆候である。詩人は深夜の闇を抜け出て地上の正午に休らっている。しかしなお注意しなければならないのは、危機は陰画として今なおそこにある、ということである。真昼、あるいは真夜中に達した瞬間、十二において満ちた時刻が一気にゼロへと転落する。この時刻の垂直性は、地上と地下をつなぐだろう。夏の庭園に充溢する真実の光は、たしかに、死の影と虚無の夢を隠匿しているのである。危機を克服した幸福を歌っているはずのこの純朴なソネが、不安の陰影を帯びているのはそのためであった。

一方、一八七七年のエッティのソネが示すのは、もはやそのような垂直の転移ではない。この詩において、零時という垂直な時刻は結末に向かって横滑りを起こし、「夕べ」という時間の広がりを作り出したのだった。生者は死者の思い出を語りつつゆっくりと年老いてゆくだろう。「夕べ」とは地上における生存の時間である。これはまた、言葉が息に乗って語られる時間であるから、たしかに、詩の時間とも見て取られる。ここに決定的な変化がある。詩は危機の最中、すなわち、生と死が交わる一瞬のうちにあるのではない。それは危機の外側、言葉が生者の生において語られる時間のうちにあるのだ。

このような変化を踏まえて見るならば、一八七六年に出版された『牧神の午後』こそは、詩の時としてのこの時間＝持続《デュレ》をもっとも劇的に描き出す作品ではなかったか。表題に現れる「午後」——正午のあとに広がる時間——この語こそ、この、時刻から持続へというマラルメ詩の根本的変化を象徴するものである。

作品成立の経緯

もっとも、以上の議論には慎重を要する点がある。まず考えられる反論とは、一八六五年には着想されていたと考えられる「牧神」は、むしろ、マラルメ初期韻文として読まれるべきであり、ここに中期マラルメの問題を読み込むのはアナクロニズムではないか、というものであろう。

事態を明確に認識するために、「エロディアード」と比較してみよう。一八七一年の『現代高踏派』第二集に掲載され、ドゥマン版の全集に「エロディアード――舞台」として収録されている作品は、あらゆる意味においてマラルメ初期に属するものである。一八六四年から六五年にかけて取り組んだ戯曲の一部に、マラルメが「エロディアードの詩に関するかつての演劇的習作の断章」という、言い訳めいた題名を与えてルメール書店に送ったのが一八六九年三月であるが、これは、精神的衰弱の最中にあって新作を作ることができず、仕方なく旧稿を送ったものだろう。マラルメは翌一八七〇年四月のカザリスへの手紙ではっきりとその「古い詩句」について、「もうそれについて話しても仕方ない。僕はそれから随分遠ざかってしまった」(I, 754)と言っている。結局、原稿の出版は普仏戦争の影響で遅れに遅れ、一八七一年、マラルメのパリ到着後にまで引き延ばされる。こうして発表に至った「エロディアード」には、当然、ここまで見てきたマラルメ中期のいきさつは反映していない。

それに対して、『牧神の午後』にはマラルメ中期の変化が影響していると考える余地が十分ある。たしかに、この作品についても「エロディアード」と同じように、マラルメは『現代高踏派』に掲載するつもりで、パリに来る前に書かれた手稿を掘り出してきたのだろう。しかし、このときマラルメは、作品の枠組みをも一変させるような、徹底した書き直しをしている。この書き直しのうちにこそ、一八七一年から一八七五年にかけての彼の経験と、それに伴って彼の精神に生じた変化、すなわち、現実と虚構(真実と虚偽、あるいは生と死)に対する態度の変化を跡付けることができるのではないか。

議論の前提として、『牧神』制作の経緯をざっと遡って見ておく必要があるだろう。マラルメは、戯曲『エロディアード』の創作が行き詰まった一八六五年、牧神と二人のニンフを登場人物とした『英雄的間奏曲』の構想を得る。この制作はなかなか早く、一幕もの、数場からなる戯曲が夏のうちに完成したようである。マラルメはこの作品を六五年九月、バンヴィルらの前で読み、原稿をコメディー・フランセーズに寄託する。しかし結局、作品の上演は断られお蔵入りとなった。この『英雄的間奏曲』をマラルメは書き直し、一八七五年『現代高踏派』第三集に「牧神の即興」というタイトルで寄稿する。しかし、これもアナトール・フランスらの編集委員によって拒否され、「牧神」はまたも刊行の機会を失った。

しかしマラルメはここで珍しく積極的なイニシアチブをとって出版に動く。こうして最終的に『牧神の午後』と名付けられた作品は、文学を専門としない出版社（パリのドレンヌ書店）からマネの挿絵入りの豪華本として、半ば強引に刊行されることになる。この出版へのこだわりは、この時期のマラルメとしてはむしろ注目に値するだろう。パリでむしろ散文的な都市生活に楽しみを見出し、ごく稀に与えられる機会に詩行を寄せるだけでよしとしていた詩人が、逆境によって火をつけられたという事情はあるにしろ、世に問うべきだと考えたほどの「発見」――これこそが『牧神の午後』成立にともなう「午後の発見」とも言うべき事態ではなかったか。

仮にこう想像してみよう。一八六五年の段階では、作品の主題は主人公と二人のニンフとの性的接触という「危機」であり、舞台を正午に据えていた、と。仮にそうだとすれば、出来事を中心に据える一八六五年の「牧神の正午」から、一八七六年の、出来事の後の語りである「牧神の午後」への移行はきわめて鮮明に見えてくるはずである。

『英雄的間奏曲』と「牧神の独白」

しかし、題名の変化にそれほどの重要性があるか、という異論も当然考えられる。マラルメが作品に「午後」とつけたのは確かに『牧神の午後』出版の時点である。しかしこの題名は、すでに作品中に描かれていた事態をタイトルに示しただけで、作品の内実は何も変化していない、つまり、ここには何ら発見などない――このような反論も予想される。

できるだけ慎重に検討したいところではあるが、一番の問題は、暫定的に完成したはずの『英雄的間奏曲』についてはほとんど何もわからないということである。我々が今知り得る部分は百九十行程度の草稿、完成したはずの作品の半分ほどの、しかも極めて不完全な断章である。作品の全体像はまったくうかがい知れない。(8) そこで、次善の策ではあるが、一八七六年の決定稿と比較する対象として、「牧神の独白」と題された手稿を参照しよう。この手稿は、一八七三年、マラルメ自身が友人で美術批評家のフィリップ・ビュルティ（ジャポニスムの先鞭をつけたことで知られる）のために書写したものであるが、その清書に関わる状況から言って、高い確率で、マラルメのパリ到着以前の「牧神」の姿を留めていると考えられるものである。(9)

「真昼の睡り」と「真昼の沈黙」

まずは、この改稿におけるもっとも象徴的な変更を確認しよう。最終盤である『牧神の午後』の「午後」という題名は、終結部に見られる次の詩句と直接呼応するものである。

おお、神罰は必定……
　　　　　　いや、しかし魂は
ことばを抜かれ、この体は重くなって
誇れる真昼の沈黙にやられ、今になって仆れる。

Ô sûr châtiment...
　　　　　　Non, mais l'âme
De paroles vacante et ce corps alourdi
Tard succombent au fier silence de midi :　(I, 25)

「誇れる真昼の沈黙」とは、作品の構造全体に関連する暗示である。冒頭、二人のニンフとの情事が夢だったのかと自問する主人公は、事実を知る証人として、「シチリアの岸辺」を喚び出して問うていた。その問いへの答えが得られなかったことを意味するのが、この「真昼の沈黙」に他ならない。自らの経験を裏打ちしてくれるはずの証拠を、「あるもの」たる自然は差し出してくれない。物言わぬ存在の圧倒的な正しさの前で、牧神の言葉は虚しさを露呈し、倒れる他ないだろう。しかし面白いのは、この正午の力がすぐに効力を発揮するものではない、ということだ。真昼の光に打たれた牧神は、それでもべらべらとしゃべり続け——それが『牧神の午後』という詩であるのはいうまでもない——、言葉を尽くしたあとになってようやっと、「今になって」すなわち「遅れて（tard）」倒れる。つまり、言葉の時間——あるいは「詩の時」——は、危機の打撃を受けてから力果てるまでの猶予として与えられる。

このように詩を午後に定位する時間構造は、一八七六年の『牧神の午後』より前にはないものと考えていいだろう。[10]「牧神の独白」では、この部分は次のようになっていた。

（あたかも開いた両手で想像上の
　　　雷を避けるように）
おや、おれは雷にやられたんじゃないのか？
　　　　　いや、閉じた
　　　（身を崩れるに任せ）
この瞼と俺の体は快楽に重くなり
古からの真昼の睡りに仆れる。
眠ろう……

（*Comme parant de ses mains disjointes une*
　　　foudre imaginaire）
Mais ne suis-je pas foudroyé ?
　　　　　Non, ces closes
　　　（*se laissant choir*）
Paupières et mon corps de plaisir alourdi
Succombent à la sieste antique de midi.
Dormons…
（I, 156）

牧神が倒れるのは「古からの真昼の睡り（la sieste antique de midi)」に敗れた、つまりは力尽きて眠りに落ちるため、ということになっている。そうであれば、この台詞は、ちょうど真昼に発せられているのでなければならない。ただし、真昼といってもそれは、時間軸上のある一点として過ぎ去ってゆく時刻ではなさそうだ。この「古代の昼寝」によって開かれる光景は、太古の昔から現在に至るまで不変の反復する自然であり、鉛直の陽光に刺し貫かれた時空である。ト書きがあることから、この段階ではまだ戯曲として書かれていたことがわかるが、演劇は、時の推移を観客の前に現すための枠組みではなく、むしろ、永遠の正午を顕現させるための装置となる。二人のニンフとの交渉で味わったはずの性的絶頂は、『ドン・ジュアン』の結末を思わせる想像上の雷撃として舞台上に再演され、牧神は感覚に陶然となって不動の真昼に沈んでゆく。「独白」は――そしてその前身となった『英雄的間奏曲』もおそらく――ある不可思議な延長をもつ正午の劇として構想されていたのではないか。

このように、一八七三年から一八七六年にかけて、マラルメは脚韻の位置にある「正午（midi)」の語をそのままにしつつ、詩の時間的定位を大きく変えている。詩はもはや、危機の最中に生まれるのではない。それは、危機の後にこそ生まれるのだ。一八七六年のマラルメにとって、詩人は、瞬くうちに過ぎ去った、いわく言いがたい経験の再現を言語によって試みる者ではない。ましてや、その試みに失敗し、苦い快楽のうちに黙する者でもない。詩人とは、危機に打たれたのち、最終的に虚無が訪れるまでの間を生きる者である。そして彼は、沈黙がいずれ来るのは確かだとしても、それまでは言葉を――どんなに虚しい言葉であっても――発し続けるだろう。

夢を見る眠りと夢なき眠り

詩を巡る時間性の変化は、右で引用した部分の直後、牧神が就く眠りに正反対の性格を与える。まず、旧稿の「牧神の独白」を読もう。そこでは、「眠ろう……」という台詞ののち改行し、「眠ろう」という言葉が繰り返されていた。

> 眠ろう。おれは冒瀆を夢に見られる　Dormons : je puis rêver à mon blasphème
> 罪を犯さず……　Sans crime
> (I, 156)

ここで牧神が眠りに就くのは夢を見るためである。「冒瀆（blasphème）」とはニンフとの交わりの類の淫事を指すだろう。夢は虚構であるから、そこでどんな非道に走っても「罪を犯さずに」済むのである。かくして主人公は、罪を犯さず、したがって罰を受けることなく、思うがまま淫行に耽けることを望んで眠りに身を投じる。逆に言うと、マラルメが当初想定するシナリオにおいて、最初のニンフとの交渉は、対比的に、ある種の「罪」として捉えられていたのではなかったか。牧神が雷撃の罰に怯えるのも、ある虚構の水準、すなわち舞台の上においては、この「罪」が現実のうちに位置付けられるからに他ならないだろう。

「牧神の独白」における虚構と現実の役割についてはもう少し検討を加えたいが、ここではまず、当該箇所が『牧神の午後』においてどのような変化を蒙るのかを見ておこう。マラルメは、ここでも脚韻（« blasphème »）を保存しながら、結末をほとんど正反対の方向へ導いてゆく。

> もはやこれまで、冒瀆を忘れて眠らねば。　Sans plus il faut dormir en l'oubli du blasphème,
> (I, 25)

冒瀆を忘れる、と言うのだから、眠る牧神が再びニンフとの交わりを夢見ることはない。「冒瀆」と訳した blasphème であるが、より厳密には「神や宗教を侮辱する言葉」である。ここで直接問題になるのが、主人公が述べてきた詩の言葉であることはまちがいない。彼は、現実の裏付けがあるかどうかはともかく、二人のニンフを同時に犯すという淫事を語ってきた。それを忘れて眠る、というのだから、彼が落ち込んでゆくのは夢も詩もない眠りである。

劇中の現実と夢

実は、この結末の変化は、冒頭部分の変化に応じてもたらされたものと考えなければならない。まず、「牧神の独白」の冒頭を読もう。いまだ戯曲の形式をとるこの「独白」は、ト書きから始まっていた。

（一人の牧神が座っていて、右と左のそれぞれの腕から、
二人のニンフを逃れさせてしまう）

おれはニンフを手にしていた！
夢なのか？　いや、
屹立する乳房の明るいルビーの色はいまだ大気を燃え立たせている、
不動の大気を。
（息を吸って）
それにおれが飲んでいるのはあの息吹だ。
（足を鳴らして）
娘らはどこだ？

（背景に呼びかけて）

おお、葉叢よ、もしおまえがあの不死なる女たちを匿っているのなら、
やつらを返してくれ、おまえの枝葉を膨らませ、成熟をもたらした
四月にかけて、（おれはまだあの苦しみに焦がれている！）
そして薔薇の花々の裸形にかけて。おお、葉叢よ！

幕が開くと主人公は二人のニンフを両腕に抱いている。彼女らはあっという間に舞台上から消えるが、それでもやはり、その姿を観客は直に見ているのである。たしかに、牧神はこの後の独白において、彼女らは想像力の産物ではないか、という疑いに取り憑かれ、それを表明することになる。しかし、どんなにその疑いが深くなろうとも、少なくとも観客は、ニンフを演じる二人の女優が舞台装置の中に隠れている、ということを忘れ得ないだろう。

渡辺守章が仔細な考証によって論じるところに拠れば、「牧神の独白」のもとになった『英雄的間奏曲』においては、単に牧神の独白がなされるだけではなく、役者の身体と言葉で、牧神と二人のニンフの戯れが演じられる予定であった[11]。舞台上の演技はニンフを否が応でも実在へと傾け、少なくとも牧神と同程度の現実性を持つ人物とするだろう。失われた『英雄的間奏曲』に関して推測を重ねることには慎重であるべきだが、マラルメが少なくとも一度は検討したシナリオにおいて、牧神が「夢において罰されることなく冒瀆に耽ろう」と宣言して眠ったあと、二人のニンフは舞台上に戻ってきたようである(I, 827 et suiv.)。そうなればもはやニンフの実在は——彼女らと牧神との戯れが完遂されたのかということはともかく——疑いようもない。そしてさらに、現在残っている草稿から推察される順序で、第二場がかくて再登場した二人のニンフの、夢見る牧神の傍での対話、第三場で夢から戻った牧神の再びの

独白、というように進行したならば、役者のあいだに行われ得た接触は最小限にとどまる一方で、舞台上の現実は夢という虚構の場との対比においていよいよ確かなものと前提されることになったはずである[12]。

「牧神の独白」において、「グラジオラス」の花や「藺草」が呼び出され、「……のように語れ」と命じられるとき、あるいは、「ナイアードよ、さまざまな思い出を再び膨らまそう」という詩行をきっかけとして牧神が事の次第を語り始めるとき、それらの言述もまずは、事件を客観的に描写し、現実として提示するための修辞であった。たとえばラシーヌ『フェードル』終幕においてイポリットの最期の描写が極めて劇的な効果を挙げるように、事実の言語による想起は戯曲、とくに韻文詩劇の常套的技法であり、演劇として『英雄的間奏曲』を構想する際、マラルメもその技法を踏襲するところから出発したはずだ。「牧神の独白」の語りは、周囲の自然の証言と自身の記憶によって「出来事」の探求を進めてゆく——たとえその究極的に目指すところが、現実における挫折をつきとめることであったとしても。

詮じ詰めれば、「牧神の独白」までの主人公の懊悩とは、二人のニンフとの交渉において欲求を満たすことができなかったという点に帰着するものでしかない。彼が表明する現実への懐疑は、いまだごく軽度の、一時的な眩惑にすぎないのである。「牧神の独白」の冒頭、主人公は自分の経験が夢かと疑って足を鳴らす。こうして地面の感触を確かめるとき、彼は言語によらず物質的に、ニンフを隠匿している世界に接触している。彼が大きく息を吸い、そこにニンフの吐息が残っていると言うとき、彼が取り込んでいるのはニンフの身体そのものである。彼は、この冒頭に現れる「葉叢」だけでなく、ニンフが逃げ込んだ月桂樹の森、さらには彼女らの逃亡を見ていた百合の花まで呼び出して、それらが「共謀」していると難癖をつけるのだが、それも結局は、隠匿するニンフを自分の性欲のために、この現実において差し出せ、という要求である。そもそも牧神は、自分の指に残された噛み傷を見つけ、それをニンフの実在の決定的な証拠として得ている（第三八―四一詩行）。この証拠は彼に、自分と彼女らの間で諍いがあったこと、そして交合の試みが失敗に終わったことを、ありありと思い出させるだろう（第五九―八八詩行）。こうして現実世界で自らの望みを果たせぬことを理解した牧神は、夢という虚構に入って、罰されることなく望みを果たそうとする。「牧神の独白」においてマラルメが提示する筋書きは、単純化すれば、現実からの逃避に他ならないのである。

夢による補償

少し脇道に逸れるが、比較対象として最終稿『牧神の午後』冒頭を読む前に、ここでもう一箇所、「牧神の独白」中盤の描写を引いて、マラルメの初期の構想における夢と現実の対比を見極めておきたい。牧神は、葡萄酒の譬えによって、虚構が果たす役割を説明している。

つまりは、葡萄の透明な汁を吸ってしまったら
おれの無念が夢によって追い払われるようにと
大笑いして夏空に、空っぽの果房《ふさ》を捧げあげ
その輝く皮に息吹き込んで、酔いに
飢えた目で、日が暮れるまで透かし見よう。
（I, 155）

比喩の連鎖を読み解くのは骨が折れるが、大略次のような理路だろう。牧神は、たわわに実った葡萄を前に性急な欲望を抑えられない。そこで果汁をじかに吸ってしまうのだが、そのために彼は、やがて発酵してできるはずの葡萄酒を飲み損なうことになる。「酔いに飢えた目」はそのゆえである。しかし、

おれはせっかちな愚行を悔いたりはしない、そう彼は嘯く。おれは、自然の実質が抜き去られた果房の内に、この息が作り出す空虚を吹き込もう。そして、虚構の世界に果汁よりも優れた「透明さ＝明るさ(clarté)」を求め、満たされない欲求を酒にも頼らず満たそう。

もちろんここで、「葡萄のジュースをそのまま飲んでしまったためにワインを得損なう」という喩えが意味するのは、「好色な死[13](de lascifs trépas)」(I, 155)を早まって迎えたために力萎え、女たちを逃してしまったという経験、手早く言えば交接の失敗に他ならない。そして、その「無念」が「夢」によって追い払われる、と言うのだから、牧神が夢の経験である種の代償を得ようとしているのは明白だろう。この比喩が、夢において罰されることなく欲望を満たそうという、すでに読んだ「牧神の独白」の結末を予告するものであることは言うまでもない。

したがって、『牧神の午後』に至る改稿作業で結末が変化したとき、この葡萄の比喩のほとんどがそのまま保存されていながら、二行目 « Pour que mon regret soit par le rêve écarté » のみ、« Pour bannir un regret par ma feinte écarté »(「おれの偽りで後悔など追い払って禁じるために」)と書き直されたことは、当然の成り行きであった。新旧の詩行を比較してみれば、最終版が明快さの点でかなり後退していることは否定できない。「夢(le rêve)」の代わりに置かれた「おれの偽りの身振り(ma feinte)」が実際、いかなる挙動を指すのか、作品内では明確にされないし、「無念」あるいは「後悔(regret)」の語も所有形容詞(« mon »)ではなく単数形不定冠詞(« un »)が付されることによって一般性に流れる。さらに、bannir と écarter という類義語の重複に至っては埋め草的な冗長ささえ感じられるだろう。しかしマラルメがここで何よりも優先したのは、牧神が逃避しようとする「夢」を消し去り、同時に、ニンフとの交合未遂という特定的な失敗経験と « regret » の語とのつながりを断ち切る操作であった。その目的とはもちろん、夢による代償というシナリオを完全に転換することに他ならない。

牧神の目覚め

作品冒頭に戻ろう。『牧神の午後』に至って戯曲形式を放棄したマラルメは、夢に対比される劇中の現実を破棄することになる。

あのニンフたちを、留めようとおれは望む。

明るく透る

娘らの軽やかな肉の色づきが翻る宙に
濃々と立ち込む睡り、大気はまどろむ。

おれは夢を愛したものか。

おれの心の疑いは、古びた夜の残りがら、その凝りが変じ
数々の細かな枝に分かれて絶える、その枝ぶりは
ほんとうの木々に他ならず、ああすると、おれは独りで
薔薇の空《うつろ》想の過ちを、勝利と違《たが》え、己に与えたものだろう！

まず驚かされるのは、「牧神の告白」のごく慣習的な「葉叢」に対する呼びかけを捨て去って、マラルメがここに展開するイメージの晦渋さである。「牧神の独白」の詩句にもたしかにある種の大胆さはあった。恋と生殖の季節としての「四月」や「薔薇の花々の裸形」によって喚起されていたのはあからさまな愛欲の膨張である。しかし、愛欲とはいえ古典古代の衣装を纏ったそれは、自然に則した伝統的エロティスムの範疇に入る。『牧神の午後』において、これらの詩句は、同じように木々を歌いながら、

実在世界たる自然から乖離し、むしろそこに主観的虚構を交雑するような描写に姿を変える。「疑い」が「数多の精妙な枝葉（maint rameau subtil）」へと「変じて終わる（s'achève）」という記述が提示するのは、夢という内的世界から、自然という外的世界へと、ゆっくり開かれてゆく意識のありようである（この、「古びた夜の残りがら（amas de nuit ancienne）」の変容には、陽のあたる世界からイジチュールの真夜中の経験を振り返る七〇年代のマラルメの視線も反映しているはずだ）。黒々と澱のように溜まった「疑い」から枝が伸び広がり、その末の葉までがはっきりと見分けられるようになったとき、己が目覚めていることに気づく。女たちを白日のもとへ差し出せという自然に対する粗野な要求は、かくして、虚構と現実が混ざり合う状態の詩的再現に転換するのである。

注意するべきなのは、この、『牧神の午後』の冒頭が目覚めの相に置かれていることである。ここでマラルメが、「濃密な眠りでまどろんだ大気（l'air /Assoupi de sommeils touffus）」という記述を加えているのは、単に、戯曲形式の旧稿を書き直し、舞台装置を廃するにあたって、言語による情景描写に具体性を増す必要があった、というだけのことではないはずだ。後世は、完成した作品である『牧神の午後』を通してその前の状態を読むために気付きにくいのだが、作品冒頭に漂う気だるさは、マラルメが一八七六年に至ってはじめて導入したものなのである。

たしかに、旧稿「牧神の告白」にも「夢なのか？（Est-ce un songe ?）」という疑問文はあった。しかし、この慣習的な現在時制の問いにおいて「夢」と眠りとの結びつきはまだ薄い。この「夢」は単なる「白昼夢」あるいは「幻覚」だろう。なんと言っても、牧神が舞台に現れるときの姿勢とは、「座ってニンフを両腕に抱えている」というものだ。彼は恍惚としているにしても、横になって眠ってはいない。「牧神」の当初の構想において、主人公が「古代の昼寝」に沈むのは、あくまでも、独白の後のことなのである。

一方、半覚半睡の状態に置かれた『牧神の午後』冒頭において、「おれは夢を愛したものか（Aimai-je un rêve ?)」と問われるとき、単純過去の時制によって表現されるこの疑問文は、明確に己の経験を問うものである。『牧神の午後』において、夢は作品の始まる前にあり、あたりの沈滞した空気や精神の働きの重さのうちにその残響をひびかせている。夢はもはや、現実においてもたらされた「無念」を雪ぐために温存するべきものではない。マラルメが見つけた「午後」とは、現実に向かって夢が開かれ、浸潤し、錯綜してゆく時間に他ならなかった。

この両義性を孕んだ空気の中で、当然、ニンフの実在もかなり不確かなものとなる。「牧神の独白」で彼女らの実在の証拠を示していた箇所は、次のように書き直される。

おれの胸には、証拠こそないが、神秘的な
咬み傷が、ある厳かな歯によってつけられている。

この「厳かな歯」の主とは誰なのだろうか。注釈者たちが頭を悩ましてきた問題であるが、これに対して、例えばベルトラン・マルシャルのように「これは芸術の咬み傷である」のごとき回答を用意する(I, 1170) のは、いかにも穿ち過ぎだろう（――「芸術」や「ミューズ」は、乳房を噛むという外連味あふれる攻撃を詩人の官能に仕掛けるものなのだろうか)。いずれにせよ、この「神秘的な咬み傷」もやはり、現実の確かさを揺るがせるために導入されたものだろう。(14) 牧神は胸に疼きを感じている。それは確かなことだ。しかし、その疼きが現実の傷によるものなのか、あるいは単におのれの「逞しい官能(sens fabuleux)」(v. 9) の混乱なのか――『牧神の午後』の牧神は、後者の答えへと明らかに傾斜している。

牧神の終わり

結末に進もう。『牧神の午後』は、主人公が地上から虚構へと逃避するというシナリオを離れる。牧神の語っている場はもはや確固として存在する自然ではない。それは、自然を夢想が侵食しつつある「午後」である。そして、これも既に見たように、彼がこの午後を去って向かう先はさらなる夢想ではなく、夢なき眠りである。では、この結末が意味するところとは何か。

まずは『牧神の午後』以前のマラルメの構想を推定しておこう。一八六五年の『英雄的間奏曲』では、「牧神の告白」の相当箇所には続きがあったはずである。確かなことはわからないが、残された下書きを読む限り、『英雄的間奏曲』の終結部は「牧神の目覚め」と題されていたらしい。そこで展開されたのは、無力の状態である「獣の眠り（sommeil de brute）」を脱した牧神が、芸術という新しい生――これは音楽によって象徴される――に目覚めるという、ある種の蘇生の物語であったようだ（I, 158-159）。この線で考えるならば、マラルメがはじめに用意したシナリオも、目覚めた主人公が己の見た淫夢を語る、というような単純なものではなかったことになるだろう。思うがままに冒瀆に耽ろうという牧神の望みは、当初からはぐらかされる予定だったのだ。しかし、牧神は幻滅と引き換えに、計り知れない恩恵を得る。睡眠という擬似的な死は、彼に新生を与えるだろう。真実たる自然に失望して虚構たる夢に身を委ね、しかしその夢にも裏切られた主人公は、自然に戻ってくる。するとそのとき自然は、芸術によって新たな相貌を与えられている。

しかし、擬似的な死と復活というこの展開を、『牧神の午後』は踏襲しない。一八七六年の牧神は、「もはやこれ以上はない（Sans plus）」と言い放って沈黙へと帰順するのである。

二人組よ、さらば。おれが会いに行くのは、お前の変じ果てたる影だ。

Couple, adieu ; je vais voir l'ombre que tu devins.

『牧神の午後』のこの最終行は、一篇の詩の終結としてあらゆる種類の「続き」を断ち切るものである。「さらば（adieu）」とは永訣の台詞である。これを牧神の「死」に比定したとしても、それほどの誇張ではないだろう。

牧神が落ち込んでゆく夢なき眠りが死に類するものであることは、旧稿との比較によってより鮮明になる。たしかに、「さらば」とは、「牧神の独白」の最終行を踏襲した台詞である。

さらば、女ども。おれが来たときの乙女の二重唱よ。

Adieu, femmes ; duo de vierges quand je vins.

(I, 156)

しかし、ここで牧神が二人のニンフに別れを告げて向かうのは、夢のうちに蠢く無数の他の女たちのもとであった。この「別れ」に決定的な意味などない。

また、マルシャルが想定するように、そもそもの『英雄的間奏曲』において、この詩行が第一場と第二場にまたがっていたと仮定するならば（I, 1229）、『牧神の午後』がそこからどれだけ遠ざかったのかはよりはっきりするだろう。マルシャルが再建するのは次のような詩行である。

さらば、女ども。　Adieu, femmes ;

第二場（二人のニンフ）　SCENE II (Les deux nymphes)

（牧神は眠る。）　*Le Faune dort.*

ヤーヌ（ひとりで）　IANE (seule)

さらば。　Adieu.

もしあいつが聞いてたら！　S'il entendait !

私は来た、　Je vins,

「さらば」と呟いて牧神は眠りに落ちた。二人のニンフはそれを確認したのち、舞台袖から駆け出してくる。そして、ヤーヌと呼ばれる一方のニンフが牧神の寝顔をのぞき込んでその台詞を継ぎ、「さらば」と応答して、十二音綴詩句《アレクサンドラン》の半句を完成させるのであるが、この場合、反復される台詞には、慣習的な挨拶の軽みとともに、喜劇的な諧謔さえ漂うだろう。

それにしても、『英雄的間奏曲』のこの軽妙な場面転換と比較したとき、『牧神の午後』最終行の異様さは際立つ。「おまえが変化したところの影」とは何なのか、そもそもこの二人称単数「おまえ tu」とは誰か——もちろん文法的には、それは「二人連れ couple」を受ける代名詞で、つまり二人のニンフのことなのだが、この処理はいかにも唐突でわかりにくい。あるいは、牧神はその影をどこに「見に行こう」と言うのか——等々、さまざまな疑問が作品の結末を昏《くら》く濁している。

この晦渋さは、ある程度まで詩人の構想の迷いに起因するものであろう。これまでにも見たように、「牧神」の改稿にあたったマラルメは、もとの脚韻を保存しつつ、自らの新たな詩想に適合した詩句を生み出すため、四苦八苦している。[15] ここでのマラルメの目的は、当然、夢への逃げ道を塞ぎ、独立した作品に相応しい終止を付与することであった。一八七三年に「牧神の告白」を清書したときに出した解決策——「乙女の二重唱」云々——は、まったく満足できるものではなかっただろう。しかし、『牧神の午後』のこの結末が混沌としているのは、単に技術的な理由によるものでもない。牧神は「二人連れ」に別れを告げている。それなのに、彼女らが変じたところの「影」に会いに行こう、と言っているのだから、別離を望んでいるのか再会を望んでいるのか、根本的に不可解である。中期のマラルメにはある種の韜晦癖が確かにあって、この結末も読者を煙に巻くための手管と言われても仕方がないかもしれない。

　しかしその一方でこの結末は、〈終わり〉の本質的な見極めがたさをそのまま写し取るものではないか。マラルメが『牧神の午後』のために定めた終止形が、死にまつわるある絶対的な暗さに満たされているのはそのためであろう。たしかに、牧神はさらばと言いつつも、再会の期待を捨てていない。しかしニンフたちとの再会が叶ったとして、彼が闇の底に探る「お前がそれに変化したところの影」は、もはや対象として画定することさえできないだろう。そもそも二人のニンフとは、牧神の「神話的な・逞しい官能 sens fabuleux」の望むところに従って、自然の中から、冷たさと暖かさの「対照《コントラスト》」として分化し、現れたものに過ぎない（第一〇—一三詩行）。「神話的な fabuleux」という形容詞は「物語 fable」の派生語である。ニンフとは、官能と言葉とが——つまりは自然と詩とが——短絡するところに生まれる仮初めの映像なのである。言葉が吐き尽くされたとき、欲望の対象は欲望それ自体とともに、再び自然の中に溶け失せてしまうだろう。『牧神の午後』の最後の二行で、二人のニンフが単数の couple でまとめられ、ついに二人称単数代名詞 tu で呼ばれるのも、牧神の言葉が、終わりにむかって活力と明晰さを失い、差異の体系を維持できなくなってゆくための症候かもしれない。最後の妄言が尽きたとき、残るのはただ沈黙である。

　かくして、『牧神の午後』は「弔いの乾杯」の最終行と同じ沈黙と影に到達する。ただし、牧神とはあくまでも半獣半神の怪物である。「もはやこれ以上はない」と言って「冒瀆を忘れた眠り」に就く彼に、人間的悲劇性はほとんど感じられないはずだ。「ことばを抜かれた」体は重くなって倒れる。ただそれだけのことなのだ。この重力の働きが、ほとんど飄然とした雰囲気を醸すのは、それがむしろ、抜けてゆく息吹――すなわち魂――の軽さを感じさせるためであろうか。そもそも牧神とは、自然とその旺盛な繁殖力を象徴する者である。それが、人間の言葉を与えられて語り出すことで、いっとき、ただ「ある」世界たる自然から離れて、「ない」ものたる虚構において立ち上がった。彼はまさに、「物語的官能 sens fabuleux」の産物でしかないのである。言葉が尽きれば、彼は自らが虚像であったことに気付く。あとは、先に自然へと回帰しているニンフたちに合流するだけのことだ。一時、「ないもの」を司る者――つまりは「詩人」である――となった牧神は、恬淡として自然という「あるもの」に戻ってゆくだろう。

＊

一八六五年の『英雄的間奏曲』と七六年の『牧神の午後』は、その時間的構造の大きな改変にも関わらず、夢を称揚する点で一貫しているようにも見える。しかし、これが夢の否認という一八七一年の断絶を跳び越えた、見せかけの一貫性であることは言うまでもない。ここで極めて重要なのは、一度なされた地上の真実性の発見が、夢による補償の可能性を決定的に消し去ったということである。現実で満たされなかった欲望を満たすための別天地を作っても仕方がない。夢は、ただ唯一の真実たる地上を尊重しつつ、しかしそこに揺さぶりをかける一種の遊戯として、現実の内にこそ呼び出されなければならない。

はじめ、夢は牧神の語りの外に、つまり「古代の真昼の眠り」に倒れた牧神の、無言の意識に宿るものであった。しかし今や、夢とは「午後」と名付けられるこの世の時間のうちにおいて言語を発すること、すなわち詩の実践そのものとなる。

そして、この「午後」において自然が夢想の侵食を受けるのは、まさに、それが言語によって開かれる時であるからである。詩――あるいは文学――とは、現実の事件が起こる場ではない。それは、言説が生まれては消えてゆく場、言説が嘘《ウソ》か真《マコト》か判然としないないままに、現れては消えてゆく場である。もちろん、詩は自然にとって代わることなどできない。牧神のおしゃべりはいずれ尽き、彼は「誇れる真昼の沈黙にやられ、遅れて倒れる」。しかし、詩人とは危機の後に残された生存期間の間、嘘と知りつつも言葉を発し続ける者のことではないか――ちょうど一八七六年のマラルメが、死んだエッティの発していない言葉によってソネを作って見せるように。

そしてこの時期、危機のあとに残されるこの生存期間を、マラルメはかなり楽観的に眺めていたフシがある。ゆったりとした午後の、あるいは夕べの時間は、――決定的な〈終わり〉が来るまでのあいだ――語らいとしての詩の言語が、和やかに営まれるひとときになるだろう。結局のところ、「ない」ものは固有の領域たる芸術のうちに囲われており、不断に「ある」ものたちを脅かしたりはしない。牧神の倒れこむ眠りはあくまでも酔いの戯れであり、直視し得ない〈私〉の死とは異なる。『牧神の午後』を満たすユーモアは、牧神の眠りを夢も言葉もない死と結びつけつつ、ただ、それをある種の演技として演じるという精神的余裕の上に成り立つものだったはずだ。

しかし、一八七九年、アナトールの死に際して、詩人は再び何の媒介もなく虚無と対峙することになる。その経験の痕跡は、生《き》のままの、何のユーモアも入り得ない言葉として、「アナトール」のためのメモ書きに残されている。

〈死〉が低くつぶやく——私は何者でもない——私は自分が誰だかさえも知らない　(I, 524)

ボナパルト゠ワイズ夫妻のためのソネにも登場する擬人化された〈死〉であるが、半ば滑稽な誘惑者の役割を演じさせられたかつての姿を脱ぎ捨て、ここで完全な〈非人格〉、無限定の闇として想像されるそれは、圧倒的な力でその業を遂げるだろう。ここに沈黙が勝利し、幸福な一季節が終わるということは、すでに幾度も述べたとおりである。

IV

第九章　『ヴィリエ＝ド＝リラダン』

一、詩人の生

死をめぐる虚構と現実

マラルメの生涯にはその初めから死の影が漂う。いわゆるトラウマなど持ち出さなくとも、母親と妹という二人の近親の死が、幼いステファヌの精神形成に深甚な影響を与えたことは容易に推察されるだろう。(1)もっとも、マラルメは母エリザベート・デモランが没した際、まだ五歳だった。のちに自身で述懐するところによれば、彼はその出来事の意味するところを十分に理解できなかったようである。(2)しかしいずれにせよ、母の死はステファヌの精神に長く続く影を落とすだろう。父ニューマの早々の再婚もあって母親の不在は誇張され、やがて詩人は自らを棄児と見なしたのではなかったか。

みなし児だった私は、すでに悲しみをもって〈詩人〉の到来を予感しながら、黒衣をまとって彷徨い、空から遠く目を伏せて地上に家族を捜していた。　(I, 445)

一八六七年に発表された初期の散文「孤児」の冒頭、喪装の子供はマラルメ少年期の自画像であろう。母に続く妹の死が彼に大きな衝撃を与えたのも、棄児の孤独を分かち合う無二の同胞を失ったからに他ならない。

他の星へ――それにしてもどの星だろう、オリオン、アルタイル、あるいはおまえ、緑のウェヌスか――行くためにマリアが去ってしまって以来、私は常に孤独を愛した。(II, 84)

こちらは散文詩「秋の嘆き」の冒頭である。それにしても、一八九七年の『譫言集《ディヴァガシオン》』にも収められたこの詩に妹の名まで留め置くことに、詩人がこめた意味は軽くないだろう。マラルメは「純粋なる作品は、詩人が言葉を発することで消失することを前提する」(II, 211)と説いた詩人である。個人の経験の痕跡を作品中に残すことに、少なくとも八〇年代以降のマラルメは否定的ではなかったか。

実際、先に引いた一八六七年の「孤児」は、のちに再発表されたとき大きく書き換えられた。晩年、『譫言集《ディヴァガシオン》』に収録されたのものこの改変後の作品、「思い出(Réminiscence)」というタイトルに改められたバージョンである。孤独の悲しみを比較的直截に表現していた自伝的な文体は、後期マラルメに特徴的な曖昧模糊とした調子のうちに霧散する。文体の希薄さは記憶の茫漠とも重ねられる。タイトルのレミニサンスとは、思い出の残滓を表す語であるが、それが示す通り、詩の重心は「孤児」という描写の対象から、その対象へと遡行しようとする頼りない追憶の行為へと移される。二十年の間に過去へのこだわりが薄れたため、と考えるべきであろうか。マラルメの心理がどう働いたのか、そのあたりは推し量るしかないが、いずれにせよここには、彼の詩が次第に主観性を脱してゆく、その一般的なプロセスを確認できる。

一方、「秋の嘆き」に話を戻せば、『譫言集《デイヴァガシオン》』揖中に妹の名を残したことは、一見この脱＝主観の傾向に反するようでもある。しかしここでも、自伝的事実の直接の参照と見える名辞に、虚構化の働きを窺うこともできよう。妹の死は、キリストの母に由来するその象徴的な名のもとで、母親の死の記憶と混交しつつ神話化される。他所の星に行ってしまう、とはいかにも幼稚な言い様ではある。しかし、嘘だとどこかで分かりつつも死をそのような虚構で覆おうとする想像力は、幼児期の記憶の不確かさへも繋がっているはずだ。——思い起こせば、物心ついたときに私は既に孤独な彷徨を初めていた。死者の存在が漂うかつての場所、伝説と現実がぼんやりと重なるこの地点こそ、棄児たる詩人の故郷と見定められたのではないか。肉親の死は、今の孤独を形成する所与として、いかにしても否定できない現実である。その一方で、既に消え去った死者ほどに不在であるものはない。かつて存在していたのかさえも怪しもうと思えば怪しめるから、死者は虚構にも近づいてゆくだろう。死の両義性、つまり、その虚構性と現実性は、彼の幼年期ですでに兆していたのである。

これも度々触れてきたことの繰り返しになるが、死の現実と虚構を巡る問題は、とりわけ、愛息アナトールの死に際して先鋭化する。息子の急死の直後、マラルメは一作を捧げようと準備し、それが詩人の死後に発見される。この手稿を最初に出版したジャン＝ピエール・リシャールは、その企図の根本を、文学作品の内に死者を示してその死の苦しみを浄化し、存在を救済することにある、としている(3)。たしかに、現実たるこの世を離れ虚構の文学に現れることで人間は純粋性に達する、というのが、マラルメがこの覚書で展開する根本的な発想であることは否定できない。しかし、その企図が実現されることがなかったという事実はあまりに重い。マラルメは決して、虚構性に没入することで現実を忘却するような作家ではあり得なかった。そして彼の作品がさまざまな工夫をこらして人の命運を捉えようとするのは、死が根本的な両義性をはらんでおり、虚構とも現実とも定め難いものであるからに他ならない。

追悼講演「ヴィリエ＝ド＝リラダン」

もっとも、ボードレールやヴェルレーヌなどの詩人に捧げられた「墓」、あるいは、音楽家ヴァグナーや画家ピュヴィス・ド・シャヴァンヌに捧げられた「頌」や、モーパッサンの死に際して発表された文章などにおいては、死は容易に現実性を離れ、虚構性へと引き寄せられる。これら、芸術家の死と栄光に関わる作品群において扱われるのは、マラルメ個人の経験とは遠いところで生きた人々の死である。マラルメはボードレールやポーと生前の交際はなく、一番交際のあったヴェルレーヌとさえ、最後まで敬称で呼び合う仲であった。死を問題にしつつも、これらの詩に悲痛の色は薄く、韻を整えて彼らの文学を顕彰するとき、哀悼の声は幾分儀礼的に響く。

そう考えると、一つの特殊な例として、マラルメがヴィリエ＝ド＝リラダンの死に際して見せた態度が浮かび上がってくる。ヴィリエは、マラルメが高踏派のひとりとして文学活動を始めたころからの友人であった。一八六〇年代、パリに住む前のマラルメは、先輩として敬愛するヴィリエに対し、気負った調子の手紙を書いている。それに対し、ヴィリエの方は鷹揚な、そして時に無頓着な多弁で答える。(4)それが最後にはマラルメが、貧困に喘ぐヴィリエの救済に奔走することになるのは運命の皮肉であろう。二人の関係は変化してゆくが、四半世紀にわたって文学上の、また経済上の困難をも共有した同志であった。(5)

マラルメは、一八八九年のヴィリエの死後、半年を置かず彼に関する講演をベルギー各所で行う。口頭での発表であったにも関わらず、文体は難解を極め、すべてを読み上げると二時間半はかかるという長さもあって、評判は概してはかばかしいものではなかった。(6)しかし、文字にされたものを読み解けば、マラルメの後期散文としてはまだ文法的骨格がはっきりしており、明確な構成を備えていることもあって、詩人の思考の跡を追うことは比較的容易と言える。また、マラルメの作品としては例外的な長さで展開される叙述では、公衆の前で演ずる際の効果を考えてのことであろう、口調にかなりの揺れがある。追悼の説教にも比される荘重な文体から、いかにも気軽なおしゃべりという調子、また、友の死を悼む悲痛な抒情から、宇宙論的ヴィジョンに至るまで、その振幅の大きさが、この作品を感動的なものにしている。

全体は四つに分たれた主部の前後に導入部と結論部が置かれ、また中心四部にもそれぞれ明確なテーマが設定されている。パリに戻ってきてから『現代芸術』誌上に講演原稿を掲載するにあたり、マラルメ自身が次のように整理していることが参考になるはずだ。

Ⅰ、ヴィリエ゠ド゠リラダンの相貌。彼の死に際しての新聞
Ⅱ、彼のパリへの到着、一八六三年
Ⅲ、彼の臨終、一八八九年
Ⅳ、作品

(II, 1580)

もっとも、この注記に拠らなくとも、それぞれの部分での主題はテクスト内部で明確に予告されている。たとえば、第Ⅰ部でヴィリエの人物像をざっと描いて紹介したあとで、第Ⅱ部以下の展開を予告して、マラルメは次のように述べる。

作品を別にすれば、すべては二つの日付に要約される、一方は勝利の、もう一方は災厄の日付です

が、その日付にこの人間の姿は観念となって納められているのです。つまり、ヴィリエ＝ド＝リラダン伯爵フィリップ＝オーギュスト・マチアスのパリ到着、一八六三年ごろのこと。そして、あの最期、一八八九年八月です。（II, 30）

こうしてマラルメは、「人と作品」というごく常識的な区分に沿って、第II部以降を二分する。まずは人間ヴィリエの紹介を行う。つまり第II部ではヴィリエの出現、第III部では彼の死が扱われる。そして「別にして」とっておいた「作品」について語られるのが最終章第IV部ということになる。

マラルメは作品を語ると言うが、この第IV部でも、他の部分においても、それは引用したヴィリエの文章を註釈することを意味しない。引用文の選択も、一見ごく無造作に行われているようであり、ヴィリエの文学の美点を論証するための根拠として挙げられている訳ではなさそうだ。マラルメの本文とヴィリエの引用文がどのような関係を結んでいるのかつかみかねる箇所さえある。引用の無頓着さは、まずは学校教師めくことを避けようと計算されたエレガンスと言っていいだろう。詩人は講演の終盤で、自分の役割を「ある建造物へと導く案内人に過ぎず」「慎ましやかな、脇方の職務を負う者」と規定した上で、おおよそのところ「直接的な朗読はなくし、周辺的なものとして現れるいくらかの文章以外には読まなかった」（II, 45）と述べる。ヴィリエの文学の本質を自分がとやかく論じるような立場にはなく、あとは聴衆が自分の好きなときに好きな作品を読んでくれればいい、というのだ。

文学的栄光

しかしここまで謙遜しては、かえって口実めいてくる。マラルメの奇抜な引用作法を理解するには、この講演の目的に立ち戻る必要もあるだろう。つまり、マラルメはヴィリエの文学を解説するためにべルギーを訪れるのではない。その目的は、ヴィリエの文業を顕揚し、その栄光を公に示すことにこそあり、それは講演の中でも度々述べられるところである。しかしそれでは、この場合の「文業」「栄光」とはなにか。講演の四分の三以上をヴィリエの人物像の紹介に充てるマラルメは、作品の素晴らしさを著者ヴィリエと切り離して褒め讃えるものではないだろう。二十世紀の批評が喧伝した「作者の死」、あるいは「匿名のテクスト」という概念は、ここでのマラルメの関心とは位相を異にする。

ヴィリエとマラルメの間にある程度、特に七〇年代まで共有されていたと思われる、文学的栄光を巡る了解を検討しておこう。それは「名」を巡る問題としてまとめられる。ヴィリエが一八七四年、マラルメに捧げた「栄光製造機」という作品がある。この短編から、マラルメは講演中にも次の箇所を引用している。あるホールに二百人の聴衆を集め、そこでスクリーブという名とミルトンという名を発してみて、彼らの反応を伺え、と。すると、聴衆の悟性はその二つの名の性質の違いを瞬時に見抜き、実際に彼らの作品を読んだことがあるかどうかに関わらず、二者の比較は「王杖とスリッパ」の比較と同様だと直観するだろう。

なるほどミルトンは貧しかったし、スクリーブは金儲けに巧みであった。ミルトンは長い間無名に留まったがスクリーブの名はあまねく知れ渡っていた。それにしても、です。一言で言って、ミルトンの詩句がもたらす印象は、知られざる詩句も含めて、それらの詩句を生み出した詩人の名のうちに移ってしまっているので、聴衆にとっては、これはまるでミルトンを読んだも同然のこととなるのです。

この現象がある作品に関してはっきりと確認されるに至るとき、この確認の結果を栄光と呼ぶのです。(II, 24-25)

つまり、文学的栄光とは、ある作家が理解されてもたらされるものではなく、ましてや多くの人に読まれることによって生まれるものでもない。作品の残す印象、あるいは効果が、その著者の名のうちに凝縮しえたときに実現される、とヴィリエは言う。随分抽象的な言い方で、マラルメ自身がこのような「名」の崇拝に完全に同意していたかどうかは怪しい。しかし、マラルメもやはり、ヴィリエの文学的栄光とは文業の全体と個人の名との結びつきによって明らかになるものと考えていたのではないか。彼があえて概略の水準に留まって、ヴィリエの作品名をもれなく挙げることに専念し、その文学のいわゆるダイジェストを提供しようとしないのは、群衆の前でただミルトンの名を示せ、というヴィリエの要求に従ったものであろう。

　貴族の生まれを背負い、それを矜持としたヴィリエにとって、名の問題は確かに大きなものである。マラルメも十一世紀の家名の創設にまで遡ってその系譜を紹介し、彼自身の名への執着を度々取り上げる。

> 「ほんとに名前のせいで何もかもがうまくいかんのです」などという気だるい慰みを挟み込み、声を低めて解説を加えるように「おまけに呪われた名です、まったく、先祖が破廉恥にもジャンヌ・ダルクを口説いたりしたもんだから」などと洒落てみせる〔……〕。

これがヴィリエの口癖であった、また、彼がパリに現れたときに掲げた銘句は、「大志を――この時代に唯一高貴たりうる栄光、即ち大作家たる栄光を我が家門の光輝に加えんという大志を」というものであった――そうマラルメは紹介している。この「不変の銘句」と呼ばれるものが、果たしてヴィリエ自身の表現によるものなのかはわからないが、家名の復興を期してこそ、ヴィリエはパリ文壇に登場したのだ、ということだろう。高踏派の旗印の下に集まっていた若者たちとヴィリエは、必ずしも同じ関心を抱いていたわけではない。しかしヴィリエは、ことばを崇敬する、という一点において我々と結びついたのだ、とマラルメは言う。もっともヴィリエが崇敬していることばとは、ある特殊なものであった。

彼はすべてを征服するためにやってきた。そしてそれを、あるひとつのことばを用いて成そうとした。そのことばとは即ち彼自身の名であり、その周りに既に、実を言えば物質的に、甦る光輝を彼は見ていた。

「物質的に甦る光輝」とわざわざマラルメが言うのは、そこが自分とヴィリエの相違点であると見極めているからで、ここには若干の批判も込められているのではないか。名の放つ光輝はあくまでも精神的なものであるべきだと考えるマラルメは、栄光に伴うものとして財産や豪奢をあからさまに欲し続けたヴィリエと、ここにおいて袂を分つはずである。ヴィリエが光り輝く現実の黄金をその家名に積むことはついぞ無かった。その点で彼は己の生を失敗と総括するだろう。しかし、それは惜しむに足らぬ、とマラルメは言い切る。文学は精神の業であり、だからこそ、死後、現実の物質的貧窮から切り離されたヴィリエは、純粋な栄光を纏うのだ。

人の生のこの時における現前

マラルメがヴィリエの生存に伴うさまざまな雑事から引き離してその文学的栄光を讃えようとしていることは確かであり、そこにはマラルメの観念論《イデアリスム》の表現が見られる。アラン・レイトは、ソネ「エドガー・ポーの墓」の冒頭句「永遠がついに彼を自分自身に変えて」を引き、このポーの場合と同様にヴィリエの不変の理想の姿を示すことがマラルメの目的だとしている。[7] しかし、である。マラルメの講演は、死とともに顕在化した作家の栄光を、ただ聴衆の前で確認することに尽きるものだろうか。もしそうであるなら、彼が故人の思い出を語り、その生前の艱難を哀しむということにどんな意味があるだろう。そうマラルメに直截に問うとしたら、きっと彼は――おそらく皮肉な笑みとともに――確かに無駄なことだ、と答えるだろう。しかし、それでもなお問おう。そもそも彼が講演旅行を思い立ち、ほとんど義務の感情を持ってベルギー各地を回り、ヴィリエの生き様を紹介することには、何か精神の栄光とか永遠の文業とは別の次元の、単なる感傷というのではなく、人間の本質にも触れるような追悼の感情が働いていないだろうか。

マラルメは講演の結論部を次のように始める。

ここに来るにあたって私は、我々、つまり我々のうちの敬虔な人々がそうするように、一筆を揮って、あるいはもうひと筆で、この世にかつて全き同類を持たず、特殊な状況のゆえにこれからも持たぬであろう人物の姿を喚び起こしたいと望んでいたのですが、人が心のうちに繰り返すそれら由無しごとは、不意に、皆様の前に差し出されたヴィリエ＝ド＝リラダンの名が今日まとう荘厳のうちに消え失せてしまうものなのだ、と、今や気付いたものです。そしてまた、私がその生を語っているつもりだった者、彼は、ごくわずかに生きたのでしかなかった、と。（II, 48）

よしなしごと、つまり、死の現実を前にしては無力な行為と知りながら、思い出話をしてしまう人々の敬虔な習慣を、マラルメは断罪するものではない。今は亡き人の名を呼ぶ、その名の響きが生まれて消える、その残響と共に絶えてしまうものであっても、死者の生の痕跡は、少なくとも今まだ完全には失われていない。「生そのものであるようなものが遺す引き延ばされた振動」（『リヒャルト・ヴァグナー、あるフランス詩人の夢想』II, 158）がまだ収まっていない時期に持たれたこの講演で賭けられているのは、単に文業の成否ということに留まらぬ、ヴィリエの実存、その生の、何もかもを含み込んだ全体ではないだろうか。作品が残り、栄光が生まれ、名声が続くならば作家の本懐、めでたしめでたし、とはならないのだ。死んでもう帰らぬことは分かっている人の姿を、簡素な筆遣いで喚び起こす。マラルメがこの講演で行うのは、哀悼という敬虔の業である。

しかし、かけがえのない人を思おうという志を表明するマラルメは、同時に、その人が生きたという生の現実性がそもそも危うい、というラディカルな指摘もしている。「ごく僅かに生きたのでしかなかった」というのは、五十そこそこで死んだヴィリエの長くはない生を惜しむ言葉だと取ることもできるが、ここで問題になるのは単なる長さではない。これは、講演中に繰り返される疑念への、悲観的な答えである。死を惜しむのはいいが、そもそも死ぬ前提として、果たしてヴィリエは生きたのか、というこの疑念は、すでに第I部の冒頭で明確に表現されるのだ。

彼の人生——私はこの言葉に対応する事柄が何かあるか、探してみます。本当に、そして通常の意味において、彼は生きたのでしょうか。（II, 24）

ヴィリエの生はあるのか。この根源的な問いに結論で出される否定的な見解（「ほとんど生きていない」）は、しかしマラルメがこの講演を通して模索するディスクールを要約し切るものではないだろう。『ヴィリエ＝ド＝リラダン』がマラルメの創作のうちでも例外的に長いのは、理由のないことではない。

その展開の大きな振幅は、弁証法ましてや弁論術の技法でもなく、むしろマラルメの思考の激しい動揺の反映ではないか。例えば、次の引用は、先程の結論部の直前にある文章である。

以上のごときが、この時間における現前は事実である一人の謎めいた人間の肖像をいっぱいに刻まれた、ヴィリエ＝ド＝リラダンの文業の、完全性をついに取り戻した、存続するべき姿です。

(II, 48)

「この時間における現前」は事実だ、とマラルメは言うが、そのとき「この時間 ce temps」とは何か、「現前 présence」とはいかなる意味を持ちうるのか、そしてここで確認される「現前」は、次にくる「ほとんど生きなかった」という言明といかなる論理で結ばれるのか。しかしおそらくは、詩人の思考の道筋に安定的な論理を探すよりも、むしろ、ヴィリエの生の存在と不在の間で迷い続ける、マラルメの言説のダイナミズムに注目するべきなのだ。ほとんど生きたとは言えないようなヴィリエの希薄な生、そして亡きヴィリエの今はもはやない存在に、いかなる現実を与えられるのか。このアポリアを巡って、マラルメは言葉を重ねるのである。

本章では以下、ヴィリエの生をマラルメがいかに救済しようとするのか、その声の揺らぎに寄り添いつつ探りたい。ここで最終的に示したいのは、死による理想化の称揚をマラルメ詩学の原則とする視座に拮抗する、もう一つの視座である。それは単に逆説の面白みを狙うことではない。例えば「墓」という題のもと書かれた一連のソネであれば、それぞれの詩人が最も簡潔なエンブレムのうちに表現されている、と言うことも間違いではないだろう。死によってもたらされた栄光に生の揺動は昇華され、詩人は不滅の理念として一瞥のうちに現れる。しかし、『ヴィリエ＝ド＝リラダン』という講演は短詩ではない。それは長大な散文であり、瞬間的な把握に応じるものではないのだ。確かに、マラルメの講演が最後に辿りつくのもやはりヴィリエの墓であり、その栄光を賛美する理想の沈黙である。しかし彼は、自問自答しつつ先へ先へと紡いできた言葉の足取りを、駄弁だと言って否定し、遡って消し去るものではない。そしてそれはそのまま、生死をめぐる彼の姿勢の反映でもある。生はいずれ死に辿りつく。しかしだからといって、いかに生きるかという問いが価値を失うものではない。成熟したマラルメは、死による理想化を遠く夢見つつ、決して死を待望したり、虚弱なデカダンスに沈み込んだりはしない。マラルメにとって詩人の倫理とは、理想にはほど遠い地上での義務として、この生を引き受けるべきだということであったに違いないのだから。

二、生の所在

夢に住む詩人

マラルメはヴィリエの生を定位するために、大きく二つの軸を設定する。時間と空間である。まず、空間について検討しよう。そもそも、講演でヴィリエの話題を始める前、導入部でマラルメは「書くとは何か、人は知っているだろうか」と、藪から棒に議論を投げかけ、それに答えて、「書く」ことは「我々がきちんといるべき場所にいるということを明らかにするため」の義務だと述べている。所在の問題は、詩人の営為と直結する問題として提出されるのである。実際、講演の初めから終わりまで、マラルメはヴィリエのいる場所について問題にする。先程引用した第I部冒頭、ヴィリエの生という言葉に相当するものがあったかと問う場面で、マラルメの思考がすぐに向かう先も、彼の住居である。

彼はパリで、紋章のような日没を見つめつつ、存在せぬ高き廃墟に住まっていました（訪れる者はいなかったのです）。（II, 24）

「存在せぬ場所に住む」というイメージによって、ヴィリエの存在はじつに不在によって形成されていた、という根本的な逆説があきらかになる。

この逆説的存在を、マラルメはヴィリエに従って「夢」という言葉で指示する。作品冒頭、「淑女紳士の皆様」という呼びかけの前に謎めいた文句がおかれている。

夢の常連たる人間が、ここでもう一人の夢の常連、ある死者について語りに来る。（II, 23）

実際に発語されたことばなのか、あるいは講演の状況を解説する覚え書きのようなものなのか、いずれにせよ、話者から聴衆へと向けられる通常の講演の語りの構造とは異質の一文である。ここで夢の常連と呼ばれるのは言うまでもなくマラルメとヴィリエであり、今は生と死の領域に分たれた二者が深いつながりをもち、もしかしたら生死を超えたつながりを、今も夢という曖昧な領域で保っているのではないかとさえ思わせる。夢（rêve）や幻（chimères）は二人の文学者がともに偏愛した単語であり、彼らの密接な文学的交流を証言するものだが、同様の表現が講演の最終段落にも読まれる。ヴィリエがその晩年、ちょうどマラルメが今行っているように、ベルギーで講演旅行をした、という逸話を披露した後、マラルメは自分の訪白の目的を慎ましく表現する。

そして、限られた時間のうちで、かくも輝かしい亡霊を思うさま呼び起こすことができなかったとしても、次のようなことさえできたのなら、私には思い上がるのに十分な、そしてもっともらしい動機だ、と言えるでしょう。つまり、今は印刷されているのみとなった彼の名において、彼が常に住まった誉れ高き国、そして今はとりわけ彼が住むのに相応しい国、というのもこの国は存在しない国だからです――その国から、ひととき彼の夢に加わった友愛の地に、ただ一陣の歓喜の息吹、極まりにある興奮として、このメッセージをもたらすことができたのだとすれば。（II, 51）

マラルメはフランスからベルギーへの使者という儀礼的なそぶりを見せつつ、実は、ここで問題になっている「国」とは夢想の、存在しない国なのだ、その限りにおいて、亡き者となったヴィリエが住むのに相応しい、と言う。そしてどうやら、マラルメ自身もこの夢想の国の住人だとほのめかされているようだ。こうして見てみると、habituer（慣れ親しむ）という動詞と habiter（住む）という動詞の類縁によって、最後の一節は冒頭の一節を正確になぞっているのであり、講演に巧みな統一を与えていることが分かる。

どこに住んでいるのかわからない、というヴィリエの神出鬼没ぶりは有名なものだったらしく、「日没を臨む存在しない高き廃墟」とは、モンマルトル辺りだったというヴィリエの住居をマラルメなりに想像しているのであろう。実際、貧しい住居を人目にさらす事を憚って、同行している友人とは町中で別れを告げ、自宅に人を招くこともなかったと言う(8)。現実の住居は死病がヴィリエを捉えたときに明らかになった。第III部の後半、ヴィリエの死が描かれる部分を読もう。

病が進行し、施療院に入った彼をマラルメは見舞う。話すべきことも尽き、物思いに沈む詩人は、先頃彼の住処を訪れたことを思い出し、主を失い「炉の火もまた消えてしまった」その部屋を次のように描写する。

相応しからぬ住居ではありました。しかしそれも、巨きな古びたピアノが一台置かれていたために、忘れ得ぬものとなっているのでした（純粋散文の作曲家たる彼は、数度の労役に志願して、その報酬でこれを得たのです）。ほとんど鋼線も張られていないこのピアノが、この場にあっては、夢想がその翼をたたんで収め、もはや墓石となって沈黙したものと私には見えました。ヴァーグナーは既に黙して歌わず、かつて家の主が愛する詩句に合うかどうか試した数々の伴奏もまた鳴らぬのでした。（II, 39-40）

今や空っぽで惨めな姿を晒すこの住居では、かつてピアノが奏でられ、音楽の生み出す夢が満ちていた。ピアノの大蓋という翼を拡げ、音楽によって精神が飛翔する、その有様が夢である。しかしその夢も、閉じられたピアノの中に引きこもり、それがまさに、主人の死を先取りした墓石なのだ、と言うのである。

私空間という洞穴

この描写ののち、死の床にあるヴィリエの姿を離れて、マラルメの話は脱線に脱線を重ねるのだが、そこでも住居と夢を巡る問題は途切れぬ連想の糸となる。一人の文学者の運命が終結するにあたってその使命の問題が突きつけられる。そこでマラルメは、ヴィリエの臨終が「博覧会の夏」であったということを喚起する。祝祭という機会において、詩人が大衆に対して担う責務を考察するためである。「祝祭とは公共のものに限られるのでしょうか」と自問し、「私はまた引きこもった祝祭というものも存じております」と答えるマラルメは、「誰もが自分のために行いうる祝祭」、「私空間という洞穴」でなされる祝祭を検討し、詩人の権能はそのような私的な祝祭においてこそ発揮されると示唆する。こうして私空間、すなわち住居が再び問題になり、調度品、そして書物へと話が及ぶ。自在に連想を重ねるマラルメの筆が冴える箇所であるから、話題はヴィリエから少し遠ざかることになるがここに引き、現代における夢の住居がどのように想い描かれるのか、見ておこう。

たとえば今日、室内調度は省約されています。〔……〕飾り物がすたれ、魅力を漂わせつつ絶え入らんとする場所へと、どこまでも探索をすすめ、そのような廃滅した骨董の品をやがて手元におさめるということがもはや日常の営みでもあるのです。用途を持たぬことさえもあるそれらがらくたでも、女性は創意を発揮して、部屋のインテリアに合わせて装飾とする工夫を見つけるものですが、こうして人は棲家に夢想を据え付けるに至る、もっとも、夢想とはいえそれは触れられるものに限られるのですが。東方の織物の端布《はぎれ》を壁に掛ければ、熱情のごとく燃え盛るガラス窓となり、あるいはやさしい夕日のように和らいだ光を導き入れるものですが、それらの布地は、いかなるサロンの女主人であろうとも――彼女がそれらの象徴に持つ興味を聊《いささか》かなりとも否認することにはならぬでしょうが――易々と、あるいは低く独りごつようにさえ言葉に移すことができないような、もしかしたら精神によってようやく翻訳されるかもしれないようなものなのです。

すでに一部は引用した文章であるが、当世風のサロンが描写され、骨董を巧みに配置して室内を夢の空間に変える女主人の手際が讃えられている。織物を壁に掛ければ、住居に幻の外光を引き入れ、さらに夕日の向こう、はるか東方の幻想を導き入れる窓となる。この夢想が「触れられるものに限る」つまり物質的なものにとどまり、精神による翻訳を待たねばならぬ、と言うときの精神とはおそらく作家の、それも男の作家の精神だということもすでに触れた。しかしここでマラルメの男性中心主義を糾弾しても仕方ないだろう。そもそもマラルメは女性を精神が欲望する対象として、官能を司る性として描くことをためらいはしない。この続きにも女性が登場するが、そこでマラルメが鋼鉄製のスパングル（スパンコール）を鎧に擬したり、お茶会の習慣に言及したりするのも、産業の発達や英国趣味などの現代生活の特徴をユーモアを交えて描写することで、講演に足を運んでくれたご婦人方の興味まで下りて行こうという、コケトリーの表現だろう（この気取り《プレシオジテ》を勿体ぶりととるか、そこに洗練を見るかとなれば、これは趣味の問題だけれども）。

ぴったりとした絹のドレスは、おそらく固い鋼鉄までも装具してこの女を呪いから守っている、とは言え、豪華に過ぎる家具調度の輝きが消え入りまた煽り立てられるというある種の危機に際してなお彼女は、飾り棚で不満顔をしたり、隅棚で顰め面をしている骨董どもの怒りが昂り、小さな嵐と吹いているような情勢を、魂の髄まで感じ取っているというわけではないでしょうが。骨董どもの要求とは奇妙なものです。彼らと同等と言えるだけの贅沢な気を精神が発し、それが馥郁と漂うように、というのです。書物の効用がここにあります。それは夢想を開き、広がりを与えるのです。失礼を承知で申し上げるならば、室内の様子など、さもなければ——つまり、ただ来客があったり、いつもの五時のお茶《ファイブ・オクロック》を過ごしたりして、才気煥発たるお喋りがなされるというだけならば——凡庸なものに過ぎません。しかし書物は、住まう者の内面の特質とこの素晴らしい周囲の様相との間に関係をうちたてるのです。さもなければ調度など虚妄でしかありません。

女性が差配し、会話の機知がまかり通るサロン文化と通底しながら、それとは異なるものとして文学の精神性が呼び起こされている、と要約しようか。骨董が機嫌を損ね、要求をつきつけるという箇所はいかにも奇妙だが、ここの理解には、ボードレールの「旅への誘い」を参照することが役に立つだろう。この詩の第二連、「私たちの部屋」が描写されるくだりである。

華麗な天井が
底知れぬ鏡が
東方の輝きが
すべてが語りかけるのだ
密やかな魂に
異邦の言葉の数々を

マラルメの室内光景は、このユーモラスな変奏である。遠方へと開かれた窓へと変化する織物同様、骨董は外界の幻想を室内にもたらす。異邦の言葉の理解し得ない奇妙な響きは、魂をくすぐる息吹をもたらすばかりか、小さいけれど荒々しい危機をも秘めている、とマラルメは言う。魂が理解できていないこの昂った言葉を、精神は翻訳しなければならない。そしてその翻訳は書物によってなされるべきだ、というのである。

室内調度はすべて夢の表れであるが、物質的な夢に留まるそれらには、精神的な夢が対置されることに注目しよう。モードに関して述べたことの繰り返しになるが、書物とは、精神の装飾品としてあるのである。マラルメは、テーブルという祭壇に置かれた本が、読まれるべきだとは言わない。書物はただ

「そこに在りさえすればよい」と言う。

すると、百ものページをもつこの精神の小箱が半ば開かれ、ゆえあって置かれているその下に、卓布が広げられている、この布地に縫い取られた怪物たちや意味深いアラビア模様が襞にはらまれつつ真実《まこと》しやかに垂れる、それがあたかも、書物から真正性を与えられつつ零《こぼ》れるがごとくになるのです。

夢に満ちる私空間をこのように提示したのち、まさに開かれて放置された書物から拾い読みしているような風情で、マラルメはヴィリエの作品の断章を四つほど引く。そしてそのまま、ヴィリエの最期を語ると位置づけられているはずの第Ⅲ部は閉じられてしまう。非業の最期を描かぬのは慎みであろう。ところが、偶然に任せて引用されているようなこれらの断章にあっても、住居は重要な位置を占めている。そこで以下、マラルメによる住まいの描写を離れ、ヴィリエが夢と住居をどのように結びつけるのかを検討して、二人の文学者の間にある距離を測ることにしよう。

ヴィリエの夢とマラルメの夢

マラルメはヴィリエの短篇集『奇譚集』中の一篇、「幸福の家」を引用している。凡庸な現実を生きられぬ男女が、世を離れて二人だけの住まいをつくる、というあらすじを持つこの作品から、マラルメは主人公二人の出会いのシーンを引いている。

こうして、〈運命〉が彼らを巡り会わせて婚姻が成立したその瞬間から、彼らは求め合っていたことを一目で理解し、言葉を交わすこともなく、人生の財宝たるあの抑え難き愛情で愛し合ったのだった。——ああ、どこか新婚の棲家に身を隠し、私たちが生きる日々の災厄からせめてひと節の秋を守ろうではないか！　うつろい褪せた色も見事な、素晴らしき幸福のひとときを、憂鬱なる凪のときを！

(II, 42)

ここに表明されるのは、マラルメの初期作品にも通じるデカダンスである。散文詩「秋の嘆き」などはヴィリエがここで描き出す凋落の空気をそのまま共有していると言えるだろう。恋人たちが夢見る住処というのは、ヴィニーの「牧人の家」にまで伝統を遡ることもできるが、「幸福の家」に直接の影響を及ぼしているのは、ボードレールをおいて他ない。その詩「旅への誘い」のリフレイン「そこではすべて、斉い美し／華やぎ、静けさ、愉しみ」をヴィリエはこの短編冒頭にエピグラフとして掲げているのである。この「旅への誘い」がつい先程も室内描写との関係で問題になったのは、偶然ではないだろう。ヴィリエがそれを歌うための曲まで作ったと言われるこの詩をマラルメは念頭に置きつつ、骨董云々の話をしたのだった。講演の本題からは随分逸脱したようであっても、その思いは故人から遠いところをさまよっていたわけではないのである。勿論、マラルメの現在の詩想はヴィリエと違うところにある。マラルメはもはやデカダンスに閉じ籠るつもりはなく、東方の幻想を導き入れつつも、当世風のサロンに来客と寛ぐことを拒むものではない。しかし、その一方で、ヴィリエと分かち合ったかつての幻想を、ボードレールの介在において懐古してもいるのだろう。

このように、ヴィリエが住まいを夢として見るとき、第一の特徴はその閉塞性にある。閉じられた住居はヴィリエの作品の至るところに見られるものだ。『未来のイヴ』に登場するエジソンが住む邸宅などはその最たる例だろう。もう一例のみ挙げるとすればやはり『アクセル』である。主人公アクセル・

ダウエルスペールは深い森に囲まれた城で、十九世紀の最中に中世騎士風の生活を送る若者として登場する。「悲劇的世界」と題された第二幕では、その城の地下にアクセルの父親が秘匿した財宝があることを嗅ぎ付けて、親類のキャスパー・ダウエルスペールがやってくる。財宝を用いて「生きる」、即ち、現実世界で成功し社交界で活躍しようとアクセルを唆すのだ。アクセルはしかしこの提案を拒絶し、中世の封建領主権をもちだして彼を殺す。「多少なりの理性を保ち、ただ自分が生きている世紀の刻印を受け、単に今日の人たることに満足している」と語るキャスパーは現実的人間の典型として造形されている。そしてもちろん、あらゆる点でキャスパーと対照的に描かれるアクセルこそ、ヴィリエの理念を体現している人物であるはずだ。

こうして外界と隔絶して、非＝現実を生きることを、ヴィリエは繰り返し「夢」という言葉で指している。そして実に、その夢こそがアクセルを死へと導く。彼は城の地下、先祖たちが眠る墓所中に、父親の財宝を見つけ出すのだが、この財宝を用いてさまざまな人生の夢を現実のものとすることは、きっぱりと拒絶する。第五幕、この長い戯曲の最高潮の場面を、マラルメも講演中で引いている。財宝を探して城にたどり着いたサラという女と恋に落ちたアクセルは、見つけた財宝を前に、己の持つあらゆる野心を叶えようと一時夢想する。サラもまた、さまざまな異国の地名（「江戸」までもそこには含まれる）と風物を挙げてアクセルを世界旅行に誘うのだが、これはヴィニー以来の「旅への誘い」の系列に属する詩的夢想を、現実にしてみせよう、という提案にほかならない。しかしアクセルは高揚する恋人に対して、次のように言い放つ。

我らが希望の純粋さゆえに、もはや地上には留まれぬのだ。この哀れな星に何を求め得よう。せいぜいあのような瞬間の、色白んだ残映ぐらいのものだろう。名残を断ち切れぬのは、ただ我々の憂愁の思いゆえ。〈地上〉、と言うか。ならばその〈地上〉とやらが、かつて何かを実現したことがあったろうか。この凍った泥水の一滴によって刻まれる〈時〉は、天空の中ではいつも虚偽でしかないのだ。わからないかい、その〈地上〉こそが〈幻影〉となったのだ！　わかるだろう、サラ。我々の並外れた心の中で、生への執着は砕かれたのだ――そしてまさに〈現実〉において、我々は自らの魂となったのだ。今生きようとすることは、我々自身への冒瀆に他ならない。生きるだと？　そんなことは使用人たちがやってくれる。

地上の旅など卑俗なものだというこの結論ののち、アクセルとサラは自殺して果てる。「生きる」ことを拒絶するのである。美のために自らの生を犠牲にする彼らの死は、悲観的なプラトニスムの表現と言っていいだろう。イデアがこの世に存在しない以上、我々は生きて実在を経験し得ない。ならば美しい夢を見つつ肉体の牢獄を離れ、魂となって観念の世界に旅立とう、というのである。マラルメはこの講演中でも、「ヴィリエは古代の魂を信じていた」（II, 27）と言っている。キリスト教への信仰が揺らぐときにも、たとえばプラトンの『パイドン』に典型的に示されているような、魂の不滅をヴィリエが疑うことはなかったのである。

実際、魂とはヴィリエのあらゆる作品で問題にされる概念である。そのため、マラルメがこの講演で引く文章にも頻出する。例えば、『未来のイヴ』の結末近くの一シーン――主人公エヴァルド卿は外見は美しいが内面は愚鈍な恋人との関係で苦しんでいる。友人であるエジソンは、その恋人に似せて、内面を持たない人造人間アダリーを作り上げる。予告無しにアダリーに引き合わされたエヴァルド卿は、もとの愛人と区別のつかないこの人造人間に愛を感じてしまう。そして、それがエジソンの発明品に過ぎないのだと分かった瞬間、彼は自分の魂が「侮辱された」と感じ、戦慄するのだ。エジソンの発明になるこの「傑作」は、どんなに精巧であっても魂を持たない人形だからである（II, 45）。SF物語に慣れすぎてしまった我々には大げさに見えるエヴァルド卿の反応だが、西洋文明で魂《アニマ》が担ってきた役割の確かさがその背景にはある。生命の尊厳の根本たる魂は、実体として死後もどこかで存続する、というヴィリエの信念は決して特殊なものではなく、むしろ常識に属するもののはずだ。

このような信念に対するマラルメの態度は微妙なものである。一八九〇年のマラルメは、プラトン的な観念論を思考の枠組みとして保持しているとしても、それで現世を悲観して自殺に至るような衝動も、デカダンスの幻想をも脱している。青年マラルメが経験した精神の危機とその帰結、地上の真実への向き直りを思い出そう。ここまでの数章で見てきたように、パリに出てきて以来、死の向こうには何も無いという確信に至っている以上、ヴィリエのような来世への憧れなどマラルメは抱きようもない。詩人とはたしかに、夢に親しむものである。しかしそれは、我々が生きる〈世紀〉を唯一の実在として認め、自らがその実在に決定的に囚われていることを認めた上でのことだ。地上こそが虚偽であると高揚して言い放つアクセルのうちに、イジチュールの精神的兄弟を見出して懐かしさを感じたとしても、マラルメがそのような主張を肯んずることはもはやない。

マラルメとヴィリエは同じ夢という言葉を用いているが、二人の理解には大きな差異がある。ヴィリエにとってこの世はすべて夢、つまり非＝実在であるが、魂はこの夢を去っていずれ実在たるイデアの世界に達する。一方マラルメにとってはイデアの世界こそが非＝実在の極限にある。それは実体たる世界をより希薄にし霧散させたその向こうに、あるいは見えるかもしれない何かである。これまで見てきたように、マラルメはその非在のイデアを、実在たる自然のうちに召喚することによってこそ、この世界において夢を実現しようとする。死において実体に目覚めることを夢見ているヴィリエの夢は、意識の薄まりにつれて昏く深まってゆくようなマラルメの夢と比べれば、ずっと浅いものではなかったか。

三、詩人の生の救済

存在の希薄さ

マラルメが、この講演において、夢という虚の空間を想定することで、ヴィリエの生にある程度安定したイメージを与えていることは確かだろう。ただし、この「不在という存在」という逆説を本当に信じているのか、と改めて問えば、一八九〇年のマラルメの答えは、ヴィリエの答え——あるいはヴィリエと親しく付き合っていた一八六〇年代のマラルメ自身のそれ——よりも、はるかに曖昧なものとならざるを得ない。繰り返しになるが、「イジチュール」における「虚無の存続」の希求は決定的に破綻し、パリに出てきてのちのマラルメがそれを再び試みることはなかったのだから。

無いものを在るということが、本当に意味を持ちうるのか。この問い直しは、とくに、ヴィリエの死が迫り、時間的パースペクティヴが浮上するとき、より切実なものになる。

> それほどに、心配事の代りばえしない繰り返しのなかで、彼の人生は息を切らし、擦り減り、消え去るほどになっていたのです。五十二歳にして老いさらばえた年寄りのようになり、すでに年齢など失くしてしまった男、日々を闘い抜いた男がそこに横たわっています。存在しなかった男、自身の夢の中にしか存在しなかった男です。(II, 38)

勿論「夢の中にしか存在しない」とは、存在の全否定ではないだろう。しかし、日々を闘いつつも、それを肯んじようとしない態度、アクセルのようにあるいは「幸福の家」の主人公のように、同時代の現実を生きることから逃避しようとする態度が、この偉大なる悲惨へと導いたのだ——これがマラルメの示す判断である。

「わずかにしか生きなかった」ヴィリエの生を救いうるのか。マラルメの講演を一種の棺前説教《オレゾン・フュネーブル》として読むことができるとすれば、そこで死者の救済、さらには参席するものたちすべての救済が問題になるからに他ならない。しかし、ニヒリストたるマラルメはキリスト教信仰によるのでもなく、また死後の魂の存続を信じる古代の信仰によるのでもなく、それを成し遂げなければならない。そして、その救済の可能性に関する疑念は、時間においてこそ危機的様相を呈するのである。さきほどの引用は次のように続くが、死を前にしたヴィリエとともに葛藤するマラルメの文章は錯綜に錯綜を重ねる。

> 四半世紀の間、絶えず点されてきたかくも激しき熱情、その執拗さはむしろ誠実さと呼ぶべきであり、また、かくも豊かな示唆と誓願がなされ——原初の概念がまだ体系を与えきらない、その中途で彼の文章は困窮によってぼろ布《きれ》のように剝ぎとられ、もっとも、風聞のまったく届かぬ境に過ごされるこの最期のときに至って、彼はもはやそんなものは中学でやったような「フランス語の宿題」としか考えておらず、ぼんやりと自慢に思う程度、というのも、時の精神を服従させられなかったことを充分に自覚していたからで、それら形見となるべき書き物が、諸々の出来事によって偶然性を刻印されたまま彼に押し付けられたものでしかない、それを密やかな恨みとして抱えているのでした——そしてまたかくも果敢なる業がなされたその後に、残ったものと言えば、人間の絶対的な典型のひとつが己のうちに人格化しているはずだと不安げに探し求める瀕死の痩せた顔でしかありません。

「人間の絶対的な典型のひとつ」が自分のうちに宿ることを求め、偶然性を廃棄した「原初の概念」の不成立を悔やむ。これは当然マラルメ自身の「書物」を巡る夢想が投影された表現だと考えるべきだろう。ここで注目するべきなのは、その理念をヴィリエが実現し得なかったのは、「時の精神を服従させられなかった」ことに原因がある、とマラルメが言うことである。変転するはずもない永遠の理念であるが、しかしそれも移りゆく時間と無関係には現れないという構造のねじれは、すでに論じた通り、ボードレールが提示する現代芸術の条件そのものである。マラルメはここで――おそらくは友の死の悲劇性と常ならぬ悲嘆に導かれて――、現代性の美を手放しに称賛したかつてのモネ論よりもよほどまじめに、ボードレール的現代性に接近している。

続く文章でも、さらにこの「時」と「生」を巡る問題が追究される。

なんと、人生というものが、彼の指のあいだから流れ落ちてしまい、自分でもその明確な痕跡など何も見つけられないほどであった、ということなのでしょうか。彼は欺かれ踊らされていたのだ、と。しかしまた、不屈の希望が今も病床を繁く訪れるのでした。身体の衰弱、あるいは心臓の障害、等々。しかし忘れられているのは、自分の生きる時代に不要とされる者の忿怒によってこそ、何か病の因《もと》となるようなものが生み出されたということです。そして、病人のあてがう枕に支えられて放たれる眼差しを覗き込む、すると、既に遠くに行ってしまったものを今彼の目が再び捉える、その取り戻されたものに対して彼は命ずるようです、初々しかったかつての希望は亡霊となってここに横たう、しかしこの亡霊に不当な裁きを下すこと勿れ、と。心の誇りが取り戻される。置かれた境遇において、可能なことで彼が試みなかったことはなく、従って彼の生、散り散りにばら播かれ、

ほとんど忘れられた彼の生が存在する、この明白な事実を前にしての誇りの回復です。（II, 38）

ヴィリエの生が希薄なのは、その分散性が仇になってのことである。それはそもそも「どこにいるのか分からない」といった、空間における分散性であると同時に、時間における分散性でもある。第I部の終結部、マラルメはヴィリエの生を出現と消滅の瞬間に要約されうるものとして紹介している。五十年にわたる生涯を講演という枠組みで短く提示するための技術的な方策のようにも見えるだろう。しかしこれは単なる便法ではない。生は要約されることによってその本質を明らかにする――ヴィリエの生を救済するために、マラルメが示す道筋である。

時を生きること

実にヴィリエの出現とは、人類史をも凝縮するような、特別な強度を備えた瞬間であった。

広げた腕から落ちる可視の襞が夢幻の風をはらむ。腕の所作の示すところは「ここに我在り」。徒なる風が、かくも激越なる超自然の衝迫でひとをつき動かす事は、私の記憶する限り、この青年のほかにはなかったことです。また、全運命が――彼個人のではなく、〈人間〉が辿りうる全運命です！――稲妻のごとく閃く、青春のこの一瞬にあって、精神が輝きを発して孤高の階位のダイヤモンドを授与し、半身を永劫にかざるという出来事に立ち会った者は、かつておりませんでした。

（II, 31）

講演第II部の冒頭で突然示される、黙示的な光景である。マラルメはこの後に、現実の状況に引きつけた説明を与えている。高踏派の運動に集まった若い詩人たちの輪の中心に、ヴィリエは衝撃とともに降り立った。由緒ある貴族の名をもち、またヘーゲルを初めとする哲学思想を自在に操る若者の登場を前にして、我々は「天才」の到来と理解したのだ、と。しかしながら、出現の特権性は、一方では持続を生きることを禁じる呪縛となる。そもそも、出現、そして消滅の瞬間に要約され得る生を、なおも生と呼びうるのだろうか。「生きる」とは、時間の上に「生き続ける」こととするのが、少なくとも通念ではないか。次の文章も同じ第II部からである。

> 彼はかくして来った。本人にはそれだけのことが、我々にはまさに驚愕だったのです。そして常に、年々歳々、彼の人生の模造物がその廃残の姿を引き摺り続ける限り、そしてさらに歳を重ね、寄辺ない最後の年月に至るまで、我々のうちのある家で玄関の扉の鈴が鳴って、一個の純粋で執拗な、運命的な響きをもって注意を促せば、時計の文字盤上には見出されぬ、ある過ぎ去ろうとはしない時を告げるように聞こえる、すると変わることなく、この困じ、衰え果ててしまった訪問者の今の疲労にも関わらず、こちらも年老いた旧友たちには、かつての到来の情景がまたも執拗に繰り返されるのでした。(II, 35-36)

文字盤すなわち空間に投影され、その擬態の延長のうえをただ移動してゆくだけの時間とは異質の、特別な瞬間——それが「いま・ここ」において現れること。マラルメが屢々参照する特権的瞬間である。しかし、それだけでは足りない。ある瞬間の無限の強度が、偽物の持続を超越し、過ぎ行かぬ永遠に満ちていようとも、それだけでは現代における——つまりは過ぎゆく時における——芸術として十分ではない。ヴィリエはこう問わざるを得なかった——その瞬間の実現たる己の到来が、世の時間に照らし合わせて宜《よ》きものであったか、と。ヴィリエは、「集いの家において、また人々のうちで、日取を気にせず、何日経とうと、それが何年になったとしても、自分を待つ人がいることを確信し、その確信のまん中に自分の姿を見出すことに非常な喜びを感じていた」(II, 36)。しかし、この喜びは本当に「確信」に裏打ちされていたものか。むしろ、待たれていないという不安が打ち消される、安堵の感情ではなかったか。マラルメはまた「彼は約束に遅れたと思っていて、そのために雄弁な省略や、思考の飛躍を思いついては、遅刻の訳の説明を避けようとする」とも言うのである。「遅刻」という言い方は独特のユーモアだが、来るべきときに来たのかどうか、という卑近な心配はヴィリエの深い懊悩に結びつき、まさにそれこそ己の終焉をも規定する争点だと考えられていた。次の引用はヴィリエの出現を語る第II部最後の段落である。

> ある男が己自身の傍らに立つ。彼のために執り行われる通夜の集いの最中《さなか》に、深更零時の時刻《とき》が無頓着に落ちる。そのような夕べに時間は無化されます。時間を、彼は手の動きひとつで払いのけ、また、絶えず涌き出すことばの数々を、順次打ち遣ってしまうのでした。ちょうどひとが、使い終わったものを消し去るように。そして一瞬聞こえた鐘の音が現実の時計上には存在しない、この欠落のただ中に彼は現れ〔……〕不安げに、ある一点、謎めいた最後の点、しかし彼の目には冴え冴えと映るある一点について、自分自身と議論を重ねているようで〔……〕

長い一文の途中だが、ここまでで区切ろう。これもまたヴィリエの来訪の場面なのだが、出現は奇妙なことに、すでに消滅と死のヴィジョンを内包している。無造作に深夜零時が投げられる、という所作は、第七章ですでに見たとおり、「イジチュール」から取られたものである。ヴィリエが見据えていたという「最後の点」は、マラルメが言う通り「謎めいた」ものであるが、すくなくともこれが己の生が辿り着く「点」、すなわち、死の比喩であることは疑いえないだろう。不思議なことに、この「点」は、マラルメにとってほぼ最後の作品となった『骰子一擲』の結末に現れる「聖別する最後の点」を予示してもいる（この「点」については本書終章で改めて論じたい）。それと同時にマラルメは、はるか昔、まだ自らの文業が成るか成らぬか定まっていなかったころのことをも思い出している——未刊行の「イジチュール」草稿を、ヴィリエとマンデス夫妻を前に朗読した、一八七〇年の夏を。ある古い家系の最後の子孫とされる主人公は、ヴィリエをモデルにしたと言われるし、『アクセル』の構想をヴィリエはこの時すでに固めていて、イジチュールが城の地下墓所に下りてゆくというプロットはそこから借用されている可能性が高い。(9)

こうして考えてみると、講演「ヴィリエ＝ド＝リラダン」中盤にあらわれるこの文章は、「イジチュール」と『骰子一擲』への参照によって、マラルメ自身の作家としての歩みをも要約することになる。そして、ヴィリエとマラルメの文学人生が、自我を巡る合わせ鏡のような回顧と予期によって屈曲し、凝縮してゆく最後の一点に現れるものこそ、時間の問題なのである。引用文の続きを読もう。

〔……〕そう、時間に関する一つの問題、不可思議ではありますが実に意義深い、それでいてこの世にあるうちに問う機会を持つ者のかくも少ない問題です。かかる軋轢のあることからして、己は来るべき時に来たのではないかもしれない、と彼は問う。否！〈歴史〉を考察するならば、彼は時間ぴったりに、運命の指定したとおりに現れた。機会を逸したわけでも、非難されるべき咎のあったわけでも断然ありませんでした。ある時世の裸形の表象となるようにと、自らの宿命によって命じられた者たちがいる。彼らがその意味を讃え、燃え立たせるためには到来せねばならぬだろう。

> しかし彼らが到来するのは決して、その時世と共に在るためではないのです。（II, 37）

自らの生きる〈世紀〉との関わりは、マラルメとヴィリエが共有していた主要な問題の一つであった。マラルメがここで時世（époque）と呼ぶのは、同時代人——時代を生きる人々——によって構成される時であり、ヴィリエが通行人（passant）と言って揶揄したものだろう。前章で見たように、この「通行人」については、かつて、一八七三年の「弔いの乾杯」においてマラルメもまた批判的に描写していた（「傲慢にして盲目、瘖唖《おし》のあれら通行人のひとり／だらしない屍衣の主が変容脱皮し／死後の待機の無垢なる英雄となったそのときに」）。しかし、一八九〇年のマラルメにとっては、芸術家もまた過ぎ去る者、通行人である。彼は決して時の外たる永遠に住まう者ではなく、時のうちに到来しなければならない。その使命とは、来るべき時を逸することなく、「時の精神を服従させる」こと、生まれ出た〈世紀〉を彼の〈世紀〉とすることなのである。

しかしマラルメによれば、芸術家は「時世と共に在る（contemporain）」ことはできない。彼は、時代の他の者たちとともにただ過ぎ去ってゆくだけでは、時代の「裸形の表象」とはなり得ないのである。では、どうすればいいのか。マラルメの文章の続き——講演第二部の謎めいた終結部——を読もう。

> 彼らは何世紀も未来へと投射されている。そして過去を振り返りつつ流されてゆく彼らの懐旧の精神のうちに、現在は珍しくもないものが、哀惜によって壮麗な生命を遅ればせに獲得し、純粋なる展望へといかに到達するのか、その様相を、彼らは驚愕しつつ証すことになるのです。

詩人もまた、過ぎ去るものの一人であるには違いない。しかし彼は、〈世紀〉と同じ歩調を取るものではない。彼は通常の意味で生きる、つまり、線形の時間を生き続けるようなことはしない。人々を抜き去って未来へと至り、ただ彼の目はそこにおいて過去を――つまりは今を――見つめている。未来への運動と過去への運動の相殺によって彼の精神があたかも現在に留まっているように見えるとしても、けっきょく彼は同時代人（contemporain）――時を同じくする者――ではないのであり、だとすれば、「自分の生きる時代に不要とされる」ことに忿怒など感じる必要はない、そうマラルメはヴィリエを慰めるだろう。

世界が滅びてしまったあとを予見し、そこで経験されるはずの哀惜を目の前の世界に重ねて見る――これは現実を希薄にして夢に達するための詩人の業である。しかしそれならマラルメは、かつて自分が揶揄していたユゴーと同じように、超人的な幻視を得ることによって詩人の卓越を証《あかし》しようというのだろうか。第六章において見た通り、マラルメは一八七四年の『最新モード』第二号において、ユゴーの「壮大な夢」――すなわち「荒廃し、丸裸にされ灰塵にまみれた世界の首都たるパリが、ただ凱旋門とヴァンドーム広場の円柱の亡霊に取り憑かれているという幻想」――が実現しなかったことを嘲弄気味に指摘したのだった。ロマン主義は決定的に古びてしまったのであって、もはや予言は詩人の生業ではない、というのが一八七〇年代にマラルメが出した結論ではなかったか。

しかし次の点を見逃してはならない。すなわち、マラルメが滅びを予見するのは、永続するために作られた国民的モニュメントなどではない。先ほど読んだ、私空間に関する一節を思いおこそう。そこで、夢を生み出すために必要とされていたものは、「廃滅した骨董の品」「用途を持たぬことさえもあるがらくた」であった。マラルメが見ているのは滅びるために生まれてきているものの消滅である。したがって、この予見に超人的才能など必要ないのだ。つまりいまや驚くべきなのは、詩人の予言の内容ではない。驚愕するべきは（そして実際、詩人自身もそれを示しつつ驚愕する、とマラルメは言う）、彼が示す展望――生成と消滅の歴史を凝縮して示す展望の「純粋さ」である。形が失われたのち遅れて得られる生命の壮麗を、「現在は珍しくはないもの」に映し出してこそ、詩人の精神は時代の「裸形の表象」になる。詩人の見せる「夢」とは、今まさに流行の盛りにあって随所に見られるが、やがて打ち捨てられてしまうもの――やがて時代遅れになって廃滅されるモード――の姿を逆説的に彩る、生命の透明な光背なのである。

時の精神と群衆

「時世」との関わりを、マラルメは次の引用で大衆、国民、群衆という言葉を用いて描き出す。芸術家の到来とその権能に関する文章である。

このような者たちは、その到来が可能であるにしても、存在するはずもなく、また存在してはならぬ、そう最近取り決められた、ということになってしまうのでしょうか。さもなければ、彼らがその内面にもつ壮麗な富を、大衆が、芸術に対して認めてやってもいいだろうと考える必要性のために大盤振る舞いせねばならぬということでしょうか――そんなことでは彼らにとってみれば存在しないのと変わりがなく……またそれに、たとい彼らが己の身を引き渡すことを希望したところで、彼らはその方法を知らぬのですが――。国民は芸術などなしで済ますこともできるのですから、芸術の課す義務からは自由であるという証文を見せるのは、天晴れなことでさえあるでしょう。しかし彼らの方は国民の偏執を無視できないのです。不正確ではありますが、こう言ってみてはどうでしょう。つまり、群衆は、熱狂をあらゆる方向に押し進め、彼らの凡庸さを最高度にかき立てた後、どこに立ち戻るかというと、それは他でもない中心の虚無にです。そこで群衆は詩人に吠えることになる。呼び声です。

大衆と芸術家の関係は非＝対称的なものである。大衆は芸術を必要としないが、芸術は大衆を無視できない。しかし芸術家は、大衆と時を共有しようとして、彼らの必要におもねってはならない、というのだから、その使命は困難なものとならざるをえない。そして有名な花火の比喩が導入される。芸術家とは、群衆の目の前に、彼らが知らず知らずに持つ富、彼ら自身が収穫するべき富の輝きを、現前させる者なのだ、と。しかし、この光り輝く麦穂の束が現れ出るためには、大衆が詩人を召喚することが必要であり、そしてそれはまさに、詩人の生を認めることに他ならない、とマラルメは言う。続きを引用することにしよう。

公共の光輝を保持しているこの人物に——決められた時になれば〔……〕彼に頼ることも必定なのですが、——彼の持つ花火を広場で打ち上げてくれるように、頼もうではありませんか。かつて彼がそれを拒絶したのを見た人がいるでしょうか。ましてや、生——必要となるのは一生涯ですが、それさえもこれっぽちの値段で供されているのです。彼にその生さえ認めてやればいいのですが！　あなた方も、私も、彼の取り分を奪うのは慎みましょう。後代のいつまで続くかも知れぬ遅延（我々の子供のことなど、何がわかるでしょう）に任せっぱなしにしていたり、品格ある廃嫡子たる彼が心のうちに黙した侵すべからざる感情——「結局のところ、僕に不満はないのだ！」——を頼りにするなどという、浅ましいペテンを構えてはならぬのです。

大衆が芸術家を呼ぶ時、「決められた時」とは何時なのかわからない。しかしまた、子供に任せておいてはいけない、とも言われる。血統と相続の話題は貴族たるヴィリエの関心にも沿うもので、ここでは慎みから触れられていないが、結婚問題はヴィリエの臨終に際して、実際面で一番困難な問題となった。マラルメはユイスマンスと協力してその解決に尽力してもいる。しかし、こと文学の問題に限っては、ヴィリエの関心はどうあれ、マラルメは世代の連続性を信じようとしない。「後世」に期待しても無駄だ、というのである。そもそも際限なく延びてゆく時などというものこそ、ヴィリエの生の有り様を裏切るものではないか。マラルメは彼の「生」を認めるよう、聴衆に呼びかけるが、それは今ここでそうしろ、という切迫した要求である。

時を問題にする時にマラルメの口調が激しい情動を帯びるのは、彼が直接に「あなた方」、すなわち聴衆を係争の相手とするからである。もちろんベルギーの聴衆は芸術の受容者たる群衆そのものではない。しかしマラルメは彼らのうちに「時の精神」を呼び出し、ヴィリエに代わってこの精神を説得しようと試みる。もちろん、ヴィリエの過去の不遇に、聴衆は責任を負うものではない。しかしその一方で、その生を認めるかどうか、ということは即時の決断にかかった問題であり、それを引き受けるかどうかは自由だが、引き受けるとすれば昨日でも明日でもなく、今日しかない。大衆が芸術家を呼ぶ「決められた時」とは「今」に他ならず、その「今」が消えてしまうまでの刹那の瞬間を大衆は把むべきなのだ、とマラルメは迫る。そしてそれは結局のところ、ただ線形に続いてゆくような外延的な時間から聴衆を誘い出し、数多の出現と消滅が重なり合う時間、内包的な強度の時間においてヴィリエの生に遭遇させることにほかならない。

ヴィリエ=ド=リラダンの墓

それでは一体、ヴィリエの生を認めるために、何をせよ、とマラルメは言うのか。彼の死を語り終えたマラルメが、講演の第Ⅳ部で繰り返すのは、作品を読むように、といういざないであり、文学の講演としてはありきたりとも言える。しかしここにこそヴィリエの存在と非存在が賭けられており、それはまた初めに検討した住居のイメージを伴って語られていることを最後に示しておこう。

第Ⅳ部でマラルメは、自身をある建造物、すなわちヴィリエの墓への導き手だと規定する。墓とは、言うまでもなく、ヴィリエの全作品を象徴するモニュメントである。彼の人生の道程は跡形無く消える。たしかに、彼の記憶はまだ我々のうちに生きている。しかしそれも、我々同時代人の命とともに消えるだろう。ヴィリエの人生は「確かに美しく、それ自体がすでに一つの主題、ほとんど文字に記すべき主題をなす」けれども、それも「恍惚と幻滅の物語に過ぎない」。その消滅は、しかしむしろ望ましいことである、とマラルメは断言する。すでに見たように、遺された者達が恭しく繰り返す思い出話が消え果てる、その沈黙の荘厳こそ、文学者が望みうる唯一の栄光である。そしてその栄光のモニュメントを、マラルメは次のように描写する。

この類例なき物語の終末に横たわるのは一基の墓です。――しかし何たる墓でしょう。斑岩の巨塊と清澄たる翡翠、叢雲がかよって大理石に落ちる碧玉模様、そして新たに見出された金属。それはヴィリエ゠ド゠リラダンの文業であります。こんな住まいは外の人の利益のために造られるものでしょうが、文業を享受するのもまた外部の者であり、そして彼ら遊歩者は、そこに住むことを選んだ〈影〉に釈放をもたらす者となるのです。(II, 43)

墓、つまりヴィリエの作品は、彼の最後にたどり着いた住まいとして描かれる。それは、ヴィリエの生前の住居と同じく、閉鎖された空間である。しかし奇妙なことに、それは内に住まう者のためではなく、外を通りかかる者達の為に建てられるのであり、中にあるのはただ闇ばかりである。「影」とはあるいは「幽霊」であり、ヴィリエが信じていたという「魂」に似ているかもしれないが、それは「人の死後に存続し続ける何ものか」などではなく、深い不在の刻印でしかない。ヴィリエの意志はどうあれ、マラルメはその「影」を実体として表すことを注意深く避けている。続きを読もう。

私が行いたいのは——創作をとりまく偶然事がもたらした動揺を保持している作品に対して、私はいかなる侵犯をはたらくつもりもないのですが、——つまり、かつて存在したうちで最も完璧な魂の対称性《シメトリー》、即ち夢想家と嘲弄家のこの二重性（賞賛の声は広がりつつあります）を示すことです。私の望みはただ単に、あらゆる日常の痕跡を、すなわち非難されるところとなった書店業界の陰謀による不正な挿入を排することにあるのです。そして、暫《しば》しのあいだ、敷居の外に留まるようにして、統一のとれた建築をお見せしたいと思うのです。建造足場を無視することで再び見出される、完璧な均整を誇る建築ですが、そもそもそれだって、一つの概念、あるいは天才という編成体の外観に過ぎないのです。ええ、そういたしましょう！　すると、一瞬の雷光のように視野を眩ますヴェールの輝きのうちに、そして偶然にまかせてそのヴェールが揺れ、時折その向こうに未来が覗く、このひらひらとした動きのうちに、この文業が、皆様の前に、即座に現れるのです。文学の幾世紀を経てなお、残存するに違いないこの文業が、そのときに見せるであろう姿をとって、その何たるかを知り、後ほどそのページを繙いてくださるであろう皆様の前に、現れるのです。　(II, 44)

実際に書かれた作品は、その誕生のいきさつ、金銭の必要や出版上の制約などの偶然性を保持している。そこに分け入って行くことは自分の本意ではない、とマラルメは宣べる。詩人は「敷居の外に留」まり、一つの「概念」、未完成の外観の総体を聴衆に示す。そしてこの「概念」を言い換えた「天才という編成体」こそ、亡き友の存在から、マラルメが救おうとし、救いうると考えるものではないか。すでに参照した文章であるが、ヴィリエが「古代の魂」を信じていた、という箇所を引いておこう。ヴィリエが常に持ち歩いていた手稿を巡る記述である。

> かくも誇らしく誠実な、傷なき一対の人の手で、彼は護符のようにそれ〔＝原稿〕を奪い取り、薄汚れた空から注ぐ日の光に対して、確固たる徴《しるし》、すでに永遠の相のもとに読み取ることができる徴《しるし》をいくつも示し、そうして危機に瀕した尊厳と、自身の魂の救済をはかったのです。この古風なる魂を、彼は信じていましたが、その救済とは彼固有の壮麗なる思考が構成する全体が、そのまま存続するということでした。（II, 44）

現実の空を行く太陽から光が射す。この今日の日の光は douteux すなわち、薄暗く、疑わしいものでしかない。生きるということが生き続けることである限り、真正の現在、ただこの「今」の光を把むことは難しい。しかしそれでも、ヴィリエはこの世の光のもとに、永遠の救済の証文として自分の文学を示したのだ、とマラルメは言う。ここではヴィリエが「魂」と言うところのものを、マラルメは「彼固有の壮麗なる思考が構成する全体」と言い換えるのだが、これもまた、ヴィリエの信念というよりも、マラルメ自身の信念であろう。肉体を抜け出して生き続ける魂などない。そう信じるマラルメであるが、文学においてのみ、作品に組織される思念の全体は、どこかに存続してゆくのではないか、その道をマラルメは閉ざさずにおこうとする。

遺された作品は作家の生の全体そのものではない。それはあるいは冷たい墓標、生の微かな残滓に過ぎないのだろう。しかし、その作品の前に立つ者が、生の全体を一瞬のうちに了解することもないだろうか。ただし、敷居をまたぎ、墓所に入るのではない。マラルメにとっていずれ作品を読む、とは端から端まで熟読玩味することではないのだから。手に取ってめくってみること、そのときページがパラパラと翻る、その向こうに現れるものはひょっとすると永遠かもしれない。ヴィリエの生が存在するとすれば、世の人が時間の向こうを垣間みる、この一瞬に立ち現れる他ない、その瞬間に賭けよ、と詩人は言う。

マラルメの講演は、かくてヴィリエという作家を永遠の相において示すに至る。その限りにおいて、同僚たる詩人たちに「墓」と題した作品を献じ、それぞれの純化された姿を示そうとする場合と、この講演は同じ企図を持つと言っていいだろう。しかし、その目的に向かいつつも、過去を思い起こしながら常に引き延ばされてゆくようなその散文によって喚起されたのは、列神《アポテオシス》に与った作家の魂ではなく、マラルメの筆の逡巡とともに揺らぐ、亡き友人の生そのものではなかったか。マラルメは講演の冒頭で「書く」ことを定義する。一部は既に見たが、ここにもう一度引こう。

> 書くというこの無分別な遊戯は、ある疑念——インクの滴は崇高なる夜と類縁を持つのです——に従いつつすべてを作りなおすというような義務を横領してくることなのです。その義務とは、記憶されている事共を用いて、我々がきちんといるべき場所にいるということを明らかにするために遂げられるものです（こんな懸念を表明するのをお許し頂きたいのですが、つまり、不確実さが残っているものですから）。（II, 23）

筆の揺らぎ、と言ったが、それは生きることの揺らぎである。「いま・ここ」に存在するということが正しいと証するためには書かねばならない、これは義務だ、とマラルメは言う（もっとも誰にも頼まれていない、「横取り」してきた義務ではある）。逆に言えば、書くことが可能であるのは、生が揺らぎ、そこに疑念が生まれるからだ。死者が書かないのは、自分の場所に収まって疑念を抱かないからではなかろうか。マラルメが、無駄なことと言いつつも、ヴィリエの出現と消滅、瞬く星にも似たその生涯を語るのは、彼のうちにまだヴィリエの疑念が続いているからであろう。ヴィリエの不滅はいまだ遠く、その生はくすぶっている。その余韻の残る生を、マラルメは魂の永世にはよらず、文学的信念によって救おうとする。救いは来世にではなく、現在にこそあるのだ、と、亡友の不在を此岸へ呼び戻し、詩人は静かに、恭しく反駁するのである。

第十章　書物と新聞、詩人と群衆

一、マラルメとジャーナリズム

孤高の詩人

マラルメとジャーナリズムを結び付けようとする試みは、どこか逆説的かもしれない。彼はとりわけ「書物」の詩人として知られる。少なくとも新聞雑誌に書くことで成功した作家ではない。

もちろん、その文学人生を通じてジャーナリズムに対する態度は推移する。ロンドンの万国博覧会に取材して記事をパリの新聞に売ろうとしたり、『最新モード』という雑誌をほぼ単独で刊行し、そこに筆名を駆使してあらゆる種類の記事を載せたりと、七〇年代のマラルメが新聞雑誌にむしろ積極的に交わろうとし、またそこに取り上げられる社交風俗への興味を隠さなかったことはすでに第三章で見たとおりである。しかし、経済的必要を主な動機とするであろうこれらの試みは大成果を挙げることなく、彼は一介の英語教師として生計をたてる。そして、一八八〇年代後半以降、詩人としての一家をなすと、マラルメは選良にのみ開かれた芸術サークルの主であるかのように、世間一般に現れることになる。

もちろん、ジャック・シェレルが注意を促すとおり、マラルメが「ジャーナリズムも、ジャーナリストも好きではなかった」あるいは「完璧な作品を作り上げるために全身打ち込んで、同時代のさまざまな偶発事には軽蔑の念しか持ちあわせていなかった」というような見方は正確ではない[1]。九〇年代に至って脱俗的な詩人という評判を得たときも、それは、ジャーナリズムとの交渉をマラルメが忌避した結果ではなかった。隠れているがゆえにいっそう読者一般の興味をひきつける人物として、九〇年代以降マラルメのもとにはジャーナリストが訪れ、さまざまな話題に関する意見を求め、あるいは原稿の依頼をしている[2]。しかしそのとき、マラルメは、ジャーナリズムが代表する一般読者の生活圏外に位置する人間とみなされることになる。

たとえばジュール・ユレが新聞『エコー・ド・パリ』のために行った連載記事「文学の進化について」のインタヴューの冒頭、「文壇でもっともひろく敬愛されている文学者のひとり」として、マラルメは次のように紹介されている。「強い魅力が発せられているこの人には、衰弱し得ぬ自尊心が宿っているのが見抜かれる。すべてのものを見下ろす神の、あるいは天啓の光を受けたものの尊大さである。彼の前では内心ただちに頭を垂れるべきなのだ」。ただし記者はこう付け加えるのを忘れない「――彼の言うことが理解できたならば」(II, 697)。マラルメはつねに「理解しがたい人物」として有名なのであり、その名声は、ジャーナリズムが囲い込むような世俗との交わりの外、芸術的孤高に住まう人物としてのものだった。

この遅ればせながらの栄誉は、ヴェルレーヌが一八八三年に『リュテース』誌に発表した連載記事「呪われた詩人たち」においてマラルメを取り上げたことが第一のきっかけとなっている。したがって実際のところ、マラルメの成功はジャーナリスティックな情報の流通と大いに関係がある。しかし、マラルメと一般読者のあいだの溝は否定し得ない。それは作品の受容を考えれば明らかだろう。八〇年代中盤以降、マラルメの名が広まる一方で、はたして彼の本は読まれるようになっただろうか。否。マラルメは、著作が売れることによって名声を得、それによってさらに著作が売れるというような循環には生涯縁をもたなかった作家である。たとえば、一八九一年にユレのインタヴューが掲載されたとき、普及版の著作と言えるものはベルギーで一八八七年に出版された「韻文と散文のアルバム」だけである。どれだけの者がこれを手に取ることができただろう。マラルメは需要と供給という市場の原理からは遠いところで、またその原理に従って生きる人々からも隔絶して文筆を行った。そしてまさにそれがゆえに、たとえばユレのインタヴューの終結部の科白が一層神秘的に響くのである。

「お分かりでしょう、つまり」、先生は私の手をとっておっしゃった。「世界は一冊の美しい本に到達するために造られたのですよ」 (II, 702)

結末は効果的である。象牙の塔に引きこもって美を追求する巨匠が、究極の本を書こうとしている。そのただ一冊のために彼は専心し、ゆえに我々はその作品をいまだ目にし得ないのだ。しかし全世界を一冊の書物に要約するなどと、そんなことができようか。馬鹿げている。我々は彼の「書物」を読むことはない。そう独り毒づいて読み飛ばした記事を忘れる者もいるだろう。あるいはここで、マラルメが新作を予告・宣伝している、という風に取ることも、ジャーナリズムの商業主義的文脈の中では、まったく筋違いでもない。もちろんマラルメはその「一冊の美しい本」を自分自身が完成するとは言っていないのだが、読者の多くはそのことには注意を向けない。ユレは彼の訪問譚の結末に、常軌を逸した計画を語る巨匠というシーンを設け、幾分の芸術的狂気を示唆すること巧みである。マラルメの言辞は極めて曖昧だが、記者は、意識してか無意識裡にか、詩人と大衆の隔絶を確認する方向へと解釈を誘導しているのだ。天才が常軌を逸した計画を打ち明けるのを聞いて、大衆は敬意を抱くかもしれない。しかしまた、それは「彼の言うことを理解できない」方が当たり前だ、と常識に安住する根拠にもなるのだ。ここに大衆と詩人の断絶は二重である。ひとつは著作が読まれないという「無知」の水準。もうひとつは詩人の言葉が大衆に理解されない、という「無理解」の水準である。

詩人と群衆

この「無理解」の水準をもう少し掘り下げてみよう。結末の言葉には、なにか人をくったような奇妙さがある。インタビュー中のここまでのマラルメの言葉が(おそらくはユレの記者としての才覚によって)常にない平明さを保っているだけに、この言葉は唐突で、落ち着かない印象を残す。ユレによる潤色以上に、ここにはなにか、両義的な言辞を弄する詩人の微笑のようなものが——むしろ直接に——反映しているようだ。マラルメは『エコー・ド・パリ』に記事を掲載するということが極めてジャーナリスティックな営為であることを意識していたはずだ。常には彼の読者とならない大衆を相手に話すことになる。詩人は一定の心理的距離をもってそれに臨んだことだろう。言葉の曖昧さは彼のアイロニーの表現であり、それによって読者の理解力の程度を試している、という面もある。数年後、マラルメは「書物、精神の道具」を『白色評論』に掲載するが、その冒頭に言う。

私から発せられたひとつの命題——あるいは私を褒め、あるいは貶すために、さまざまに、そしてとても頻繁に引用される命題を、私はここに、別の命題をとり急ぎ付け加えつつ、自分のものだと認めよう——それは簡素なものだが、それに拠れば、世の万物は、一冊の本に到達するために存在しているのだ。

(II, 224)

自分から発された言葉がユレの手によって記事となり、その記事の反響として伝聞されてゆく「命題」が、オリジナルからはかけ離れ、さらに毀誉褒貶の意図によって歪められてゆく、という過程についてマラルメが意識的であったことが分かる。

ただし、客観的にこの二つの命題――ユレが記した命題とマラルメが自分のものだと認める命題――を比較するとき、そこにはほとんど差がない、と言っていいだろう。全体として、ユレは非常に忠実な記者であった。一番有意な差異は、あとの命題には「美しい」という言葉はないのに、ユレの記事には「美しい本」と書かれていることで、これは芸術的営為に関する新聞記者の先入観の反映と考えられないこともないが、ユレの記事はマラルメも発表前に目を通しているのであり、高踏派的芸術観を脱したとはいえ「美」を理想と結びつけて語ることの多かったマラルメ自身が、インタヴューのとき実際に「美しい本」と言っていた、それを後に修正した、と考えるほうが自然だろう。

しかし、記者の意図がどうあれ、ジャーナリズムによる伝達の過程でさまざまな歪みが生じることは避けられない――マラルメはそう考えているだろう。ジャーナリズムは、その媒体においても、受容者に関しても、マラルメにとって理想的な伝達手段ではない。それを充分認識しながら、彼がなおもジャーナリズムと付き合い続けた、という事態の複雑さがそのまま錯綜した影となって、ユレのインタヴューの結末に落とされているのではないか。

ジャーナリズムとその読者を卑俗だとして軽蔑する傾向がマラルメには確かにあった。そもそも大衆が詩人を「敬して遠ざける」ように、とは彼自身が望んだことではなかったか。

すべて書かれるものは、その秘めた宝の外側に――別の目的のためとはいえ結局のところ言語は借り物で、それを貸してくれた人々への敬意をもって――むだとも言えるような意味を、言葉をならべて提示しなければならない。閑人が一目見て、自分には関係ないことだ、喜ばしいなどと思ってどこかに行ってしまえば、こちらの思うつぼなのだ。　(II, 229)

この言葉をそのまま信ずるならば、大衆と詩人との間に望み得る最良の関係は、せいぜい礼節ある断絶ぐらいのものである。「挨拶、まさに、お互いのための挨拶だ」とマラルメが付け加える所以である。「世界は一冊の本に至るために造られた」という言葉は、まずは検証すべき仮説、あるいはマラルメの信じる一個の「命題」として読むべきものであろう。それを野心の表明、自著の予告、またあろうことか広告、と考える者たちは、詩の営為には本来関係しないのだ。彼らが喜んで思い浮かべるこれらの解釈こそが、「むだとも言えるような意味」である。彼らはその意味を持ち帰って、彼らの常識に安住するがいい。

大衆の側としては、それがマラルメの策略であろうが、「こちらの思うつぼ」と笑われようが、構わないだろう。詩人が「すべてのものを見下ろす神の、あるいは天啓の光を受けたものの尊大さ」をもって彼らを軽蔑しようが、痛くも痒くもないのだから。しかし、マラルメの皮肉な笑いにひるむことなく、この敬意ある断絶を超えよう、彼の言うところを「理解しよう」と一歩踏み込むとき、事態は簡単ではない。詩人はこう言うだけだろう、「すべては書かれたとおり、言われたとおりの意味だ」、と、なぜなら、「結局のところ言語は借り物」、文学という「別の目的」のためとはいえ、大衆に借りているものなのだから。ここに中期マラルメの見方――たとえば「純粋な意味」を詩人が独占しうると考えている「エドガー・ポーの墓」――との決定的な違いがある。もはやマラルメは、詩人と大衆の隔絶を絶対的なものとはみなさない。たしかに、「現代人は読むことをしらない。――新聞のほかには」とも彼は言う（「文芸の中の神秘」）。ジャーナリズムの言語に浸る読者は彼の書物の読者とはとりあえず区別されるべきである。しかしそうはいっても、詩人は大衆と同じ言葉を話しているのであり、その言葉を「理解できない」ということが仮令あるとしても、それは原理的な断絶ではない。

群衆のなかに潜在する詩人のほかに読者を持たぬ。[3]すでに見たように、この詩的創作の根本条件を、マラルメは七〇年代のマネ論によって掴むに至った。そして八〇年代になると、マラルメはさまざまな媒体に発表する散文において、錯綜を加えつつこの認識を繰り返し表明することになる。この学校で文学を教育しようとする時流に牙をむき、識字率の向上した大衆相手に廉価で売りさばかれる詩集を慨嘆するために、「芸術的異端、万人のための芸術」という小論を発表したのが一八六二年、その翌年には大衆相手の情報誌『ル・プチ・ジュルナル』が創刊され、それまでの新聞の半額という値段、鉄道輸送を利用した地方での販売、三面記事、連載小説という画期的な戦略を用いてそれまでとは桁違いの大部を売りさばき、ジャーナリズムに大革新をもたらす。マラルメのジャーナリズムへの認識が大きく深化するのはその時期なのだ。[4]フランス近代に新聞雑誌が勃興してゆく状況をまさに同時代人として生きたマラルメは、詩人と大衆の関係を精密に考える必要を感じたはずである。もちろん彼は今あるジャーナリズムを手放しで賞賛し、そこに参画しようとするわけではないだろう。しかし、一方でマラルメは、新聞という流布の新しく興った形態に注目し、自分の「書物」を巡る総合プロジェクトに取り込もう、そしてその際にジャーナリスムの拠りどころである商業主義までも丸呑みにして取り込もう、と企図していた形跡さえもあるのだ。

シェレルが「マラルメの『書物』」として刊行した一群のメモには、彼が企画していた「朗読会」に関連して、「私の新聞」という記述が見られ（第六六葉）、そこでは朗読会で用いた「書物」を安い値段（三六〇フランとマラルメは計算している）で千部発行しようとしている（まさに皮算用と言うほかないが、もともと発表されることを本人が禁じたメモ類である。それを覗きみて笑えばこちらの咎となろう)。また「広告が印刷代と紙代になる」(第一八二葉)というとき、ここに言う「広告」とはその新聞に載せる広告のことだと考えてよいだろう。新聞の形態は、ひとつには読者を獲得する流布の手段、もう一方では詩業を続けるための財政的手段として、マラルメをひきつけていたことがわかる。

『譫言集《ディヴァガシオン》』とジャーナリズム

マラルメがジャーナリズムを単に軽視していたのではないことは、機会が与えられ、執筆形式の自由が保障されれば、文章を寄せることにも積極的であったことにあらわれている。いやむしろ、一八八六年に始まる『演劇に関する覚書』の連載以降のマラルメの活躍の主舞台は、雑誌に発表されるこれらの散文に移ったと言っていいだろう(もちろんそれは、韻文詩の可能性を見限ったということには短絡しない。マラルメは韻文詩を作り続けたし、それらの散文のなかでも、韻文は最重要のテーマのひとつとなるのだから)。そのジャーナリズムとのかかわりの結実ともいえるのが、一八九七年、死ぬ前年の『譫言集《ディヴァガシオン》』出版である。既述のとおり、この一巻の最後には書誌がおかれ、所収文章の初出が詳細に渡って記されている。文集を構成する目的で発表済みの文章に手を入れ、また複数の文章を繋げたため、「親しい読者」つまり、彼の日々の著作活動を追いすでにそれらを目にしていた読者がいるとすれば困惑するであろう、その際、記憶を手繰り寄せる手助けになれば、という意図でこの書誌は置かれており、「さもなければ無益な」情報だ、とマラルメは言う(II, 272-273)。しかし、その明らかに儀礼的な慎ましさとは別の意味をここに見出すことも出来よう。事実、ジャーナリズムとの結びつきをことさら強調するこの書誌は、巻頭に置かれた緒言の第一段落と呼応する。

私はまばらで構成の欠けた書物を好まない。そのような書物をここに一冊上梓する。何人も、まったくもって、ジャーナリズムを逃れ得ぬ。望もうが望むまいが、自分のため、また願わくはひとに届けかしなどと期待して、ジャーナリズムを製造するのだ。逃れる術はただひとつ、頭をそろえたその上に、陽の光へと幾許かの真実を放ってやるばかりだ。
(II, 82)

まずは、ここでも書物とジャーナリズムが対置されていることに注目しよう。書物とはなによりも「構成」されたものでなければならない。ジャーナリズムにはそれが欠けている。この序文と書誌に挟まれる『譫言集』という文集は、日常書き続けられた文章を改鋳することで可能な限りの構成を与え、ジャーナリズムから書物へ移行しようという試みであることが示唆されている。しかし、マラルメはその試みに成功していないことを緒言であらかじめ認めてしまっている。そして巻末では、ジャーナリズムと自分の関係をむしろ詳細に報告するのである。これは『譫言集』が理想の「書物」ではない、という不完全さの刻印ともいえる。しかしその一方で、ジャーナリズムを軽蔑するようなことさえも言ってきた詩人がここに和解の手を差し伸べているとも考えることはできないか。詩人は自分の文章がジャーナリズムから生まれ出たことを率直に認め、その関係を証するヘソをさらしているのだ。

興味深いのはそこでジャーナリズムにおける言説の受取り手として措定されている者である。新聞雑誌は公的な媒体であるというのが一般的な了解であろう。マラルメはそれに直接反論するではない。しかし彼は、人がジャーナリズムを行うのはまずは「自分のため」そして「願わくは存在するであろう読者」、巻末書誌の言葉を引くならば「親しい読者」のためであるという。自分のための journal ということになれば、新聞というよりむしろ日誌・日記ということになろう。新聞雑誌へ文章を寄せることは、その時々の思考を書き留めておく私的なノートの役割、あるいは「親しい読者」のための私信の役割を持っている、とマラルメは示唆する。それら暫定的な、内輪に留まるべき文章は書物にするべきではないかもしれない、ただそれらをたんなるジャーナリズムすなわち日々の記録に留めずに纏めることにしたのは、光の下に引き出されるべき「幾許かの真実」がそこには含まれると信じるがゆえである、というのがこの序文の大意であろう。このようにjournalという言葉の含意が「新聞」から「日録」へと巧妙にずらされていると同時に、ジャーナリズムの公共性は忘れ去られる。そして、真実と関わりあいをもつのは、移ろい易い世間を逃れ出た永遠の「書物」のみなのだ、という主張が一見なされているようである。

しかしその一方で、「頭をそろえたその上に」といかにも奇妙な訳をつけた箇所は原文でpar-dessus les têtes、ここに突然出てくる複数形の「頭」は異様だが、とりあえず、その真実を頭上に見る人々の、その頭、と解釈することができよう。ここは「衆人仰視の位置に」真実を置くのだ、というぐらいの意味になるだろう。ところが、この「頭」には「親しい読者」のような個別性が欠け、なにかを見るために集まった群衆のような匿名性が付与されていないだろうか。すると、物見高い人々が雁首揃えたその上に、無造作に投げ出される幾許かの真実、というこの光景は、高邁な芸術というよりは、民衆の喜ぶ見世物のようなものに近くなる。それ自体は散文詩「縁日の宣言」のシチュエーションをそのまま引き写すもので驚くべきことではない。すでに第二章で詳しく分析したように、理想の美を象徴する女性を、ソネを売り声にして舞台にさらす、というのがそこでの詩人の役割であった。しかし、そもそも何事かを大衆の目に晒す、というのは本来ジャーナリズムがもつ働きではないか。それをマラルメは掠め取り、「新聞」から「書物」へ跳躍するのに必要な試み、として提示しているのだ。すると、理想の「書物」は実はジャーナリズムの反対側にあるのではなく、ジャーナリズムを超えたところ、その「向こう側に」あることにはならないか。

このように、新聞雑誌が重要なのは、マラルメがその頒布力を利用して、読者によって支えられるポエジーを作ろうとしたから、というだけではない。新聞と書物はある意味では対立物である。しかし、相互に照らしあうようなものとして観念されたとき、ジャーナリズムは文学を鍛錬するために必要不可欠なものとして現れ、ポエジーは多くの恩恵を受けるだろう。マラルメはそのことを意識していたからこそ、むしろ自発的営為として日々の文章を書きつぐことを自らに課したのではないか。そこで、本章の次のステップとして、マラルメの想像力のうちにジャーナリズムがどのように現れたのか、そしてその独自性があるとすればいかなるものか、『譫言集』に収められた文章を検討し、マラルメの言葉によりつつ整理しておくことにしよう。

二、新聞と書物

「書物について」

そのなりたちからして全編がジャーナリズムと緊密なかかわりをもつ『譫言集』であるが、ジャーナリズム、とりわけその代表的形態である新聞への具体的言及は「書物について」というセクションに集中的に現れる。そこで、漠たる理想の「書物」のイメージに輪郭を与えるために、新聞を提示することが一役買っているのである。肯定的に「……である」と語ることができない書物は「新聞ではない」「新聞とはここが異なる」という否定的命題のうちに浮かび上がる。新聞に関する考察は、いまだあらぬ書物を構想するためのある種のスプリングボードとして働くことになる。そこで二者を対照するやり方の特徴を、シェレルは次のように指摘している。

マラルメは、そうしなければいけない理由もないのに、しばしば新聞について語っている。それはおそらく、ジャーナリズムの物質的条件と新聞の外観に関して考察することで、書物に関する教訓を得ていたからであろう。(5)

この言葉に従って、マラルメが書物と新聞を、清水徹いうところの「形而下」、つまりごく基礎的な物体的特性において比較する様子を一通り見てみよう。(6)

新聞の形而下学

「書物について」は「限定された行動」「陳列」「書物、精神の道具」という三つの節から構成されるのだが、書物と新聞の比較は、その三番目、最終節に集中的に現れる。外観の対比はこの「書物、精神の道具」という文章が始まってすぐ、第三段落において、詩人が描く情景において象徴的に提示される。

公園のベンチに、何らかの新刊。もし風が通りぎわにその本の外装を開き、その有様を偶然にまかせて動かし活力を吹き込んだなら、私は喜ばしく思う。現れ出る数々の有様――その全体が一瞥のうちに飛び込んでくるとは、書物が読まれるようになってから誰も思い至らなかったかもしれない。それを成すいい機会だ、今や、解放された新聞は世を支配し、私の新聞、脇にのけた新聞も解放され、薔薇の近くへ飛び去って、花々の情熱的で高慢な秘密会議を覆って支配してやろうと躍起になっているのだから。植え込みに広がった新聞は放っておこう。花々の言葉が沈黙したいのならそれも放っておこう。私は技術的な観点から、この紙くずが、書物といかなる点で異なるかを示そ

> う。書物こそが最高のものだ。新聞というものは出発点に過ぎない。文学はそこで思うまま重荷を取り払うのだ。
> (II, 224)

マラルメの描写は、現実風景とその象徴的意味という通常区別される二つの次元をごちゃ混ぜにして提示するので、例によってわかりにくいが、ここではまず公園で詩人の身の回りに起こったとされる情景を再建しておくことが理解を助けるだろう。ある日詩人は公園のベンチに座り脇に書物と新聞を置く。ふと一陣の風が起ち、書物のページをぱらぱらとめくる。一方の新聞は風に乗ってベンチを離れ、花壇に広がって薔薇の花を覆う。[7]この新聞の様子に、検閲の廃止によって自由を得たジャーナリズムが、その支配力をもってすべての言説を多い尽くそうとしている現況が重ねられる。しかしながらそれ以上に詩人にとって示唆的であるのは、新聞がのっぺりと広がった単なるくず紙であるのに対し、書物という形式は、ページがめくられることで、その外観を次々に変化させるということだ。そしてその外観の変化が、一瞥のうちに詩人の視界に入り、書物と新聞の対比が現れたからこそ、詩人はこの情景に心を動かされ、これを以って続く論述の端緒とするのである。

「新聞は出発点に過ぎない」という言葉は、ジャーナリスムとは文学が純化するための過程でしかない、という意味に解釈できるだろう。新聞は書物になる前の試し刷り、いわゆる「ゲラ」のような状態に留まっている。

> 印刷術が見出したもののすべては、これまでのところ、プレスという名のもとで、初歩的には新聞に要約されている。生のままの表層に、テクストが流し込まれた様子を見せる、痕跡をうけたそのままの紙葉である。このような用法は直接的で、確かに、閉じられた完了態の制作に至る前の段階

ではあるが、作家に便宜をもたらす。端と端をつなぎ合わされたゲラ刷り、即興する余地を返してくれる試し刷りである。こうして、厳密な意味での「日刊紙」ということになる。少しずつ、視界に、しかし誰の視界だろう、意味が配置通りに現れてくる、更には民衆夢幻劇の如き光景の魅力が現れてくる前の日々の記録である。

(II, 224-225)

新聞は「閉じられた制作」に至る前の「開かれた制作」であって、暫定的な、即興を受け入れる媒体である。紙面上、柱のようにいくつか並んでいる欄の中に、右揃えも成されず活字が「流し込まれている」そのあり方は、マラルメにとっては、まさに片面刷りで横に連結されている試し刷りそのものである。そして、例えば新聞に連載していた小説を本として出版しなおす前に、作家はその文章に手を入れる。これをマラルメは「返された即興」と呼ぶのであろう。日々掲載される小説の一部分は、その時々の執筆活動の記録としての「日誌」ではあろうが、それは全体としての「意味」をいまだ備えてはいない。新聞雑誌への連載が作家に「便宜」を与えるとマラルメは言うが、もちろんこれは小説家だけの問題ではない。なによりも雑誌に文章を連載している自身にも当てはまる図式であることを、マラルメが意識していないはずもなかろう。巻末書誌が示すとおり、『譫言集』という書物(それが理想の「書物」にまでは達していないとしても)はまさにそのような過程を経て成立したのだ。

また、マラルメに従えば、新聞が書物に発展する前の状態だ、ということの理由には、「技術的な観点」つまり、書物を作る工程という視点が導入される必要がある。一枚の紙切れの状態に留まっている新聞とは異なり、書物は一枚の紙を折り畳み、重ねることで作られる。それを読みはじめるには「家禽を屠る料理人のように」ナイフを振りかざし、ページを切ることからはじめなければならない。

書物は処女のごとく畳み綴じられ、供犠を招きよせる。いにしえの典籍の小口が赤いのはその血で塗れていたためだ。武器を挿入する、つまりはペーパー・ナイフだが、かくて所有が確立されるのだ。

(II, 226-227)

他方新聞はといえば、「印刷術に不当な結果を借り受けた、インクの染みでいっぱいの広げられた紙葉」でしかない。とはいえ、たしかに、新聞は二つ折りにされ、社説が載る第一面から広告に費やされる第四面までという構成をもつ。しかし、それだけでは不十分であり、書物に劣るのだ。

折り目は、大きな印刷された紙葉に対するところでは、ひとつの兆候となりうる。それもほとんど宗教的とも言うべき兆候だ。しかし、その折り目が積み重なり、厚さをもったときほどには心を打たない。そのとき差し出されるのは、たしかに、魂の小さな墓なのであるから。

(II, 224)

書物に宿る神秘

なぜ紙を折り、襞目を増大させなければならないのか。その問いに答えるには、人間の命運と文学の使命に関するマラルメ特有の象徴体系を知らねばならない。書物の役割はその襞に闇を蓄えること、そうして神秘を守ることなのだ。

然り、紙を折り綴じ、それによって多くの裏面が設けられるということさえなかったとすれば、黒い文字となって散らばった暗黒は、指が持ち上げ押し開かれたその間の一面に、神秘の結界を破るがごとく撒き散らされることの理由を何一つ提示し得ないだろう。

(II, 225)

マラルメは「書物、精神の道具」に先立つ節「限定された行動」において、ここに言う暗黒とは、クリスタル・ガラスのインク壷の底に漆黒のインクが溜まるように、人間の透明な意識の底に溜まる暗黒、「何ものかがある」ということに関わる神秘である、と説明している。夜空に瞬く星々は、断続的な光の文字を示唆している。それに対して「人は純白の上に暗黒を追う」。人間が書く文字は連続した弧を描き、その色はあくまでも黒い。そしてインクが紡ぐ文字は、それ自体が数多の襞をなす。

この昏きレースの襞は無限をその内部に蔵す。千もの人間が、糸に沿いまた己も知りえぬその糸の延長に沿いつつ秘密をもって織り上げたこのレースの、襞があちらこちら、遠くに曳き留める織模様には、目録に載せ──鬼女か、結び目か、葉叢か──、差し出すべき奢侈品が眠る。

(II, 215)

ものを書くというのは、神秘のインクを吸い上げ、それを白い紙の上に引き出すことであり、織模様の中にいるものを取り出して、それが貴石であるか怪物であるかを明らかにする、ということである。しかし、神秘は白日に晒されれば神秘であることをやめてしまう。白い紙の上に黒々と散らばる文字は、破られた純潔性の残骸でしかない(日々キーボードを叩いて文章を紡ぐ我々は、手書き文字から活字へというこの変容の驚異を忘れがちではあるが)。広げられた新聞の上ではインクの染みとなって残るだけだ。ひとり書物のみが、神秘を保持する手段をもつ。ページの襞である。書物は、手書き文字の綾を製本術の次元に「技術的に」置換する。切り離された活字で印刷された文章のうちにも暗闇をつくり、そこに神秘を蔵しておくための装置ということになるだろうか。

本を読む、ということはページを開き、この暗黒を光の下に引き出すことである。しかし書物は多くの「裏面」をもつ。あるページを開けば他のページが閉じられる。本のページが風にめくられる様子が詩人を魅了するのは、神秘が次々に開かれ、閉じられる、その移行の総体を一瞬のうちに要約するからだろう。書物において、神秘はそのすべてを暴き出されることはなく、暗黒は部分的にしろ保たれる。それは「表されても、必要不可欠な幾分の神秘は残る」(II, 215) と述べるマラルメの確信と一致する。その点で一枚の紙でしかない新聞は劣る。マラルメは複数のページを持たず、広げればすべてが白日の下にさらけ出される新聞の形態を嫌うのだ。

さて、書物の優位は暗黒をたたえるその襞にある。書物が魂の墓であるならば、それを開くとは墓をあばき死者の安穏を妨げる許されざる不敬ということにもなろう。しかし、神秘はその襞の中にそっとしておくがよいなどとはマラルメは言っていない。ページを切り、光で照らし出すことこそが必然なのだ。そもそも、光と闇と、どちらが肯定的価値かとマラルメに問えば、躊躇なく光をとるだろう。

七〇年代、中期以降のマラルメは、善を悪と呼び悪を善と呼ぶことで価値体系の反転を目指す逆説、そのような退廃的反語のレトリックからは距離をとる。肯定的価値として明瞭さ (clarté) を保全しようというのは、例えば「文芸における神秘」というエッセイを読み解くとき、マラルメの基本的態度として了解されるだろう。思考の方向性においても「書物について」の直接の延長上にあり、『譫言集《デイヴアガシオン》』の配列においてもそのすぐ後ろに定置されているこの文章は、ジャーナリスティックな活動を通してマラルメの作品の晦渋さ＝暗さ (obscurité) を論難していたアドルフ・レッテへの反論として発表されたという。ここで珍しく憤った詩人の筆の下、曲折に曲折を重ねられた文辞の意を汲むのはひどく骨の折れる作業で、難解の極みと言ってよいと思うのだが、それでもマラルメは自分に「暗い」というレッテルを貼られることに激しく抵抗する。暗いのは書かれた文章そのものではない、その文章に結実している「神秘的ななにか」、あらゆる者、「普通の人間」に隠されている「難解なる何物か」なのである、と(II, 230)。それに関与せずに書かれる文章を非難して、マラルメは次のように言う。

> それらの個人は、彼〔詩人〕の意見によれば、彼らに固有のものと認められたまさにその企図において、間違っているのだ。〈夜〉を欠いたそこらのインク壷から、理解可能であり充分だと考えられる空しい上澄みの層をくみ上げてくるのだから。その理解可能な上澄みは、詩人も尊重しなければいけないことは分かっている、だが尊重するべきはそれがすべてではないのだ。彼らのやりかたはいいかげんすぎる。〈群衆〉を（その〈群衆〉のうちに〈天才〉もいるのだ）激発させ、人間の広大無辺の無理解を騒然とぶちまけさせるとは。 (II, 230)

マラルメの文学は夜を汲みあげ、光にさらす。彼を非難する批評は一見同じように文章を書くという営みをしているようだが、「彼らのやりかた」には配慮がたりない。彼らは確かに理解し易いようにクリアーな書きぶりをするだろう。しかしそうして大衆を煽動した挙句ぶちまけられるのは、理解できないという不満、言うなれば蒙昧の告白ばかりではないか。マラルメは闇を光へと導くのに、彼らは光に闇をもたらすのだ。

新聞《ジュールナル》と光《ジュール》

書物と新聞の対比に話を戻そう。書物が闇にかかわるとすれば、新聞は光にかかわる。すると新聞は単に「未成熟な書物」であるだけではなく、光とのつながりにおいて独自の価値を持ち得ないだろうか。書物は折り目を増大してゆき、その襞は人間のもつ神秘を蓄える。しかし、である。影のない光は味気なく、神秘なき文学は存在理由を失うにしても、やはり、光なしには影は存在しえぬ。そう、何よりも新聞 journal はその綴りのうちに光 jour を含んでいる。

こういうと何か語呂合わせのような不真面目さが感じられるだろうか。しかし、マラルメが『譫言集』緒言で、「陽の光へと vers le jour」幾許の真実を放つのだ、と宣言するとき、journalisme と jour という単語がわずか数行のうちに続いて出てくるのは偶然ではない。この二語の結びつきは強迫観念のように、長い間マラルメに取り憑いていた。『譫言集』緒言を、それが書かれる二十年ほど前に発表された次の文章と比較して欲しい。

実に、文明はいまだその状態にふさわしい享楽を供給するには程遠い。例えば、文明のうちに住まう夢想家たちが結社し、あらゆる大都市において、出来事を夢独特の日の光のもとに報知する、そんな新聞の費用を出し合うようなことが起こらないのは驚くべきことではないか。「現実」などというごまかしごとは、事実が醸す蜃気楼のなかに、凡庸な知性を閉じ込めておくぐらいの役にしかたたない。しかしまさにそれゆえに、現実とはなにか全員一致の諒解のようなものに基づいているのだが。それでは、理想のなかにこそ、典型となるような、簡潔にして明瞭な、必然の相が存在する、ということはありえないのだろうか。私は、自分のためだけに、いかに現実が詩人としての私の視線をうったか、『秘史《アネクドタ》』のごとく記すことにしよう。あらゆることがらに平凡な性格を付与するように飼いならされた、群衆にへつらうリポーターたちが、現実を俗間に言い広めてしまわぬうちに。(II, 90)

すでに引用した部分もあるが、これは『譫言集』にも収められている「中断された見世物」の最初の段落である。上の訳文で「夢独特の日の光」と訳した部分は、le jour propre au rêve であるから、ここではひとつの文のうちに新聞 journal と光 jour が隣接することになる。新聞とは確かに、その名が示すとおり光に照らす活動である。しかし、詩人が世の新聞に不満なのは、その光が凡俗であることだ。彼は新しい新聞を欲する。そして新しい新聞のために新しい光を。それは、昼を照らす陽の光ではなく、閉じた目のうちに生じる不可思議な「夢の陽光」だという。

一八七五年に書かれたこの文章に表れるジャーナリズム観は単純な二分法に基づいていて分かりやすい。人々は新聞が日々伝える情報によって現実をつかむ。しかしその情報は哀しいかなすでに凡庸性の刻印を押されている。もちろん凡庸な人間が信じるにはまさに凡庸な——そして多数派の姿を映すという意味で「典型的」な——情報が適しているだろうが、夢想家であり詩人である自分は、そのようにして贋造される現実には飽き足らない。むしろ、大衆が群れ集う平面を超え出るような、非凡なる理想のうちにこそ典型を見出し、それを現実と呼ぼう。そしてある事件を、ありふれたものとして報じてしまうであろう巷間の新聞記者とは別様に、夢の光の下に照らして理念の劇として書いてみせようというのである。

ここで詩人は「自分のためだけに」書くのだ、と言っている。したがって以下の記述は公にされることを目的としない私記のようにも受け取れる。しかしこれは、群衆には理解されない詩人の孤立を強調するために置かれた文句であろう。Anecdote という単語は、大文字に置かれているため、まずはカイサレイアのプロコピオスの著書を指示していると考え、その定訳である「秘史」と訳した。一般名詞としての anecdote という語の語源となった書物である。しかしこれを「逸話」と訳せば当然三面記事のようなニュアンスを帯びるだろうし、マラルメはその響きを当然意識しているだろう。また、プロコピオスの著書の題名は、ギリシャ語で「未刊の事々」を意味する。いまだ知られていない事柄を、「リポーターたちが〔……〕言い広めてしまわぬうちに」語る、というのは、詩人が他の記者を出しぬいてスクープするのだ、と言っていることになるだろう。この散文詩全体が、ある種の観劇記であり、見世物の中断という突発事の報道として読まれることも意図されているのだ。詩人は冒頭に言う夢の新聞発刊を構想し、その一記事としてこの文章を書いてみせるのである。

しかしながら、七五年時点のマラルメに特徴的なのは、詩人の孤独にしがみつくその固陋とも言える態度である。「夢想家たちの結社」の不在を嘆きながらも、自分が書くものが非凡なものである以上、他の者には理解されないだろうという諦観にさっさと引きこもってしまう。そして大衆との隔絶は、散文詩の結末において、今度は見世物の観客との感受性の違いとして再確認されるのだ。

幕は、危険と感動を増大させようかどうしようかと、それまでためらいつつ吊られていたが、料金と月並みな文句の新聞紙のようになって落ちてきた。私は他の者たちと共に立ち上がり、外で一息つこうとしたが、またしても、私の同類たる人間たちと同じ具合の感想を持たなかったことに驚いていた。ただし心は穏やかに。とにかく、私のものの見方のほうが優れており、真正でさえあったのだから。（II, 92）

人間の思惑通りには見世物の熊が動いてくれなかったために、早々に舞台は中断され幕が下ろされるという場面である。「料金と月並みな文句の新聞紙」というところは、はじめは「出来事、料金、広告と月並みな文句の新聞紙」となっていた。これは一種の暗喩で、幕に料金広告売り文句そのほか雑多なことが書き出してあるのを、「新聞」と言っているのだろう。新聞はこの時点では「優れて」いて「正しい」詩人の視線に対して、金勘定と常套句にまみれた大衆の凡庸な関心の象徴としか認識されていない。それが目前に突然広げられ、「理念の劇」を舞台上の珍事に見ていた彼の視線をさえぎり、高邁な幻想を破ったのだから、詩人は大いに嘆きたいところだろう。しかし彼は黙って帰路に就く。今は「優れた」詩人のものの見方が発表される媒体はない。残念だが仕方ない。「夢の新聞」は存在せず、詩人が書き留めるのは自分ひとりのための日記 journal なのだ。

しかし、「とにかく」自分の見方が正しいがそれは他人には分からないというこの孤高の詩人の地位が保持し得ないものであることは明らかだ。滑稽ですらある。それに対し、既に見たように、九〇年代、マラルメがジャーナリズムと錯綜した関係を恒常的に持つ時期には、文学の受容者をめぐる矛盾は内在化する。文章発表の機会はある。いまこそかつて空想した「夢独特の日の光」によって現実を照らすという新聞を書くときだろう。しかし、そのときマラルメは、読者となるべきその「夢想家」が「料金と月並みな文句」を新聞に求めている大衆のうちにしか存在しないことを知っている。死の前年の『譫言集』緒言を再び読もう。ひとは「自分のため」にジャーナリズムを行うと言う。ここまでは「中断された見世物」の冒頭と同じである。マラルメは象牙の塔への愛著をいまだ完全には脱していない。しかし今やマラルメは、すぐに「願わくはひとに届けかしなどと期待して」と付け加え、さらに、ジャーナリズムを逃れるには「頭をそろえたその上に、陽の光へと幾許かの真実を放」るしかない、と述べ、自分のポエジーが最終的に到達すべき対象が匿名の群衆であること、その点では熊の見世物に集まってくる人々と変わらない「同類たる人間」なのだということを認めるのである。かくしてポエジーは、自己から他者へ、そして群衆へと広がってゆくダイナミズムを獲得する。マラルメはこれを「ジャーナリズムを逃れるため」の運動、と言うが、これがまさにジャーナリズムから引き出された運動であるのは、前節の終わりで見たとおりだ。そして、「陽の光の方へと」真実を投げると言う、この光も、新聞 journal を照らす太陽 jour にほかならないのだ。求めるべきは、特殊な感受性をもった夢想家にしか感得できない「夢の陽光」ではない。人々の頭上に輝き、それを均等に照らし出す昼の光である。しかしそれに照らし出された事物は凡俗なる日常とはならないか。おそらくは、マラルメの目指す理想においてはその心配もないだろう。太陽の下、一面に広がる衆人の水準がある。ただし自分たち一人ひとりの内部に影があり、神秘が宿っていることを、彼らは知っているのだ。こうして、新聞と書物は、同じ光に照らされ、人類において交わることになろう。光を一面に受ける衆人の水準が新聞であるとすると、その衆人を構成する各人はページの襞に闇を湛える書物なのだから。

三、今日の光

新聞と陳列窓

では、新聞を照らし、書物に影を与える光とは何か。それは「この日」つまり今日（aujourd'hui）という日の光である。以下、少し長くなるが、三節からなる「書物について」の中央に位置する「陳列」から、新聞の紙面をマラルメ流に描写した一節を引用したいと思う。

むしろ、新聞雑誌は、わが国においてのみ、著作に場を与えようとした。その伝統的な連載小説は一階で長い間全紙版の堂々たる重みを支えてきた。それはあたかも街路で、輝かしくも華奢な造りの商店の、あるいは宝石の輝きを帯び、あるいはさまざまな布地の色調に浸ったショーウインドウのガラスのその上に、しっかりと幾重もの階をしつらえて重い建物が据わっているのと同様である。いやそれ以上だ。本来の意味におけるフィクション、すなわち想像力豊かな物語は、羽ばたいて客足頻りな「日報」を通り過ぎ、主要地において勝ち誇り、頂上にまで駆け昇る。そこから最新状況に関する記事、いわゆる社説を追い出し、それを副次的なもののように見せてしまうのだ。示唆に富む事実、またはある種の美に関する教訓とさえも言えよう。すなわち、今日という日は単に昨日に置き換わるものではなく、明日を予告するものでもない。一般的なものとして時間から抜け出て、洗い清められ新しくなった完全性を備えるに至ったものだ。十字路に開けっぴろげに貼られて周囲を威圧している俗悪なポスターのように声高な、ゲラ刷りの新聞は、こうして、政治的文章の塵埃の上に、どこの空からか来る光の反映を受けるのである。(II, 221)

マラルメは、紙面構成をオスマン以降の現代パリ風景に重ね、店頭の陳列窓に反射する光、そこで売られるさまざまな商品の魅力をすくい上げつつ、その背後にある商業の働きをジャーナリズムに重ねて見せる。芸術家たる詩人はここに繁栄する文明と商業を肯定するのか、否定するのか、その立場は曖昧というほかないが、それを描く筆致はマラルメ以外の誰にも真似できない、まさに面目躍如たるものであることは認めないわけにいかないだろう。新聞と街路をその外観から近づける、というのはいかにも突飛な思いつきのようだが、いずれも産業の発展によってマラルメの時代に新しく現れた光景である。この描写される対象の現代性がそのまま「今日」に関する時間の問題へと接続される手つきは鮮やかである。

実はここでマラルメが問題としているのは、新聞の連載小説であって詩のことではない。引用した箇所は、もともとはモーパッサンの死をきっかけとして書かれ、「喪」というタイトルで発表された文章からの引用である。しかし、小説が新聞紙面に果たしている役割は、広く文学と呼ばれるもの、「想像力」の働きによるフィクションが凡俗な現実を書き換えてゆくという意味で、マラルメが「中断された見世物」で想像した「夢の新聞」をある程度まで実現しているとみなすことができるだろう。かつてマラルメは言った。リポーターたちが凡庸な現実を大衆に渡してしまうその前に、事件に秘められた理想の様相を見ねばならぬ、と。人の手を経て陳腐になってしまう前の「現実」が直接に「詩人の視線を打つ」ということ、その衝撃こそ、詩人が希求することなのだ。

力に充ちた、純潔なる美しき今日は、
将に我等のために来て、その酔いしれた翼をうち、
忘却のこの堅き湖を破り、霜雪の下にとり憑いた
逃げ去らざりし飛翔の澄みきった氷河を砕くか。

有名な白鳥のソネの、暗く沈んでゆく結末のトーンはともかく、第一連は、この希求を表現し、「今日」の到来を予感するざわめきに満ちている。マラルメが新聞紙面上の文学の躍進を目にしたとき、まさにこの「今日」という時の勝利の羽ばたきを聞いたのだ。

この紙面上の情景を「美に関する教訓」と捉えて、マラルメは彼の時間観の核心を引き出す。すなわち、現在は過去にとってかわるものでも、未来にとってかわられるものでもない。「今日」は溢れんばかりの光が誕生する、その創造の瞬間、その光の強度が媒介されずに伝わってくるような直接的経験である。そこからマラルメは、「今日」は「時間から抜け出ている」というパラドクスにまで進むことをためらわない。このパラドクスをどう理解するのか、という観念的問題は今はとりあえずおくとしよう。ここでは、その「今日」に関する問題系がジャーナリズムと結びつけられているということを確認しておきたい。そして引用部の最後の文章で、再び十九世紀末のパリの描写に戻ってきたマラルメは、交差

点で威圧するように張られ、埃まみれになりながらも文明の光を受けるポスターを発見し、そのポスターからゲラ刷り、そして新聞へと連想を進める。こうして現れるのは、広げられた新聞の上に光が差す、ということまで本章で追ってきた光景である。

新聞と「平板さ」

もちろんマラルメは、通常の新聞が提供する現在の光が真正だとは言わない。新聞第一面の社説Premier-Parisは、「パリ発第一報」という響きを感じさせるその名の清新さとは裏腹に、「空しい日常quotidien néantへの信仰を俗間に広めることを務めとしている」(II, 217)と言ってマラルメは非難する。印刷術の発達によって、日刊新聞は充実した情報を、出来事の新鮮さを保ったままに日々読者に届けることができるようになり、その勢いは定期購読に基礎をもつ週刊誌や月刊誌を凌駕した。その呼称quotidienは従って、勝利の勲章とも言える。しかしすでに、quotidienという語はそれ自体が鮮烈さを失ってしまった。その語が「日常起こりうるくらい陳腐な」、という意味を持つようになるのは、ロベール仏語大辞典によれば、一八八五年のことである。「日刊紙」という名前は、自らが象徴する絶えざる革新の流れにすぐに飲み込まれ、古びてしまったのである。

マラルメが交差点に見るポスターは、「開けっぴろげ(tout ouvert)」に貼られているという点で新聞を喚起する。ここでも新聞はその平面性を非難される。新聞は、世に起こったことを同一の平面に並べるが、それこそが俗悪さの兆候なのだ。この非難は、単に「平らな(plat)」という語が比喩的に「平板な」という意味をもつという理由によるだけではなく、マラルメの時間把握のしかたに基づいている。「彼チボーデは、マラルメが時間を理解するやりかたを、神秘的観念論だと言って次のように述べる。「彼は物事を深さにおいて、刹那の後ろ側にみるのであって、刹那の周りの平面上に開陳された状態で見るのではない」(8)。

したがって、マラルメが、「すべてのものが露わになるこの現代という時代は、その洞察力によって評判をとっている」(II, 227)と言うとき、これは当然皮肉なのだ。「理解可能であり充分だと考えられる空しい上澄みの層」という言葉は、役立たずなインクの上澄みを指すと同時に、新聞の表面を空しく覆う「明瞭な」言葉の層をも意味するだろう。この平面は、これこそが「今日」、最新の世界だ、と自信満々に提示される。この「生のままの表層」を見渡し、物事を詳らかに見ることはたやすい。しかし、本当の「洞察力」とは、見えないものを見ることではないか。新聞の提示する「今日」は堕落し、神秘性を失っている。それは、なにものか、新しいものが、驚きをともなってたち現れるという「今日」の、本来の神秘とは程遠い。

マラルメが平面を反＝詩的形式と捉えていたことは、「文芸の中の神秘」において、彼を批判するものたちの「企て」を文学的に無価値だ、と断定した上で、次のように述べるときにはより明らかである。

それは、刹那刹那の圧力によって動かされる行商人のようにして、揺るぎのない前景平面に物事を提示することだ。書くということ、そんな場合において、どうして成しえよう、みだりに、凡庸さを開陳するだけのことだ。むしろ、それぞれの思考の内面の深淵の上に、貴重な雲をかけるべきではないか。その性質として、なにか差し迫った事柄だとしか分からない事柄など、卑俗なものでしかないのだから。(II, 231)

ここで刹那の圧力に従って書く、というのがジャーナリスティックな活動であることは言うまでもない。その商業主義が凡庸さに繋がるものとして嫌悪され、それに対して、内面の深淵の上にかかる雲、という光景が現れる。マラルメは、深淵の闇そのものを称揚するわけではない。視線が果てしなく飲み込まれてゆく漆黒の上には「貴重な雲」をかけて、人の目がつかめる形象を作るべきだろう。しかし、そうして物事を開陳するのが必要であるとしても、形象の下には深淵を抱えるのでなければしかたないのだ。

それでは、そのように俗化した今日ではなく、永遠不滅の真実を書け、とマラルメは言うのだろうか。たしかに、新聞と書物の違いを説明するにあたって、新聞がその日起こったこと、移り変わりゆく事々に関わるのに対し、書物は理想とかかわり、永遠の真実に関わるのだ、という図式は分かりやすい。マラルメの理想とする書物は、時間を脱却したものとして想像されているのも事実である。シェレルの出版した遺稿の第五五葉には、「書物は時間を無化する。灰にする」と書かれている。また、その遺稿に描かれる朗読会のありかたを分析してリシャールが言うように、「書物」は、その完成態において、二重に時間を無化するものとして構想されていた。第一に、朗読会による公演において、紙葉を入れ替え、繰り返しながら朗読を進めることで、読む順序から意味を剥奪し、時間の系列を崩す。第二に、書物として提示されるその構造においても、時間的進行の概念を超えたひとつの「塊」として提示されるはずのものである。[9]「世の万物は、一冊の本に到達するために存在している」というマラルメの言葉も、変転をかさねる世界が「書物」に到達した途端に永遠の相を獲得する、というヴィジョンを示唆する。世界が書物に至ったとき何が起こるか。それは、遺稿の第一八一葉、「書物は始まりも終わりもしない。せいぜいそんなふりをしてみせるだけだ」が示すとおりである。それまで万物は時間の中で生成してきた。そのような時間は消滅し、終わりも始まりもなくなる。

もっとも、マラルメの言葉はずっと曖昧なものである。時間は幻影として存続しているかもしれないが、実は消滅しているのだ、と言うのだから。それがどのような本なのか、マラルメ自身も明確な解に到達したわけではないはずだ。いずれにせよ、誤解してならないのは、「世界は一冊の書物に至る」という命題が、「世界は一冊の書物に書かれているとおりに生成する」というような伝統的・予言的な命題を連想させつつ、それを巧みに打ち消してみせている、ということである。書物とはなにか。それは定かではないが、少なくとも世界以前に存在する予言ではない。それどころか、書物に至るまでの歴史の記録でさえありえない。

空位時代

このようにマラルメは「時間は書物における永遠へ向かって流れる」と考え、書物の黙示録ともいうべき歴史観をうちだす。しかしそれは結局、彼が生きる世界で時間は消え去らないということを再確認するだけのことではないか。書物は今ない。そして、それが成されつつある、と述べることは生成と時間を認めることに他ならず、結局はその生成のうちには書物は作られない、ということになる。永遠は時間とは無縁なのであり、時間のはるか延長上、その外側にあるかもしれないが、時間の延長そのものではない。この時間ある世界こそ、マラルメが「空位時代（interrègne）」と呼ぶものだろう。それは詩人が「書物」を書き得ぬ時代、その義務を果たすことを許さぬ時代である。

川瀬武夫が分析するように、マラルメは一八八五年三月二十二日のユゴーの死に接したことによって、詩と詩の特権的形式である韻文が危機に直面していると理解し、この「空位時代」という言葉に象徴される時代認識に達した。[10] 空位時代という言葉をマラルメが初めて使うのは、「自伝的書簡」として有名な同年十一月十六日のヴェルレーヌ宛書簡においてである（「結局のところ、私はこの現代という時代を、詩人にとっては空位時代のように考えているのです。詩人はそこに関わりあう必要はないのです。現代は非常に衰頽の色濃く、あるいは準備段階における興奮に満ちており、そこで成しうることといえば、神秘と取り組み、来るともしれない後のときのために働くか、スタンスやソネといったものを名刺がわりに時々生きているひとに送るぐらいのことです〔……〕」（I, 789)）。そして、今日我々に伝わっているマラルメ自身が書いた文書では、この手紙こそが、初めて「書物」の構想が語られる文書なのである。ただし、この手紙よりも前、ヴェルレーヌは一八八四年一月の『リュテース』誌において「呪われた詩人たち」のマラルメにあてる最終回の終わりで、「彼〔マラルメ〕は今一冊の書物に取り組んでいるところだ。誰しもがその深さに驚き、盲人を除いてはその輝きに目がくらむ思いをするだろう」と言っているので、マラルメが理想の書物という考えをもち始めたのは、それよりも前であったことは確かであるが、いずれにせよ八〇年代半ばまでに、死に至るまでマラルメの著作を牽引してゆくこの二つの概念が出揃ったことは確かである。

この「空位時代」の認識は「書物」の概念と並びたち、後期マラルメの著作活動の大きな柱に育ってゆく。それは、例えば、壮麗な光輝に至る前の闇として表現される。

外側に、まるで広がる空間の叫び声のように、乗客は警笛が悲鳴を上げるの聞く。「確かに」と彼は納得する。「トンネルを通っているところなのだ。時代という最後の長いトンネル、街の下をいざりゆき、汚れなき中央宮殿の全能なる駅にまで達し、栄誉の完成を見るその前のトンネルを」。地下道は続くだろう、おお、性急なる者よ、正義の女神の飛翔によって拭われる高きガラスの建造物を準備するために、お前が心を集中しているその間はずっと。（II, 217）

これはおそらく、マラルメの住居のすぐ前にあったサン＝ラザール駅の描写だろう。現在では、駅から出た線路はローマ通りに沿って常に露天で走ってゆくのだが、マラルメの時代、線路はバティニョール通りを過ぎたところ（マラルメの住居であるローマ通り八七番地のすぐ下方である）からトンネルに入っていた。マラルメは郊外から列車でトンネルを通って駅に到着する乗客の体験を預言的な光景へと変換している。

外に広がるはずの空間は悲鳴とともに消え失せた。ひたすらに続く闇の中を走る列車では、もはや自らの進行を窓外の風景の推移から見ることはできない。どれだけ進んだかわからないが、とにかく進んでいることは確かで、これが空位時代の時間というものだろう。暗闇の中で、地上に存在するであろう街を想像し、鉄骨ガラス張りの近代駅舎を夢見る。ある種の黙示録的幻視であることは、光の中に現れるのが裁きのシーンであることからもわかる。翼をもつ女神のかたちをとった「正義」は、不名誉の汚辱を拭いに到来し、全き栄光がもたらされるだろう。

しかし、その栄光の準備に心を傾けているその間、暗黒は終わらぬ、と詩人は言う。待望し、「そのとき」を心に思い描けば思い描くほど、その到来は絶望的になり、その間にも乗客は、どこへ着くとも分からぬまま、ずうっと流されてゆく。この時間には永遠は現れない。ジャーナリズムの「今日」を変質したものとして斥けるマラルメは、同時に、終わらぬ時間を生きる詩人の前に書物が顕現する可能性も否定するのだ。それでは詩人は何をするべきなのか。ときにマラルメは大きく悲観に傾き、「何も成しえない」と言う。上の地下鉄の描写のすぐ後の段落から引こう。

自殺あるいは不参入、何事も成さぬことだ。しかし何故?――この世ではじめて、その原因となった出来事についてはまた後に説明しようと思うのだが、〈現在〉が失せてしまったからだ。そう……現在は存在しない……。欠けているものは、現れ出る〈群衆〉、それから――あらゆるものが欠けている。自分自身の同時代人だとわめくものは無知なのだ、いるべき場所を離れ、権利のないものを簒奪し、どちらにせよ変わらぬ厚かましさだ。過去が終わり、未来が来ないというときに。

過去と未来はその間にあるはずの空隙を蔽おうと画策して、ぐちゃぐちゃと混ざり合っているではないか。〔……〕

だから、自重し、そこに居よ。

ポエジー、祝祭である。それは、離れて、清らかな危機のうちに、試行する。もう一方の制作が進行中のときに。 (II, 217)

ここでマラルメが提出する時間観は、すでに新聞紙上に見たものと同じものだ。マラルメは、「空位時代」には「現在」がないという。そして、まさにそれこそが、現代が空位時代たる原因だという。「いるべき場所」である「現在」を放棄した人間は、未来と過去にしか関わりを持とうとしない。しかし、「書物」は、未来にも過去にもない。「書物」は時間の延長とは離れて在る。「もう一方の制作が進行中のときに」と訳した部分は、原文では **l'autre gestation en train** であり、この **train** は先程出てきた鉄道の描写から連想された言葉であろう。鉄道の車両が前進するように、時間が流れ、世界が生成される。しかし、「書物」の永遠は別の場所で生成している。いや、永遠の生成とは語義矛盾だ。マラルメはもっと正確に、「危機のうちに試行する」と言っている。永遠とは、自らを全体として作っては崩し、作っては崩す幻影のようなものなのだ。そのようなヴィジョンはおそらく、マラルメの偶然を巡る思考につながるだろうが、ここでそれを深く追うことはできない。ともかく、マラルメが見ているのは、書物の黙示録ではない。審判は、時の終わりにやってくるのではないのだ。書物が現れないのは、「現在」がないからであって、未来を待ってもしかたない。「書物」に至る道があるとすれば、それは「現在」を通っている、とマラルメは示唆する。しかし、ひた走る列車の中で「ここ」を定めることができないように、つねに流れる時間のなかで「現在」をどうして定められよう。唯一できること、それは「自重し、そこに居る」ことだけである。

危機の詩

しかし、なおも問おう。「空位時代」の詩人は、この乗客のように栄光を心に描き、闇にじっと座って列車の進行に身を委ねるしかないのか。移りゆく時間に関わることは空しく、「今日」がジャーナリズムによって必然的に堕落し、「永遠」は人が生きるこの時間とは無縁なところにしかないのなら、何をなしうるのか。マラルメは、決して常に悲観的であったわけではない。諦念に閉じこもればよいとばかり考えていたわけではないのだ。まずは単純な事実に注目したい。ジャーナリズムとの関係において生み出される作品をマラルメが手がけ始めるのもまさに八〇年代中盤というこの時期なのである。それは『独立評論』誌に一八八六年十一月から連載した「演劇覚え書き」に始まると言っていいだろう。そしてこれら新聞雑誌に十年以上の年月にまたがって発表された文章群を、後日『譫言集』というタイトルのもとに纏める際、マラルメは巻末書誌において次のように総括する。すなわち、それらは、長い間散文詩 poème en prose と呼ばれていたものを、批評詩 poème critique として昇華させるために書き継がれたものだ、と (II, 277)。この「批評詩」をジャンルとして認識することが不適当であることは既に第二章で論じた通りであるが、その点を留保した上で、この「批評詩」が「空位時代」という危機に特権的な地位をもつ詩、「危機の詩 (poème de la crise)」であるとする川瀬の指摘は重要なものだろう。(11) マラルメは、時間に囚われたジャーナリズムに生みおとされる「危機の詩」のうちで、書物の幻想を語る——ちょうど、暗闇を進む電車の中で、光を想像する乗客のように。もちろんだからといって、空位時代の詩作は新聞雑誌に文章を書き散らすことだ、とマラルメが開き直っていたということではない。危機に適応した形式を作るために、マラルメが意図的にジャーナリズムに近づき、そのためには妥協も厭わなかったという事情でもないだろう。しかし、それが偶然やってきた機会であったとしても、新聞雑誌に書く際、その行為が何を意味するのか、検討する必要をマラルメは感じたはずだ。ジャーナリズムという相手を、その危険性を含めて見極め、そのうえでそこに参加することは差し迫った課題であり、まさに、マラルメはこの課題を、ジャーナリズムとの付き合いのなかで、そこに掲載する文章において解決していこうとする。こうして、ジャーナリズムの可能性は書物の不可能性と組み合わされてひとつの問題系となるだろう。その一端が『譫言集』の文章である。

確かに、「書物について」の第一節「限定された行動」において、この問い、すなわち、空位時代に可能な詩人の務めとは何か、という問いを正面から検討するとき、はじめマラルメはジャーナリズムを全否定するような口ぶりを見せる。マラルメは、彼のもとをしばしば訪れ「行動したい」という欲求を語る若き「同僚」に対する忠告という枠組みをつくって、このエッセイの冒頭で次のように文学的行動の方法論を展開する。

この実践は二つの方法で行われる。あるいは、一生のあいだ不変の意志に基づいて、人に知られず、多様な輝きを放つ爆発にまでいたること。これが、考えること、である。さもなければ、いまや先見の明さえもその広がりに捉えようとする排水口、すなわち新聞とその旋風をつかまえて、そこでひとつの方向に進む力を作り出すことだ。ただしその力は別のさまざまな力に拮抗されて、結果はゼロだがそれにもやがて慣れるだろう。

お好きなように、傾向に応じて、充実、拙速。(II, 214)

マラルメは、空位時代に理想とする詩は書けない、だからといって拙速で、つまるところ無意味なジャーナリズムに駄言を垂れ流すな、と言っているようだ。しかし、この言葉はジャーナリズム全体を否定したととる必要があるのか。

言い換えよう。マラルメが「充実、拙速」と言うとき、これは若輩詩人に二者択一を迫っていると考えるべきなのか、それとも、まさに「傾向に応じて」選べばいい、場合によってはその中間の道もありうる、と考えたのか。もちろん、マラルメ自身はジャーナリズムの渦にさっさと身を投じるような真似はしなかっただろうが、この文章自体がまさに『白色評論』という雑誌に掲載されているのに、自分にそのような「傾向」がまったくない、とまで言い切るのも妙な話である。新聞がいけなくて雑誌なら良い、という問題でもないだろう。

仮に、マラルメが彼の言う「充実」、すなわち、「考える」こと、つまり、思考というもっとも行動らしくない行動を推奨すべき唯一の行動とみなしていた、としてみよう。しかしすぐに、詩人はこうも言うのだ。

> 君の行為はいずれにしろ、紙に適用される。瞑想することは、君が求めたような激しく絶望的な身振りのうちに本能が奮い立つこともなく、跡を残すこともないならば、消え入るものとなるからだ。（II, 215）

つまり、「考える」こと、「一生のあいだ不変の意志に基づいて、人に知られず、多様な輝きを放つ爆発にまでいたる」というのも、紙の上になされることなのだ。心に理想を温めているだけではだめで、誰に知られるでもなく、書き続けなければいけない。マラルメ自身が、発表するつもりのないまま書き溜めていた「書物」の構想を思い浮かべてもいいだろう。ところで、この意味における「書く」ということ、そしてその結果として日々書き継がれる記録に、マラルメは「ジャーナリズム」という言葉を当てていなかったか。曰く、何人もジャーナリズムを逃れ得ない、自分のため、あるいはできれば誰かのために、それを書き続ける、と。

もちろん、これは通常ジャーナリズムと言うときの新聞・雑誌という意味からはずらされた、マラルメ独自の語法である。しかし、『譫言集』緒言で重要なのは、孤独な日誌としてのジャーナリズムも、潜勢的には読者を得ることを望まぬわけではない、ということである。「充実」とは「誰にも知られず」行う営みだ、というマラルメの言葉を額面どおりにとることはないだろう。誰かが読むようなことになったとすれば、それもいい。「知られずに」と九〇年代のマラルメが言うとき、その言葉はかつて詩人の孤高を墨守しようとしたころの頑なさを帯びてはいない。それはおそらく「知られるな」という禁止ではない。マラルメは「書物について」の終わりから二番目の段落でこうことわっている。

> 一人の人間が彼の予感を、理論上のものとして、そしてちょうど、無駄に、時が来たかのごとくに言い広める。彼は知らぬではない、そのような文学芸術に関する提言は、しっかりしたものになってから打ち明けるべきなのだと。しかしながら、いまだなきものを突然に全部さらけ出すことを躊躇する思いは、すべての人の驚きを用意し、慎みをもってベールを織っているのだ。　(II, 227)

「一人の人間」とはほかならぬ詩人自身のことである。「書物」とはいまだなきもの、いやむしろ、この世には存在し得ないものであるとしか言えない。人を説得し得るのはそのような空理空論ではなく、「書物」の実態を理解させるような「しっかりとした提言」である。そこまで達していない以上、「書物」について語れば、よくてはったり、悪ければ狂気と思われよう。しかしマラルメの言い訳は巧みだ。

自分はたしかに無知であるが、ここでは、まさにその無知を覆うべきベールを織っているのだ――これこそ「それぞれの思考の内面の深淵の上に」かけるべき「貴重な雲」ではなかろうか。そしてそのベールとは、まさに「書物」を衆人の目にさらすときに持ち上げるべきベールなのであり、それを織ることは、「書物」の前で驚く人々の心を用意することなのだ。その意味では、ベールを編む詩人は、そのベールが不特定の人間の目に晒されることを知っており、またそれを望んでさえいるようだ。本書第三章の結末で見たように、不在の理想に纏わせる布地という発想は、七〇年代、パリに出て来たマラルメがモード・ジャーナリズムと実践的な関わりを持つ中で得たものである。マラルメが「ベールを織る」という例えで日々の文筆を意味するとき、そこには自身の具体的な経験が確かに反映していると考えるべきであろう。

伝達の網

そしてマラルメの恥じらいは、一転、次のような大胆さを招来することさえある。

自らの客を勘定するのに顔を見つつしようと、彼は内々にしか、手稿を見せることはない。有名人なのだ！　陰にかくれた花台の飾りとなる古蘭紙あるいは日本紙の紙葉、あるいはあらゆる広告を棄捐した上で並外れた飛翔を遂げるのだと決定する何物か、事実が起こり、奇跡が起こるのだ。若い友人は、地方の僻地に至るまで、時来たれりと、みなその事情を静かに調べ尋ねるだろう。夢見ること、つまりは信じることだ、その夢あるいは信念を否定するまでの間で構わないから。伝達の網の目が、流すべきいくらかのニュース、日々のニュースさえも省略して、このような結果を生むために、その糸をみずから揺り動かしたのだ、と。

(II, 223)

この段落は、「あるひとつの時代は、当然〈詩人〉が在ることを知っている」という一行によって導入されている。これは、ある時代に生きるすべての者に詩人が瞬時に知られる、という幻想である。「有名人なのだ！」と訳した部分、原文では il est célèbre ! である。ほとんどおどけに近い驚嘆の表現だが、これは単に名前が知られている、というだけではなく、ラテン語源 celeber の意味「たくさんの人々が訪れる」を参照するべきところだろう。詩人の噂を聞いて、読者が彼のもとを訪れる。広告されていない、いや、それどころが出版さえされていないその作品を読むには、直接訪ねてゆくしかないからだ。ここまでは、マラルメが「火曜会」を主催していたころの状況に類似しているし、日々書いたものを「親しい読者」に見せる、という構図に収まる。『諺言集』緒言で「誰もジャーナリズムを逃れ得ぬ」というときのジャーナリズム、空位時代の営みだ。しかしここで、奇跡がおこる。それによって、詩人の名が不特定の「若い友人」に知れ渡るさまを詩人は想像する。実はこの奇跡も『諺言集』緒言に重ねあわせることができる。顔を見知った近親から読者一般へ、という飛躍である。これを「ジャーナリズムを逃れるため」とマラルメは言うが、それが極めてジャーナリスティックな飛躍であることはすでに見た。ここでも詩人の作品の伝播はジャーナリズムを模して行われる。日々凡俗な情報を流している「伝達の網の目」を乗っ取るのだ。

以上のように、「考えること」「充実」「ベール」「手稿」という言葉で示されたものは、自己から親しい読者、さらには読者一般へと伝播する可能性をもったジャーナリズム、と総括することができよう。それは空位時代になお可能な文学的営為としてのマラルメの実践を位置づける言葉である。それは「書物」そのものではない。空位時代にいる以上、「書物」を書くことはできないのだから、マラルメは「書物」を書かない。しかし、不思議なことに、これらのジャーナリズムが理想的に達成された瞬間、つまり、「時代」とそれを構成する群衆に詩人の存在が明らかになった瞬間に、空位時代は終わりを告げ、書物が到来する、少なくとも書物が書かれる準備が整う、とマラルメは考えているようなのだ。空位時代とは、「現在」が失せた時代であり、その原因は、「群衆」が現れ出ないことにある、と言っていたのだから。

もう一度考えてみよう。個的ジャーナリズムが集団的ジャーナリズムに飛躍する瞬間、「伝達の網の目」は「流すべきいくらかのニュース、日々のニュースさえも省略して〔……〕その糸をみずから揺り動かす」。これは単に、本来「今日のニュース」が伝わるべき回路をつかって、詩人の存在に関わる情報が流される、ということではない。「若い友人」はおのずから詩人の存在に気付き、その事情を調べ始める。その動きがいちどきに始まって、網の全体が震えるのだ。網上の一箇所から振動が分散してゆくのではなく、一斉にその糸が励起状態になり、震え始める――このようなヴィジョンをマラルメがどこから得たかは分からない。しかし、それが意味するところは『譫言集』緒言に見られる光景と同じである。日の光のもと、群れなす人々のそれぞれが、おのれが一冊の書物であることを理解する。「伝達の網の目」を群衆に重ねて見てみよう。その網の結び目である個人、ここで「若い友人」と呼ばれる者たちが、詩人を探す。その「詩人」とは、実は己のうちに在る詩人なのだが、そうして、自発的な振動を生み出すのだ。そのとき、「日々のニュース（renseignements journaliers）」すなわち「今日」に関する情報が人から人へ、場所から場所へ流れてゆく、そのような漸次的伝達は克服され、全体が一気に活気づく。この活気ある日こそが「今日」であろう。

もちろん、マラルメはそのような奇跡がどうやって起こるのか、説明はしていない。それはいつなのか、と問うことも意味がない。「そのとき」を未来に探しても見つからない以上、予測を試みること自体が無駄なのだ。「そのとき」は現在にしかなく、現在を深めることによってしか現れない。「刹那の圧力によって書く」のではなく、奇跡の起こる瞬間、それがまさに今ここに起こる、ということを想像してみる、そうして、刹那を深めるために書くこと、それこそが、「いるべき場所を離れ、権利の無いものを簒奪」することの対極、つまり、詩人にとって地上の義務を果たすということだろう。

マラルメは、書物が到来するとすれば、それは、その現在の深さにおいて詩とその受容者を同時に想像し、生み出すことによってでしかありえない、ということを理解していた。その想像の産物は当然虚構であるから、「そのようなことはない」とすぐに否定される。しかし、「否定するまでの間で構わない」とマラルメは言う。書物とは、そのように一瞬に立ち上がり一瞬に消える幻像であり、「試行」するものにほかならないから。今日積み上げたものが明日に引き継がれないのはたしかに遺憾である。しかしそれは、今日が昨日にならぬために払うべき代償なのだ。

そのようなはかない想像の産物を日々書き続けてゆくことは、永遠の書物そのものを書くことではない。空位時代における「今日」の光は変質し、日々書き継ぐもの《ジャーナリズム》は真実への飛躍を阻まれている。しかし、その空位時代はジャーナリズムを続けること、すなわち、飛躍のチャンスをうかがいながら、この世界に現れる（おそらくはまがいものの）「今日」を生き続けることによってしか克服されない。書物が現れるその日に、書物を照らす光も「今日」の光に違いないのだから。マラルメのジャーナリズムとは書物の前身ではないし、いずれは編集されるべき書物の下書きでも、多年にわたる計画でさえない。しかしそれはやはり、書物への飛躍がなされるために詩人が働く現場なのである。

*

マラルメがジャーナリズムに文章を寄せるのは、機会が与えられたから、という理由に違いない。ユレのアンケートに見られるように、詩人と大衆の間の関係は濃いものではない。それは著作が読まれぬことが前提の関係であり、「挨拶を交わす」程度のものであった。マラルメが想像する「群衆」すなわち理想の読者の共同体と、彼が個人的に手稿を披露し、雑誌に難解な文章を掲載することで獲得するわずかな読者とのあいだに連続性はない。自分の文章が読者を獲得し、やがて新聞雑誌を通じて名声が広がって、ついに理想の読者大衆が生まれるなどという自惚れにマラルメは（すくなくとも八〇年代後半、アナトールの死後の沈黙を経たのちの彼は）無縁であった。彼は需要と供給の経済原理に参画するためにジャーナリズムに参加したわけではなく、その意味で、新聞雑誌の側から見れば、彼は部外者に留まった。

それでは、「書物」を考察している詩人の側から見たとき、ジャーナリズムは必要のないもの、いわば副次的な装飾に留まったか。否。書物を巡る幻想は新聞を前にした考察とは切り離しえず、書物が現れる瞬間、その「今日」という観念は、その光に浴する群衆なしには空しいものであっただろう。書物と新聞の間に、聖俗の区別とも言える序列を一旦設けながら、ひそかにジャーナリズムのもつ力を奪って文学を中心にした価値体系に組み込むこと。これがマラルメの戦略であったようにも思われる。いや、それは計略智謀というほどのものでもなく、ただ、マラルメについていつも引き合いに出される「誠実さ」の結果であるかもしれない。私は永遠の書物を考える。しかしそれを考えるこの私は地上に生き滅びるものだということを知っている。現代という時代を見るマラルメの視線は象牙の塔の上からの視線ではない。ユレが「すべてのものを見下ろす神の尊大さ」と言ったのは、それこそジャーナリスティックな常套句か、さもなければ詩人にとってはむしろ迷惑な買かぶりだろう。マラルメが持つのは、公園のベンチに座り、街路を歩く者の視線である。道に下りて散歩し、当世風景を観察する詩人の目は楽しげで、鋭い。そしてその目がなければ、書物を巡る幻像もこれほどの豊かさを持ちえなかった。

群衆も、ジャーナリズムも、「今日」も、近代に突如として現れたものである。マラルメの目はそれをたしかに捉えている。「群衆が現れない」とマラルメは言う。しかしそれは、ある種の「群衆」が近代に現れたという事実を踏まえ、ただしその群衆はありうべき群衆ではない、という判断を下すことに他ならない。「今日がない」という慨嘆は、近代ジャーナリスムというまさに「最新情報」の大合唱の中でしか生まれ得ないのだ。新聞の光は退嬰している。しかし、新聞に映り込む「現在」はそれでも書物が現れる瞬間に輝く純粋な「現在」とまったく無縁ではないのだ。政治的言辞の陳腐さが埃のように積もっている新聞の上にも、「どこの空からやってくるのかわからない光」が差している。この光に気付いたことこそ、マラルメが同時代に送った眼差しの最大の成果ではなかったか。

終章　マラルメの「詩」

本書を閉じるにあたってこれまでの議論を振り返りつつ読解の中心に置きたいのは、「散文詩」を巡る議論において示唆的な位置を占める、「逸話あるいは詩」最後の文章「衝突（« Conflit »）」である。

第二章で触れた通り、プレイヤード旧版において、編者アンリ・モンドールはこの作品を除いた上で、あとの十二篇を「散文詩」に分類していた。「逸話あるいは詩」の十三篇のうち、一八九〇年代のものは「衝突」のみで、モンドールとしては、散文詩から批評詩への移行を八〇年代から九〇年代の変わり目に見る、ということになるのだろう。このような操作の恣意性はすでに指摘した。マラルメが詩の形式について練っていた思考をより正確に掴むには、「散文詩」とそれ以外を隔てる指標を探すだけでは十分でない。むしろ問うべきは、マラルメがどうして、すでに「変奏曲」として提示したものから一つの「変奏」のみを取り出して、それを冒頭のセクションに加えたか——つまりは結合の論理である。

本章ではまず、「逸話あるいは詩」の統一性をなしている「逸話 anecdote」の語りの構造を改めて確認する。その際、第三章でもとりあげた「白い睡蓮」を「衝突」と比較しつつ再読し、自然が反＝逸話の原理として現れることを示す。その上で、つねに逸話的であることを宿命づけられている人間が、その反＝逸話的な自然――〈在る〉ものとして「場所を占めて」いる自然――とどのように関わりうるのか、マラルメのテクストのうちに探ろう。「衝突」という作品において鍵になるのは、「過ぎ去る者」として詩人と同じ宿命のもとにある労働者の役割である。詩人は人間の否定性へと達する彼らの「祭儀」に立ち会うことで、自らの義務へと導かれることになるだろう。
「衝突」は、散文詩の探求を推し進めていった到達点として提示されている。では、その先には何があるのか。絶対的な「詩」へと向かってゆくマラルメの詩想の一端が残されている『賽子《サイコロ》一振り』の結末の光景を提示して、本書の考察を終えることにしたい。

一、理念と偶然

「衝突」

幾久しく思われるのは、私の想念があらゆる偶発事を、それが真なるものであったとしても、免れ去ってずいぶん経つということであった。偶然より好ましいのは、想念の有する原理のうちに湧き出すものを汲むことである。

Longtemps, voici du temps – je croyais – que s'exempta mon idée d'aucun accident même vrai ; préférant aux hasards, puiser, dans son principe, jaillissement. (II, 104)

「衝突」の冒頭である。一八九〇年代のマラルメのきわめて省略的な文体は読むのに苦労するが、とりあえず右のように訳すことができるだろう。この短文でマラルメは、longtemps je croyais（長いあいだ私は思っていた）という連辞と、voici du temps que（〜があってからずいぶん経つ）という連辞を分解して交差させている。

このような非線形の構成は、たしかにある種の口語的発話を下敷きにしているとはいえ、読者を戸惑わせるに十分なものである。冒頭部分四語だけをあえて日本語に直すならば、「長い時、ここに時あって」というようなところだろうが、どのような統辞《シンタックス》で二つの「時」が結びついているのか、フランス語としてまったく自明ではない。マラルメは、「temps... temps...（時間、時間）」と、リズムの単調さも恐れずに執拗に鳴らしながら、その時間とは何であるのか、ますます不明瞭なところへ導いてゆく。ここで、ジャンルも時代も違う作品だが、プルースト『失われた時を求めて』のはじまりを思い出そう。この小説の極めて有名な冒頭において、longtemps の語が文字通り、時に関する探索の出発点となって、茫漠たる記憶の領野を一挙に開くことを思い起こすことは、強ち的外れでもないはずだ。マラルメの途切れ途切れにつぶやくような文体が散文詩の小さな枠組みにおいて暗示しようとする「時」と、プルーストがその長大な小説で見つけようとした「時」とはまったく異質なものであろうけれども。

詩人は、「本当のものをふくめて、あらゆる偶発事を免れている」と言う。まずここで「偶発事（accident）」に関して「真（vrai）」という形容詞が付加されることを理解するには、マラルメが中期において果たした転回を踏まえておいたほうがいいだろう。本書第三部で見た通り、一八七〇年代のマラルメの営為とは、地上の真実への向き直りとして総括される。そのとき「真実」とは、ただ「現実」と言うのにも似たような、表層的な概念へと退縮させられていたのだった。もちろん、一八九五年のマラルメはもはやそのような「真実」に満足してはいない。むしろ詩人は、ここで、その「真実」を再び手放し、「虚偽」あるいは「夢」へと回帰しているようだ。詩人の想念が出来事の水準を離れ、純化されるようになってから随分経つ。彼はその純化という出来事がいつのことだったか、それさえも忘れ、夢幻の境地を漂っている。冒頭の奇妙な文章の非‐線型性は、偶然が事実となって発現し、その発現の順序によって形成されるような時間を廃棄した、ということを宣言するためにこそ用いられているのである。

ところが、これに続く第二段落において、マラルメはすぐに次のように言い放つ――つまり、この「衝突」という文章で語られる出来事は、以上に描写した心境を否定することになるのだ、と。

打ち棄てられた家屋を好むことは、このような性向に好都合のように思われるだろうが、それがゆえに私は前言を撤回するに至るのだ。石造りの外階段が毎年緑を帯びるたび、今年ばかりは例外だが、いつも感じる満足感は、冬の鎧戸を外壁に押し開き、それからあたかも何らの中断もなかったかのごとく、かつて停止せられた光景に現在の目配せを与えるときにやってくる。これぞ忠実なる再来への報い、しかし今や鎧戸の虫喰ったような物音が調子を合わせるのは、階下の喧騒、俗謡や口論の物音だ。思い出してみれば、この不幸な棲家《すみか》の風説、私の居処は手付かずのものの、あとは労務者の一隊に占拠され、彼らは鉄道によって孤独の郷《さと》を、まさにその孤独のゆえに苛んでいるという、そんな突然の知らせは出掛けぎわの私を不安にし、行くべきか行かざるべきか、ほとんど躊躇わせたのだが、行って馴染みのその場を目にすれば、この際正当不当に関わらず、詮方なし、己の物のごとくその守護役を買って出てしまうだろう、さて、と迷った挙句、ここにいるのだ。

(II, 104-105)

ここからがこの「衝突」という文章の筋《アクション》ということになる。この錯綜した文章にはのちに戻ってくることとして、今は大雑把な事情だけとらえておくことにしよう。詩人は言う——想念が出来事を離れてひたすらに夢想を漂う、というような境地には、人気のない家屋こそがふさわしく思われたのだが、それが却って仇となり、私は結局、自らの想念がいまだ偶然事と無縁ではありえない、ということを認めざるを得なくなった、と。

ここで語られ始めるのは、マラルメの身に実際起こった事件だということが知られている[1]。夏、例年のとおりにフォンテーヌ・ブロー近郊、セーヌ河畔ヴァルヴァンに借りていた別荘に行ったマラルメは、予想外の事態に驚かされる。家屋の一部が、鉄道敷設の労働者用に貸し出されており、詩人は彼らと困難な同居を強いられる——これがその粗筋である。

出来事

さて、問題はこの粗筋をマラルメがどのように語り、そこにどのような意味を見出すか、なのだが、それを見る際にまず確認しておきたいのは、すでに本書の各所で述べてきたことであるが、この「何事かが起こる」という逸話の構造が、「逸話あるいは詩」というセクションを基礎づけているということである。とくにその後半、すなわち一八七〇年代以降の発表になる各篇で語られるのは、詩人が道行きの途上で出会った些細な、しかし示唆的な事件の数々である。

手短かに振り返っておこう。第七篇「中断された見世物」でマラルメは、見世物の熊が引き起こした事件に偶然立会い、その「現実（réalité）」を「〈逸話〉を記すように書いてみよう」と言う。次の第八篇「追憶」は、一八六七年に発表された初期の散文「孤児」を焼き直したものなので、若干印象が異なるが、その中心的な主題は、喪服を着て彷徨っていたという幼い頃の詩人と子供芸人の出会いである。この出会いの舞台となる縁日という場は第九篇「縁日の宣言」にも引き継がれる。この作品についてはすでに本書第二章以下で仔細に分析したので繰り返さないが、その筋を一言で言うならば、ある婦人と偶然通りかかった郊外の縁日における出来事の報告、となるだろう。第十篇「白い睡蓮」は本書第三章で読んだが、そこで語られるのは、詩人が川を辿って行き着いたある庭園での出来事の報告であった。第十一篇「聖職者」は森を散策中に出会ったある聖職者の奇態の報告、第十二篇「栄光」は少し趣が異なるが、これも詩人が秋の森に夕刻の壮麗を求めに行く、その小旅行の報告、と要約しうるだろう。

もちろん、本書で幾度も見てきたように、出来事が実際に起こったのか、それとも詩人の心に思われただけなのか、その境界をマラルメはつねに混ぜ返しつつ進む。どの文章においても、出来事そのものを読み取るのはかなり困難である。これを単に、簡単な話を難しく語ろうとするマラルメ特有の韜晦癖とするだけでは十分ではないということもすでに示した。それぞれの「逸話」を語りつつマラルメが問題にするのは、常に、あらゆる出来事の意味、何事かが起こる、生起ということ自体の意味である。

白い睡蓮

そのあたりをもう一度検討するために、第十篇「白い睡蓮」の冒頭段落を読んでみよう。

> 私はだいぶ漕ぎ続けたところだった。ひろく確かな櫂さばきはのたりのたりと、目は内に籠って進むことなどすっかり忘れた一点を見据え、あたりに時の微笑がさざめき流れるなかを。かくなる不動がたち現れたものだから、こそりと詰まった物音にボートが半分まで突っ込み、その音が耳をかすめたときにも、停留したことに気づいたのは裸とさらされたオールにイニシャルがしっかりとした輝きを放つのを見てようやく、というところであった。かくて私は人の世の身分に引きもどされる。(II, 98)

ここに現れるのは、先ほど見た「衝突」冒頭で詩人の想念が漂う時間――「長い時、ここに時あって（Longtemps, voici du temps）」という奇妙な片言によって提示される時間――と同じもの、ただ流れ去り、他の時と区別されることのない時、それがゆえに不動とも錯覚される時である。「ゆく河の流れは絶えずして、しかももとの水にはあらず」――汲めど尽きせぬ時間を川の水で表すのは東西変わらぬ伝統的レトリックであろうが、詩人はその流れを文字どおり辿る。そして辿るほどに前進する感覚は薄れてゆき、と同時に、自らの名前を忘れ、「人の世の身分（identité mondaine）」を忘れる。

続いて詩人は「何が起こったのか？　私はどこにいたのだろう？」と自問したのち、ことの次第を遡って述べる。

この事件に際してはっきりと見るためには、早朝の私の出発を思い起こす必要があった。燃立つ七月、睡る夏の草間を縫って、緩々とした小川の常なる細い流れをたどり、水上の開花を求めるそのついでに、ある女友達の友という婦人の屋敷が占める敷地の所在を確かめ、そのうち挨拶しに行くと言ったかの女《ひと》への約束を果たそうというつもりだったのだ。いかなる草もリボンのように伸びてきて私をとらえ、一情景の前に長く留めるなどということもなく、櫂はどこにも同じ打撃を与えて、景色を波間の反映とともに追い払ってゆく。私は某所の葦の茂みまで来って乗り上げたのだった。河のただ中、私の航行の不可思議なる終点である。河はちょうどここで岸の木立に入ってただちに広がり、悠揚たる沼沢のように、去り難くさざ波立つ水は泉のごとくである。（II, 98）

この逸話もまた、マラルメ自身が実際に体験したことだということが知られている。(2) ある女友だちに紹介された女性に会ってみようか、というような漠たる目的を抱いて、詩人は夏の朝に漕ぎ出たのだった。それにしても、この水上行の発端は意識の底にすでに沈み、川面をひとしなみに櫂打てば、あたりの景色は、打たれた水面の反映とともに次々と去ってゆく。詩人は、ただ目前に啓ける光景を見えている束の間愉しんで拘るところがない。この風景、すなわちリボンで詩人を篭絡しようとする風景とは、当然、女性を示唆するもので、自然と漕ぎ手のやりとりがある種のギャラントリーの性質を帯びていることを示唆する。そのうちに船は葦の茂みに突き当たり、しかし漕ぎ手は動と不動のあわいにいまだ漂う――もっとも思いを巡らせばここがそもそも目指した場所、訪ねるべき婦人の屋敷地ではないか。こうして詩人はただ無差別に流れる時間から出て、何事かが起こる場へと至るのである。それと同時に、彼が名と身分を取り戻すのは言うまでもないだろう。

しかし――第三章での議論を思い出そう――この「白い睡蓮」という小品の眼目は、決定的な事件を回避することにあった。詩人はこの庭園の主人がどんな女性なのか、あれこれ想像をたくましくしつつ、その当人が現れる気配を感じると逃げるようにその場を去る。現実となってあらわれた女の姿が、さまざまに想像された姿すなわち可能態の複数の姿を消し去ってしまうのを嫌うのだ、と詩人は説明する。

つまり、この「白い睡蓮」という作品の全体は、先に読んだ「衝突」冒頭において示されている境地を、寓話的に展開したものだと言っていいだろう。姿を表すのは、もの思わしげな女かもしれないし、高慢な、あるいは楽しげな女かもしれない。しかし、詩人はそんなことよりも「想念の原則」すなわち、出現なら出現、何者かの出現などではなく、出現そのものを好むのだ、と言うのである。どのような女が現れようが、水上を流れ去る光景と同じである。偶然行き着いた岸辺にぐずぐずせず、川の流れに戻ろう、というのがこの寓話の教訓である。航行する漕ぎ手は、岸から伸びてきそうになる「草のリボン」を振り切り、自分を引きとめようとする光景を次から次へと櫂で追い払ったではないか。「白い睡蓮」は、「逸話あるいは詩」というセクションに置かれながらも、出来事を否定している、すなわち、その精神において反＝逸話的な逸話というべきであろう。

そして重要なのは、この反＝逸話的時間を体現するものとして、川と、そこに移りゆく自然の光景が喚起されていることである。ここで再び、『音楽と文芸』の有名なくだりを読んでおこう。「在るもののみが在る」という「絶対の格言」に我々は囚われている――そう前置きした上で、マラルメはこの「在るもの」を〈自然〉と名指してこう言うのだった。

〈自然〉が場所を占めている。そこに付け加えることはできないだろう。ただ加えることができるとすれば、我々の設備を形成している、街や、鉄道、種々の発明品ぐらいのものである。(II, 67)

「場所を占めている」と訳したのはフランス語の成句を、単語の意味に還元して訳したもので、avoir lieu とは、普通に使うところの意味では「生起する」というぐらいのことであり、したがってマラルメが問題にしているのは、たしかに、「起こる」ということの本質である。ここで自然とは、「在るもの」として次々と場所を占め、たちまちに消えてゆく間断なき生成としてとらえられている。

もちろん、自然の上に街並を構成する建造物やその街を結ぶ鉄道を付け加えることができるとすれば、それで十分とする人もいるだろう。しかし詩人は、それらの発明、創意、工夫では満足できない、と言う。それらは我々の物質的な matériel、すなわち設備、物資、あるいは素材に過ぎない(一八七一年、コミューンの動乱の最中にパリに出てくることを切望したマラルメが「パリ――石――はまだある」と友人カザリスに向けて言い放ったことと比較するなら、彼の思想が四半世紀の間に遂げた深化は象徴的に浮かび上がるだろう)。文明はそれらの設備を自らの手で作り出したつもりだろうが、そんなものは自然の変形に過ぎず、あらゆる生成は自然に回収される。ゆえにマラルメは次のように言葉を継ぐ。

およそ手の届く行為とは、いつまでもそして専ら、稀少なあるいは増やされた時《とき》の間にある関係をつかむことに留まる。心の状態に従って、また、思う通りに世界を開きまた畳もうという、その望みに従って。(II, 68)

人間に可能な行為、つまり、自分の心と意志によって引き起こすことのできる「出来事」とは、時と時との間にある関係をつかむことだけだ。さまざまな事実を一つに要約して示すこと、あるいは、一つの事実をさまざまな虚構として変奏すること――マラルメはそのような精神の働きを扇になぞらえ、世界をあるいは開き、あるいは畳む、と表現する。詩人はもちろん、この精神的な「行為」によって自然に何かを「付け加える」ことなどは目指していないだろう。世界の中で人間が行う行為は、ひとたび実現されてしまうならば、水面を叩く櫂の動きと同様、自然の一部に回収されてしまうはずなのだから。

水面を打つ櫂は、時がさざめきつつ過ぎるそのリズムを刻んでいるのに過ぎない。内的リズムと外的リズムの対応によって個人性は消失する。その証拠は事後に与えられる。葦の茂みにボートが入り、停止した詩人は、その停止において「世俗の身分」に引き戻される、と言っていた。舟を漕ぐという動作は、人の世を離れ、自然に参加することで遂行されていたのであり、それはもはや人為とは言えない。この忘我の境地に遊ぶために川をたどり森に入る詩人は、そこで〈場所〉を占めている自然に何かを加えようなどとは思っていないだろう。

人間が何かを為したなどと考えるのは不遜である。あらゆる出来事はいずれ自然のうちに回収されてしまうのだから、人為などというものはない。自らの行いを誇るのは「人の偽りの慢心（「弔いの乾杯〕」以外の何物でもない、と、そう詩人は説くようである。自然の本質とは反＝逸話である。自然においての逸話の数々は文字通り水に流れ、偶発事は純化されて理念となるだろう。真夏のセーヌ航行から詩人が持ち帰ったのはただ、虚無を抱えた閉じた蕾の一輪のみであった。

二、河と地

所有せず通過する

ここで、既に引用した「衝突」冒頭に戻って考えてみたい。偶発事を逃れた詩人が、ただ過ぎ去ってゆくだけの時間に漂う、というのがそこでの境地であった。あるひとつの時刻は、ほかの時刻と区別されることなく、ただ現れては消えてゆく。このような状態に、なぜ打ち捨てられた家が好都合なのか。

第一に、人間がこの家に戻ってくるとき、自然への参入の仕草を伴っていることに注目しよう。人間が不在の季節のあいだ、ゆっくりと、自然が家の中に入り込んでいる。外階段の石が緑を帯びる季節、詩人は冬の鎧戸を開け放ち、そのぎしぎしバタバタという「虫喰ったような物音」は、ちょうど漕ぎ手の櫂音と同じように、そのまま自然のリズムの伴奏となる。これこそが、毎年の夏の光の中、詩人の「忠実な再来」に対する報いである。「かつて停止せられた光景に現在の目配せを与える」とマラルメは言う。巡る季節は同じであり、詩人はかつてここを離れたときそのままの室内の様子を見出す。この「現在の目配せ」こそ、まさに今という時間を捉える櫂の一打に他ならず、「かつて停止された光景」はこうしてリズムを取り戻す。詩人は自然に手を貸してその時の流れを復元することに、大きな満足を感じるだろう。

ただし、「衝突」という作品が語る事件の核心は、この幸福な律動にもたらされる軋みの方である。今年はいつもの年と違う。鎧戸がリズムを刻むとしても、その背景に流れるのは季節の変遷のリズムではなく、階下に騒ぐ労働者の歌、彼らのリフレインである。詩人は、このひたすらに人間的な騒ぎに心を乱される。彼がヴァルヴァンにおいて愛するのは何よりも、「豪奢と響音の地（contrée de luxe et sonore）」（II,108）であり、「谺《こだま》の域（région d'échos）」（II,107）である。ちょうど弦楽器の「音楽的なからっぽの虚無（creux néant musicien）」と同様に、静寂こそは精妙な音が生まれてくる母胎なのだから。

しかし、詩人と労働者の「衝突」を単なる断絶と見るのは、いかにも不十分である。マラルメが問題としているのは、二つの現実の接触なのであって、隔離ではないのだ。そもそも労働者とのこの耐え難い同居がある種の必然だということを詩人も自覚している。

ああ、〈邸地〉として俗な人間が欲するものであったら、森の黒々とした影も広やかな隠棲の地も、夢想の人の私的な特別の用途に限られるのだが。購入の手段は措くとして、私がそれを得ることのなかったのは、むしろ意地になってこれまでずっと、何も所有せずただ過ぎ去ることを是とする奇妙な本能的欲求を満足させていたためなのだろうが、そんなことでは、住む家が今のように為すすべなく変事に曝されてしまうのだ。変事といってもまったくの偶然ではない、その本能的欲求とやらが、私というものが出来上がってゆくのにつれて、私をプロレタリアに近づけているのだから。（II, 106）

実情を言えば、マラルメが別荘を買うのではなく、ただ借りるだけにしてあったのは、結局「購入の手段」つまり金銭の不足の問題によるもので、やむなくというところだろう。――しかしそもそもそれだって、金銭への執着が足らず、ただ学校教師として平凡な稼ぎに甘んずるという人生の選択、いや、選択したというのが正しくないとすれば、それこそ「本能的欲求」によるものに違いない——詩人はそんな強がりを言っている。「何も所有せず、ただ過ぎ去る」ことを望むこの奇妙な欲求によって、彼は無産者と住居を共有するまでに近接することになり、それゆえにこそ「衝突」も起こるのだ。

詩人と労働者の近接はある種の必然として提示される。詩人の方に関しては、すでに舟の漕ぎ手の形象において見た通り、この「所有せず通過する」欲求こそが、詩人と自然との間に共通の律動を作り出す原則であった。一方のプロレタリアに関して言えば、それは語源において、生殖の能力以外なにも所有しない者たちのことを指す。非＝所有という一点において、二者の関連は明らかである。それに加えてマラルメは、彼らについて「噂では季節労働者 chemineaux であるという」と言っている。ここでもしかするとマラルメは、「噂」にかこつけて、本来 cheminot すなわち鉄道員と言うべきところを、同じ発音の chemineaux とわざと混同しているのかもしれないが、いずれにせよこの chemin「道」から派生して、遍歴する労働者を指す言葉は、「所有せず、ただ過ぎ去る」彼らの身の上を正確に指し示すものである。きわめて深い、詩人に言わせれば本能をもって説明するしかないような類似性が、彼と労働者の間には潜んでいる。第六章で見たように、一八七一年、コミューン直後のパリに出てきたマラルメはそこで蹴散らされた群衆の在りようにほとんど関心を示さなかった。ところが、一八九五年の彼は、かつてまったく予想もしなかったやり方で、プロレタリアとの根源的な出会いを経験しているのだ。

ここでマラルメが示す感情は、浅薄な同情心ではない。そこにはおそらく、社会正義の感覚もほとんど働いていないだろう。かつて路上ですれ違ったときには「労働者の某として、心のうちでとりわけ丁重に扱った」(II, 105) のだが、その彼らと同居するという段になるとうるさくてとても我慢ができない、とマラルメは率直に認めている。そもそもマラルメが描き出す労働者の姿は、言葉遣いのぞんざいさ、性格の単純さ、あるいはアルコール中毒などといった当時の紋切り型を免れていない。彼らとの交流はほとんど不可能なものに思われるのだが、しかし、詩人は彼なりに相互理解の道を開くための言葉を編みだそうとする。

ここでマラルメの誠実さを証するのは、自らの内心においてのみ可能となる労働者と詩人との対話を提示する仕方の不器用さ、また、対話そのもののぎこちなさであろう。

何か言えば、そんなことを私がするとしての話だが、尊大な言葉となるだろう。当たり前だ、というのもだいたい、私は雑居が嫌いなのだから。それとも何かの拍子で的確な調子を得て、次のように演説をぶつことになろうか。例えば——ともがらよ、風景のなかに溶けさった人物がどんなものか、想像できないだろうか、およそ群衆は止むこの風景の、水を守るのは森の孤独であれとは私の望みだったのだが、その森の木々の重なりとなり果てた人物を想像できないか。これがまさに私の事情で、そこで罵倒し、しゃっくりをし、打ち合い蹴り合いをしていられると、その不調和は、大気のこの明るい停止のなかにも、おわかりか、見えないながらも到底我慢ならない裂け目を生ずるのだ。 (II, 106)

このような台詞の限界はマラルメも先刻承知である——こんな丁寧な苦情では、「素朴な人々(des simples)」たる労働者たちには通用しないだろう。いや、理解されない、というのではない。むしろ、「酔っ払い特有の、不可思議事やある種上等の繊細さの感覚」を備えた彼らは、私の言うことを理解するのではないか。そして、そこに階級の格差による生活態度の違いではなく、たんに個人的な苦情を聞き取ってくれるのではないか。そうして彼らは自制するかもしれない。ただ、より根本的な問題は、たちまち「習慣が再び支配し始める」だろうということなのだ。——マラルメは結局のところ諦め黙するのだが、しかし、そうしながらも彼らの側の一人が、「すぐさま、対等の者として（tout de suite, avec égalité）」、次のように反論するかもしれない、と、想像裡に声を聞き取る。

> 俺たちは、仕事がひと段落つけば、うちわで混ざり合いたいんでさあ。わめいた奴はどいつだ、俺か、あいつか、やつが一声あげたその声が、俺を大きくし、疲れからひっぱり出してくれた、とまあ、誰かの大声を聞くのはそれだけで、タダ呑みと同じなんで。（II, 106）

自己を抜け出すというその目的においては、自然の眺めに心を奪われるのも、酔って喧騒にまみれるのも同じことだ。結局マラルメは認めざるを得ない——「彼らの合唱は滅茶苦茶だが、やはり必要なものなのだ」（II, 106）。

詩人と労働者の間にあるのが単なる好みの違いで、その根源的な望みは共通している、ということになるのなら、これはまさに、マラルメが「制限された行動」で提示していた格言があてはまるケースである——つまり、「好きなように、それぞれの性向（disposition）に応じて」（II, 214）。詩人が「風景の中に溶け去る」ことにどんなに執着していようと——これがたんなる精神衛生上の秘訣というようなものではなく、マラルメ詩学の基本的な構造を作り出すものであったことは「白い睡蓮」において見た通りなのだが——それが酒を飲んでの乱痴気騒ぎよりも高尚な営みであるという保証はない。

自然

もちろん、詩人と労働者の違いは単なる趣味嗜好の差ではない——そう反論することも可能だろう。

たとえば、労働者がただひたすらに自分たちの仲間内と、人間生活の条件たる物質性の中に閉じこもっているのに対し、自然に耳を傾け、その律動と同化しようとしていることには、少なくとも、詩人の優越性を認めるべきではないか。つまり、自らを取り巻く世界への参入の深さに、詩人と労働者との間の有意な区別を求めようというのである。

しかし、ことはそう簡単ではない。というのも、マラルメは労働者、さらにはあらゆる人間の労働を人為ではなく、むしろ、自然的営為として捉えるからだ。「衝突」の荘重な結末を読もう――詩人が星空の下、労働のあと酔いつぶれて眠る労働者たちを窓から見守るという場面、かなり長くなるがまずは最後まで引用する。

否、私が肘つくこの窓辺から、視界は地平線の広がりの方へと逃れゆくことは出来ない。逃れようとすれば私のうちの何かが、この一群の災厄どもを不当にも跨ぐことになり、それは私の側の不躾無作法となってしまうだろうから。そしてこの厄介者どもの神秘を理解し義務を考量することこそ、私の職が課す義務である。彼らは、大多数の者あるいはより富裕な者達と異なり、パンのみで良しとはしなかったのだ。一週間ほとんどの時を、彼らはまずパンを得るため骨折ることに費やした。そして今はここに、明日のことは知れず、漠々とした地に這い、身じろぎもせず土を穿つ。こうして毎日、現実の地面を今まで掘ってきた（たしかに、寺院の基礎である）、その穴にも比すべき穴を己の宿命に穿つのだ。人の生において神聖なものに割かれるべき部分、彼らはそれが何か語らず、またその祝祭が光を享けることもないが、しかし敬すべき仕方――停止、待機、そして束の間の自殺によってそれを他と区別するのだ。ただ持ちこたえ、姿の屹立を示すことの誇り、日々の作業にこそ含まれるこの誇りの輝かしかるべき認識は、辺りで木々の列柱に映え、荘厳を帯びている。いかなる本能か、その認識を求めたのだが、そのために無数の酒盃を重ね、その杯も斯様に打ち遣って、彼らは、完全に閉じられた儀式の絶対性において、その認識の司宰者ではなく犠牲者となる。その姿は夕景において、順職が意志にではなく宿命に因る場合、務めのもたらす朦朧の象徴である。

星宿が輝き始める。そのようにして、盲の群の上に通う暗闇のうちにも、輝きの点がとどめられればよいと、先程ひとときの思いのうちに、私は希ったのである。たとえこれら封じられた眼が光を見分け得ぬとしても——事実のため、正確さのため、そしてそれが言われたということのために。だから私は、ただ、彼ら、かつての喧騒よりも余程ひどく、その身の放擲によって、夕べの遠景を私に閉ざす厄介者どものことを考えることにしよう。清く絶えざる流れの傍ら、私は彼ら単純作業の職人たちを見守りつつ、そこに民衆を見てよかろう。ひとの生きる条件をしかと理解しているので、彼らは日々背をかがめ、麦を介さずに生の奇跡を引き出し、現存を保っている。他の者が地を開き水を引き、また将来他の者が何か設備の土台を盛るだろう。それはみな同じ者達、ルイ＝ピエール、マルタン、ポワトゥー、ル・ノルマンと彼らは母から受けた名、またはその出生地で、眠っているとき以外は呼び合うのだ。しかしむしろ誕生は没し、名は失われた。そして、生みの母たる大地に耳あてた広大なる眠りがこんどは彼らを打ち倒し、ひとの全時代を通じて、そしてそんなことが可能であればだが、社会的規模に縮小された永遠の間、その眠りが衰退を蒙り、ますます拡張してゆくのである。(II, 109)

まず重要なのは、ここで大地に伏して眠る者たちが、自らの死を予示しているということである。そしてその点において、彼ら労働者は死すべき人間すべての象徴として読み解かれる。そもそも人の生とは「生みの母（génératrice）」たる大地からかりそめに分かれた状態に過ぎない。母から生み出されたそれぞれの世代（génération）は土に向かって働くことで、生存の保証を得る。かつて人は土を耕し、そこから麦を得た。マラルメはこれを「生の奇跡」と言う。今もまた、この奇跡を得るがために人は土に働きかけるのだが、それは盛り土をし鉄道を準備するためである。ユゴーを思わせる「世代」という言葉遣い、また、詩人の職が課す責務について語るこの行りは、マラルメが書いた中でもっともロマン主義的なページと言っていいだろう。――「この厄介者どもの神秘を理解し義務を考量すること」が、「私の職が課す義務」、すなわち詩人の使命である。この言葉は、マラルメが、人民の導き手としてのロマン主義的詩人像を捨てておらず、独特の屈折を施しつつ、忠実に継承したことの証拠に他ならない。マラルメは、十九世紀も終わろうとするこの時期になって、預言者としての詩人を否定したかつてのモネ論の位置から、よりロマン主義的な詩人像へと回帰している。

　マラルメは、鶴嘴とシャベルを「性的な（sexuels）」と形容し、それらの道具の「金属」、「働く者の純粋な力を象徴する金属」が「耕地でない土地に種つける」と言っている（II, 105）。つまり人は、土から生まれ、土に糧を得、土と交わって子を作り、死んで土に戻る。ただし、ほとんど鉱物的な変性に還元されたこの自然のリズムにおいては、個人の生死など大した重さを持たない。この者たち、かつての農奴であり現在の労働者たちは「同じ者たち（les mêmes）」である。労働者の名を巡る習慣は示唆的である。彼らは父親から受ける姓（父の名《パトロニム》）ではなく、「母によって呼ばれた名」によって、あるいは出生地によって呼び合う。自然は、再生産の原理として大地において姿を現すが、それは生命における母性の優位を示す事実であるのだ。人間、ことに男たちの生は跡形もなく消え去る――「母による名」で呼ばれた彼らは、子に自らの姓を残すこともないだろう。

「白い睡蓮」と同様、この場面で喚起されるのも「清く絶えざる流れ」すなわちセーヌである。世代を改めつつ、人類は河口にむかって緩やかに広がりつつ過ぎる。人間は自然に押し流されているのであり、およそ人為と思われるものは、その流れの差異なきさざ波でしかない。人はみな自然という観念に飲まれてしまい——ある意味では詩人と労働者はこうして共通の母体に回帰する。労働者たちは、知らず知らず、理念の律動に参画する人類を象徴しているのである。

セーヌの傍で土を穿つ労働者たちに墓掘り人夫の姿を見るマラルメは、比喩を弄ぶつもりなどまったくなかっただろう。慎みからそう明言することはないだろうが、ここで人類の宿命を喚起しつつ彼が思い起こしているのは、間違いなく、セーヌ河畔サモローの墓地に葬った息子アナトールである。「誕生は次々と無名性のうちに沈んでしまった(des naissances sombrèrent en l'anonymat)」——「衝突」の結末に聞かれるこの慨嘆には、彼が十六年前に死児に手向けた哀哭の残響を聞きとらねばならない。そもそも、人類共通の母としての大地という観念がマラルメに宿ったのは、アナトールを記念する作品を書く試みを通じてのことではなかったか。ジャン゠ピエール・リシャールによって発見され、「アナトールの墓」と名付けられた覚書には、多くの箇所で、母性原理としての大地が喚起されている。「心的埋葬」という言葉から書き始められる一連の紙片を引用しておこう。

心的埋葬
——父　母
ああ　彼をまだ隠すな、……等々……——
——
友たる大地が待っている——彼を隠すという恭しい行為——もう一人の母が——あらゆる人間に共通の母が——(寝台が入ってゆく大地——彼が今いる寝台が)彼を獲るにまかせよ

現れた男たち――ああ！　男達――あの男達（葬儀人夫――あるいは友人？）が彼を運ぶにまかせよ　涙が彼を追う
……等々……
全員の母――今や彼の母であるところの大地の方へと
そして
（彼によっておまえの墓穴は掘られ、大地はすでにおまえの性質を分かちもつのだから）
彼
幼い男になった彼
男の謹厳な顔

(I, 934-935)

「あらゆる人間に共通の母」あるいは「全員の母」とここで呼ばれているのは、「衝突」の結末において労働者たちが突っ伏して眠るのと同じセーヌ河畔の大地である。その「もう一人の母」のうちにアナトールは帰っていった。土中への埋葬は、死者に母体への物質的帰還を促す行為なのである。ここで重要なのは、父性、あるいはより広く男性性が、永続的原理からの一時的疎外として現れていることであろう。死んだ子供自身、あるいは子を奪われた父、あるいは葬儀の人夫である男たちはみな、いずれ仮初めの生を終えて母と一体化する。その意味において彼らは逸話的なのである。

もちろん、一八七九年のマラルメは、まだそのような逸話的な存在に甘んじるつもりはない。父性は、アナトールを記念する作品を書くことによって彼の存在を永遠化する役割を担っていた。父性と母性の対照は次のような断章において明確に描かれる。

（大地よ母よ
おまえの闇の内に
彼を再び迎えよ
——
そして同様に彼の
精神は私の内に）
母は血を流し涙した
父は犠牲を供し——神格化する　（I, 929）

息子を独占したがる母性（「母は彼を独占したがる、母は大地だ」（I, 911））にその物質性を委ね、それと引き換えに、彼の精神に関しては父性が継承して永遠化する——これこそが「アナトールの墓」の企図であった。精神的な永続のためには物質を犠牲にしなければならず、そのために父は息子の遺骸を土に還すのである。アナトールを救済する詩は、彼を無化することによってのみ書かれうる。そして、それを書くことによってのみ、詩人は己の残りの生存を肯定しうるだろう。アナトールが遇った死を人間の営為として回収しようというこの詩業に賭けられているのは、人が偶然性を脱却しうるかどうか、というマラルメの古い課題である。

しかし、この作品は書かれない。この事実をどのように捉えるべきだろうか。たとえばリシャールは、アナトールを救済するための詩をマラルメが「書くことはできなかったが、それを夢想することができた」ことをもって成果とし、「我々にとってそれだけで重要だ」と評価している。(3) しかしこの作品の不成立——失敗とまでは言わないまでも——が指し示しているのは、結局のところ、マラルメが詩によって息子を「神格化する」可能性を本当の意味で信じることなどできなかったという重い事実ではないか。リシャール自身も引用しているように、ジュヌヴィエーヴ・マラルメは父の言葉として次のように証言している——「(娘の死について)語ることができたユゴーは幸福であった。私にはそれができない」[4]。言うまでもなく、ユゴーが娘の死を「語った」というのは、『静観詩集』の極めて有名な数篇のことである。娘の水死に遭ったユゴーは「幸福であった」——ここにある種の誇張はあるが、皮肉の影はない。レオポルディーヌへと捧げられた詩群は抒情詩人としてのユゴーの名声を確立したとも言われる[5]。娘は死して父の文業に達成をもたらし、自らも不滅の存在となった。彼女の栄光との対比において、アナトールが落ち込んでゆく忘却の深さを覗き知ったマラルメは、人の死を作品に昇華させようとする試みが、自身の詩のありようとはまったく相容れないということを悲しみつつもはっきりと認識したのではないか。

アナトールを失う三年前に書かれた「印象派とエドワール・マネ」の結末を思い出そう(本書第五章参照)。画家マネの言葉として芸術家と自然の関係を述べる際、マラルメはたしかに、老い衰えてゆく「この美しい顔、この緑の風景」を芸術によって「不滅の我が物として」保存する可能性を喚起していた。しかし印象派美学の(そして印象派に仮託されたマラルメ詩学の)核心はそこにはなく、芸術創造の目的は微妙にずらされてゆく。画家は「自然を一筆一筆再創造すること」、そして「常に生き続けしかし瞬間瞬間に死ぬもの」たる「相《アスペクト》」を、「絵画という透明で永続的な鏡面」に映し出すことで満足する、と言うのだった(II, 469-470)。芸術の永遠を思いつつも、それを常に相対化し、霧散させてしまうマラルメという詩人の根本的な傾向がここに表れている。

自然と共有する「知覚」を前提とするこの印象主義絵画の美学を、文学や詩とアナロジーで結ぶことの限界はすでに第五章で指摘したとおりだが、いずれにせよ、息子を亡くした深い絶望の淵ですがった

さらに曖昧なものとなるだろう。〈詩人〉の到来という壮麗なヴィジョンは実現されないものとして提示されていた。一八八〇年代以降になって、さまざまな作家に「墓」や「頌」を捧げるときにも、マラルメの芸術的永遠に対する態度は「文学による永遠化」という計画は、マラルメの基本的性向に適合するものではなかったはずだ。「永遠によってついに己自身へと変えられた」詩人の姿から始まる「エドガー・ポーの墓」においてさえ、

少なくとも、地上の真実を視界に捉えた中期以降のマラルメにとって、詩は滅びる宿命を転換するために書かれるものではない。アナトールを失い、この喪失を芸術で回復することなど不可能であることを身をもって知った後期になると、詩的永遠は一層信じることの難しいものとなっただろう。一八九五年の夏、労働者の群れをセーヌの傍に見遣る詩人は己の務めを思う。しかしこのとき彼の義務とは、滅びゆく生を保存するというようなポジティヴなものではあり得ない。しかしだからこそ、すなわち、人間が救いようもなく自然に回収されてしまうことをアナトールの思い出とともに確認したからこそ、彼は「盲いの群」の上にわずかな輝きがとどまるようにと、ほとんど祈りにも似た希いを述べるのではなかったか。

自分たちの滅びを予示する労働者の姿を、マラルメはたしかに書き留めようとする。しかし彼がこの光景を記録するのは、「事実のため、正確さのため、そしてそれが言われたということのため」である。――詩人の言語は事実を提示するという役割を担う限り、労働者の言語となんら変わるところがないだろう。マラルメは、俗人によって読み解かれない言語を望んだ一八六二年の「芸術的異端」の位置にも、あるいは「より純粋な意味」をもった卓越的言語の神話を示した一八七六年の「エドガー・ポーの墓」の位置にも戻っていない。詩人が地上に踏みとどまる限り、その簡素な務めとは逸話を正しく記録することなのであり、逸話から永遠性を抽き出すことではない。

三、詩と人間

偶発事

「衝突」一篇の結末が開示するのは、人間が打ち倒されて自然に回収された光景である。そのとき詩人は、冒頭に示された時間、すなわち「想念があらゆる偶発事を免れ」て漂う差異なき時間に戻っている。その点では「白い睡蓮」と同様の展開をここに見ることもできるだろう。しかし決定的な違いは、「白い睡蓮」においては徹底して避けられていた人間との出会いが、「衝突」においては否が応でも介入してくる点である。

「衝突」の中盤、詩人が酔っぱらった労働者に喧嘩をふっかけられる場面がある。マラルメの語り口は戯けたものだが、これも一つの「危機」だろう。相手の乱暴な振る舞いに苛立ちながら、詩人はしかしなお、「心によっては（mentalement）、この男を無化しえない」と認めることになる。これを単に、世間知らずの知識人が遅ればせながらに他者を知るということだ、と言ってしまえば、危機はたちまち最も凡庸な意味における「逸話」に帰してしまう。この事件の意味は、酔っぱらった男が、理念を乱す人事を象徴することにこそある。危機は、地上における人間の役割を明らかにするが、そのとき人間は、本質的に時宜に反し、自然の律動を乱すものとして現れるのである。言い換えるならば、危機によって証しされるのは、自然の力、その強さ・正しさなどではない。そうではなく、危機とは、人間が理念による無化の作用に抵抗するということ、すなわち人間存在の粗雑な強靭さの徴候なのである。

「衝突」の結末に戻ろう。そこには人間の影が濃く立ち込め、文字どおりの遮蔽物となっている。詩人は夕暮れの壮麗を眺めようと、二階の窓際に陣取った。しかし彼は、酔いつぶれて露天に眠る労働者の一群のために、自然の眺めに心を通わすことを妨げられる。向こうへと視線を投げれば彼らを跨ぐことになり、それは自分の側の非礼となるだろう。遠方の日没の光景は、「災厄の一群 (jonchée d'un fléau)」によって「私には閉ざされた」と詩人は言う。

危機はたしかに詩人にあるヴィジョンを見せている——ただしここで示されるヴィジョンとは、見はるかす眺めをひらくものではない。それはむしろ、不透明なものが出現し、視界が曇ることによってこそ現れるのである。自然と自己との幸福な循環が妨げられ、詩人あるいは労働者がそれぞれに持つ嗜好・趣味は中絶させられる。不可解なる一群の「災厄」が幕となって景色を閉ざし、その幕上に、人間共通の義務をめぐる問いが立ち上がるのである。

目の前にあるのは、酔っ払いの成れの果てである。彼らは知らず知らずのうちに、みずからの本性を明らかにしている。人は、一週間という周期のほとんどの時を、食料を得るための労働に費やすだろう。しかし、それだけでは満足し得ない。存続し続けるための日常にも、定期的にある「果て」がやって来る——「停止、待機、そして束の間の自殺」が「他と区別」されるべき刻をもたらすのである。かくして、危機の最中で、人間は、自らの宿命に深々とした穴を穿つ。この暗澹たる祝祭は「光を享けることもない」、しかしそれはやはり、「人の生において神聖なものに割かれるべき部分」だ——そうマラルメは断言する。

マラルメの「宗教」

労働者たちは自らの労務によって「寺院の基礎」を築いている——そう言いつつ、マラルメは、その建てるべき「寺院」がいかなる神に捧げられるのか、あるいはそこで執り行われる儀式、来るべき祝祭とは何か、等々は明らかにしない。

「祝祭」や「寺院」が問題になる以上、マラルメ研究の数十年来の成果に鑑みて、ここでいわゆる「マラルメの宗教」を参照しないわけにはいかないだろう。もちろん、本書にこの問題を組み尽くす紙幅は残されていない。そもそも、竹内信夫の「神性（divinité）」概念の指摘から始まり、現在にまで強い影響を及ぼしているベルトラン・マルシャルの著書『マラルメの宗教』に至る議論を踏まえ、それ以降の学知の集積を網羅して何らかの見解を加えることは筆者の任に余る。

ただひとつ、次の点は明確にしておこう。すなわち、マラルメの宗教性、あるいはもっと踏み込んで「マラルメの宗教」なるものが仮にあるとしても、それは決して、自然と自我の統合や宇宙的反復への幸福な帰依、あるいは、夜明けや春によって象徴される新生の待望などの、単純な図式には還元され得ない、ということである。

セーヌのほとりで眠る労働者を見守りながら、詩人が日没のうちに見ようとするのは、次なる夜明けの約束などではない。マラルメがはっきり述べている通り、労働者たちは泥酔することで「明日を知らぬ」暗闇へと下っている。そこに現れるのは、人間が必然的に落ち込んでゆく失墜であり、失墜の底に広がる見通せぬ闇である。この点においてマラルメは、かつて詩人として出発したころ、『現代高踏派』に寄稿した詩群の最後、「エピローグ」と題された詩（のちに題は削除）で出した結末を何ら変更していない——彼は「呵責なき墓掘り人夫」として、あらゆる人間に、自らの不毛性を掘り進めと命ずるものである。人間の義務が関わる「神聖なるもの」が現れるとすれば、それは、存在と生殖のサイクルを切断するときに他ならない。それはすなわち、自然の律動の最中に停止を挟み込むことであり、自然の豊穣に対して人間の圧倒的不毛を置くことである。

自然的人間がものを食み子を生み、世代が継続するその運動を止めること——明日の光へとは進まず、ひたすら自らの入る墓穴を掘る者たちに、蕩尽の昏い否定性が兆す。マラルメは当然、己の青年期を規定していた死の衝動を思っていることだろう。もちろん、自殺の周囲を低徊して神経をすり減らしていたのははるか昔のことである。詩人は一八七一年にパリに出て、絶望と頽廃の抒情をすっぱりと捨てた。八〇年代中頃に作られたとされるソネにおいても描かれる「自殺」はすでに彼方に去っている。

美しい自殺は勝利して逃げ去った
栄光の燠火、泡立つ血、黄金、嵐！
ああ、笑破せよ、彼方に真紅の布が整えるのは
君主たる私のための空虚な墓ばかりである。

沈む太陽に投影されて見られるのは確かに「自殺」であるのだが、それははるかな「逃げ去った」光景なのであり、「私」の墓はあくまでも空虚である。『エロディアード』序曲の草稿を改作したこのソネにおいて、詩人はかつてパリに出る前、自らが落ち込んでいた精神の危機を、ある種の擬態《シミュラークル》としてのみ提示している。赤く沸き立つ光に流血を透かし見て陰惨な高揚を感じてはいても、彼がそこに没入することはない。愛息を失ったマラルメは墓のなんたるかをはっきりと知っている。もはやそこに幻想の入り込む余地はない。——彼が浮かべるアイロニーの笑いは、彼方に逃亡した自殺と、取り残された己との両方に向けられている。

九〇年代のマラルメにとって自死の夢想はさらに遠いものとなる。「衝突」の詩人は、夕陽の光景のうちにアイロニカルなカタルシスを生きることさえも妨げられている。まさに、此方と彼方の間の遮断、すなわち、「視界は地平線の広がりの方へと逃れゆくことは出来ない」という認識が、詩人の思いを地

上へとつなぎとめ、己の義務へと導く。詩と宗教が共有するべき領野があるとすれば、それは決して理想の天ではなく、人の住処たる今・ここなのである。

これはひとつの弁証法である。「衝突」一篇の発端は、自然と詩人の間の幸福な交流を労働者が妨げたことにあった。人間はいずれ自然に、偶然は理念に回収される。今は酔い潰れて倒れた者たちも、夜が明ければ起き上がり、再びパンを得ることに「週の大部分を費やす」ことになる——そのような繰返しを生きるうちに、やがて本当の終焉が訪れるだろう。つまり倒れるにせよ起き上がるにせよ、結局、人間は再生産のリズムに呑まれ、個人は消散する。しかしその一方で、人間が執拗に抱える否定性、すなわちその存在の根本的な「昏さ」なしにはまた神秘の現れもない——人は倒れるためにこそ立っていなければならないのだ。「限定された行動」の表現を再び引いておこう。マラルメは、クリスタルの墨壺の底に淀むインクを喚起しつつ、人間の意識には、「何物かが存在するということに関連する闇」が潜んでいると述べていた。個別の存在が今ここにあるということには還元しがたい不透明性がある。その漆黒の粘液こそが、透明な意識の片隅に絡んで詩人をこの世に繋留している。

詩が可能であるとすれば、想念が偶然を回収し、自然が規定のリズムへと人事を取り込んでゆく一方で、逆にその偶然によって想念や自然それ自体がひととき揺さぶられる、そのような場をおいて他ない。この場を捨ててただ想念の側に身を委ねることは、どんなに心地の良いものであったとしても、詩人の職の放棄となるだろう。第二章で読んだ「縁日の宣言」の教訓を思い出そう。詩人は理念と二人きりで馬車に揺られる幸福な道行きを続けることはできない。理念に讃辞を捧げるには、怒号渦巻く人混みに出て行く必要があったのだ。

そもそも、単に自然のサイクルに従うだけであれば、労働者をふくむあらゆる人間が、現実に為していること、いやむしろ、為さざるを得ないことである。そこに詩は必要でない。それに対し、人間の義務とは「束の間、屹立すること」であり、詩の行為とはその義務の認識だとマラルメは言う。遡って考えれば、すでにこれは、『牧神の午後』が描き出す詩人の姿勢であった。主人公は、直立する百合に己を喩えてこう述べる。

古代の光の流れのもとで、ひとり真っ直ぐに　Droit et seul, sous un flot antique de lumière

一八七〇年代中盤、『牧神』のマラルメは、時の始まりから滔々と流れる光の波を想像している。この流れは、「衝突」の終わりに喚起されるセーヌへとそのまま引き継がれるだろう。たしかに、牧神が身を浸しているのは、まだほとんど質量を持たない観念の流れと言うべきである。しかしそれでも、まもなく「言葉を抜かれ」、重たくなった体を地面に横たえることになる牧神が、束の間立って冒瀆の言葉を紡ぐのは、宿命に抗うためではなかったか。彼は体に打ち寄せる光の、微かなしかし止むことない力を感じ、その力に抗して今・ここに立ち続けようとしている。『牧神の午後』の当初の表題にあった「英雄的間奏曲」の「英雄」とは、単に主題の古代性を暗示するばかりではなく、孤高の主人公——滑稽でありながら逆説的な英雄性を帯びた詩人——の性質を映し出すものでもあったはずだ。

晩年のマラルメが労働者に難ずるのは、まさにこの、英雄性の欠如である。マラルメは、酔いつぶれて眠る者たちに「聖なるもの」の発現を認めつつも、彼らの受動性を嘆く。「順職が何らかの意志にではなく宿命による場合、務めのもたらす朦朧」——人類の義務たる祭儀は、意志をもって遂行されなければならない。ただ流されてそれに参加する者は、司宰ではなく、そこで屠られる犠牲となるだろう。

もちろん、宿命を意志に転換することがいかに困難であるか、「イジチュール」の挫折を経た詩人が知らぬはずもない。実際、マラルメは右に引用した章句において、「宿命」には定冠詞を付す（la fatalité）のに対し、「意志」については、不定冠詞を付して un vouloir と言っている。標準的な volonté という名詞を避け、あえて動詞の不定形という潜勢的表現に止める詩人には躊躇がある。義務を果たすことがほとんど避け得ないとき、それを確かに意志している、と言うことは可能だろうか——そのような問いを突きつけられる可能性を予感しているのだろう。

詩と逸話

「衝突」の結末を見る限り、マラルメは人間の尊厳を自由意志とその意志に関する明晰な意識によって根拠付けるようだ。このむしろ古くさくも見える立場が十九世紀末にまだ有効であったかどうか、あるいはそれが今もなお有効であるかどうか、ということについて拙速な判断を下すことは避けよう。ひとつ確かなことがあるとすればそれは、詩人が彼の義務を果たすためにはまず、「私の理念はあらゆる偶然を逃れている」というような定式が動揺を受けることが必要だ、ということである。だとすれば、偶発事を語る「逸話」の形式、すなわち、マラルメの理解する散文詩の形式を、その詩業が純化に向かう途上のたんなる通過点としか考えないような認識は、決定的に間違っているということになるはずだ。

あまり単純化するべきではないにしても、作品の制作年代は一つの指標になるだろう。すなわち、詩人の義務を問題にしている「衝突」は、理念の純粋性を好むと言ってあくまでも好き嫌いの水準にとどまっている「白い睡蓮」よりも後の作品である。もちろん、この二作のみを取り出してそこにマラルメの思想の変化を見てとるのは恣意的だろう。しかし少なくとも、一八九七年にマラルメが『譫言集《デイヴアガシオン》』を編集し、その冒頭一節をこの「衝突」によって閉じたとき、彼の精神は自らに起こったある微妙な、しかし決定的な深化を明確に認識していたはずだ。

「逸話あるいは詩」の終わり、「衝突」とともに示される結論とは、次の通りである——すなわち、詩は逸話を免れず、想念は偶然を免れぬ。そうであるならば、この節題において詩(poème)という語が逸話という語と、接続詞「あるいは(ou)」という一種の等号によって結ばれていることの重要性は、いくら強調してもしすぎではないだろう。「詩とは逸話に他ならない」という命題が、それについて詩人がいかなる留保もなく同意するかどうかはともかくとして、すくなくとも、極めてはっきりとした定式化を受けてマラルメにおいて現れることは驚くべきことのように思われるかもしれない。しかし、この、ヴァレリー以降過剰なほど理想主義的に読まれてきた詩人は、まさに、詩における偶然の本質的な働きを例証し、地上における人間の地位を証しするためにこそ、『諧言集《ディヴァガシオン》』の冒頭に「逸話あるいは詩」と題した節を置いたのではなかったか。

そうだとすれば、ここで使われている用語が、「散文詩(poème en prose)」ではなく、絶対的な呼称たる「詩(poème)」である、ということにも当然、特別の注意を払わなければならない。これらの作品に「散文詩」という呼称をつけ、『諧言集《ディヴァガシオン》』本体の「批評詩」の前史としてしか見ない、というのでは、マラルメの意図を取り違えることになるだろう。問題は「批評詩」と「散文詩」の対立に帰されるような性質のものではない。マラルメにとって真の課題とは、「詩」という呼称にその本来の射程を返すことであったはずなのだから。

『賽子一振り』

周知の通り、『諧言集《ディヴァガシオン》』の編集作業とほぼ同時期に、「詩(poème)」と呼ばれるテクストが書かれていた。言うまでもなく、『賽子《サイコロ》一振りが偶然を廃することはないだろう』という風変わりな文を題名とする作品のことである。

なぜこの作品に poème という簡明直裁な、しかし使われることのむしろ少ない呼称を冠したのか、マラルメは明らかにしていない。しかし、ミッシェル・ミューラが指摘する通り、これが叙事詩の伝統を喚起していることは間違いないだろう。ミューラは、「ある哲学的想念が、〈叙事詩的〉あるいは〈劇詩的〉形式によって舞台にかけられる」というヴィニーの定式を引用しつつ、『賽子《サイコロ》一振り』がロマン主義的「叙事＝哲学詩」の系譜に連なるものだと論じている。(6) そもそも、「人間のこの直接の難破（naufrage cela direct de l'homme）」（I, 372）を語るというこの作品の主題が、古典期以来、西洋叙事詩が偏愛した航海のトポスをなぞるものであることは言うまでもない。マラルメは、叙事詩を作り出すというフランス近代文芸の課題に一つの解答を示す意気込みとともに、この奇抜な形式を持った作品を発表したはずだ。

本書第一章でも示したように、マラルメはロマン主義、とりわけユゴーの強い影響下でその詩業を始めている。やがてボードレールに感化されて、不毛と頽廃に染まった個人的叙情にのめり込んでゆくが、その時代においてさえ、たとえば韻文詩「花」にはユゴーの叙事詩連作『諸世紀の伝説』の明らかな影響が見られた。叙事詩あるいは叙事詩人、とくに、人類の歴史を総覧しその未来を予言するものとしての詩人、という問題は中期にも伏流している。第五章で読んだ「エドワール・マネと印象派」を思いかえそう。マラルメは、ロマン主義詩人を古代の「無知なる群衆を支配する天才を与えられた隠遁者たち」の同類とみなし、彼らの作品は「非世俗的な目によって見られた世俗的事物の似姿」であるとしていた（II, 467）。詩人の使命が叙事詩に結びついているという認識は、マラルメの晩年に至るまで変化しないだろう。一八九二年の「詩の危機」が、ユゴーを、「自らの神秘的義務を遂行するなかで、哲学、雄弁、歴史といった散文をことごとく詩句へと叩き込」んだ詩人として記念することはその明らかな徴候である（II, 205）。

もちろん、本書の記述をまさに終えようとする今、『賽子一振り』の全体を読み解き、その叙事詩的射程を探る作業に乗り出すことはできない。また、『賽子一振り』の極めて独特な詩句の配列が、これまで見てきた「詩あるいは逸話」の散文詩の形式とどこで交わるのか、という問題を考えるには、これまで触れてこなかった自由詩（vers libre）に関するマラルメの認識に踏み込む必要があり、文学史上の複雑な議論に入ることが避けられない。[7] ただひとつ、ここで試みたいのは、『賽子一振り』の中から、今まで読んできた「衝突」の結末とよく似た一光景を選んで示すことである。最後の見開き二ページ、すでに大海は難破船を呑み込んでいる。

静まり返った海の上に星々が輝く。海を陸に置き換えてみれば、現れるのはまさに、「衝突」の結末で詩人の前に広がった光景である。自然は、人間を地平の下に埋葬して黙らせ、静けさを取り戻している。生と死を分かつ危機が過ぎ去った今、「生起する（avoir lieu）のは場所（le lieu）のみ」（I, 385）という状況である。

人なき自然の光景はすでに、ボードレールの美術評論の中に現れていた。ボードレールは「我々が風景とよぶあれらの結合体が美しいのは、それ自体によるものではなく、私という自我によるものである」と言い切り、人気のない風景画に「人間を殺す」操作を見出してうろたえ、憤った。しかしマラルメは、ある種の静謐さをもって空漠たる地平を眺めている（マラルメは、ヨーロッパの中原で間もなく起こる大殺戮を予見していただろうか。彼はたしかに、二十世紀のとば口に立っていた）。

マラルメの落ち着きはある種の諦念によるものかもしれない。しかしそれでもなお、詩は虚しい行動から人間を遠ざけるために書かれるのではない。「賽子一振りが偶然を廃することはないだろう」という同語反復的《トートロジック》な題名はたしかに謎めいていて、二十頁余りにわたる作品の展開においてこの命題の意味は揺動するが、すくなくともこれが純粋理念を単純に称揚するような文でないことは明らかである。マラルメは、「衝突」において示していた立場、すなわち、彼の思念がいまだ偶然事に結びついているという立場を変更していない。言い換えるなら彼は、「白い睡蓮」で打ち出した方針をたしかに撤回したのである。もはやマラルメは、「サイコロのすべての目を可能性として含んだサイコロ」とか、「サイコロを理念として保持することで、現実に放擲されてしまったサイコロが示す偶然を逃れよう」、などとは言わない。

「賽子一投は偶然を廃さず」とは、偶然の執拗な残存に対する敗北宣言ではない。詩人は作品の結尾に至って、この否定文の命題を肯定文の命題に変換するのだが、そのとき、彼の思想の規範的位相はより明確になるだろう――「〈あらゆる想念〉は〈一振りの賽子〉を発する（Toute Pensée émet un Coup de Dés）」。「あらゆる想念 Toute Pensée」とは、「あらゆる女性 toute femme」や「あらゆる婦人 toute dame」と同種の、仮構（「どんな～であっても」）を含む表現であることは間違いないが、そのような抽象的な概念でさえも、「賽子を一振りする」、つまり行動に賭けることなしには存在できないのだ。ここで「発する émettre」という動詞は当然、「声を発する」ことを示唆するのであり、つまりは「言葉に出す」ことである。人間は、己がつねに「この空漠の海域（ces parages du vague）」をさまよっていることを知りながら、思考を言葉として発することにその生を費やす。もちろん、その終わりには死があり、自然が人間を回収する。しかし、あえて賭けることをせず、ただ理想の天に憧れるだけであれば、人間はこの地上に仮りそめにも立てないだろう。イチかバチか、舞台に出てしまった「理想」を救うためにソネをひねり出した詩人（「縁日の宣言」）と同じく、とにかく何かを言う必要があるのだ。もちろんすべてがうまくいくわけではない。しかし、確率論の知識が、博徒を賭け事から遠ざけることはないだろう。

結局同じことだ、すべては虚しい――そう言う人がいるかもしれない。いずれにせよ、人が滅びたのちには、自然が差異なき世界を取り戻すのだ。しかし、マラルメが結末につなぎ止めようとするのは希

fusionne avec au delà

hors l'intérêt
quant à lui signalé
en général
selon telle obliquité par telle déclivité
de feux

vers
ce doit être
le Septentrion aussi Nord

UNE CONSTELLATION

froide d'oubli et de désuétude
pas tant
qu'elle n'énumère
sur quelque surface vacante et supérieure
le heurt successif
sidéralement
d'un compte total en formation

veillant
doutant
roulant
brillant et méditant

avant de s'arrêter
à quelque point dernier qui le sacre

Toute Pensée émet un Coup de Dés

EXCEPTÉ

à l'altitude

PEUT-ÊTRE

aussi loin qu'un endroit

望である。この最後の見開きページの冒頭、「〜以外には（excepté）」という言葉が導き出してくるのは、微かな残響への期待に他ならない。――いや、もしかすると、人間が残してゆくものが何かあるかもしれない。

点々とした活字の連なりを追って見開きページの右下へと視点を落としてゆくとき、上空――通り過ぎたページの余白――に想像されるのは星々である。もしかすると星は、人間が滅びたのちにも星座を成すのではないか。もちろん詩人は、そうであるかもしれない、と可能性を述べるのに過ぎない。「おそらく PEUT-ÊTRE」と大文字で記されるのは不確かさの自覚のゆえだ。それにまた、人間が滅びた後に輝く星座とは、「灯火のなすある傾斜角とある勾配性とに応じて、一般的に標《しるし》付けられた利益の埒外で」光を放つものでしかない。船が沈み、航海が中絶した今、大熊座の七つ星は北を示すという役割を終えている。星座は、「忘却と廃用で冷えている」。

人のいない世界で星座は凍てつくだろう。忘却されて世界は形を失うだろう。そう一旦は認めたあとで、しかしマラルメは控えめに「それほどでもない（pas tant）」とつけ加える。「それでもやはり星座は、形成中のある全体的勘定が、次々に引き起こす衝突を数えている（pas tant qu'elle n'énumère [...] le heurt successif [...] d'un compte total en formation）」。ここで「衝突」と訳した語は heurt であり、同じく「衝突」と訳した文章のタイトル « Le Conflit » よりも抽象的で即物的な語である。しかしいずれにせよ、星が数えているのは何らかの出会い――つまりは出来事・逸話――であるに違いない。ただし、とマラルメはここでも留保を示す。衝突はつねに「継次的（successif）」なもの、つまり、次々に起こり、また次々に消える。出会いはつねに儚く、点いては消える灯によって結ばれる像は潜勢にとどまって把みがたい。

星々は、「見守り veillant」「疑い doutant」「転がり roulant」「輝きそして観じつつ brillant et méditant」、

世界の変転を認識している。右に傾斜しながらつぶやかれるこれらの分詞に詩人の自己が投影されていること、これがある種の擬人法であり比喩であることは否定できないだろう。もちろん星は人間と同じように世界を見たりはしない。しかしそれでも「星なりの仕方で sidéralement」現象の明滅を追っているのではないか。詩人にしても、「星なりの仕方で」などという副詞が不格好であることは知っている。しかしそれでも彼は、星々の眼差しを虚構《フィクション》の限界的試みとしてあえて提出する。この想念が正しいかどうか、それはわからない。しかしとにかくマラルメは、賭けてみようと言うのだ。これがすなわち彼の投じる賽子である。

自然は人間が去った後も、割り当てられた姿をしばらく保つ（かもしれない）。もちろん、それだっていつまでもというわけにはいかないだろう。完全な廃用がやがてやってくる。やがて、「全体的勘定」は形成を終え、「どこかのある最終地点で止まって、聖別される（s'arrêter à quelque point dernier qui le sacre）」。〈世紀〉の静かな終末である。しかし、詩人は今、星々も停止する、その最終地点を幻視しようと躍起になってはいない。彼は地上に立って、星辰のきらめきに耳を傾けつつ、ゆっくりと最後の祝祭を待っている。

注

第Ⅰ章

（1）　Huysmans, *À rebours*, Gallimard, coll. « Folio classique », p. 315 et suiv.

（2）　Cf. Paul Bénichou, *L'École du désenchantement*, Gallimard, 1992.

（3）　Mallarmé, *Œuvres complètes*, édition établie par Bertrand Marchal, Gallimard, coll. « Bibliothèque de la Pléiade », tome I, 1998 ; tome II, 2003. 本書においてマラルメの引用はこの版より行い、括弧内に巻数および頁数を示すことで略記する。

（4）　Baudelaire, *Œuvres complètes*, t. I, p. 9-10.

（5）　さらに、ボードレールの詩との関連でいえば、マラルメも同じように天地の対比に拠っている。「罪業の羽根がばたばたと翻る」というような言い方は、ボードレールの海鳥の描写よりもかなり抽象的になっていて、主題の後景に退いてはいるが、飛び得ぬ翼という比喩までも継承していると考えることもできるだろう。

（6）　Baudelaire, *OC*, t. I, p. 72.

（7）　Théophile Gautier, *Rapport sur les progrès de la poésie*, Hachette, 1868, repris dans *Stéphane Mallarmé*, textes choisis et présentés par Bertrand Marchal, Presses de l'Université de Paris-Sorbonne, coll. « Mémoire de la critique », 1998, p. 22.

（8）　Cf. Henri Mondor, *Mallarmé lycéen*, Gallimard, 1954.

（9）　*Ibid.*, p. 295.

(10) Lloyd James Austin, *Essai sur Mallarmé*, Manchester University Press, Manchester and New York, 1995, p. 4.

(11) おそらくはこの時代、ほかの詩人を読むことと自作の不毛が関連するというマラルメの「病」が始まったのではないか。少し時代を下って一八六五年の発表となるが、マラルメの散文「文学的交響曲」において「現代的ミューズ」が不能の詩人へと命ずるのは「近付き得ぬ巨匠たちを読み返し、その美しさに絶望する」という「ありがたい責め苦」なのである。マラルメという「受動的な魂」は、「文学的交響曲」に名を挙げられるゴーチエ、ボードレール、バンヴィルに触れ、また、ボードレールを媒介としてエドガー・ポーを知って、詩人となった。その始まりがちょうど、自らを「不毛」に囚われた詩人として提示する『現代高踏派』の作品群である。

(12) Bertrand Marchal, *La Religion de Mallarmé*, José Corti, 1988, p. 43.

(13) André Fontainas « Victor Hugo et Mallarmé », *Mercure de France*, 15 août 1932, p. 74.

(14) Austin, *op. cit.*, p. 39.

(15) 「あらゆる一貫性のうちでも、『列挙』以上に彼〔マラルメ〕にとって重たく感ぜられる手法はない」(Albert Thibaudet, *La Poésie de Stéphane Mallarmé*, Gallimard, rééd. coll. « Tel », 2006, p. 281.)

(16) Hugo, *La Légende des siècles*, édition établie par André Dumas, Garnier, coll. « Classiques Garnier», 1974, p. 19.

(17) Fontainas, *op. cit.*, p. 72.

(18) Austin, *op. cit.*, p. 38.

(19) Hugo, *op. cit.*, p. 3.

(20) Thibaudet, *op. cit.*, p. 282.

(21) Hugo, *op. cit.*, p. 23.

(22) *Ibid.*, p. 25.

(23) *Ibid.*, p. 23.

(24) Marchal, *op. cit.*, p. 510.

第二章

（1）　Mallarmé, *Œuvres complètes*, texte établi et annoté par Henri Mondor et G. Jean-Aubry, Gallimard, coll. « Bibliothèque de la Pléiade », 1945.

（2）　Mallarmé, *Œuvres complètes*, édition établie par Bertrand Marchal, Gallimard, coll. « Bibliothèque de la Pléiade », tome I, 1998 ; tome II, 2003.

（3）　Stéphane Mallarmé, *Correspondance 1862-1871*, recueillie, classée et annotée par Henri Mondor avec la collaboration de J.-P. Richard, Gallimard, 1959, p. 113.

（4）　一八八八年一月十五日のヴェラーレン宛て書簡（I, 796）および一八八八年十一月二十一日ドゥマン宛て書簡（I, 802）を参照。

（5）　Michel Sandras, « Le coup double (Sur 'La Déclaration foraine') », in *La Licorne*, « Mallarmé et la prose », n° 45, 1998, Maison des Sciences de l'Homme et de la Société, Poitiers, p. 182-183, note 2.

（6）　Barbara Johnson, *Défiguration du langage poétique*, Flammarion, 1979, p. 175 et suiv. しかしながら、マラルメがボードレールの散文詩を「複雑でないバッカスの杖」とみなし、自らは散文詩を「さらに複雑」にしようとした、というジョンソンの読解には賛成できない。

（7）　「未来の現象」という作品が最初に現れるのは、マラルメが一八六五年五月にカザリスに宛てて送った手紙に添付されたときである。この時マラルメは、「僕の最新の散文詩のひとつ」と言っているので、おそらくはこの年、六五年に入ってからの作だろう。一方、マラルメは既に六四年七月、『キュッセ・ヴィシー週報』に散文作品を発表している。したがって、このとき「シャルル・ボードレールへ」という献辞とともに掲載になった「頭」（のちの「蒼白の哀児」）と「手回しオルガン」（のちの「秋の嘆き」）の二作より、「未来の現象」は後に作られたことになる。

（8）　Baudelaire, *Œuvres complètes*, texte établi par Claude Pichois, Gallimard, coll. « Bibliothèque de la Pléiade », 1976, t. II, p. 831. バーナムとは、十九世紀中盤に活躍し、パリでも評判をとったアメリカ人香具師のフィニアス・テイラー・バーナム Phineas Taylor Barnum（一八一〇—一八九一）のこと。

(9) Baudelaire, *op. cit.*, t. I, p. 284.

(10) Cf. Jean Starobinski, *Portrait de l'artiste en saltimbanque. Nouvelle édition revue et corrigée par l'auteur*, Gallimard, coll. « Art et artistes », 2004 (« Naissance du clown tragique », p. 67 et suiv.).

(11) もちろんこの二編に関連する詩篇は尽きないだろう。たとえば、「野蛮女とかわいい情婦」に関しては、たとえば「芸術家の祈り」「お菓子」などの作品が重要性をもつ。マラルメはこれらの作品に現れるボードレールの交錯した自然観をほぼそのまま引き受けて、「逸話あるいは詩」の一節を構成するための骨組みにするのだが、その分析は次章以降の課題としよう。

(12) Baudelaire, *op. cit.*, t. I, p. 295.

(13) *Ibid.*, p. 296.

(14) *Ibid.*, p. 295.

(15) *Ibid.*, p. 295-296.

(16) *Ibid.*, p. 298-290.

(17) *Correspondance III 1886-1889*, recuillie clasée et annotée par Henri Mondor et Lloyd James Austin, Gallimard, 1969, p. 126-127.

(18) Baudelaire, *op. cit.*, t. I, p. 296.

(19) 詩人とその連れが見世物を終えて小屋の外へ出るとき、「気高い靴下止めを検分してその手の凍えをとろうと夢みる白い手袋をはめた子供っぽい歩兵」はまさにその幼く粗野な欲望のゆえに、期待を裏切られて置き去りにされる。また、「縁日の宣言」に挿入されるソネにおいて「女の名誉を傷つける」と言われる「優しき(tendre)英雄の裸身」の tendre という形容詞も、例えば「幼少期(âge tendre)」というときと同様、幼さを示唆するはずである。こうして、「英雄の裸身」は生まれてきた子供の裸身と重ねられることになる。しかるに、ソネにおいて女性の姿を照らし出す光として現れるのは「欲望の究極の西方」より照らす光である。即ち、「縁日の宣言」という作品の中心に置かれるのは、今まさに沈み、燃え尽き滅びんとする瞬間にあって輝きの頂点に達する欲望なのである。

(20) この作品の詳しい分析は、次章第三節(一〇二—一〇九頁)と本書終章(三九六—四三三頁)を参照。

（1）　『最新モード』に関しては、邦訳『マラルメ全集』の渡辺守章による解題に詳しい。この雑誌の成立についても、ジャン＝ピエール・ルセルクルの研究を基に簡潔に解説されている。マラルメの文学において『最新モード』がもつ射程を明らかにする分析の手際は鮮やかであり、詳細な訳注とともに、今なおこの文献に関する最も優れた研究である（『マラルメ全集』第三巻、「別冊 解題・註解」、筑摩書房、一九九八）。

（2）　現在、『芸術とモード』誌の大部分の巻号は、モード雑誌『ロフィシエル *L'Officiel*』の発刊元であるエディシオン・ジャルによってアーカイブ化され、ウェブ上で公開されている（http://patrimoine.editionsjalou.com）。

（3）　マラルメがモード雑誌を創刊した一八七〇年代は、服飾の流通が大きく変化した時期であった。この時期、雑誌付属の型紙を用いて衣服を作る（作らせる）というやり方はすたれ、ウォルトが創始したオート・クチュールに取って代わられる。マラルメの試みの失敗はこのような時代の変化についていけなかったことによるという分析もされている（渡辺守章、前掲書、一六頁 ; Pascal Durand, *Mallarmé. Du sens des formes au sens des formalités*, Seuil, 2008, p. 68.）。そういう意味では、オート・クチュールのシステムが安定した一八八〇年代に創刊した『芸術とモード』誌に有利な条件はあったかもしれない。しかし、マラルメ執筆による『最新モード』の三ヶ月間という存続期間を考えるならば、時代の趨勢云々よりも、ルセルクルの指摘にもあるように、執筆体勢や販売方法など、事業計画が根本的に無謀であったことが、直接の失敗の原因と考えたほうが良いだろう（Lecercle, *Mallarmé et la mode*, Librairie Seguier, 1989, p. 19-33.）。

（4）　Lettre de Mallarmé à Dujardin, dimanche 18 juillet 1887(*Corr.* t. III, p. 126-127).

（5）　Pascal Durand, *op. cit.*.「形式の感覚（sens des formalités）」については、特に二五六頁以降を参照。

（6）　マラルメの作品の出版と挿絵の関係についての一般的な見取り図は以下の論文を参照。Luce Abélès, « 'Je suis pour – aucune illustration' : Mallarmé et le livre illustré », *Mallarmé 1842-1898. Un destin d'écriture*, ouvrage publié à l'occasion de l'exposition organisée par le musée d'Orsay du 29 septembre 1998 au 3 janvier 1999, Gallimard / Réunion des musées nationaux, 1998, p. 109-116.

（7）　A. Ibels, « Enquête sur le roman illustré par la photographie », *Mercure de France*, janvier 1909, p. 97-115.

（8）　一八八八年以降に続けられた発行人ドゥマンとの果てしないやりとりの一部は、詩集を飾る図像についての問題であった。Cf. Luce Abélès, *op. cit.*, p. 112.
（9）　一八八五年六月十日マリー・マラルメとジェヌヴィエーヴ・マラルメ宛書簡。(*Corr.*, t. IV, p. 492.)
（10）　Pascal Durand, *op. cit.*, p. 72.
（11）　Jean Moréas, « Stéphane Mallarmé », *Œuvre en prose*, Valois, 1927, p. 107.
（12）　渡辺守章は「如何にゴーティエやボードレールの前例があるとはいえ、男が〈服飾〉や〈モード〉に関心を抱き、それを公言するというのは、〔……〕それが仮に〈文芸〉の名で行われるとしても、極めて危険な選択であった」と述べ、ロラン・バルトの例も引きながら、それが西洋ブルジョワ社会において「関心と言説の逸脱」と考えられてきたという指摘をしている。（前掲書、二四頁）。

第四章

（1）　ボードレールとマラルメの美術批評を論じたものとして、最も重要な文献は現在でも阿部良雄『群衆の中の芸術家――ボードレールと十九世紀フランス絵画』、中公文庫、一九九一（初版：中央公論社、一九七五）であろう。ボードレールの美術批評における基本的な図式の理解等、以下の記述においても阿部の議論に負うところが大きい。
（2）　マラルメがボードレールの評論家としての著作を全く認識していなかったわけではない。ただし、ボードレールの評論からの引用例はただ一つ、マラルメが『芸術家《ラルティスト》』誌の一八六二年九月十五日号に寄稿した「芸術的異端――万人のための芸術」にあるのみである。そこでマラルメは、「群衆を罵倒するのは自らそれに混じって品位を落とすことだ（qu'injurier la foule, c'est s'encanailler soi-même）」という、ボードレールの評論「テオフィル・ゴーチエ」の言葉を引いている（II, 362）。おそらくマラルメは、ボードレールのこの評論を同じ『芸術家』誌一八五九年三月十三日号で読んだのではないか（この評論は同じ年にプーレ＝マラシ・エ・ド・ブロワーズ書店から小冊子の形でも刊行されているので、こちらを読んだ可能性もなくはない）。ただし、マラルメの引用は不正確なので（ボードレールの原文は « qu'injurier une foule c'est s'encanailler soi-même (*op. cit.*, t. II, p. 106-107)»）、手元には原文テクストはなく、記憶によって引用しているのだろう。

（3）　川瀬武夫「祝祭と現在――マラルメの一八七〇年代を読むために」、『早稲田フランス語フランス文学論集』、第二号、一九九五、五〇頁。

（4）　中畑寛之『ステファヌ・マラルメの書斎』、神戸、二〇一四年。

（5）　「これらのページにはボードレール的『現代性』の痕跡は見られず、『現代性』という言葉――たとえば『現代という時代』という表現――は、たんに『現今《アクチユエル》』の同義語となっている」(Pascal Durand, *Ibid.*, p. 59.)。

（6）　Baudelaire, *op. cit.*, t. II, p. 618.

（7）　*Ibid.*, p. 580.

（8）　*Ibid.*, p. 580.

（9）　ただしこのことは、一八七四年以降のマラルメがボードレールの立場、すなわち、芸術と産業の協働を断罪する立場に同化したことを意味しない。例えば、一八七四年十月、『最新モード』第三号の「パリ歳時記」においてマラルメは、「産業に応用された美術展（Exposition des Beaux-Arts appliqués à l'Industrie）の素晴らしい工芸品」に言及しつつ、この展覧会名に関して、「華々しい品々と、かくも高邁な仕事に対して与えられたつっけんどんな名称」と述べている(II, 546)。ここでもマラルメは、現代の量産技術によって生み出された工芸の美しさを認めていると考えるべきであろう。ただし、この『最新モード』の文章が、Ixという筆名のもとで出されていることは考慮しておく必要がある。マラルメが詩人として、自身の名で発表した文章においては、このような単純な讃嘆が表明されることはないだろう。またここで、展覧会名に表現された「産業への美術の応用」という概念が揶揄の対象となっていることにもまた注意する必要がある。あるいはマラルメは、ここで、自身の「趣味」とボードレール的美学の衝突を和らげようとしているのかもしれない。

（10）　II, 445-446. 周知のとおり、この記事については、『アート・マンスリー・レヴュー *The Art Monthly Review*』に掲載された英語訳しか残されておらず、フランス語原文は見つかっていない。英訳はこの雑誌の主幹を務めていたジョージ・ロビンソン George T. Robinson によって行われ、マラルメはその結果におおよそ満足していたようだ。実際、翻訳者はマラルメのわかりやすいとはいえないフランス語をかなり理解して訳したようで、大筋では整った翻訳となっている。ただし、表現の不整合も多く残っており、残念ながらマラルメのもともとの文意に達するのは困難な部分も少なくない。本書において、この記事の翻訳はプレイヤード版のマルシャルのフランス語重訳を参考にしながら、英語版を日本語に訳すことにする。なお、マルシャルが全集に転記している英語版のテクストで、この引用箇所には欠落がある。（翻訳の「これらの奇妙な絵画は」以下、「愛したのであった」まで。）

(11) Baudelaire, *op. cit.*, t. II, p. 738.

(12) Pierre Bourdieu, *Manet. Une révolution symbolique. Cours au Collège de France (1998-2000)*, Seuil, 2013, p. 512-516.

(13) Henri Mondor, *Vie de Mallarmé*, Gallimard, 1941, p. 380.

(14) 問題の手紙——ボードレールが一八六五年五月十一日、『オランピア』と『兵士に侮辱されるイエス』に向けられた嘲笑に落胆するマネに宛てた手紙——は一八九二年に刊行されているので、これが正確に引用されていることはモンドールの記述の正当性を保証しない（Cf. Baudelaire, *Correspondances*, t.II, ）。

(15) 阿部良雄、前掲、二四二頁。

(16) ジローの作品は現在ではカルナヴァレ美術館所蔵となっている。この作品の描かれた背景、また、オペラ座の仮面舞踏会全般については次の論文に詳しい（Jean-Marie Bruson, « Le *Bal de l'Opéra* d'Eugène Giraud au musée Carnavalet », *La Revue des musées de France. Revue du Louvre*, n° 1, 2014, p. 67-76.）

(17) この時代における女性の黒いドレスの流行については、徳井淑子『黒の服飾史』河出書房新社、二〇一九年、一九七—二〇四頁。

(18) 『十九世紀ラルース大辞典』の « Bal » の項目にある « Bals masqués de l'Opéra » の記述による。

(19) Baudelaire, *op. cit.*, t. II, p. 494.

(20) *Ibid.*, t. II, p. 694.

(21) *Ibid.*, t. II, p. 456.

(22) Antoine Compagnon, *Baudelaire devant l'innombrable*, Presse de l'Université de Paris-Sorbonne, 2003,

(23) Baudelaire, *op. cit.*, t. II, p. 495.

(24) ボードレールはそのサロン評の数カ所で、明示的にスタンダールの『イタリア絵画史』を引用している。また、その他にも無断の引用、すなわち剽窃と呼ぶべき箇所もいくつか指摘されている（Baudelaire, *ibid.*, t. II, p. 457 のピショワによる註（1）を参照）。

（25）*Ibid.*, t. II, p. 455.

（26）*Ibid.*

（27）もちろん、ボードレールにとって、自然と理想とが単純に重なるということではない。本論の問題設定を超えることになるが、ボードレール美学における自然と理想の美の関わりは、ひとつの微妙な問題を構成するだろう。たとえば、『一八四六年のサロン』「理想と範型《モデル》」の次のような文章は、いかなる射程を備えるものだろうか。「普遍的な原理は一つであるから、自然は絶対的なもの、また、完全なるものを何も与えることはない。私が目にするのは個体ばかりである。同様のひとつの種において、あらゆる動物はそれと隣り合う動物とどこか異なるのであり、一つの木が与える千もの果実のうち、同じものは二つと見つからない。もしそのようなことがあれば、その果実は同じものとなってしまうであろうから。そして、一元性に矛盾するものである二元性もまた、そのことの帰結なのだ（*OC*, t. II, p. 455-456.）。

（28）Baudelaire, « Le *Confiteor* de l'artiste », in *op. cit.*, t. I, p. 279.

（29）ただし、模倣の対象としての自然に対するボードレールの態度には揺れがある。たとえば、『一八四六年のサロン』においては、あくまでも客観的な美術評論という気安さもあるのか、ボードレールはより楽観的な見方を示している。（「デッサンは自然と芸術家の間の闘争であるが、そこで芸術家は自然の意図を上手に理解すればするほど、容易に勝利へと至ることができるのである。芸術家にとって重要なのは、引き写すこと（copier）ではなく、より単純でより輝かしい言語を用いて解釈することなのだ」（*Ibid.*, t. II, p. 457.））。

（30）Baudelaire, « Salon de 1846 », in *op. cit.*, t. II, p. 473.

（31）*Ibid.*, t. II, p. 694-695.

第五章

（1）クロード・ピショワによる年代画定（dans ses « notes », Baudelaire, *op. cit.*, t. I, p. 848）。

（2）MNR Ms. 1168-1170, Bibliothèque Jacques-Doucet. ボードレール『悪の花』の読者としてのマラルメについては、次の文献が参考になる。David Degener, « Mallarmé lecteur de Baudelaire. Le témoignage des *Glanes* » dans *Bulletin baudelairien*, t. 30, n°2, décembre 1995, p. 84-99.

（3） Baudelaire, *op. cit.*, t. I, p. 11（« J'aime le souvenir de ces époques nues… »).

（4） *Ibid.*, t. I, p. 12.

（5）『一八四六年のサロン』のドラクロワに関する章において、『アルジェの女たち』に関して次のような描写が挟み込まれるとき、古代と現代の時間的な対照は、世界の南北という地理的な対照へと置き換えられつつ現れるのだが、その際にも現代人の肉体的頽廃が示唆されている。「モロッコへの旅行は、彼〔ドラクロワ〕の精神に、どうやら、深い印象を与えたようだ。そこで彼は思うさま、男と女が束縛のない、また、生まれながらの独自性を保った動作を行う様子を研究することができたし、他の種族と悪い結びつきを持たなかった種族、健康と、自由に発達した筋肉によって身を飾る種族の一例を見ることで、古代の美を理解することができたのである」(*Ibid.*, t. I, p. 430.)。

（6） Baudelaire, *op. cit.*, t. II, p. 695.

（7） Baudelaire, *op. cit.*, t. II, p. 714. このボードレールの引用と対比しうるものとして、「印象派とエドワール・マネ」の次の文章は興味深い。「女性は我々の文明によって夜の領域に聖別されている――ただし時折、それを逃れて、現代人が好むところの、海岸や木陰での屋外の午後のひとときを楽しむものではあるけれども。しかし私が思うに、芸術家が彼女を蝋燭やガス灯の光の人工的光輝のうちで描こうとするのは誤りである。なぜなら、そのような場合、芸術のただひとつの対象は女性それ自身となってしまうだろうから――直接の空気によって隔離され、劇場的で活発、そして美しくもあるが、まったく非芸術な女性それ自身である。職業上の習慣、あるいは単なる嗜好によって、心のキャンバス上に女性の壮麗なる想い出を留めることによく慣れている人々はすでに気づいているはずだ――社交界や劇場の夜の煌々たる中で女性を見た場合にさえ、ある神秘的な作用によって、燭台や脚光の投げかける人工的な威光が貴い幻から剥ぎ取られ、そののちに女性が、簡素かつ生き生きとした姿で、常日頃想像力に去来する者たちの列に加えられるということを」(II,453)。マラルメは、女性の出現の性質に関して、その現れを照らし出す光線によって差を設けようとする。少なくともここで、女性の現れは自然を背景とすることによって純粋性を獲得するものと考えられている――それは決して女性から衣服を剥ぎ取るという操作を意味するものではなく、問題になるのはあくまでも人工の光と自然の光との対比なのであるが。なお、この引用部分において、「芸術のただひとつの対象」云々というあたりには、マラルメのテクストを英訳した際に混乱が生じているように思われる。

（8）　*Ibid.*, t. II, p. 677.

（9）　*Ibid.*, t. II, p. 713.

（10）　*Ibid.*, t II, p. 487.

（11）　*Ibid.*, t. II, p. 403.

（12）　*Ibid.*, t. II, p. 715.

（13）　*Ibid.*, t. II, p. 715.

（14）　*Ibid.*, t. II, p. 717.

（15）　*Ibid.*, t. II, p. 716-717.

（16）　あるいは、ドラクロワの歴史画や風俗画に現れる現代西洋文明以外の女性、彼が好んで「内面性の女性（femme d'intimité）」と呼ぶ女性像の背後に、ボードレールは現代的ヒロインの幻像を見たことがあったかもしれない。「私の見るところドラクロワ氏は、現代女性を表現する才能を最もよく備えた作家である――とりわけ、悪魔的な意味、あるいは天上的な意味における英雄として現れる現代女性を。それらの女性は現代的肉体美と夢想の雰囲気を持つが、また、幅の狭い胸部に豊かな乳房をもち、大きな骨盤と魅力的な手足を備えている」（*Ibid.*, t. II, p. 594）。しかし、結局のところ、ドラクロワは現代の女性をそのものとして描くことはない。ボードレールの漠たる期待は、幻想であるからこそ美しいままに保たれたとも言えるだろう。

（17）　*Ibid.*, t. II, p. 717.

（18）　*Ibid.*, t. II, p. 716.

（19）　Durand, *op. cit.*, p. 79.

（20）　Lucienne Frappier-Mazur, « Narcisse travesti. Poétique et idéologie dans *La Dernière Mode* de Mallarmé », *French Forum*, University of Nebraska Press, vol. 11, n° 1, 1986, p. 41-57. ただし、本論の議論は、フラピエ＝マジュールのフェミニスム批評的傾きをもった政治的なレクチュールとはかなり位相を異にしている。

（21）　筆者なりの解釈については、拙著（『マラルメ――不在の懐胎』、慶應大学出版会、二〇一四年、二七七―二八八頁）を参照。

（22）　「詩の危機」にも再録されることになる『音楽と文芸』の次の言葉も参照のこと。« Les monuments, la mer, la face humaine, dans leur plénitude, natifs, conservant une vertu autrement attrayante que ne les voilera une description, évocation dites, allusion je sais, suggestion »(II,65).

（23）　Baudelaire, *op. cit.*, t. II, p. 434.

（24）　*Ibid.*, t. II, p. 714-715.

（25）　この部分、プレイヤード版の英語テクストには欠落があるようである。フランス語に再翻訳されている « qui existe déjà, supérieure à toute représentation simple qu'on peut en faire » にあたる部分が見当たらず、単に « it » となっている。

（26）　*Ibid.*, t. II, p. 693-694.

（27）　*Ibid.*, t. II, p. 690.

（28）　*Ibid.*, t. II, p. 389.

（29）　*Ibid.*, t. II, p. 485.

（30）　*Ibid.*, t. II, p. 660.

（31）　*Ibid.*, t. II, p. 662.

（32）　*Ibid.*, t. II, P. 665.

（33）　自然と都市の布置に関して、ボードレールはマラルメとはまったく違った地理的感覚を示す。ボードレールは『哲学的芸術』のための覚書」において、次のように述べている――「大都市で感じられる眩惑は、自然のただ中で経験される眩惑と同種のものである。混沌と無辺大がもたらす逸楽――見知らぬ大都市を訪れる感性的人間の感覚」(*Ibid.*, t. II, p. 607.)。常に都市を脱出し、自然へと拡散しようとするマラルメに対し、ボードレールは都市に止まりつつ、そこに自然を呼び込んでその眩惑に浸るのである。

（34）　ボードレールが引用するハインリヒ・ハイネの文章は以下の通りである。「芸術に関して言うならば、私は超自然主義者である。思うに、芸術家は自然のうちに彼の望むすべての典型を見出すことはできず、最も傑出した典型が彼に掲示されるのは己の魂のうちにおいてであり、それらの典型は、生得観念の生得的象徴体系として、いくつも同時に示されるのである。現代のある美学教授は『イタリアに関する研究』という書物を著して、自然の模倣というあの古くさい原則を復権させ、造形芸術家は自然のうちに彼のすべての典型を見出すべきだと主張しようと試みた。この教授は、このように造形芸術の至上原則を提示する際、単純に、諸芸術の一、最も原初的な芸術のひとつであるところのもの、すなわち建築を失念していたのだ。建築の典型を森の葉叢や岩場の洞に見出そうという努力は事後的になされたものでしかない。それらの典型はまったく外的自然のうちにではなく、まさに人間の魂のうちにあったのだ」(*Ibid.*, t. II, p. 432-433.)。

(35)　*Ibid.*, t. II, p. 620.

(36)　*Ibid.*, t. II, p. 624.

(37)　*Ibid.*, t. II, p. 627.

(38)　*Ibid.*, t. II, p. 667.

(39)　*Ibid.*, t. II, p. 668.

(40)　*Ibid.*, t. II, p. 431.

(41)　ただし、マルシャルの掲げる英文テクストで、この二語は wordly-unwordly となっている。初出の『アート・マンスリー・レビュー *The Art Monthly Review*』(Doucet, Ms. 16032) のテクストを確認したわけではないのだが、これは単なる誤植ではないか。

(42)　*Ibid.*, t. II, p. 660.

(43)　ボードレールは、芸術における客観性の敵対者たることを、すでに『一八五九年のサロン』の序盤で宣言している――そこで「人間のいない宇宙 (l'univers sans l'homme)」という言葉とともに断罪されるのはレアリスムである。ボードレールは、レアリスムの教義を「私は事物をそのあるがままに表現したい。あるいは、私が存在しないと仮定したときに事物が取るであろうような姿において表現したい」と定義し、これを実証主義的なものとして否定するのである。(*Ibid.*, t. II, p. 627).

(44)　*Ibid.*, t. II, p. 578.

(45)　*Ibid.*, t. II, p. 620.

(46) *Ibid.*, t. II, p. 615.

(47) *Ibid.*, t. II, p. 617.

III

第六章

(1) 川瀬武夫「祝祭と現在――マラルメの一八七〇年代を読むために」、五九頁。

(2) 一八七九年十二月、マラルメはロチルド書店から『古代の神々』を出版しているが、これは当然、アナトールの死以前に書かれたものである。ほかに挙げることができるのは、一八八〇年十二月、シャルパンチエ書店からホープ夫人の『妖精の星』の翻訳を出版したことぐらいで、これもマラルメの文学活動としてはごく副次的なものに過ぎない。

(3) 「見通し得ない深い闇の一角から、私にこのような恐ろしい矢が向けられていたとは思いもよりませんでした」(一八七九年十月六日モンテスキュー宛書簡)。

(4) 原大地『マラルメ――不在の懐胎』、慶應義塾大学出版会、二〇一四、二一―一二頁。

(5) 以下に引用。Henri Mondor, *Histoire d'un Faune*, Gallimard, 1948, p. 223.

(6) Lettre de Mallarmé à Cazalis du vendredi 24 mars 1871 (*Correspondances. 1862-1871*, Gallimard, 1959, p. 346).

(7) Lettre de Mallarmé à Mistral du vendredi 14 avril 1871. (*Folio*, p. 507.)

(8) 一八七一年四月二十三日のカザリス宛書簡 (I,761-762)。

第七章

(1) 詩篇「花々」の最終連には「大きな花々 (de grandes fleurs)」という言葉が見られる

(2) 「それら巨大な花々は、当たり前のように、／みな輝く輪郭で身を飾り、／その間隙が、／花を純粋な陽光から隔てたのだった。〔……〕おお、知るがいい、〈係争の精神〉よ、／我々が沈黙するこの時にあって、／数々の百合の茎は伸び、／我々の理性の届かぬところとなっていたことを」。

(3) この詩の書かれた背景については、この詩の草稿を発見し刊行した以下の論文に詳しい。Eileen Holt and Lloyd-

James Austin, « Stéphane Mallarmé : 'Dans le jardin' », *French Studies*, XXIX, october 1975, p. 411-420.

（4）　以下に引用。Eillen Holt, *op. cit.*（Cf. Charles-Roux, *William Bonaparte-Wyse. Sa Correspondance avec Mistral*, Paris, Lemerre, 1917, p. 193.）

（5）　一八六六年の『現代高踏派』に掲載されたこのソネは、もともとは一八六二年ごろに書かれたマラルメ最初期の作品である。この最初の状態において、第一連の描写は砂の上ではなく「苔の上」に位置するのあり、「女闘士」というボードレールを思わせる大げさな形容もまだ現れない。なにより大きな違いは、眠る女は「漆黒の髪」をしていると言われるのであり、少なくとも視覚的イメージにおいて、マラルメは一八六六年の段階で大きな変化をこの作品に加えたことを指摘しておかねばならない。

（6）　ただし、「地上のエデン」に関しては、この、一八七一年のロンドン近郊での体験がマラルメにとって初めてのものであったわけではない。たとえば、ベルトラン・マルシャルは、一八六八年、ウージェーヌ・ルフェビュールに誘われて訪れたカーンの地での体験こそが、マラルメに唯物論的自然が顕現した最初の機会であったと考えている。確かに、その際にマラルメがカザリスに送った手紙において、「この地上の空はなんと神々しいことか！」と述べていることは注目に値するだろう。しかしその一方で、マラルメがこの「地上の空」を自らの詩作に反映させたのは、彼が南仏の地を離れたのちのことであったのも事実である。（Bertrand Marchal, *La Religion de Mallarmé*, José Corti, 1988, p. 54-62. とくに、この「カーン体験」と「誦《プローズ》」とを比較している注（85）を参照。）

（7）　*Corr.* I,272.

（8）　マラルメはポーの詩篇「アニーのために」（« For Annie »）から、第一詩行と第四詩行を途中省略して引用している。最後の英語の二文の意味は「天に感謝。〈危機〉は／ついに終わった」となる。

（9）　*Correspondance* de Mallarmé 1861-1971, p. 302 et note

（10）　厳密な時刻としての「真夜中」がマラルメの意識の中心に位置するのが、一八七〇年の「イジチュール」前後であることは間違いないと思われる。たとえば、「それ自身のアレゴリーであるソネ」の第一連は、一八六八年の時点、すなわち「イジチュール」以前においては « La Nuit approbatrice allume les onyx/ De ses ongles au pur Crime, lampadophore, / Du Soir aboli par le vespéral Phoenix/ De qui la cendre n'a de cinéraire amphore » と書かれていた。すなわちここには、のちに一八八七年になって改稿されて発表されたソネの第二行（« L'Angoisse ce minuit, soutient, lampadophore »）に見られる minuit の語は含まれていない。

（11）L. Joseph, « Mallarmé et son amie anglaise », *RHLF*, juillet-septembre 1965.

（12）エッティ・マスペロの墓地についてはポール・ベニシューが実際に検分して記録を残している（Paul Bénichou, *Selon Mallarmé*, Gallimard, 1996, rééd. dans la collection « Folio essai », p. 278-280, « *Note additionnelle sur le « sépulcre à deux »*.)。

（13）Bénichou, *ibid.*, p. 279.

（14）Henri Mondor, *Vie de Mallarmé*, Gallimard, 1941, p. 365.

（15）Paul Bénichou, *Les Mages romantiques*, Gallimard, 1988, p. 501-511.

（16）« Déclin du jour, passage du soleil au côté occidental de l'horizon ».

（17）« La partie de la journée pendant laquelle le soleil décline, se couche, et le début de la nuit, jusqu'à minuit. »

（18）『マラルメ全集Ⅰ　詩・イジチュール』、菅野昭正訳、筑摩書房、二〇一〇年、一六二頁。

（19）『マラルメ詩集』、渡辺守章訳、岩波文庫、岩波書店、二〇一四年、一七七頁。

第八章

（1）Bénichou, *ibid.*, p. 247.

（2）もちろん以上の論述は、マラルメが詩の楽園から追い出そうとする夢が、マルシャルやベニシューの注目したような宗教性を持たない、と主張するものではない。ただし、「夢」が宗教的夢であることを認めたとしても、それはただちに、夢に分類があることを意味するものではないはずである。「宗教的夢」の「宗教的」を、形容詞の限定用法（épithète）として――すなわち、「宗教的夢」と「非宗教的夢」を分ける指標として――理解するのではなく、叙述的用法（prédicatif）――すなわち、ある種の説明として――理解しよう。そもそも、マラルメが「夢」の語で指すものは、つねに存在と非存在に、そして生と死に関わり、その両者に対する人間の倫理的態度を問題にするのではなかったか。だとすればマラルメの「夢」とはことごとく「宗教的」と形容され得るだろう。少なくとも、夢に良い夢と悪い夢があると考え、前者を救うために後者を排するという図式をマラルメの思考のうちに読み取ることは妥当ではない。

（3）　この原文で「夢」は songe であるから、第四部で現れる rêve の語と同じではないのだが、とくにその違いを強調する必要はないだろう。いずれにせよここでマラルメが「夢」と言っているのは、地上の楽園の反対物、「真実」に対する「虚偽」である。

（4）　一八六六年四月二十八日カザリス宛の手紙（I,696）。

（5）　ベニシューとマルシャルはともに、この第二部で描かれるのが、ゴーチエの死後の姿ではなく、師表たるゴーチエ、あるいはその弟子たる詩人たちとは「反対の典型」に属する「群衆の人」のものと考えている。マルシャルによれば、引用した第二部のシナリオは次のように要約される。「群衆の人が傲慢にして盲目、瘖唖であるのは、永遠性への無駄な待望の名において、地を差し出して天に賭けたからであり、詩的義務を差し出して宗教的夢に賭けたからである。彼が最後の審判の代わりに遭遇するのは、〈虚無〉——彼の沈黙の帰結として生み出された虚無——の法廷に他ならない（詩人の永遠性とは、その言葉の帰結として生み出されるのだから）」（I,1173）。マルシャルやベニシューがこの第二詩節が「群衆の人」の描写であることを強調したのは、それまで支配的であった解釈の誤りを明らかにするためであった。たとえばガードナー・デイヴィスが『マラルメの墓《トンボー》』において示した解釈によれば、この死後のドラマも、詩人ゴーチエが死後に直面するものであるとされている（Gardner Davies, *Les « Tombeaux » de Mallarmé*, José Corti, 1950, p.30 et suiv.）

（6）　一八七一年二月二日のカザリス宛書簡（*Corr.*, p. 338.）

（7）　かなり不思議ではあるが、マラルメが次のように呼びかけるとき——「おお、恋人よ、私が愛したであろう娘」（140）「幼い乙女よ　婚約者　妻となったであろう生命よ」（47）「わたしはおまえに、何をおまえが得損なったのか、語らなければ」——これは、アナトールが将来結婚するはずだった女、さらにはその女がもうけるはずであったマラルメ自身の孫、そこから連綿と続いていくはずであった彼の子孫をもろとも葬るための別離の言葉である。さらに言えば、マラルメがアナトールの死によって諦めなければならなかったのは、血統だけではなかった。ことが複雑なのは、そこで息子は詩人自身の業を継ぐ者、「あまりに大きく——いまや暗礁に乗り上げてしまった計画」「私には広大すぎるこの作品」（I,887）を完成させるはずだった者として描かれているということである。息子が死んだ後、父親の務めは「この息子の驚嘆すべき知性を相続しそれを生き返らせることで」「彼の明晰さをもってその作品を構築すること」となる。しかしそうだとすれば、この「アナトールの墓」の成立がそもそも不可能であったのは明らかである。アナトールの成し得なかったことを示すということは、彼自身が成し得ず、息子にその実現を託そうとしていた計画を、彼自身の手で成し遂げるということに他ならないのだから。

（8）　一八六五年の夏、バンヴィルの元に『英雄的間奏曲』を持って行ったとき、マラルメは上演可能な状態にしていたはずである。韻文詩の形式的要請を満たしていないようなテクストをマラルメが詩人仲間の前で読んだはずがない。マラルメはその年の六月の時点で、友人ルフェビュールに、この作品について「四百行に足らない」詩句と語っているから、夏の時点では目標の行数を達成し、それを持ってバンヴィルに会ったと考えるべきだろう。ポール・ベニシューは「牧神」の初期段階がどのようなものであったのかは謎であると明確に述べているが（Bénichou, *ibid*, p. 216）、この立場の妥当性は――新たな資料が発見されるようなことがない限り――変わることがないだろう。

（9）　この手稿は、ジャック・ドゥーセ文学図書館のウェブサイトで閲覧することができる（MNR Ms 1161）。タイトル・ページには題名「牧神の独白」と署名「ステファヌ・マラルメ」の間に、赤鉛筆で「暴君たるビュルティのために「ステファヌ・マラルメ」によって書き写された」という書き込みがある。ここから明らかになるのは、第一に、この手稿が既に仕上がっていた何らかの原稿をそのまま引き写したものであること、第二に、マラルメがこれを清書したのはビュルティに強いられてのことであったということである。これが単なる謙遜の表現でないのだとすれば、「牧神の独白」はこの時すでに――ちょうど「エロディアード」がそうであったように――マラルメにとって満足のいく作品ではなくなっていた、となるだろう。すると、この手稿に見られる「牧神」の状態は、（一八六五年の『英雄的間奏曲』をそのまま抜き書きしたという証拠はないにしても）おそらく一八七三年よりかなり遡るものと考えていいはずだ。

（10）　厳密には、一八七五年の「牧神の即興」がどのようになっていたか、という問題もある。ただ、現在残されている「即興」の手稿には、残念ながら結末部分が欠けており、すでにこの時、「牧神が遅滞して倒れる」という構想があったかどうかはわからない。

（11）　『マラルメ全集I　別冊解題・註解』、筑摩書房、二〇一〇年、一一二頁。

（12）　ただし、このような三場形式の戯曲が、一八六五年にマラルメが一旦完成させた『英雄的間奏曲』そのものであると見做すことには慎重でありたい。まず、一八七三から七四年の「牧神の独白」と、一八六五年の戯曲完成の前に書かれた未定稿の断片――この手稿は、ジャック・ドゥーセ文学図書館のウェブサイトで閲覧することができる（MNR Ms 1246）――を直接に接続するのはあからさまなアナクロニズムである。そのような接続を施したテクストをプレイヤード新版が『英雄的間奏曲』という題のもとで示したため、この件については極めて雑駁な理解が流通するようになってしまった。とくに注意するべきなのは、『英雄的間奏曲』の草稿断章において、劇の構成に関する「第二場」「第三場」という指示が明確に抹消されているという事実である（奇妙なことに、マラルメ研究者はこのことに十分な注意を払ってこなかった）。また、マルシャルが第三場と考える「牧神の目覚め」は、ほんとうに、冒頭の牧神の独白、つまり一八七四年の「牧神の独白」に対応する「牧神のもう一つの独白」であろうか。この小題は、autre monologue d'un faune と書かれているのであり、autre monologue du faune ではない。また、草稿を見ると、この箇所でマラルメは、はじめ second monologue と書いて、「第二の second」の語を抹消し、「別の autre」と上書きしている。この時彼の構想は、すでに書かれていた monologue d'un faune「ある牧神の独白」と並行する、「別の独白」すなわち別バージョンの下書きとする方へと揺らいだのではなかったか。ここで『英雄的間奏曲』について議論を尽くすことは固《もと》より叶わないが、いずれにせよ、完成原稿から極めて遠い段階の草稿の分析には、さまざまな可能性の間をさまよう詩人の意図を慎重に読み解く技倆が要請されるはずである。

（13）「牧神の独白」第八六行のこの句は、『牧神の午後』に至る改稿によって「漠然たる死（de vagues trépas,）」（I, 25）と書き直される。交接の失敗という出来事の喚起をぼやかすための処置であろう。

（14）この二行も、葡萄の譬えのなかの一行と同様、もとの詩行を活かしつつ――ここでも脚韻の位置にある « morsure » と « dent(s) » は保存されている――通常の意味での証拠の存在を否定するため、いわば苦肉の策として生まれた詩行と考えることもできる。

（15）« tu devins » という動詞活用の選択には、前行の脚韻 « vins » の縛りが少なからず作用したはずだ。つまり、マラルメはどうしてもここで一人称ないし二人称の単数を用いたかった。しかし、二人のニンフを « couple » の語で指し、それを二人称単数で受けるというアクロバティックな仕掛けは、読者を戸惑わせずにはおかない。

IV 第九章

（1）マラルメの伝記を表したステンメッツは、その最初の十五年を扱った第一章を「幼年期の喪」と題して、このあたりの事情を詳述している。（Jean-Luc Steinmetz, *Stéphane Mallarmé. L'absolu au jour le jour*, Fayard, 1998, chapitre premier « Les deuils de l'enfance (1842-1857) », p. 17-35.）

（2）Lettre de Mallarmé à Cazalis, 5 mai 1862. (*Correspondance*, Gallimard, « Folio », 1995, p. 46-48.)

（3）Mallarmé, *Pour un tombeau d'Anatole*, Introduction et notes de Jean-Pierre Richard, Editions du Seuil, rééd. dans coll. « Points », 2006.〔ステファヌ・マラルメ＋ジャン＝ピエール・リシャール『アナトールの墓のために』、原大地訳、水声社、二〇一五年。〕

（4）この時期、マラルメからヴィリエへの書簡で重要なものは一八六五年大晦日の日付を持つ手紙（I, 687）と一八六七年九月三十日の手紙（I, 725）である。とくに後者では、大文字で記された概念が哲学劇の登場人物となるという、ヴィリエの作品に特徴的な手法をマラルメが意識的に模倣していることが見て取れる。一方、ヴィリエからマラルメへの書簡は、以下にまとめられている。Georges Jean-Aubry, *Une amitié exemplaire. Villiers de l'Isle-Adam et Stéphane Mallarmé*, Mercure de France, 1942. また、日本語訳としては双方の書簡が纏められて、『リラダン＝マラルメ往復書翰集』（白鳥友彦訳、森開社、一九七五年）として出版されている。

（5）ヴィリエとマラルメの関係に関してはジョルジュ・ジャン＝オブリの前述書を参照。また、以下に収められた編者による序文にも、簡潔かつ行き届いた記述が見られる（Mallarmé, *Villiers de l'Isle-Adam*, édition critique par Alan Raitt, University of Exeter, 1991, p. viii-xx）。

（6）Steinmetz, *ibid.*, p. 307-314 ; voir aussi l'introduction par Raitt pour son édition de *Villiers de l'Isle-Adam*, p. xvii-xix.

（7）*Ibid.*, p. xxv.

（8）Mallarmé, *Villiers de L'Isle-Adam*, éd. citée, p. 33, n. 1 par Alan Raitt.

（9）Villiers de l'Isle-Adam, *Œuvres complètes*, édition établie par Alan Raitt et Pierre-Georges Castex, Gallimard, coll.

« Pléiade », 1986, t. II, p. 1416-1417.

第十章

（1） Jacques Scherer, *Le « Livre » de Mallarmé. Première recherches sur des documents inédits*, Gallimard, 1957, p. 46.

（2） マラルメのプレイヤード版全集の編者ベルトラン・マルシャルが、第二巻巻末付録として、収蔵した散文作品の年代順目録を作っている（p. 1823-1828）。それを見ると、マラルメのジャーナリズムとの関係は一八九一年ごろを境に急に密になっていることがわかる。

（3） マラルメの著作において潜在的な読者として現れる群衆（foule）については、ベルトラン・マルシャル『マラルメの宗教』に詳しい。マルシャルは、ギュスターヴ・ル・ボン（『群衆の心理学』（一八九五））に拠りながら、マラルメの群衆観を同時代の歴史的文脈に位置づける。そして、民族などに関わらない普遍的読者・聴衆として、いわば民主主義における主体となるべき人類の総称としての群衆を意識した点に、マラルメの独自性があったとする（Bertrand Marchal, *La Religion de Mallarmé*, José Corti, 1988, p. 524-529.）。

（4） マラルメとジャーナリズムの関わりを歴史的文脈に跡付けた先行研究としては、立仙順朗「マラルメとジャーナリズム」『慶應義塾大学日吉紀要フランス語フランス文学』、第六号、一九八八、一一一―一三五頁。

（5） Jacques Scherer, *Le « Livre » de Mallarmé. Première recherches sur des documents inédits*, Gallimard, 1957, p. 46.

（6） 書物と新聞の形態に対照を見出すというマラルメの図式に関しては、筑摩書房刊『マラルメ全集』第三巻の別冊解題（一九九八）所収、清水徹「〈書物〉について」（のちに『書物について――その形而下学と形而上学』、岩波書店、二〇〇一年、および『マラルメの〈書物〉』、水声社、二〇一一年に収録）が明快に整理しており、以下の論述は多くをこの文章に負っている。

（7） 現在、「覆う couvrir」という動詞には「ある出来事を全体にわたって報道する」という意味がある。ただし、英語の to cover の用法が入ってきたものとされるこの意味が、マラルメの時代にどれほど一般的であったのか、という点は留保しておく必要があるだろう。

（8） Albert Thibaudet, *La Poésie de Stéphane Mallarmé*, Gallimard, 1926, rééd. 2006, coll. « Tel », p. 136.

（9） Jean-Pierre Richard, *L'Univers imaginaire de Mallarmé*, Editions du Seuil, 1961, p. 566.〔ジャン＝ピエール・リシャール『マラルメの想像的宇宙』田中成和訳、水声社、二〇〇四年、六二四―六二五頁〕
（10） Takeo Kawase, « Mallarmé face à l'interrègne », dans *Études de Langue et Littérature Françaises*, Société japonaise des langue et littérature françaises, n° 52, 1988, p. 82-99.
（11） Kawase, *op. cit.*, p. 92.

終章

（1） Jean-Luc Steinmetz, *Stéphane Mallarmé. L'Absolu au jour le jour*, Fayard, 1998, p. 412.
（2） *Ibid.*, p. 241.
（3） Stéphane Mallarmé, *Pour un Tombeau d'Anatole*, introduction et notes de Jean-Pierre Richard, rééd. dans la collection « Points », Editions du Seuil, 2006, p. 12.
（4） *Nouvelle Revue française*, 1er décembre 1926, p.521.
（5） 中野芳彦「小説の中の詩、詩の中の小説——ユゴー『レ・ミゼラブル』をめぐって」、『研究紀要』、大分県立芸術文化短期大学、五六号、二〇一九年、一四三―一五四頁。
（6） 「しかし、ジャンル名として poème の語を選択したことは、この作品を〔散文詩や自由詩よりも〕さらに古くさらに幅広い伝統に位置付けることになる。その伝統を、一七六二年のアカデミーの辞典は次のように定義している。『韻文の作品。固有の意味としては、一定の規模を持った作品にしか用いない。英雄詩、劇詩、抒情詩、等々』。十九世紀の間に、語の規範的用法は固有の意味における叙事詩から、叙事＝哲学的作品へと向かうことになった」（Michel Murat, *Le Coup de dés de Mallarmé. Un recommencement de la poésie*, Belin, 2005, p. 103）。
（7） ただし、「小散文詩」を標榜するボードレールの『パリの憂鬱』以前には、「散文詩」という言葉も、格調を備えた長いフィクションを指す方が標準的用法だったということは付記しておきたい。たとえばエミール・リトレの辞典で、poëme の語の二番目の語義は次のとおりである。「ときに、散文の著作で、虚構（les fictions）と、詩のように調和のとれた比喩的な文体（le style harmonieux et figuré de la poésie）が見出せるものについて用いられる。『テレマック』は散文詩（poëme en prose）と呼ばれた」。

初出一覧

第一章　「詩と不毛性――マラルメ、ユゴー、ボードレール」、『フランス語フランス文学研究』、日本フランス語フランス文学会、二〇〇七年、第九一号。
第二章　「女をさらす――マラルメとボードレール散文詩」、『仏語仏文学研究』、東京大学仏語仏文学研究会、二〇〇八年、第二三号。
第三章　「纏う詩へ――マラルメとモード雑誌」、『仏語仏文学研究』、東京大学仏語仏文学研究会、二〇一六年、第四九号。
第四章から第八章　書き下ろし
第九章　「マラルメと死――『ヴィリエ＝ド＝リラダン』に関して」、『慶応義塾大学日吉紀要・フランス語フランス文学』、二〇〇九年、四九・五〇号。
第十章　「書物と新聞、詩人と群集――マラルメとジャーナリズムに関する一考察」、『フランス文学とジャーナリズム』、平成十六年度科学研究費補助金（基盤研究（C）（2））による研究成果報告書、東京大学大学院人文社会系研究科、二〇〇七年。
終章　« 'Poème' de Mallarmé. L'homme et la nature. »、『フランス語フランス文学研究』、日本フランス語フランス文学会、二〇〇八年九月、第九三号。

著者について——

原大地（はらたいち）　一九七三年、東京生まれ。東京大学大学院人文社会系研究科単位取得退学。パリ第四大学にて博士号取得。現在、慶應義塾大学商学部教授。専攻、フランス語・フランス文学。著書に、『牧神の午後——マラルメを読もう』（慶應義塾大学教養研究センター選書、二〇一一）、『マラルメ　不在の懐胎』（慶應義塾大学出版会、二〇一四）、訳書に、ステファヌ・マラルメ＋ジャン＝ピエール・リシャール『アナトールの墓のために』（水声社、二〇一五）などがある。

装幀——滝澤和子

ステファヌ・マラルメの〈世紀〉

二〇一九年一一月二〇日第一版第一刷印刷　二〇一九年一一月三〇日第一版第一刷発行

著者――原大地

発行者――鈴木宏

発行所――株式会社水声社

東京都文京区小石川二―七―五　郵便番号一一二―〇〇〇二

電話〇三―三八一八―六〇四〇　FAX〇三―三八一八―二四三七

［**編集部**］横浜市港北区新吉田東一―七七―一七　郵便番号二二三―〇〇五八

電話〇四五―七一七―五三五六　FAX〇四五―七一七―五三五七

郵便振替〇〇一八〇―四―六五四一〇〇

URL : http://www.suiseisha.net

印刷・製本――精興社

ISBN978-4-8010-0452-8